LE MANOIR DE DRUMGILLAN

Cathy Spellman, fille d'immigrés irlandais, a fait ses études à Vassar College (U.S.A.). Elle et son mari ont fondé leur propre agence de publicité dont elle a assuré la présidence pendant de nombreuses années, mais son succès de romancière l'a fait en partie renoncer à cette activité qu'elle n'a conservée que pour des opérations ponctuelles. Elle vit à New York avec son mari et ses deux filles. Le Manoir de Drumgillan *est son premier roman.*

A New York, dans les premières années du XXe siècle, un immigrant irlandais, Tom Dalton, s'acharne à déjouer le sort qui, en le faisant naître bâtard, semble le condamner d'avance. Pour trouver sa place dans une société impitoyable aux pauvres, dominée par des politiciens sans scrupules, corrompue par la Mafia, il est prêt à tout. Une force secrète l'anime : l'amour qu'il porte à la terre de ses ancêtres.
Roman de la lutte pour la vie, pour l'amour, à travers les déchirements et les triomphes de l'ascension sociale, cette saga passionnée s'inscrit dans l'histoire tumultueuse de l'Irlande, et de cette Amérique où tout est possible, le meilleur comme le pire.

CATHY SPELLMAN

Le Manoir de Drumgillan

TRADUIT DE L'AMÉRICAIN
PAR MARIE-LAURE TOURLOURAT

AVEC LA COLLABORATION D'ÉRIC NERCIAT

PIERRE BELFOND

Titre original :

SO MANY PARTINGS
par Delacorte Press, New York

Pour mon mari,
qui m'a appris que
les rêves et les histoires d'amour
pouvaient se réaliser.

PROLOGUE

Le petit garçon effleura les lèvres de l'homme qui reposait dans le cercueil en bois de rose. Il s'agenouilla et écarta les cheveux de la joue du cadavre.

« Pourquoi es-tu mort, papa? murmura-t-il. Que vais-je devenir, maintenant? Je t'aime. Je t'aimerai toujours. »

Le garçonnet se blottit contre la barre d'acajou du cercueil et commença sa veillée. Des cierges projetaient des ombres sur les murs lambrissés tandis qu'au-dehors, derrière les imposantes fenêtres à petits carreaux, le vent mugissait, secouant sur le toit les tuyaux des cheminées.

« J'ai entendu crier la *banshee*[1] la nuit dernière, papa. Elle est venue à ma fenêtre, tu sais, comme elle fait toujours. Elle a crié et gémi pour m'avertir que quelqu'un allait mourir, mais je ne savais pas que ce serait toi. Tu étais si grand et si fort! »

L'enfant tapota la main inerte qui était trois fois plus grosse que la sienne.

« Comme tu es froid, papa. »

Le garçonnet retira son paletot de laine et le posa délicatement sur le corps de son père, puis il reprit

1. Banshee : en Irlande, fée dont les cris présagent la mort.

sa place, et croisa les bras sur sa poitrine pour conserver un peu de chaleur.

« La maison est autant à toi qu'à eux », lui avait dit un jour son père et le petit garçon avait senti une boule se former dans sa gorge à l'idée qu'il n'avait même pas le droit d'entrer chez lui.

Il parcourut du regard la pièce éclairée par le feu et essaya de repérer tout ce que son père lui avait décrit : le lapin en plâtre avec une oreille tombante ébréchée par la malveillance de quelque petit Hartington; les murs lambrissés, les motifs compliqués des parquets, que des générations de domestiques avaient cirés... Malgré son chagrin, il éprouvait le sentiment intime d'être chez lui.

« Mais, que fais-tu ici, espèce de petit dégoûtant! Comment as-tu osé entrer? »

L'enfant regarda l'inconnue, qui ne pouvait être que sa grand-mère.

« Je suis venu voir mon papa, madame. »

Il savait qu'il fallait l'appeler « Madame la comtesse », mais, en ce triste jour, il rechignait à lui donner son titre.

« Sale gosse, comment oses-tu appeler mon fils ton père? Sors d'ici avant que je ne te fasse fouetter pour ton insolence! »

La femme n'était pas grande, mais elle en imposait par ses habits noirs et la violence de son ton.

« Je vais partir. Mais c'est honteux de le laisser tout seul, lui qui vient de mourir. »

La femme aux cheveux gris haussa encore la voix.

« Si tu ne quittes pas immédiatement cette maison, c'est à moi que tu vas avoir affaire! »

En prononçant ces derniers mots, elle s'avança droit sur le garçon. Il lui lança un regard de défi, puis se pencha pour poser un baiser sur la joue de son père et fila vers la porte.

« Je m'en vais, madame, cria-t-il dès qu'il fut en

sécurité dans le couloir. Mais c'est mon papa, et je reviendrai lui dire adieu. Vous verrez! Je reviendrai lui dire adieu! »

La châtelaine n'avait pas l'habitude d'être provoquée par quiconque et elle éprouvait une haine instinctive pour les paysans.

« Idiot! lança-t-elle au cadavre. Idiot romantique et présomptueux! Nous regretterons tous amèrement le jour où tu as couché avec sa traînée de mère! »

Elle tourna le dos au cercueil et quitta la chambre mortuaire. Le bruit de ses pas résonna dans le long couloir de marbre.

Sa fureur n'avait pas rompu la tranquillité de la grande salle. Les cierges continuaient à brûler et les braises dans l'âtre à mourir lentement. La mélopée funèbre du vent se prolongeait.

Plus tard, dans la nuit, Thomas Dalton revint silencieusement près du cercueil et reprit sa veillée.

I

L'IRLANDE 1882 ET AVANT

L'histoire d'une nation n'est ni dans les parlements ni sur les champs de bataille, elle est dans ce que disent les gens les jours de foire et de fête, dans la manière dont ils cultivent leur terre, se querellent et partent en pèlerinage.

W.B. YEATS.

1

DRUMGILLAN s'élevait sur une éminence aux pentes douces et herbeuses, dans le comté de Westmeath, à 50 miles du tumulte et des murs gris-vert de Dublin. Cette demeure avait résisté à toutes les vicissitudes depuis plus de deux siècles. A mesure que le temps s'écoulait et que changeaient les goûts de ses nobles propriétaires, la maison fortifiée originelle s'était enrichie de nouvelles ailes et de nouvelles façades.

David Hartington, l'ancêtre lointain des occupants actuels, était un jeune et brillant officier au service d'Oliver Cromwell lorsque celui-ci envahit l'Irlande en 1649, à la tête des armées anglaises. En récompense de sa bravoure, il avait reçu le domaine de Drumgillan qui comprenait alors un petit village, 20 000 hectares d'excellente terre arable, 2 000 hectares de tourbières, les ruines d'un vieux donjon, et la ravissante colline sur laquelle il avait construit son manoir.

La beauté du paysage était telle qu'on croyait contempler une aquarelle peinte des mains mêmes de Dieu. Des pâturages, d'un vert tirant sur l'émeraude, se déroulaient à perte de vue, d'un bout à l'autre de l'horizon. Les vallons étaient quadrillés de pittoresques murets de pierre entre lesquels des moutons paissaient en toute quiétude. Une profonde tourbière brune s'étendait vers l'ouest, vestige des temps préhistoriques où les marais engloutissaient les bêtes sauvages, mêlant leurs os, peu à peu réduits en poussière, à la tourbe en formation. Celle-ci fournissait maintenant le combustible des chaumières, en quantité inépuisable.

Juste en face du manoir, s'étalant vers l'est, miroitait le cristal bleu d'un lac. De dimensions idéales, il permettait la navigation paresseuse des barques, et une promenade d'une heure, à cheval, suffisait pour en faire le tour. Il ajoutait à ce tableau une touche supplémentaire de paix, comme une pointe de rêve. Des jardins d'agrément, dessinés avec soin, descendaient en pente douce vers ses rives, si remplis de fleurs qu'on pouvait sans difficulté garnir de bouquets les cinquante pièces du château.

La sérénité du paysage et la grâce qui imprégnait l'atmosphère semblaient ancrer Drumgillan dans l'éternité, comme si sa façade principale à l'italienne était l'œuvre de la nature. De même que les terres et la tourbière, elle paraissait avoir été placée là par Dieu pour parachever Sa création.

Depuis Cromwell, les Hartington de Drumgillan avaient continué de s'illustrer au service de la Couronne; tout d'abord en donnant une longue lignée d'officiers dignes et valeureux au régiment des fusiliers de Westmeath – c'était une tradition dans la famille –, ensuite en se livrant à un commerce fructueux avec l'Angleterre. Lin, laine, viande et autres produits recherchés quittaient le domaine à destination de Londres et de Liverpool. En retour, les Hartington avaient été amplement récompensés par un rang et des privilèges sans cesse accrus.

Le mariage de Sir Jeffrey et de Lady Geraldine avait représenté un modèle du genre. Geraldine

Montrose était âgée de dix-neuf ans quand elle déclara, d'une voix neutre, à son père :

« J'ai l'intention d'épouser Jeffrey Hartington.

– Pourquoi donc? » lui avait-il demandé.

Il s'adressait toujours à sa fille comme à une personne dotée d'une intelligence normalement développée et non de la cervelle d'oiseau qui, selon lui, caractérisait le sexe faible.

Elle avait répondu à sa question sur le ton de celle qui explique une chose pourtant évidente à un enfant pas très vif d'esprit.

« Parce que, père, il est très riche, tout à fait charmant, digne de confiance, et suffisamment bien de sa personne pour faire de beaux enfants. De plus, il semble timide : je n'aurai aucun mal à le mettre à mes pieds; et docile : je pourrai l'y garder toute la vie. »

Depuis leur mariage, célébré moins d'un an après qu'elle en eut pris la décision, Geraldine Montrose et Sir Jeffrey Hartington menaient une vie calme et bien remplie, comme elle l'avait prévu. Elle gérait à la perfection les biens et les affaires de la famille, mais sa compétence paraissait si naturelle à son mari qu'il remarquait à peine ses méthodes. Cela convenait très bien à Geraldine, car tout ce qu'elle lui demandait c'était sa fortune, son rang, et beaucoup de souplesse, ce qu'il était tout à fait disposé à lui accorder. Geraldine avait accompli son devoir en lui donnant deux fils, Randolph, héritier du titre et du patrimoine, et Michael, pour lequel son père avait un faible.

Séduisant et calculateur, Randolph représentait exactement le fils dont elle avait rêvé. Elle appréciait au plus haut point son sens inné du pouvoir et sentait qu'il serait digne de porter le titre qu'elle s'était donné tant de mal à acquérir par son mariage. Elle se rendait bien compte, toutefois, de ses détestables traits de caractère. Randolph était, en effet, égoïste, mesquin, hargneux envers les métayers et loin d'être aimable, même avec ses pairs. Il était également dépourvu de tout scrupule et passablement cruel. Mais Geraldine se disait qu'après tout nul n'est parfait.

Son second fils, Michael, faisait son désespoir : il ne tenait en rien des Montrose. Il avait hérité la haute stature de son père, mais aussi des cheveux auburn et un teint coloré que Geraldine trouvait trop proches du type irlandais pour ne pas paraître suspects dans une famille de bonne souche. Il sentait la plèbe; d'ailleurs, malgré ses dons pour le travail scolaire, il n'aimait rien tant que la compagnie des palefreniers, valets et filles de ferme, colporteurs... toute la racaille irlandaise. Sans doute un Hartington avait-il, jadis, frayé avec une paysanne; Geraldine ne voyait pas d'autre explication à un tel atavisme. Pour elle, aucune famille de vieille noblesse ne pouvait produire un être aussi commun, sauf si son sang avait été souillé par celui d'une race inférieure.

Elle remerciait le Seigneur que Michael ne fût point l'aîné.

2

« Laisse-moi t'aider à actionner le soufflet, s'il te plaît, Sean! » supplia le petit Michael.

Le maréchal-ferrant, un colosse, accéda bien volontiers à sa demande. Le jeune garçon hantait les écuries depuis qu'il était en âge d'échapper à son précepteur. L'odeur des chevaux et la simplicité des gens qui s'en occupaient offraient un tel contraste avec sa famille!

Grâce à eux – Sean, les palefreniers, les garçons

d'écurie –, Michael apprenait à connaître les Irlandais. Il jouait avec leurs enfants, quand ceux-ci n'étaient pas accablés de corvées. Il leur donnait, à l'occasion, un coup de main pour traire les vaches, couper le bois, effectuer les mille et un travaux nécessaires à leur subsistance. Sa chaleur et sa robustesse lui avaient valu d'être adopté par le petit peuple du domaine bien qu'il fût issu d'une classe honnie.

Geraldine avait toujours vu ces relations d'un très mauvais œil.

« Etre à tu et à toi avec ces vauriens ne donnera rien de bon », déclarait-elle solennellement.

Mais Sir Jeffrey avait lui-même été longtemps en contact avec les palefreniers sans perdre pour autant le sens de son rang; aussi ne prenait-il pas ces avertissements très au sérieux.

« Sean, crois-tu que je serai jamais assez fort pour devenir forgeron? » demanda un jour Michael.

Il avait alors neuf ans et regardait avec admiration le géant au travail, son tablier de cuir maculé, ses mains larges comme des battoirs, son visage buriné grimaçant sous l'effet de la chaleur du foyer. Avant de répondre, Sean saisit, avec d'énormes pinces, le fer à cheval incandescent et le posa sur la vaste enclume qui occupait le centre de la forge.

« Assez fort, je n'en doute pas, monsieur Michael; ces derniers temps, vous vous êtes développé comme un petit chêne. Mais j'ai bien peur que taper sur l'enclume ne soit pas convenable pour vous.

– Pourquoi, Sean? A cause de la position de mon père?

– Vous grandirez, mon garçon, vous deviendrez un beau gentilhomme comme lui et comme votre frère, et vous ne ferez plus grand cas des gens comme nous.

– Ce n'est pas vrai, Sean! Randolph héritera de tout. Ma mère m'a expliqué le système. On appelle ça le droit d'aînesse. Cela signifie qu'à la mort de père les maisons, l'argent, les chevaux et tout le reste reviendront à mon frère. Ma mère dit qu'il me faudra trouver un métier ou obtenir un brevet d'officier pour gagner ma vie. Je ne m'entends pas très bien avec Randolph et je doute qu'il me laisse une part de son héritage.

– Effectivement, mon garçon, votre frère n'a pas l'air généreux, et c'est une chose qui, en général, ne s'améliore pas avec l'âge.

– Sais-tu ce qu'il fait parfois, Sean? Il me prend mes soldats de plomb, les cache dans sa chambre, et si je me fâche, il va raconter à mère que c'est le fils de la cuisinière qui les a volés. Alors mère entre en fureur, retient le prix des soldats sur les gages de la cuisinière. Et elle refuse de me croire quand je lui dis que Randolph est le coupable. »

Le géant leva les yeux de son travail pour observer le garçon tout en boucles rousses et en taches de son, assis par terre, les bras autour de ses jambes ramenées sous le menton. N'étaient son langage châtié et son noble maintien, ce gamin eût assurément pu être des leurs.

« Et que répond votre mère quand vous lui dites la vérité?

– Que ce n'est pas bien de calomnier son frère, que je prends toujours le parti des domestiques, et que je finirai mal.

– Avez-vous déjà essayé de mettre votre père au courant?

– Bien sûr! Il sait que Randolph ment, j'en suis certain. Je l'ai déjà entendu lui reprocher avec véhémence sa « conduite inqualifiable ». Mais je crois qu'il n'aime pas contrarier mère pour tout ce qui nous concerne, Randolph et moi. Il dit que c'est elle qui a la charge de la maison, des enfants, et qu'il n'a pas à s'immiscer dans ses tâches.

– C'est la même chose dans toutes les familles.

Chez les riches comme chez les pauvres, les gosses sont l'affaire des femmes, et les hommes n'osent pas intervenir. »

Le forgeron gloussa intérieurement en imaginant son illustre seigneur tremblant devant son épouse.

« Quand une femme se met en tête de préférer un de ses enfants, il n'y a pas un père sur dix qui s'aviserait de la contrarier, reprit Sean. Autant déchaîner les foudres divines! »

Michael hocha gravement la tête : Sean savait lui expliquer les choses dans les termes les plus simples et les plus sensés, à la différence de Mr. Simpson, son précepteur, qui avait l'art de tout compliquer, fût-ce un simple bonjour. Il remerciait le Ciel de lui avoir accordé tant de facilités dans les études, car Mr. Simpson, conscient des préférences de Lady Geraldine pour son fils aîné, s'arrangeait toujours pour que les leçons de Michael soient plus difficiles que celles de son frère.

Quand Michael rêvassait ou traînassait sur son travail, il était sévèrement puni. Quand Randolph mentait ou trichait, on le grondait gentiment, puis on lui expliquait qu'il devait s'efforcer de vaincre ses petits défauts. L'injustice contribua ainsi à achever ce que la nature avait commencé : elle affina la supériorité intellectuelle, affective et morale de Michael sur son frère et conforta Randolph dans ses travers.

3

Mary Dalton rêvait devant la montagne de linge à repriser empilé sur ses genoux. Par la pensée, elle s'était évadée de la misérable chaumière aux murs de torchis et se trouvait dans le grand salon d'un hôtel particulier de Dublin. Elle admirait le lustre de cristal, le service à thé en argent, les lourdes draperies damassées, fruits de son imagination. Elle soupira devant tant de beauté et laissa ses doigts courir mollement sur sa pile de chaussettes rêches, l'esprit très loin de la pièce enfumée où elle se trouvait.

Mary était l'unique fille d'un métayer de Drumgillan. Comme tant d'autres aristocrates irlandais chassés de leurs terres par les invasions anglaises du XVIIe siècle, les Dalton, ancêtres de Mary, étaient revenus sur leur ancienne propriété une fois le calme rétabli. Devenus métayers, eux les premiers seigneurs des lieux, ils s'étaient installés à la périphérie du domaine, lequel appartenait alors à David Hartington, premier comte de Rathconrath.

De temps à autre, dans ses moments de rêverie, Mary se voyait en grande dame, comme ses lointaines aïeules. Elle s'inventait une vie où c'était elle, et non les Hartington, qui possédait Drumgillan et habitait le manoir. Après tout, les Dalton avaient exploité le domaine pendant des siècles, bien avant la naissance de Mary. Et, pendant la grande famine de 1846, ils avaient mieux résisté que bien d'autres dans la province de Leinster, pour cette simple raison que tous – excepté la famille de Christopher Dalton, le père de Mary – avaient émigré. Il y avait ainsi moins de bouches à nourrir.

« A quoi penses-tu, Mary ? »

A quarante ans, Len Dalton en paraissait au moins soixante. Penchée sur l'énorme marmite en fer, elle surveillait la cuisson des pommes de terre, des quelques navets et du minuscule morceau d'agneau qui, accompagnés de pain, constitueraient le repas du soir. Arrachée à sa rêverie, Mary redescendit brusquement sur le sol de terre battue. Elle posa précipitamment le monceau de chaussettes de son père et de ses quatre frères, et rejoignit sa mère près de l'âtre.

« Laisse-moi faire ça, maman, je finirai mon raccommodage après dîner. Tu devrais t'allonger un moment, tu en as besoin. »

Mary rejeta ses cheveux en arrière, d'un geste machinal, et prit la longue cuiller de bois.

« Je me reposerai bien assez tôt, ma fille. »

Mary regarda sa mère redresser péniblement son dos voûté par les tâches ménagères, et comprit qu'elle risquait fort de ne pas survivre à sa nouvelle grossesse. Avec la précision d'une sage-femme, elle calcula que l'enfant naîtrait dans six semaines exactement. A la différence de ses autres maternités, celle-ci semblait miner la force vitale de cette femme déjà fragile et arthritique. Le sentiment que cet accouchement imminent lui serait fatal hantait Mary.

« Tu es gentille, Mary, dit Len. Quelle tristesse de penser que tu vas peut-être avoir à assumer toutes les responsabilités quand le bébé sera là! »

D'un instant à l'autre, dans un relent de boue et de sueur, Franck, Paddy et Dev allaient faire irruption par la porte à double battant. Sans un mot, ils se précipiteraient à table, avec leur père, pour engloutir les énormes assiettées de brouet qui leur donneraient, pour le lendemain, la force de labourer et de herser. Rory arriverait un peu plus tard, sale, en nage, exhalant l'odeur écœurante de la forge. Rory, le seul de ses frères avec lequel Mary eût des affinités, aimait rêver, lui aussi.

En arrivant, Christopher donna une tape sur le postérieur de son épouse, geste d'affection autant que de possession. Puis il s'assit au haut bout de la table, attendant d'être servi.

« Ce salaud d'intendant vient dans une semaine encaisser le fermage, dit-il. Va falloir en mettre un sacré coup, demain! »

Mary et Len servirent le ragoût, remplissant les assiettes, à mesure qu'elles étaient vidées, jusqu'à ce que les hommes soient enfin rassasiés. Elles-mêmes mangeaient debout, dans les intervalles du service.

« Allez, assieds-toi avant de tomber, murmura la jeune fille à sa mère. Je vais débarrasser et servir le thé.

– Tu es gentille, Mary », répondit Len.

Paroles machinales mais que Mary savait sincères. Seule la fatigue empêchait sa mère d'en dire davantage.

Len n'avait cessé d'être enceinte durant toute sa vie adulte. Depuis le jour de son mariage, elle était entrée dans le cycle infernal qui rythmait la vie de la population pauvre et catholique : une succession ininterrompue de grossesses, de fausses couches, de naissances et d'enfants morts en bas âge. L'Eglise encourageait la procréation, afin de peupler le monde de petits catholiques, tout en considérant le sexe en lui-même comme une calamité. Le froid des nuits irlandaises, l'existence rude, sans autre distraction, des paysans, faisaient le reste : les grossesses étaient fréquentes, et les gens s'accommodaient des prêches tonitruants contre le plaisir charnel.

Le médecin du village avait mis Len en garde contre toute nouvelle maternité. Les risques étaient grands, en effet, et, dans son for intérieur, il espérait que Christopher se montrerait compréhensif. Les rapports sexuels représentaient plus une corvée qu'un plaisir pour cette femme épuisée qui, de surcroît, avait fait un mariage de raison et non d'amour.

Les deux femmes desservirent, plongeant la vaisselle dans un baquet que Mary avait rempli d'eau froide, tirée du puits, tiédie par l'eau de la bouilloire. Elles lavèrent, essuyèrent, puis portèrent le lourd baquet jusqu'à la porte de la chaumière et en vidèrent le contenu dans leur minuscule jardin.

« Comme si les plantes pouvaient un jour manquer d'eau, dans ce pays! » répétait chaque fois Len, en regardant le sol déjà détrempé.

Puis chacune s'installa au coin du feu et se pencha sur son ouvrage : ravaudage pour Mary, tricot pour Len qui, de ses doigts de fée, savait confectionner un chandail en quelques soirées.

Rory s'installa tout près de l'âtre, pour essayer de lire à la faible lueur des flammes; sitôt le repas terminé, ses frères étaient allés rejoindre leurs amis dans une maison voisine où ils ne parlaient que Révolution. S'il n'avait éprouvé ce désir insatiable de lire, d'apprendre, d'étudier, Rory les aurait suivis depuis longtemps.

« J'ai un nouveau livre pour toi, Mary, dit-il à voix basse, car leur père estimait que la lecture était un gaspillage de temps. Ecrit par une femme, une certaine Brontë. La dame de la bibliothèque m'a dit que c'était un beau roman, alors je te l'ai apporté. »

Mary s'en empara avec un sourire de reconnaissance. Elle savait que les goûts de son frère allaient plutôt aux récits historiques et aux histoires de marins. Leurs rêves d'évasion et d'aventures différaient, mais tous deux se raccrochaient pareillement à l'idée qu'une autre vie était possible. Rory mettait ses espoirs dans une lutte acharnée, alors que Mary caressait mélancoliquement le rêve que son heure viendrait un jour et qu'elle serait prête.

*

Mary portait en elle le deuil de sa mère comme un poids écrasant dont elle ne pouvait se décharger.

Le bébé – ou plutôt la pauvre petite chose qui était sortie des entrailles de Len – était mort quelques minutes après sa naissance, étranglé par le cordon ombilical. Mary avait veillé la moribonde, épongeant son visage terreux, humectant ses lèvres crevassées, inversant d'instinct leurs rôles respectifs de mère et d'enfant en lui fredonnant une berceuse afin de l'apaiser.

A présent, elle regardait le grossier cercueil de sapin, sur lequel reposait une petite boîte, s'enfoncer lentement dans la fosse. Un vent froid et humide faisait claquer son châle et entortillait sa jupe autour de ses chevilles. Elle ne remarquait ni la boue dans laquelle elle pataugeait ni le vent qui cinglait ses joues. La voix monotone du prêtre récitant l'interminable prière des morts lui parvenait comme un murmure confus.

« Tu es poussière, et tu retourneras à la poussière... Dans l'espérance de la résurrection... » Mary avait l'impression que cela n'en finirait jamais. Tous ces mots lui paraissaient dépourvus de sens, grotesques.

« On peut vivre autrement », se répétait-elle inlassablement, pour chasser de son esprit le spectre de la mort et conjurer sa terreur de connaître le même destin que sa mère.

« Nous rentrons à la maison, viens, Mary. Ne reste pas sous la pluie. »

Rory prit sa sœur par l'épaule. Le vent soufflait si fort, maintenant, qu'il couvrait ses paroles. Elle se tourna vers lui, aveuglée par les larmes.

« Je ne les laisserai jamais m'enterrer vivante comme elle, Rory, jamais.

– Allons, Mary, ce n'est pas le moment de dire ça. »

Le petit forgeron était bien le seul à pouvoir comprendre ce qu'elle redoutait.

4

Michael Hartington était le révolté de la famille; qu'un jeune homme de si haute extraction pût frayer avec les paysans du domaine, c'était plus qu'incroyable, consternant. Tel était du moins l'avis de Lady Geraldine et de Randolph. Quant à Sir Jeffrey, il trouvait certes bien regrettable que son cadet continuât de fréquenter ainsi les métayers, mais cet étrange intérêt ne l'inquiétait pas outre mesure : ce poulain trop fougueux avait tout simplement besoin de galoper un peu partout!

Les métaphores de Sir Jeffrey présentaient toujours un rapport avec les chevaux – sa passion et son obsession. Il les élevait, les entraînait, les engageait dans des courses, et pariait sur eux, gagnant ou perdant des fortunes. Il se montrait bien plus attentif et perspicace envers eux qu'envers sa femme et ses fils.

« Michael jette sa gourme, ma chère », disait-il avec un brin d'emphase quand Lady Geraldine attirait son attention sur le comportement de leur fils. « Il est encore jeune, il faut lui laisser la bride sur le cou. »

Quelle que fût l'opinion de son épouse, Sir Jeffrey trouvait Michael tout à fait remarquable : fort, viril, intelligent et pragmatique, il savait, de surcroît, très bien s'y prendre avec les chevaux.

Sir Jeffrey passait une bonne partie de son temps à tenir sa comptabilité, dans sa confortable bibliothèque lambrissée. Une tâche qu'il détestait et à laquelle il aurait aimé pouvoir se soustraire. Malheureusement, l'argent constituait un élément essentiel de son existence d'éleveur passionné. Tout ce que lui rapportaient les fermages et la production du domaine servait à payer l'entretien des chevaux, les voyages qu'il effectuait pour en acheter d'autres, et les innombrables frais que lui occasionnait son obsession. Les chevaux étaient toute sa vie!

Il se réjouissait que Randolph semblât si doué pour les chiffres. Dès son retour d'Oxford, il pourrait sans crainte lui confier cette corvée. Après tout, Randolph était le futur comte de Rathconrath; un jour, terres, paysans, bétail, villages, tout lui appartiendrait. Toutefois, Sir Jeffrey regrettait que Randolph dût également hériter des chevaux. Il eût été préférable de les laisser à Michael qui, lui, savait apprécier une belle monture.

Parfois, il se disait même que Michael ferait un meilleur comte que son frère. Plus sportif en tout cas. Il y avait pensé, ces dernières années, bien qu'il restât profondément attaché au système anglais de primogéniture. Il ne fallait pas morceler un domaine comme celui de Drumgillan. Sir Jeffrey veillerait à ce que Michael trouve sa voie. Mais il était tout de même désolant qu'il ne fût pas né le premier.

On ne pouvait guère mettre au crédit de Randolph que son esprit méthodique et son sens des affaires. Sir Jeffrey avait depuis longtemps remarqué sa fâcheuse propension à la cruauté. Ne l'avait-il pas vu, un jour, raccourcir volontairement le mors d'un cheval, jusqu'à blesser profondément les lèvres de l'animal? Ecœuré par le sourire sadique qui éclairait le visage du garçon, il lui avait administré une bonne correction. Depuis cet incident, il ne l'encourageait plus à s'occuper des chevaux. Selon lui, la conduite d'un homme avec sa monture était révélatrice de son caractère. Qu'il soit généreux ou avare, fort ou faible, honnête ou roublard, subtil ou grossier, on voyait immédiatement ce qu'il valait.

Cette pensée réconfortait Sir Jeffrey : il était rassurant que le monde fût si facile à comprendre.

5

Mary dévalait la prairie, balançant le petit panier contenant le déjeuner que Rory avait oublié ce matin : une tranche d'agneau froid et deux morceaux de pain dans une gamelle.

Elle raffolait de ces courses à travers champs, quand le printemps piquetait de fleurs l'herbe tendre, que bruyères et rhododendrons embaumaient. Par cette si belle journée, elle se sentait heureuse de vivre, d'échapper à la chaumière où elle étouffait depuis la mort de sa mère. Elle avait dix-sept ans, la taille bien prise. Chaque matin, le sentiment s'éveillait en elle qu'un événement merveilleux surviendrait, qui illuminerait sa vie. Et chaque soir, elle se couchait, déçue.

Sur le seuil de l'écurie, elle appela son frère. Comme aucune réponse ne lui parvenait, elle poussa les lourds battants de bois et s'élança dans la pénombre fraîche où elle se heurta à Michael Hartington. De surprise, elle trébucha, lâcha son panier qui roula sur la paille boueuse. Mais elle fut bien plus stupéfaite de sentir que des bras vigoureux la retenaient dans sa chute. Rougissant jusqu'aux oreilles, elle leva la tête et croisa le regard amusé du jeune homme le plus séduisant qu'elle eût jamais rencontré. Clouée sur place, le cœur battant, elle ne put détacher ses yeux de ceux de Michael.

Celui-ci avait une longue expérience des jeunes filles. Il tint Mary dans ses bras un peu plus

Michael, aussi embarrassé que la jeune fille, cherchait quelle tactique adopter. Son instinct l'avertissait qu'un mot malheureux suffirait à la faire fuir.

« Où habites-tu à Drumgillan, Mary?

– Au sud du domaine, monsieur. Mon père loue des terres qu'il exploite avec trois de mes frères. Vous avez vu le quatrième, Rory, à la forge. Il sera bientôt maréchal-ferrant, car notre petite ferme ne peut nourrir tout le monde.

– Quelle chance pour un père d'avoir tant de bras pour l'aider! »

Michael savait que, pour un métayer, rien n'était aussi précieux qu'un garçon et plus inutile qu'une fille.

« Ma pauvre mère ne serait peut-être pas morte, il y a un an, si elle avait eu l'aide d'une ou de deux autres filles. Il y a tant à faire dans une maison remplie d'hommes! »

Il lui sembla que le ton de la jeune fille révélait une douleur secrète qui allait bien au-delà de la simple évocation d'une morte.

« Sais-tu qui je suis, Mary? demanda-t-il d'une voix très douce.

– Oui, monsieur. Vous êtes le fils cadet de M. le comte. Tout le monde vous connaît à Drumgillan. »

Elle leva vers lui un regard pétillant.

« C'est vous qui fréquentez les paysans; et il paraît que cela déplaît à votre mère. »

Michael éclata de rire.

« On ne peut rien te cacher! Que dit-on d'autre sur moi? »

Sa voix chaleureuse mettait Mary en confiance. Ce n'était, après tout, pas si difficile que cela de lui parler. A condition, toutefois, de ne pas regarder ses yeux.

« On dit que vous savez vous y prendre avec les chevaux, que vous êtes plus sympathique que votre frère, et que, si c'était vous l'héritier de Drumgillan, les métayers craindraient moins pour leur avenir. »

Elle s'interrompit brusquement, hésitant à continuer.

« Et quoi encore? »

Touchée par son attitude amicale, amusée aussi, elle osa lever son regard vers lui.

« On dit également que vous aimez les femmes. »

Il partit d'un grand rire.

« Alors, tu ne serais pas surprise si je te volais un petit baiser? »

Il lui tendit les bras, mais la déception qu'il lut sur son visage l'arrêta net. Elle ne songeait pas à flirter, comme il l'avait cru, elle répondait simplement à sa question. Embarrassé, furieux contre lui-même, il se maudit d'avoir été si sot.

« Je vous en prie, monsieur, dit-elle avec une dignité empreinte de douceur. Ce ne serait pas bien.

– Pardonne-moi, Mary, tu as raison. Je ne suis qu'un goujat. »

Ils reprirent leur marche, en silence. Michael ne comprenait pas pourquoi cette petite paysanne l'émouvait et l'impressionnait à ce point. Il était aussi mal à l'aise que s'il avait osé un geste obscène en présence d'une grande dame.

6

« A quoi rêves-tu, Mary? demanda Michael par un bel après-midi d'été.

Assis à côté d'elle, dans l'herbe haute de la prairie, il la contemplait, intrigué. Il ne parvenait pas à concevoir les espoirs et les désirs secrets d'une fille de sa condition.

« Je rêve d'une vie meilleure que celle de ma mère, d'amour véritable, d'enfants... »

Elle hésita avant de poursuivre.

« Et aussi d'être une dame. »

Michael fut attendri par tant de candeur.

« Et que ferais-tu si tu étais une dame? »

Elle se tut un court instant.

« Je suppose que j'aimerais mon mari et mes enfants de la même manière que si j'étais l'épouse d'un fermier. »

Son visage s'éclaira brusquement.

« Mais je porterais des robes de soie bordées de dentelle et des chapeaux de paille à fleurs. Mes enfants iraient au collège et j'aurais une bibliothèque remplie de livres dont j'ai toujours eu envie. J'achèterais aussi une ferme en Amérique pour mon frère Rory. »

Elle prit le temps de réfléchir pour être sûre de ne rien oublier, puis ajouta :

« J'habiterais un château comme Drumgillan avec tellement de pièces que chacun y aurait sa chambre. Je me coifferais avec une brosse à manche d'argent et j'aurais des chaussures à boucles dorées! »

Elle ponctua la fin de son énumération d'un geste de la main et d'un petit rire, comme si elle ne prenait pas très au sérieux des rêves aussi fous. Mais Michael ne fut pas dupe. Ce qu'il considérait depuis toujours comme un dû pour lui, Mary le désirait de toutes ses forces. Une émotion indéfinissable l'étreignit. Peut-être était-ce de la compassion, se mêlant au besoin impérieux de la protéger.

Après leur première rencontre, il s'était arrangé pour la rencontrer discrètement. Rory lui communiquait à contrecœur son emploi du temps et il faisait en sorte de se trouver au même endroit qu'elle chaque fois qu'il le pouvait.

Grâce à elle, il découvrait un monde presque inconnu. Elle différait totalement de ces femmes de l'aristocratie, si expertes en subtilités, en intrigues, en manipulations, amoureuses ou autres. Il émanait d'elle une féminité tellement naïve qu'elle ne semblait même pas consciente de l'attrait qu'elle exerçait sur Michael.

« Et vous, Michael, quel est votre rêve, vous qui en vivez déjà un? »

Il l'observa attentivement, pensant aux vains propos qu'il destinait aux jeunes filles de son milieu. Mary, elle, méritait qu'on lui dise la vérité.

« Ma vie a été réglée dès ma naissance. Je suis destiné à adopter les valeurs des gens de ma caste, à poursuivre mes études dans la même université, à rire des mêmes plaisanteries, à mépriser les Irlandais... Pourquoi suis-je différent d'eux, je ne le sais pas. Depuis l'enfance, je me sens plus proche de la terre, de la nature, des fermiers. Peut-être suis-je moins raffiné que les amis de ma famille, mais, que veux-tu, nous ne sommes pas faits du même bois; je suis plus fort, plus libre, plus sauvage. »

Il sourit. Jamais encore il ne s'était livré de la sorte.

« Je vous trouve parfait ainsi », dit timidement Mary.

Elle avait détourné son regard et l'avait porté sur l'herbe et les boutons-d'or que ses doigts caressaient.

Sa longue chevelure s'était dénouée et de fines mèches brillantes cachaient son front. Michael les écarta d'un geste tendre.

« Je suis loin d'être parfait, Mary. Mais, quand nous parlons ensemble, je comprends mieux les choses, le monde... l'univers... et moi. Surtout moi. Avec toi, tout devient plus clair. »

Elle leva les yeux vers lui. Comme elle aimait le regarder, malgré le trouble qu'elle ressentait! Il représentait le monde meilleur dont elle rêvait. Il ouvrait les portes de son imagination. Grâce à lui, elle reprenait confiance en la vie, en son avenir.

« As-tu jamais songé à travailler au manoir, Mary?

– C'est impossible, Michael, il faut que je fasse la cuisine et le raccommodage pour mon père et mes frères.

– Je pensais que c'était peut-être un moyen de nous voir plus souvent. »

Il essaya de prendre un ton dégagé, mais il craignait un peu sa réaction. Ne trouverait-elle pas cette proposition inconvenante? Elle était tellement différente des autres! L'idée le traversa que tout serait plus simple s'il pouvait la séduire et en finir avec cette histoire. Il se reprocha aussitôt cette pensée indigne de leur amitié. Il ne désirait que la savoir plus près de lui.

Mary le considéra d'un air perplexe. Travailler au manoir représenterait pour elle l'évasion, la liberté. Etre la dernière des bonnes dans la splendide demeure des Hartington valait mieux que de végéter dans sa misérable chaumière. Quant à la perspective d'être plus proche de Michael... la seule pensée de cette intimité rendait la vie beaucoup plus supportable.

Lorsque Mary annonça à son père qu'elle désirait travailler au manoir, sa réaction fut si violente qu'elle y renonça immédiatement.

« Jamais de ma vie, je n'ai entendu chose pareille : une fille qui abandonne sa propre famille! As-tu pensé à ce que tes frères et moi deviendrions sans une femme à la maison pour faire la cuisine et le ménage? »

Tout en parlant, il arpentait la maison d'un pas

furieux qui faisait trembler les tasses, et Mary dut s'excuser d'avoir osé émettre une telle idée.

*

Elle venait d'avoir dix-huit ans quand son père annonça son remariage avec Eileen Casey, une veuve du village. Celle-ci apportait en dot deux vaches, trois cochons, quelques broderies et un caractère des plus irascibles.

Très vite la mésentente s'installa entre Mary et sa belle-mère, rendant l'atmosphère intenable dans la chaumière.

« J'ai repensé à ton idée de travailler au manoir, dit un soir Christopher Dalton à sa fille. Si ton bonheur en dépend, eh bien, fais-le. »

Mary éprouva autant de joie que de peine à l'annonce de cette nouvelle, tant la décevait l'hypocrisie de son père.

« J'irai dès qu'ils voudront de moi, papa », dit-elle en feignant de ne pas voir la mine victorieuse d'Eileen.

A Drumgillan, le travail ne connaissait guère de répit : un jour de repos mensuel et une heure le dimanche pour assister à la messe. Mais jamais Mary n'avait connu un tel bonheur. Elle était près de Michael, elle apprenait ce à quoi elle avait toujours aspiré, elle était libre.

Chaque fois qu'elle parvenait à s'échapper quelques instants pour rejoindre l'homme auquel elle était de plus en plus attachée, un grand bien-être l'envahissait. En le voyant debout sur la colline où ils se retrouvaient, les cheveux décoiffés par le vent, les mollets bien pris dans ses bottes de cheval, ses hanches minces contrastant avec sa forte carrure, elle perdait la tête. A plusieurs reprises elle l'avait laissé la prendre dans ses bras. Il suffisait qu'il caresse ses cheveux, ou qu'il plonge son regard dans le sien, pour que les battements de son cœur s'accélèrent.

Michael éprouvait les mêmes sensations. Depuis leur rencontre, Mary lui posait un problème délicat autant qu'agréable. Il la désirait infiniment plus que toutes les femmes qui avaient traversé sa vie ou partagé son lit. Dans le même temps, il la respectait comme la seule amie qu'il ait jamais eue.

Mais il s'inquiétait de savoir où les mènerait cette amitié. Il était impossible d'épouser la jeune fille, et indigne d'elle de la prendre comme maîtresse. Pourtant, il la sentait prête, maintenant, à céder à son désir. Elle était trop innocente pour pouvoir dissimuler l'affection qu'elle lui portait. Cette vulnérabilité même renforçait son envie de la protéger et lui donnait mauvaise conscience.

Il avait envisagé de mettre un terme à leur relation. Mais maintenant les femmes faciles le laissaient indifférent. Trop souvent, il se surprenait à rêver de la douce poitrine de Mary, de sa chevelure auburn, de son regard nostalgique et de son rire.

7

Un jour, plusieurs mois après l'entrée en fonction de Mary à Drumgillan, les deux jeunes gens partirent en promenade à cheval. Le soleil s'était subitement caché et de grosses gouttes commencèrent à tomber. Mary tendit le bras vers Michael comme si elle voulait partager avec lui la joie qu'elle éprouvait à l'approche de l'orage. Déjà, toute petite, le tonnerre et les éclairs l'enthousiasmaient.

« Mary! cria Michael au milieu des rafales, il y a une petite chaumière abandonnée non loin d'ici. Allons nous y réfugier. Il ne faut pas rester sous la pluie, même si tu aimes ça. »

Ils lancèrent leurs montures au galop à travers la campagne qui s'obscurcissait pour atteindre leur abri. Après avoir mis pied à terre, ils attachèrent leurs chevaux et, la main dans la main, se précipitèrent à l'intérieur. Il y faisait sombre et humide.

« Il y a une caisse de tourbe et un briquet à amadou, dit Michael en regardant frissonner la jeune fille. C'est ici que je viens parfois pour fuir le monde. »

Tout en parlant, il commença à préparer le feu.

« C'est un endroit tranquille pour réfléchir, reprit-il. J'y ai même dormi une ou deux fois. Il y a des couvertures dans le placard. Tu devrais en prendre une et t'enrouler dedans. »

Il était accroupi, un genou par terre. Mary observait ses grandes mains occupées à leur tâche, ses cuisses musclées qui tendaient la gabardine de sa culotte de cheval.

Michael se releva, satisfait : le feu commençait à ronfler. Puis il ôta sa veste et sa chemise trempées. Elle resta clouée sur place tandis qu'il retirait ses vêtements sans la moindre gêne et se réchauffait devant les flammes comme s'il eût été tout naturel de se dévêtir devant une jeune fille. Elle n'avait jamais rien vu d'aussi beau que son dos et son torse dénudés. Il prit une couverture dans le placard et la déploya sur ses épaules.

S'amusant de son air stupéfait et tenant la couverture comme une cape, Michael lui ouvrit les bras.

« Viens que je te réchauffe. »

Elle fut incapable de résister à l'envie d'être

protégée et réconfortée. Le contact de sa poitrine et de ses bras trempés avec la peau du jeune homme avait quelque chose de doux et de sensuel.

Comme elle s'y attendait, il se pencha sur elle et elle lui offrit ses lèvres. Comment la bouche d'un homme pouvait-elle être à la fois si tendre et si ferme?

Il caressait ses cheveux d'une main tandis que l'autre semblait être partout à la fois. Mary savait qu'elle n'aurait pas dû le laisser faire, mais quel autre moyen avait-elle d'apprendre à lui plaire?...

Ses caresses la rendaient folle et elle trouvait cela merveilleux. Depuis le jour où ils s'étaient connus, elle pressentait qu'il en serait ainsi. Elle essaya de se dégager, mais il la serra davantage, devinant qu'elle ne cherchait pas vraiment à se libérer. Elle ne pensait pas aux conséquences possibles, elle ne pensait à rien.

Michael enfouit son visage dans les cheveux emmêlés de Mary. Il l'enlaça, non plus en séducteur mais en protecteur. Et Mary comprit qu'il l'aimait. Elle ne l'aurait pas repoussé... Elle ne lui aurait rien refusé.

« Oh! Mary, ma Mary! murmura-t-il. Qu'allons-nous faire? Dans quelle situation nous sommes-nous mis?

– Je ne peux pas avoir peur dans tes bras, Michael. Il y a si longtemps que je rêve de ce moment. »

Il regarda la jeune fille d'un air triste. Aucune femme de son milieu n'aurait fait un tel aveu à un homme avant qu'il ne déclare ses intentions.

Blottis dans la couverture de laine, ils regardèrent la brume qui avait succédé à la pluie. Tout l'après-midi ils restèrent à parler, si proches l'un de l'autre, et pourtant si loin.

« Il se fait tard, Mary. Nous devons rentrer.

– Oui. »

Dans la pénombre, il plongea son regard dans les yeux de Mary.

« Je veux que tu saches que je ne te considère pas comme une simple amie. Je ne sais pas ce que nous allons faire, mais je vais trouver une solution. »

Elle garda le silence.

« Je crois que je t'aime, lui dit-il avec douceur comme s'il craignait que ses paroles ne la blessent.

– Moi aussi, Michael, dit-elle sans la moindre hésitation, et je ne demande rien de plus. Ne t'inquiète pas. »

Ils restèrent encore un long moment dans leur petit refuge, n'ayant aucune envie de partir, s'efforçant tous deux de graver dans leur mémoire les moindres détails de cette journée afin de pouvoir les retrouver quand ils seraient seuls.

8

Quelques semaines plus tard, alors que Michael revenait de l'écurie et se dirigeait vers le manoir, il entendit la voix furieuse de son frère venant de la cuisine toute proche. Comme c'est étrange, songea-t-il. Randy ne s'occupe jamais des domestiques et c'est bien la première fois que je le vois à l'office.

S'efforçant de saisir la cause du vacarme, il fut surpris d'entendre la voix de Mary, effrayée, implorante, puis le bruit sec d'une paire de gifles. Il vit la jeune fille, rouge de honte, sortir en courant et traverser le potager en direction du pré. La cuisinière la poursuivit jusqu'au carré de laitues en criant des paroles incompréhensibles puis rebroussa chemin juste au moment où Michael, intrigué, parvenait à la porte de la cuisine. Les mains sur les hanches, Randolph arborait un petit sourire sadique. La vieille femme s'adressa à lui humblement.

« Je vous demande bien pardon, monsieur le comte. Je vais m'occuper de cette jeune insolente. Vous pouvez compter sur moi. »

Elle esquissa une révérence, manqua tomber et, s'apercevant de la présence de Michael, se dirigea vers ses fourneaux en grommelant.

« Que signifie tout ce tapage, Randy? » demanda Michael d'un ton faussement indifférent.

Randolph ricana.

« J'ai surpris cette sale rouquine en train de voler une cuiller en argent. Quand j'ai voulu la lui faire lâcher, elle a eu l'audace de se débattre. Elle s'est enfuie dans la cuisine, je l'ai rattrapée et avec l'aide de la cuisinière je lui ai donné une paire de claques. Je crois qu'elle n'est pas près de recommencer. »

Avec une nonchalance affectée, il prit une poire dans la coupe posée sur la table et commença à la grignoter. Michael s'efforça de maîtriser la colère et le dégoût que lui inspirait son frère.

« Je vois. Et vous, demanda-t-il à la cuisinière, qu'en pensez-vous?

– Je crois qu'il va falloir se débarrasser de cette fille. Ce n'est pas la première fois que Mr. Randolph est obligé de la corriger. »

Michael commençait à comprendre. Mary ne lui avait rien dit des avances de son frère pour ne pas le mettre dans l'embarras. Il aurait pourtant dû se rendre compte qu'une jeune fille comme elle ne pouvait échapper à l'attention de Randolph. Michael eut un haut-le-cœur en imaginant les mains de Randolph sur le corps de Mary. Il se retourna brusquement et sortit, poursuivi par le rire de son aîné.

Il savait où trouver Mary : la chaumière abandonnée n'était-elle pas leur refuge? A grandes enjambées, il traversa la prairie, puis la tourbière. Dans la masure, recroquevillée contre la cheminée, Mary sanglotait doucement. Elle se jeta contre sa poitrine.

« Mary, pourquoi ne pas m'avoir dit que Randolph t'importunait ? »

Elle leva vers lui des yeux hagards et ses pleurs redoublèrent. Il lui caressa les cheveux, comme à une enfant, jusqu'à ce qu'elle se calme.

« J'avais peur que vous ne vous disputiez. On aurait alors découvert notre amitié, et j'aurais été chassée de Drumgillan.

– Jamais je ne permettrai cela ! » s'écria-t-il.

Il s'allongea près de la jeune fille, contre ce cœur qu'il sentait battre à tout rompre, et la berça.

« Michael, la situation est sans issue. Je ne peux m'empêcher de penser à toi, au point d'oublier tout le reste. Cet après-midi passé dans tes bras m'a transformée. Je ne suis plus la même. La pensée qu'on pourrait m'éloigner de toi m'angoisse. Pourtant, à quoi cela nous mène-t-il de vivre côte à côte ? Parfois je pense que je mourrai d'amour, mais c'est plutôt le désespoir qui me tuera. »

Des larmes luisirent à nouveau dans ses yeux. Michael songea au sort qui la menaçait : retourner chez son père équivaudrait à être enterrée vivante. D'autre part, rester à Drumgillan l'exposait à des dangers de nature différente. Randolph... ou lui-même, Michael.

Pendant un long moment, il berça la jeune fille. Ce corps, si doux, si chaud contre le sien, le troublait, chassait peu à peu ses scrupules, ses appréhensions. Il se pencha sur les lèvres qui s'offraient à lui. Mary répondit à son baiser avec une telle ardeur que plus rien, soudain, ne compta pour lui. Il tendit la main vers le col de sa robe, dégagea ses épaules, sa gorge, sur lesquelles il promena ses lèvres brûlantes.

« Je t'aime, je t'aime », murmurait-elle en l'étreignant.

Incapable de contenir sa fièvre, elle l'attira en elle, émerveillée de tenir ainsi un homme, de sentir son corps peser sur elle, sa chaleur l'envelopper. Jamais elle n'avait éprouvé une telle sensation de sécurité, un tel bonheur.

Le moment viendrait de payer, mais elle ne se souciait que de savourer ces instants magiques. La même violence les habitait tous deux! Qu'importaient les conséquences! Dût-elle en mourir, elle acceptait ce prix!

Michael se laissa retomber sur le côté, épuisé, heureux.

« Ma chérie, tu es la femme dont je rêvais. Je t'aime plus que tout au monde.

– As-tu connu beaucoup d'autres filles avant moi? »

Elle semblait détendue à présent, et sa voix paraissait lointaine. Le jeune homme se demanda si elle le taquinait ou si elle était jalouse. Mais non, elle souriait, sereine.

« Je ne veux rien te cacher, Mary. J'ai déjà eu d'autres amies. Mais tu es la seule avec laquelle j'ai ressenti ce que nous venons de vivre. Oui, tu es la seule. »

9

« Lubrique est bien le mot! insista Lady Geraldine en voyant son mari hausser les sourcils. Je crains que votre fils cadet n'ait fait un enfant à une des domestiques! »

Elle prenait un malin plaisir à annoncer la nouvelle et attendait vainement l'explosion de colère de Sir Jeffrey.

« Que me dites-vous là, Geraldine? J'ignorais totalement qu'il s'intéressait à une de nos servantes. De qui s'agit-il, ma chère? »

Sir Jeffrey réprima une envie de rire en voyant la moue réprobatrice de son épouse.

« Si vous tenez à le savoir, elle s'appelle Mary Dalton et son père est l'un de nos fermiers. C'est la grande rousse aux yeux verts qui travaille à la cuisine et sert parfois à table. Je la trouve plutôt jolie pour une Irlandaise et excessivement jeune.

– Sommes-nous certains que l'enfant est de Michael? Qu'en dit-il?

– Votre fils déclare assumer entièrement ses responsabilités! Par-dessus le marché, il affirme aimer cette fille. »

Sa voix était pleine de mépris.

« Il dit aussi qu'il veut l'épouser. Vous ne pouvez pas prendre cette affaire à la légère! Combien de fois vous ai-je répété que les mauvaises fréquentations de Michael ne pouvaient qu'aboutir à une catastrophe; eh bien, nous y voilà! Ce n'est pas en fermant les yeux que ce problème sera résolu. La conduite de votre fils est inqualifiable. Si nous n'y veillons pas, nous allons au-devant de sérieux ennuis. »

Sir Jeffrey commença à pianoter impatiemment sur la surface brillante de son bureau.

« Il serait préférable que j'aie une discussion avec lui, ma chère. Je suis tout à fait d'accord avec vous pour dire que Michael a fait une bêtise mais, après tout, ce sont des choses qui arrivent. Notre famille n'est pas la première, ni la dernière, à avoir un enfant illégitime. Cela se voit tous les jours. Je crois me souvenir que mon père en a eu plusieurs. Vous savez combien ces filles de ferme sont fécondes.

Tout se passera bien si nous agissons discrètement. »

Lady Geraldine paraissait sur le point de sortir de ses gonds. Dieu! que les femmes pouvaient perdre le sens de la mesure dès qu'on abordait les problèmes de la chair! Sir Jeffrey ne souhaitait pas poursuivre plus avant cette conversation.

« Je vais m'en occuper, Geraldine. Vous êtes bien trop délicate pour vous charger de cette affaire. Il vaut mieux m'en laisser le soin. »

Sur ce, il ajusta ses besicles sur son nez pour lui faire comprendre que la discussion devait en rester là.

« Je serai absolument ravie de vous laisser régler cela, Jeffrey, dit Lady Geraldine d'un ton glacial. Vous avez une plus grande expérience des prostituées que moi. »

Avant qu'il eût le temps de répondre, elle tourna les talons et sortit de la bibliothèque la tête haute.

Allongé sur l'herbe, un bras replié sur les yeux pour les protéger du soleil, Michael Hartington réfléchissait. Il s'était juré de trouver une solution le jour même.

A l'annonce de la grossesse de Mary, il avait eu une réaction surprenante : il s'était presque senti soulagé d'être cette fois au pied du mur, dans l'obligation d'agir. Il faut résoudre les difficultés les unes après les autres, se dit-il, sinon je n'arriverai à rien.

Il commença alors à mettre de l'ordre dans son esprit. Le plus important, c'était qu'il aimait Mary au point de braver les conventions. D'autre part, il se réjouissait à l'idée d'avoir un enfant, même s'il enrageait en pensant que celui-ci serait forcément illégitime. Il ne pouvait, en effet, se couper de sa famille; c'était elle qui l'entretenait. Et ce n'est qu'à trente ans qu'il toucherait le petit héritage d'oncle Ned.

« J'aime Mary! s'écria-t-il soudain, c'est la seule chose qui compte », et il se mit à rire, tant ses soucis, devant cette constatation, lui paraissaient accessoires.

Pourquoi se torturer l'esprit? Il trouverait bien, un jour ou l'autre, une solution!

« Tu t'es fourré dans un sacré pétrin, mon garçon. »

Michael et son père se promenaient dans les allées du jardin d'agrément. La matinée était fraîche et l'air vif exhalait le parfum des roses et des rhododendrons.

« Ce n'est ni la première ni la dernière fois que quelqu'un de notre milieu commet ce genre de bêtise, Michael. Pour être franc, la même chose m'est arrivée quand j'avais à peu près ton âge. Je ne veux pas que tu sous-estimes la gravité de tes actes, mais à mon avis cela peut facilement s'arranger. »

Embarrassé, Sir Jeffrey se racla la gorge et jeta un regard furtif vers son fils. Le silence du jeune homme le déconcertait. Le mettant sur le compte de la gêne, il poursuivit son monologue.

« Il y a plusieurs moyens de résoudre ce problème. Bien entendu, la fille devra quitter Drumgillan. Si tu le souhaites, nous lui donnerons de l'argent pour vivre, en attendant que le bébé naisse. Ensuite, nous pourrons l'aider à le placer dans un orphelinat de Dublin ou même de Londres. Elle ne voudra certainement pas garder l'enfant, sinon elle aurait toutes les peines du monde à trouver une place. »

Le visage de Michael reflétait toutes sortes d'émotions quand il se tourna pour affronter son père. Le jeune homme s'efforçait de maîtriser ses nerfs. S'il voulait que la situation évolue favorablement, il ne devait surtout pas se mettre à dos Sir Jeffrey qui serait sûrement son seul allié. Sans son aide, Mary se trouverait à la merci de Lady Geraldine.

« Père, n'en dites pas plus, je vous en prie. Il faut que je vous explique ma manière de voir les choses. Je suis sûr que vous comprendrez ce que personne d'autre que vous ne pourrait admettre. »

Sir Jeffrey sentit une boule se former dans sa gorge. Il jaugea Michael du regard et vit une réplique de lui-même, en plus jeune et en plus vulnérable. Il se prit à regretter de ne pas avoir remarqué plus tôt que son fils était devenu un homme.

« Mary n'est pas telle que mère la dépeint. Elle est douce, affectueuse, honnête et intelligente. Je veux l'épouser, père.

– Comment oses-tu dire cela! Il ne saurait en être question! Nombre d'hommes de notre rang ont aimé des Irlandaises et personne mieux que moi ne connaît leurs qualités. Elles possèdent une vigueur, une vitalité qui, je ne sais pour quelle raison, manquent à nos femmes. Je connais le bonheur d'être aimé par une Irlandaise. Je sais ce que c'est, mon garçon. Mais cela ne signifie pas que nous puissions pour autant les épouser!

– Etes-vous insensible au fait que Mary porte mon enfant? Votre premier petit-enfant, père?

– N'essaie pas de me prendre par les sentiments. Bien sûr, je serais heureux que tu me donnes un petit-fils, mais il eût été préférable de le concevoir avec une fille de notre milieu.

– J'aime Mary, père. Je ne veux pas l'abandonner.

– C'est très généreux de ta part, mais absolument pas réaliste. De quoi comptes-tu vivre? Tu as à peine vingt et un ans, aucun diplôme et pas de métier. Tu ne seras pas simplement la risée de tes pairs, tu seras mis au ban de la société tout entière. Tu es confronté au même problème que moi autrefois et ton choix sera le même que le mien. Il n'y a aucune autre solution, aucune! »

Sir Jeffrey fut satisfait de la manière dont il avait mis l'accent sur le dernier mot : il menait cette affaire de main de maître! Il s'attendrit un peu en voyant s'assombrir la mine de son fils.

« Ne vous torturez pas, elle et toi, en vous raccrochant à un espoir insensé. »

Ils se perdirent un instant dans leurs pensées.

« Que sont devenus la jeune femme et l'enfant auxquels vous faisiez allusion? »

Sir Jeffrey ne répondit pas tout de suite.

« Ils sont morts, tous les deux, dans un hospice de Dublin, dit-il enfin d'une voix sourde. J'avais été envoyé à l'étranger. Je ne l'ai appris qu'à mon retour. Le garçon aurait trente ans aujourd'hui... »

Michael saisit son père par le bras.

« Et vous accepteriez d'être complice d'une autre injustice?

– Ne profite pas de mon chagrin, Michael. Ce que tu proposes est irréalisable. Je ne peux que t'aider à empêcher cette fille de tourner mal, un point c'est tout. Si tu persistes dans ta folie, ce sera à tes risques et périls. Suis-je bien clair? »

Michael marqua un temps d'arrêt.

« Vous êtes on ne peut plus clair. Jamais vous ne vous laisserez fléchir. C'est à moi de prendre mes responsabilités. »

Sir Jeffrey parut soulagé; il s'était inquiété du tour que prenait la conversation.

« A la bonne heure! Te voilà devenu raisonnable. »

Le jeune homme scruta d'un air las cet étranger qu'il découvrait en son père.

« Ne vous méprenez pas sur mes intentions. Il est

hors de question pour moi d'abandonner Mary et mon enfant. »

Ses paroles restèrent suspendues entre eux quelques instants. Puis Michael serra dans les siennes les larges mains, couvertes de taches de rousseur, de son père, comme pour signifier par ce geste qu'il le comprenait et lui pardonnait. Enfin, il se retourna et s'éloigna en direction du lac.

« Ça, alors! » murmura Sir Jeffrey.

Il demeura immobile dans l'obscurité qui tombait, une expression de souffrance sur le visage. Il murmura :

« Je donnerais dix ans de ma vie pour pouvoir dire que j'ai agi de la même manière dans le passé. »

10

Christopher Dalton arpentait la chaumière d'un pas si furieux que la vaisselle en tremblait.

« Grâce à Dieu, ta mère n'est plus là pour voir notre déshonneur! »

Mary, livide, s'appuyait contre la porte. Quand elle était entrée d'un air penaud, ses frères, à l'exception de Rory, s'étaient précipités dehors, sans un mot. Elle avait commis un crime impardonnable. Depuis la veille, son histoire constituait le sujet principal des conversations dans tout le village.

« Tu es une fille perdue, une ingrate. Je ne veux plus entendre parler de toi, ni de ton bâtard. Débrouille-toi avec ton Michael.

– Tu ne penses pas ce que tu dis, papa, j'en suis sûre. »

La colère commençait à monter en elle.

« Je ne veux pas de bâtard d'Anglais chez moi. Tu

as choisi de te vautrer dans la boue, eh bien, restes-y. Je te l'avais dit, de ne pas abandonner ta famille pour aller travailler au château!

– Tu oublies que tu as changé d'avis dès que tu as trouvé une autre femme pour tenir ton ménage. »

A ces mots, Rory se leva. Il fallait empêcher la dispute de dégénérer. Mary avait hérité du caractère emporté de son père. Ils seraient capables d'en venir aux mains. Il tenta de s'interposer. Son père le repoussa.

« Sors d'ici, Mary, et bon vent. Tu n'es plus ma fille!

– Tant mieux! Au revoir, ou plutôt à jamais. »

Une lueur de défi dans le regard, elle jeta son manteau de laine sur ses frêles épaules.

« Non, Mary! cria son frère. Essaie de comprendre père : le curé a parlé de toi dans son sermon, dimanche dernier, et cette langue de vipère d'Eileen en profite. »

La main sur la poignée de la porte, stupéfaite, Mary se retourna.

« Il a cité mon nom? Que veux-tu dire?

– Je n'assistais pas à la messe, mais des dizaines de gens m'ont rapporté ses paroles. Ce faux jeton t'a traitée de prostituée, entre autres horreurs. Il a même menacé d'interdire l'entrée de l'église à tous ceux qui oseraient vous aider, Michael et toi.

– Et pour quelle raison, grand Dieu?

– Il prétend que tu es devenue l'image du péché vécu sans remords et sans punition.

– Sait-il de quoi il parle? Même si je pouvais rester à Drumgillan, le fait de vivre à proximité de celui que j'aime en sachant notre mariage impossible n'est-il pas le pire des châtiments? Cet homme n'a donc pas de cœur?

– Tu sais, je crois que son cœur pourra resservir après sa mort, tant il en aura fait peu d'usage. »

Christopher s'avança, le poing menaçant.

« J'interdis qu'on insulte un prêtre sous mon toit.

– Père, tu devrais défendre la chair de ta chair, et non ce célibataire desséché et pervers qui n'éprouve que haine pour l'amour.

– Mes enfants sont tous devenus fous! »

Christopher eut un geste d'impuissance et quitta la pièce en claquant la porte.

« Et maintenant, Mary, que comptes-tu faire? » demanda Rory.

Cette question toute simple fit tomber la colère de la jeune femme.

Elle essayait de ne pas penser à l'enfant, aux nausées qui la secouaient chaque matin, dès le réveil. Elle tâchait de les oublier en se répétant les paroles réconfortantes de Michael, en se souvenant de la douce étreinte de ses bras. Malgré ses angoisses, elle se sentait alors protégée.

« Quels sont les projets de ton amoureux? »

La méfiance de Mary s'éveilla. Mais elle ne lut qu'affection et inquiétude dans les yeux de Rory.

« Il a dit à M. le comte qu'il voulait m'épouser, ce qui a provoqué des disputes terribles dans sa famille. Comme il n'a pas d'argent, il cherche une solution pour nous deux, avec l'aide de son père. »

Rory hocha la tête. Il avait entendu trop d'histoires de ce genre pour garder la moindre illusion.

« Tu as confiance en lui, Mary?

– Oui. »

Ce simple mot suffisait. Il recouvrait toute la vérité. Rory soupira et serra l'épaule de sa sœur.

« Tu sais que j'économise depuis trois ans pour partir en Amérique. J'ai maintenant presque assez pour payer la traversée et commencer là-bas une nouvelle vie. Mais si tu as besoin de moi, je reste à Drumgillan. Il faut donc que je sache si Michael pourra obtenir des concessions de sa famille. Car s'il t'abandonne à ton sort, tu seras dans une situation impossible, surtout depuis que le curé s'en mêle.

– C'est ce que je ne comprends pas. Pourquoi a-t-il fait ça?

– Il veut à tout prix s'imposer dans sa nouvelle paroisse. Par son sermon, il a impressionné les fidèles en leur montrant, preuve à l'appui, où conduisait le péché. En même temps, il s'est attiré la faveur de Lady Geraldine et de son cher Randolph. Il leur fournit des arguments supplémentaires pour éloigner Michael. J'ai l'impression que l'avenir ne va pas être très rose pour toi...

– J'en suis consciente. Mais penser au futur ne peut en rien m'aider dans l'immédiat. Je suis enceinte de presque cinq mois, il va falloir que je me débrouille pour vivre jusqu'à l'accouchement. Les Hartington voulaient m'envoyer dans un établissement pour filles-mères, à Dublin. Bien sûr, Michael a refusé. Il faut attendre qu'il trouve quelque chose d'acceptable pour eux comme pour nous.

– Mary, ma petite Mary, pourquoi n'as-tu jamais pensé aux conséquences d'une telle liaison?

– Et toi, Rory, n'as-tu jamais éprouvé le désir, plus fort que tout, d'être dans les bras de quelqu'un que tu aimerais? »

Il secoua tristement la tête.

« En effet, cela m'est arrivé. Mais les conditions sont différentes pour un homme. Nous ne risquons pas grand-chose, nous. Allons, Mary, boutonne ton manteau. Je vais te raccompagner au manoir. Tu n'es pas en sûreté ici, avec tous ces gens qui te sont hostiles. »

La jeune fille prit avec reconnaissance le bras de son frère et quitta pour toujours la maison de son enfance.

*

« Père! »

La voix de Michael rompit le silence qui régnait dans la bibliothèque lambrissée.

« Puis-je vous parler? J'ai beaucoup réfléchi à notre dernière conversation.

– Moi aussi; je ne pense qu'à cela! Entre et viens t'asseoir près de moi. »

Sir Jeffrey était installé face à l'immense cheminée de la pièce qui constituait son refuge.

« Père, je crois tenir la solution idéale. J'aurai besoin de votre concours.

– Je ne peux rien te promettre, mon fils.

– Ecoutez-moi seulement jusqu'au bout. Vous êtes un homme juste et je me rangerai à votre avis. Etant le cadet, je n'ai aucun avenir ici. Randolph héritera de tout, et il n'est pas du genre à partager, vous le savez. Il me faudra donc quitter Drumgillan d'ici à quelques années, quoi qu'il arrive. »

Sir Jeffrey se pencha pour écouter plus attentivement son fils. Il aimait sa sincérité.

« Quand j'atteindrai ma trentième année, je toucherai la somme que m'a léguée oncle Ned.

– A peine de quoi vivre, coupa Sir Jeffrey.

– En effet, mais c'est suffisant pour prendre un nouveau départ ailleurs. Voici mon idée : je propose que vous autorisiez Mary à rester à Drumgillan jusqu'à ce moment-là. Nous pouvons la loger dans une chaumière. Je ne serai certainement pas le premier Hartington à avoir une maîtresse sur nos terres. Elle sera à ma charge, cela va de soi. Bien sûr, je n'ai pas d'argent, mais je pourrais m'occuper des chevaux de course. J'en sais presque autant que vous en ce domaine et, comme dirait mère, j'ai tellement « frayé » avec les valets, les lads et les entraîneurs que je connais tout de leur métier. Je pourrais vous constituer une écurie de premier ordre. En échange vous me donneriez de quoi nourrir Mary et notre enfant.

Sir Jeffrey observait son fils avec une fascination toute nouvelle; il fallait qu'il fût rudement inventif pour avoir élaboré un tel plan. Bien entendu, Geraldine constituerait un obstacle, mais il était peut-être possible de le tourner.

« Quand j'aurai trente ans, poursuivit Michael, nous prendrons l'argent de l'oncle Ned et nous quitterons Drumgillan. Randy sera enchanté d'être débarrassé de moi; quant à mère, je doute qu'elle pleure mon départ. Je n'ai pas à m'inquiéter de la dynastie Hartington, car mon frère vous fournira certainement les héritiers légitimes nécessaires et une bru convenable. Comme vous le constatez, père, mon plan donne satisfaction à tout le monde. »

Sir Jeffrey s'enfonça profondément dans son fauteuil. Pendant quelques instants, il tourna et retourna dans son esprit ce qu'il venait d'entendre. Puis il éclata de rire et se pencha vers son fils, les mains posées sur ses genoux.

« Pour être franc, Michael, je n'aurais jamais cru que tu ferais preuve de tant d'imagination. »

Sir Jeffrey, qui était disposé à aider son fils tant que la situation ne se compliquait pas trop, se sentait quelque peu soulagé. N'ayant pas lui-même cette qualité, il était toujours impressionné par l'ingéniosité des autres. Le plan de Michael présentait nombre d'avantages. Et, avec le temps, son fils oublierait peu à peu cette amourette. Il serait possible, alors, de lui arranger un mariage convenable.

« Qu'en pensez-vous, père?

– Je vais y réfléchir. De prime abord, cela ne me semble pas mal trouvé. Tu peux me laisser maintenant, mon garçon. »

Il émit un gloussement d'aise en s'enfonçant dans son siège. C'était vraiment la solution idéale!

*

« Jamais je ne permettrai cela, Jeffrey! C'est tout simplement inadmissible! »

Lady Geraldine écumait à l'idée que Mary pût rester à Drumgillan.

« Allons, ma chère, au lieu de vous mettre dans tous vos états, vous devriez me laisser régler cette affaire.

– Vous appelez cela la régler? Un fameux gâchis que vous avez fait en promettant de réfléchir à ce plan absurde!

– Vous vous oubliez, Geraldine. Je suis votre mari et, bien que je comprenne votre inquiétude, je ne tolérerai pas que vous me parliez comme à un domestique. »

Lady Geraldine posa sur son mari un regard hostile, se reprochant de l'avoir sous-estimé.

« Bien sûr, Jeffrey, vous avez raison. Pardonnez mon insolence. Mais vous savez combien cette situation m'est pénible.

– Oui, ma chère, je le sais. »

Les excuses de sa femme l'avaient quelque peu apaisé, même s'il doutait fortement de leur sincérité. Il avait marqué un point, restait à savoir qui des deux l'emporterait.

« Vous n'envisagez pas sérieusement de permettre à ce garçon de se mésallier, n'est-ce pas, Jeffrey?

– Loin de moi cette idée! Ecoutez-moi, ma chère. Michael est tout excité en ce moment par cette petite dévergondée dont il croit être amoureux. La meilleure chose est de le laisser aller jusqu'au bout. J'ai été jeune moi aussi, Geraldine, et je sais de quoi je parle. Si nous le forçons dans ses retranchements, il se retrouvera acculé et il n'est pas homme à s'incliner sans se battre. Retenez bien ce que je vous dis : si on le pousse à bout, il risque de faire une bêtise. »

Il marqua un temps pour ménager son effet.

« Il pourrait partir avec la fille, devenir papiste pour l'épouser, commettre je ne sais quelle folie. J'ai longuement discuté avec lui. Je connais son caractère.

– Je n'arrive pas à croire que vous vous laissiez enjôler par votre propre fils, Jeffrey.

– Ecoutez-moi, ma chère. Si nous ne le contrarions pas, il se lassera vite de cette fille. Il a le sang trop chaud pour se contenter d'attendre qu'une petite paysanne accouche d'un bâtard. Si nous lui laissons la bride sur le cou, toute cette triste affaire sera terminée d'ici à quelques mois.

– Pourquoi ne pas éloigner Michael et en profiter pour se débarrasser de cette gourgandine? »

Sir Jeffrey observa son épouse d'un air narquois.

« Vous ne seriez pas si impitoyable s'il s'agissait de Randolph.

– Randolph n'aurait jamais rien fait d'aussi honteux.

– Allons, vous devez pourtant savoir qu'il court le jupon et je me suis même laissé dire qu'elles n'étaient pas toutes consentantes.

– Que voulez-vous dire?

– Que votre Randolph chéri utilise des procédés ignobles avec les femmes, et dans bien d'autres domaines. Vous avez bien raison de dire que nous n'aurions jamais ce genre de problème avec lui, pour cette simple raison qu'il serait incapable de prendre fait et cause pour une fille qu'il aurait engrossée.

– Si vous avez l'intention de poursuivre sur ce ton, je vais être obligée de me retirer.

– Geraldine, je me suis rarement disputé avec vous à propos de nos fils, malgré le peu d'attention que je vous ai vue prêter à Michael depuis sa naissance, et vos faiblesses qui ont fait de Randolph un être pervers. Vous avez rempli votre devoir comme bon vous semblait et je ne m'en suis pas mêlé. Mais maintenant, ce ne sont plus des enfants, Geraldine, ce sont des hommes. Je suis mieux placé que vous pour venir à bout de ce problème et j'ai bien l'intention de le résoudre à ma manière. »

Elle le dévisagea en silence, abasourdie. Il y avait si longtemps qu'elle le considérait comme un pantin que cette scène la désorientait. Qui eût pu soupçonner une telle détermination? Elle se demanda avec une ironie désabusée s'il était possible d'admirer quelqu'un et de le mépriser en même temps.

« Vous le regretterez, Jeffrey. L'avenir prouvera que vous avez tort et que j'ai raison!

– Peut-être. Mais il eût été plus habile pour vous de ne pas me dire cela, ma chère! »

Geraldine Hartington bouillait de rage contenue. Elle n'avait pas dit son dernier mot!

11

Mary était enceinte de six mois quand elle transporta ses maigres biens dans la petite chaumière aux murs de torchis qui allait l'abriter en attendant les « jours meilleurs » tant désirés.

Elle se tenait sur le seuil et remerciait Dieu de ce que sa grossesse ne fût pas plus avancée, tant il y avait à faire. Des toiles d'araignées pendaient dans tous les recoins, des voiles de poussière dansaient au milieu de la pièce et l'humidité était telle qu'on eût dit qu'aucun feu n'avait été allumé depuis un siècle. Que la chaumière paraissait donc différente du jour lointain où Michael et elle s'y étaient réfugiés!

« Michael, Michael... »

Elle prononça timidement son nom dans le silence de cette pièce qui avait vibré de leur amour. Tout à coup, la crainte l'envahit, elle se sentit abandonnée. Pourquoi Michael n'était-il pas là? Elle frissonnait à l'idée d'avoir à dormir seule dans ce lieu retiré. N'ayant jamais connu l'isolement, elle se prenait à regretter la présence de ses frères, ou celle des autres domestiques, au manoir.

Au moins, on ne m'a pas envoyée à Dublin, et Michael sera bientôt près de moi, se dit-elle pour se rassurer. Mais en vain. Je suis tellement affreuse en ce moment, peut-être ne voudra-t-il plus de moi. Non, je ne dois pas penser cela; il est loyal, il m'aime, il me l'a prouvé. Pourtant, qu'ai-je à lui offrir? Je suis pauvre, ignorante, je ne possède rien, pas même une jolie robe.

Elle noua un foulard sur ses cheveux et commença à faire le ménage. Rendre un intérieur habitable, plaisant, n'était-ce pas une forme de création? Après avoir ouvert portes et fenêtres, elle balaya l'âtre, alluma un feu de tourbe et dressa mentalement la liste de ce qui lui serait nécessaire pour se sentir chez elle. Rory pourrait réparer la table bancale et les chaises défoncées, il était si adroit de ses mains. Elle aurait également besoin d'un berceau... Pour la première fois, elle pensa avec tendresse au bébé. Elle posa la main sur son ventre et s'émerveilla de sentir l'enfant bouger en elle... Non, elle n'était pas seule!

*

Michael et Rory discutaient, assis l'un à côté de l'autre, sur une botte de foin, au fond de la forge. Malgré leur différence de classe sociale, ils avaient noué des relations de camaraderie depuis le scandale.

Rory prenait avec obstination le parti de sa sœur contre la famille, les amis et les voisins. Il ne tolérait pas, même pour avoir la paix, qu'on la critique en sa présence. Michael, qui avait été, un jour, témoin d'une bagarre entre le forgeron et les garçons d'écurie au sujet de Mary, s'était pris d'amitié pour lui.

« Comment va ma sœur, Michael? » demanda le jeune homme.

Il ne l'appelait plus « monsieur » depuis qu'ils s'étaient battus côte à côte, le jour de la foire hippique, après qu'un seigneur des environs eut osé parler de « la fameuse traînée de Drumgillan ».

« Assez bien, Rory. Mais elle craint que la sage-femme ne refuse de l'accoucher. Et elle ne veut pas entendre parler du docteur Frank.

– Les femmes ont un comportement étrange quand elles sont sur le point d'être mères. Cependant, je comprends son point de vue : ce n'est pas le travail d'un homme. »

Michael acquiesça d'un signe de tête.

« Et toi, as-tu pris une décision pour ton départ en Amérique?

– Je resterai ici jusqu'à la naissance du bébé. Je n'aime pas l'atmosphère au village depuis que cette plaie de curé monte les gens contre vous. »

Michael donna à Rory une bourrade affectueuse.

« Tu es pour nous un ami précieux. Nous te devons beaucoup.

– Veille sur ma sœur, Michael. Elle t'aime à la

folie. Elle serait capable de tout pour toi et l'enfant.

– Moi aussi, je serais capable de tout pour elle! »

Michael avait prononcé ces paroles avec une telle gravité que le jeune forgeron lui lança un regard amusé.

« On peut dire que vous formez un drôle de couple. »

Il se leva, s'essuya les mains sur son tablier de cuir et s'étira.

« J'irai peut-être voir Mrs. O'Flaherty, la sage-femme, avant la fin de la semaine. Je verrai ce que je peux faire. »

12

Cela faisait maintenant trois mois que Mary s'était installée dans la chaumière.

« Comment te sens-tu? » demanda Michael d'une voix anxieuse.

Allongée sur le lit qu'ils avaient si souvent partagé, elle lui abandonnait son bras, qu'il caressait tendrement.

« Ne t'inquiète pas tant, dit-elle pour essayer de le rassurer. Je peux tenir le coup. As-tu parlé à Mrs. O'Flaherty? Crois-tu vraiment qu'elle viendra?

– Je le pense. Mais le village entier lui tournera le dos. Il lui faudra beaucoup de courage pour braver tout le monde. A mon avis, nous ferions mieux de compter sur le docteur Frank. Il est protestant et plus large d'esprit. »

Mary fut prise de nausée et serra la main du

jeune homme. Le souvenir de sa mère agonisante la hantait. D'un seul coup, sa résistance s'effondra.

« Je ne veux pas mourir comme ça, Michael. C'est trop horrible! »

Il se pencha vers elle et l'étreignit de toutes ses forces, comme pour lui communiquer sa propre vigueur. A chaque contraction, il maudissait sa famille, calfeutrée dans son manoir, jouissant de cette sécurité qu'il aurait voulu offrir à Mary.

« Tu ne risques rien. Je ne te quitterai que pour aller chercher le médecin quand tu le demanderas. »

L'après-midi parut interminable à Michael dont la nervosité augmentait avec les contractions, de plus en plus rapprochées, qui tordaient Mary sur le lit trempé de sueur. Elle sommeillait un peu entre les douleurs et ne semblait pas consciente de la présence du jeune homme.

« Je n'attendrai pas davantage, Mary, dit-il vers le soir. Je vais chercher le docteur Frank.

– Non! » cria-t-elle d'une voix stridente.

Et, sortant à moitié du lit, elle tendit le bras vers lui.

« C'est Mrs. O'Flaherty que je veux, pas le médecin! Je t'en prie, Michael. Tu ne vois pas que c'est d'une femme que j'ai besoin? »

Scanlon, l'alezan de Michael, galopait à travers la tourbière, stimulé par les coups d'éperon de son maître. Le cavalier atteignit la grand-route au moment où le crépuscule commençait à tomber. Michael n'avait pas osé dire à Mary qu'il était peu probable que la sage-femme accepte de braver le village. Elle n'avait même pas répondu aux demandes de Rory.

Arrivé devant la chaumière de Mrs. O'Flaherty, il bondit de sa selle, attacha Scanlon à un piquet de la cour et tambourina contre la porte de la chaumière. Un homme d'une cinquantaine d'années ouvrit mais resta sur le seuil pour barrer le passage.

« Mon nom est Michael Hartington. Je voudrais voir Mrs. O'Flaherty.

– Je vous connais, dit le petit homme râblé à la mâchoire carrée. Mon épouse n'a aucune envie de vous voir, vous et votre femme.

– Eamon! cria derrière lui une voix féminine. Je n'ai pas dit que je ne voulais pas y aller. »

Michael profita de l'hésitation du mari pour entrer.

« Mrs. O'Flaherty, Mary a besoin de vous. Je ne savais pas que cela se passerait comme ça. Elle souffre le martyre. Venez, je vous en supplie. »

Ce grand jeune homme à la mine épouvantée émut la sage-femme. Elle accepta d'un signe de tête. Sans un mot, elle commença à retirer son tablier.

« Il n'est pas question que vous aidiez ces pécheurs! » glapit subitement une voix forte provenant du seuil.

Michael se retourna. Un jeune prêtre d'aspect austère se tenait dans l'embrasure de la porte, un groupe de spectateurs renfrognés massés derrière lui. Comment la nouvelle de sa présence chez la sage-femme avait-elle pu se répandre aussi vite? On avait dû reconnaître Scanlon!

Mrs. O'Flaherty leva les yeux vers le curé et continua à s'affairer. Elle ne lui adressa la parole qu'après avoir rempli son petit sac.

« Mon père, je crois que vous feriez mieux de ne pas vous mêler de cette histoire, recommanda-t-elle. Ce n'est peut-être pas à vous de les juger. »

A ces mots, un murmure s'éleva dans la foule et elle poursuivit très vite comme pour la calmer :

« Je connais Mary depuis son enfance. Elle n'a plus sa mère pour l'aider et aujourd'hui elle a besoin d'une femme à ses côtés. Je vous prie de ne pas intervenir, mon père. Le travail d'une sage-femme ne vous concerne pas.

– Le péché me concerne toujours! La jeune fille dont vous parlez vit ouvertement dans le péché. Elle est bannie de notre Sainte Mère l'Eglise. Si vous allez la voir, vous vous attirerez la colère divine. »

Mrs. O'Flaherty soupira. Après un silence, elle déclara du ton qu'elle employait avec les enfants bornés :

« Notre Seigneur a certainement de meilleures raisons de se mettre en colère, mon père. »

Le visage du prêtre se crispa : nul ne l'avait jamais bravé dans l'exercice de son ministère. Il ne pouvait baisser pavillon devant tous ces gens, laisser cette femme bafouer impunément son autorité.

« Si vous franchissez ce seuil, vous ne remettrez plus jamais les pieds dans mon église! »

Devant l'énormité de la menace, un murmure courut dans la foule qui se pressait à l'extérieur et qui n'avait pas perdu un mot de l'altercation.

Les deux époux échangèrent un regard inquiet. Le fait d'être mis au ban de leur petite communauté pouvait entraîner de graves conséquences.

« Vous ne trouvez pas que vous y allez un peu fort, mon père? demanda Mr. O'Flaherty. Ma femme a bon cœur et ce n'est pas elle qui laisserait souffrir un être humain ou un animal si elle peut lui porter secours. Ne pouvez-vous, dans l'intérêt de tous, vous radoucir un peu? »

Le père McKuen écarta Mr. O'Flaherty et s'avança vers la sage-femme.

« Je vous interdis d'aller chez cette pécheresse! »

Mrs. O'Flaherty ferma les yeux un instant comme si elle priait, se signa, et tendit la main pour effleurer le crucifix que tenait le prêtre.

« Tant d'histoires pour ça! c'est triste, mon père. Mais je dois suivre ce que me dicte ma conscience... et j'ai du travail qui m'attend.

– Vous faites le jeu du démon!

– Mary ne mourra pas en couches comme sa mère il y a trois ans.

– Elle doit porter, seule, et dans la douleur, le fruit de son péché.

– C'est ce que nous faisons toutes, fruit du péché ou pas, répliqua Mrs. O'Flaherty avec un air narquois. Mais j'ai bien l'intention de mettre ce bébé au monde.

– Blasphème! C'est Dieu qui met au monde les enfants! »

La sage-femme sourit en songeant que, depuis trente ans, elle avait vu l'aide que les femmes Lui apportaient dans cette opération.

« En tout cas, Il aura besoin de mes vieilles mains cette fois-ci. Maintenant, ôtez-vous de mon chemin, pour l'amour de Dieu. »

Ramassant le sac qu'elle avait laissé par terre, elle se dirigea vers la porte.

Le prêtre leva la main droite comme pour la frapper. Michael tendit le bras pour l'en empêcher. A son grand étonnement, Mr. O'Flaherty fut plus rapide que lui.

« Je ne suis peut-être pas d'accord avec ma femme, mon père, mais personne, pas même un prêtre, ne touchera à un de ses cheveux sous mon toit. Vous feriez mieux de partir. »

Mrs. O'Flaherty lui adressa un regard où se lisait la gratitude et une longue intimité conjugale. Elle prit le bras de Michael et l'entraîna vivement dans la cour. Ils fendirent la foule hostile tandis que le père McKuen tonnait dans leur dos.

Quelques heures plus tard, Thomas Michael Dalton poussait son premier vagissement.

13

Le ministère du père Francis McKuen à Drumgillan parvint à son terme, quelques années après. Son successeur, le père Joseph O'Hanlon, était d'une autre étoffe. C'était un vieil homme doux et usé par une vie passée dans des paroisses pauvres et isolées.

D'emblée, le nouveau prêtre inspira de l'aversion au père McKuen. Un homme aussi âgé et auquel on ne confiait qu'une paroisse comme Saint-Boniface n'était manifestement pas tenu en haute estime par l'évêque. Il lui tendit la main à contrecœur et fut surpris par la fermeté de sa poigne.

« Père Joseph O'Hanlon, à votre service, dit le vieil homme avec un accent à couper au couteau.

– Père McKuen.

– Vous avez là une bien jolie paroisse. J'espère que vous me parlerez un peu de vos ouailles avant de partir. »

Les yeux du vieux curé pétillaient. Le père McKuen se crispa : il n'avait aucunement l'intention de perdre son temps à raconter les petits problèmes de ses ouailles.

« A la vérité, il n'y a pas grand-chose d'intéressant à dire. Je suppose que c'est le cas de toutes les paroisses que vous avez connues. Il faut pourtant que je vous mette au courant d'une situation plutôt singulière. »

Le père McKuen prit une voix de conspirateur.

« Michael, le fils cadet de M. le comte, a eu un enfant d'une de mes paroissiennes, voilà quelques années. Ce qui est déplorable, c'est que le jeune homme a persuadé sa famille de laisser cette fille sur le domaine au lieu de la chasser comme elle le méritait.

– Vraiment! dit le père O'Hanlon, sincèrement intéressé. Le cas est peu ordinaire.

– Le jeune homme, heureusement, ne vit pas avec la fille et son bâtard. Il habite au manoir avec sa famille, mais il passe avec eux la majeure partie de son temps.

– Puis-je me permettre de vous demander quelle fut votre attitude dans cette « déplorable » affaire?

– Je les ai bien entendu dénoncés en chaire à maintes reprises et j'ai prononcé l'interdit sur eux et sur tous ceux qui les fréquenteraient.

– Un comportement de vrai chrétien, mon frère! »

McKuen discerna tout de suite l'ironie.

« En effet, et je vous conseille vivement d'en faire autant, car la vertu est un sujet très grave pour les honnêtes femmes de cette paroisse. »

L'intolérance du jeune prêtre amusa le père O'Hanlon.

« L'expérience m'a appris que les honnêtes femmes deviennent de plus en plus vertueuses en vieillissant. Quant à moi, j'estime qu'elles devraient s'occuper davantage à pratiquer la charité, au lieu de chercher le mal chez leur prochain.

– Faites comme vous l'entendez, rétorqua le jeune curé. Ce n'est plus mon problème maintenant! »

*

Depuis longtemps, Sir Jeffrey ne s'étonnait plus de la solidité des liens qui unissaient Michael à sa maîtresse et à son fils.

Voir le petit garçon à cheval, à côté de son père, lui donnait parfois à réfléchir. En effet, une étrange ironie du sort avait fait de ce bâtard un enfant robuste, et du fils – pourtant légitime – de Randolph, un être chétif.

La vie des parias de Drumgillan s'était écoulée paisiblement au fil des ans. Les villageois respectant scrupuleusement l'ostracisme qui les frappait, Tom ne fréquentait pas les garçons de son âge. En revanche, il passait beaucoup de temps en compagnie de son père. Les écuries représentaient un refuge relativement sûr car ni Lady Geraldine ni Randolph n'y mettaient jamais les pieds. Tom y avait même rencontré son grand-père en une ou deux occasions et il avait été sensible à la fierté manifestée par son père lorsqu'il l'avait présenté à Sir Jeffrey.

La petite chaumière était accueillante. Bien qu'elle souffrît du manque d'amitié féminine, Mary y menait une vie heureuse. Certes, elle rêvait toujours d'un avenir meilleur et elle attendait avec confiance le départ qu'ils avaient projeté. Mais ce jour semblait lointain et le présent avait de bons côtés. Du moins ne connaissait-elle pas le même destin que sa mère. Et puis elle aimait Michael et Tom. Cela suffisait à son bonheur.

Elle s'émerveillait de la constance de Michael. Pas une fois elle ne l'avait entendu se plaindre de leur situation. Il ne lui faisait jamais sentir qu'il avait été piégé par leur amour, et son fils ne semblait pas être un fardeau pour lui. Quand ils étaient réunis tous trois, leur intimité était celle d'une vraie famille. Michael enseignait à Tom tout ce qu'un homme doit savoir. Il lui parlait même très souvent de Drumgillan, comme si l'enfant devait y vivre un jour. « Il ne faut pas qu'il ait honte de ses origines, mais qu'il en soit fier », expliquait-il à Mary. Elle se contentait de secouer la tête, trouvant cette idée peu réaliste.

Mary cousait près de la cheminée. Tom dormait à ses pieds, sur un coussin qu'elle avait confectionné pour lui : l'enfant la suppliait toujours de lui permettre de rester près d'elle pendant qu'elle veillait.

Elle fut tellement surprise par le coup frappé à la porte qu'elle bondit de son siège, le cœur battant, les nerfs tendus. Michael était à Dublin pour une foire hippique, Rory en Amérique, depuis longtemps. Instinctivement, la jeune femme chercha une arme du regard. N'en trouvant pas, elle demanda d'une voix faible :

« Qui est là?

– C'est le père O'Hanlon, Mary. Je suis le nouveau curé de la paroisse. »

Mary entrebâillla la porte et découvrit deux yeux souriants, dans un visage sillonné de rides. L'étonnement la figea sur place.

« Eh bien, mon enfant, laissez-moi entrer, sinon nous allons attraper la mort. »

Le père O'Hanlon s'avança avec assurance dans la chaumière. Il regarda autour de lui.

« Votre maison est bien tenue; et voilà sans doute le petit garçon, cause de tout ce trouble.

– Voulez-vous une tasse de thé, mon père?

– Je veux bien, Mary. Cela donne soif de parler et je suis venu pour cela. Si j'ai bien compris, vous êtes très connue par ici, plaisanta le prêtre. Votre nom est sur toutes les lèvres. Depuis mon arrivée, je n'ai pas béni un mariage ni enterré un mort sans que me soient racontées votre conduite scandaleuse et votre vie de péché. »

Il eut un petit gloussement. Mary commença à se détendre.

« Je ne connais pas exactement la raison de votre visite, mon père, mais je dois vous dire que vous êtes la première personne qui ose me rendre visite. »

Sa voix tremblait d'émotion.

« Vous voulez vraiment une tasse de thé? » demanda-t-elle.

Le père O'Hanlon acquiesça. Tout en s'affairant silencieusement, Mary jetait des coups d'œil furtifs vers le prêtre. Il respirait la bonté, aussi décida-t-elle d'être franche. Elle ne voulait pas qu'il y eût le moindre malentendu avec son premier invité.

« Vous n'avez pas l'air aussi redoutable que le père McKuen, mais vous êtes un prêtre et je crois que vous êtes ici pour essayer de me ramener dans le giron de l'Eglise. Il est donc juste que je vous dise la vérité. Je ne renoncerai jamais à Michael. Et je ne regrette rien, car je l'aime. Tout protestant qu'il soit, c'est le meilleur homme de la terre.

– Mon enfant, j'exerce ce ministère depuis trop longtemps pour ignorer que le Seigneur, dans son infinie sagesse, agit parfois de façon mystérieuse. Je ne puis vous absoudre de vivre en dehors des liens du mariage, mais il existe une solution. Croyez-vous que Michael accepterait de vous épouser selon le rite catholique? »

Mary écarquilla les yeux.

« Vous accepteriez de nous marier, mon père?

– Oui, mon enfant. Comme je suppose que sa famille s'y opposerait, cela resterait entre Dieu et nous. Je pourrais vous unir dans mon petit presbytère et nul n'en saurait rien. »

Son visage se plissa en un sourire qui le fit ressembler à un farfadet. Mary étreignit les mains décharnées du vieil homme.

« Je le dirai à Michael dès son retour de Dublin. Je ne sais pas ce qu'il en pensera, mais je lui demanderai s'il accepte. »

C'est ainsi qu'il fut décidé que Michael Harcourt Hartington, second héritier du domaine de Drumgillan et du titre de comte de Rathconrath, épouserait le 27 janvier 1883, dans le presbytère de la petite église Saint-Boniface, Mary Dalton, fille d'un fermier, sur la terre qui, trois siècles plus tôt, appartenait à ses ancêtres. Seul un enfant de chœur assisterait à la cérémonie et cette union ne serait consignée que dans le registre paroissial.

Le futur marié commença à s'initier à la foi catholique. Bien que l'expérience lui parût quelque peu étrange, ses efforts étaient récompensés par la joie de Mary. A mesure qu'approchait le jour où devait être célébrée la cérémonie, elle en parlait de plus en plus fréquemment. Elle rayonnait.

Michael débordait de joie et d'énergie en quittant le manoir ce matin-là : il lui tardait d'unir sa vie à celle de Mary. Le froid vif lui sembla propice pour commencer le dressage du cheval arabe que son père venait d'acquérir. C'était un animal splendide, le plus beau qu'ils eussent jamais possédé.

Mary elle-même avait été impressionnée quand elle l'avait vu évoluer dans le petit enclos, derrière les écuries. Michael aurait aimé qu'elle assiste à la séance. Sans en tirer aucune vanité, il était très fier de ses dons de cavalier.

Il franchit la porte de l'écurie au moment où le palefrenier faisait entrer Devil Wind dans le manège.

« Il est capricieux ce matin », dit le valet d'écurie en luttant pour maîtriser l'animal dont les naseaux crachaient de la buée dans l'air froid et dont les sabots frappaient le sol comme s'il cherchait à se soulever de terre pour s'envoler.

Il semblait une réincarnation de Pégase.

« Il est superbe, n'est-ce pas, Diarmid? cria Michael au palefrenier.

– Pour ça, oui, monsieur. Mais il a son caractère! Je ne crois pas que vous devriez le monter ce matin.

Il a très mal dormi et il ne semble pas apprécier la compagnie des humains aujourd'hui. C'est peut-être à cause de l'orage qui approche : le vieux Derry dit que ses cors l'ont fait souffrir. »

Michael regarda le jeune homme avec indulgence. Il respectait sa connaissance des chevaux et les cors de Derry étaient célèbres pour leur capacité à prévoir un changement de temps, mais il estimait préférable de ne pas laisser les superstitions du personnel contrecarrer ses projets. Il leva le bras et tapota d'une main ferme le chanfrein de l'animal.

« Là, tout doux, ma beauté du désert. Je ne veux pas te faire de mal. Juste t'apprendre une ou deux choses. »

Le cheval s'ébroua puis renifla la main de l'homme, au grand étonnement du lad. Michael prit la longe et commença à mener l'animal autour de l'enclos, lui parlant de la voix douce et chantante dont il connaissait le pouvoir apaisant.

Le lad regarda le ciel d'un air connaisseur.

« Les cors du vieux Derry ne se sont pas trompés, cria-t-il à Michael de l'autre côté du manège. Des nuages orageux viennent des montagnes. »

Michael leva la main pour lui intimer de se taire : sa voix risquait d'effaroucher l'animal, au moment même où il gagnait sa confiance.

Tom arriva hors d'haleine, les jambes endolories par sa course à travers l'herbe humide, juste à temps pour voir son père enfourcher un cheval dont la robe de neige resplendissait sur le fond sombre du ciel.

Pendant une fraction de seconde, le cavalier et sa monture restèrent figés, le temps semblant suspendu. Puis le cheval se dressa brusquement sur ses jambes arrière en battant l'air de ses sabots antérieurs et en poussant un hennissement sauvage.

Tom vit une expression horrifiée se peindre sur le visage des lads quand les jambes du cheval semblèrent décoller du sol en un bond prodigieux avant de retomber dans un bruit sourd. Il vit son père projeté en l'air comme une poupée de chiffon et précipité la tête la première sur la terre gelée. L'animal vicieux piétina frénétiquement la tête et le corps de l'homme à terre tandis que les palefreniers couraient, hurlaient, essayaient de saisir la bride flottante. Puis, aussi brusquement qu'il avait commencé, le cheval s'arrêta, l'air conquérant, au-dessus de sa victime, tel un gladiateur attendant sa récompense.

Tom entendit une détonation et la balle tirée par son grand-père fracassa le crâne de l'animal. Il n'avait pas vu arriver le vieil homme, qui se dressait comme une haute statue, le fusil encore épaulé. Le petit garçon estima plus tard, quand il put supporter d'y repenser, que toute la scène n'avait pas duré plus d'une minute.

Une minute atroce dont il se souviendrait toujours dans les moindres détails. Jusqu'à la fin de sa vie il se rappellerait avoir couru vers son père inanimé. Il se souviendrait du sang, de tout ce sang par terre et sur le visage de son père, tandis qu'une pluie froide se mettait à tomber et qu'il implorait en vain le Ciel.

Il n'oublierait pas non plus ses cris ni ses larmes, ni les mains de son grand-père, qui essayaient de l'arracher au cadavre. Et la lente prise de conscience de l'horreur irrévocable. C'était cela dont il se souviendrait avec le plus d'acuité. Cela et le visage de sa mère quand elle arriva à la clôture. Il avait mis longtemps à recouvrer ses esprits après avoir vu ce visage.

II

1882-1900

THOMAS ET MARY

Seigneur, Vous êtes cruel avec les mères...
Nous souffrons en donnant la vie comme en perdant des êtres chers.

PADRAIC PEARSE.

1

« Il ne m'arrivera rien... » Ces paroles résonnaient dans la tête de l'enfant qui se préparait à quitter sa maison pour toujours. Il avait entendu son père les dire à sa mère pour la réconforter. Mais jamais il n'y avait vraiment cru.

Et les craintes de sa mère s'étaient réalisées. Son papa était mort et leur foyer était détruit.

Il s'efforçait de ne pas penser aux événements des trois derniers jours, mais le souvenir de la matinée qui avait suivi l'enterrement le hantait.

Randolph Hartington et Mr. O'Leary, l'intendant, étaient venus leur annoncer qu'ils allaient devoir partir.

« Pourtant Michael disait qu'il nous léguerait la maison pour que nous ayons un toit! s'était écriée Mary, trop bouleversée pour se contenir.

– C'est absurde, avait répliqué Randolph. Mon frère est mort intestat. C'était un imbécile en matière d'argent, mais même s'il avait été un financier hors pair, il n'aurait pas laissé un sou à une domestique et à son bâtard de fils.

– Faites en sorte d'être partis demain à midi », avait ajouté Mr. O'Leary.

« Il a le cœur si petit qu'on pourrait l'attacher à la patte d'un moineau sans que cela l'empêche de voler », avait dit un jour Michael à propos de l'intendant, et il se trompait rarement dans ses jugements.

Mary avait déjà emballé ce qu'ils pourraient transporter. Entre autres choses, sa robe du dimanche, les deux culottes de cheval et la seule bonne chemise de Tom, ainsi que la brosse à cheveux à manche d'argent que Michael avait offerte à son fils pour son anniversaire. « Je n'y ai fait graver que l'initiale de ton prénom, avait-il déclaré, afin de pouvoir y ajouter ton vrai nom quand ta mère et moi serons mariés. »

Il n'en serait plus jamais question.

Tom regardait sa mère plongée dans une sorte de rêverie. Elle tripotait nerveusement son unique trésor, un médaillon doré contenant une miniature de Michael. C'était le seul bijou qu'elle eût jamais possédé. « Je me laisserais mourir de faim plutôt que de m'en séparer », disait-elle.

Elle souleva le carton d'un geste décidé et Tom en fit autant avec le havresac. Elle jeta un dernier coup d'œil autour d'elle. Il vit des larmes dans ses yeux quand elle referma doucement la porte derrière eux.

« Et maintenant, maman, où allons-nous?

– Nous allons chez le père O'Hanlon, le refuge des âmes en détresse, en espérant qu'il pourra nous prêter assistance. »

Près de soixante-dix ans plus tard, quand un imbécile demanda à Thomas Dalton sur son lit de mort ce qui lui avait laissé le souvenir le plus vif dans sa longue existence, il répondit : « Les séparations ». Et dans la chambre du mourant une seule personne savait qu'il se remémorait le moment où elles avaient commencé pour lui, un jour morne et froid de l'hiver 1882.

2

Le père O'Hanlon récitait l'office de tierce quand Mary et Tom, tenant toute leur fortune à la main, firent leur apparition à la porte de l'église.

« Seigneur, murmura-t-il, aidez-moi à secourir ces malheureux! »

Il se redressa avec difficulté et les emmena dans son presbytère aux murs défraîchis. Tout en préparant le thé, il observait, du coin de l'œil, ses invités muets.

« Ma chère enfant, Michael était un homme droit. Le meilleur que j'aie jamais rencontré. Il valait infiniment mieux que son frère, lequel, en ce moment même, doit être en train de compter son or au château. »

Il leur fit signe de s'asseoir, sortit trois tasses, puis s'installa derrière son bureau. Il écarta ses papiers et tira à lui un coffret de bois.

« Michael s'est toujours conduit pour le mieux avec vous et votre enfant. Un jour que je lui enseignais les principes de notre foi, il m'a confié ses inquiétudes pour votre avenir. Il m'a remis une somme à utiliser en cas de nécessité. Il savait que s'il venait à mourir sa famille vous chasserait. « Si « jamais il m'arrive malheur, m'a-t-il dit, envoyez « Mary en Amérique. Elle pourra y refaire sa vie. Et « veillez à ce que Tom reçoive une bonne éducation. « Mon fils est doué, il a l'esprit d'analyse et une « âme de poète. Mais comme il est illégitime, il n'arrivera à rien s'il ne reçoit pas l'éducation nécessaire pour battre les autres sur leur propre terrain. »

– L'Amérique, mon père? Pourquoi irais-je là-bas? »

Le vieux prêtre pesa les mots qu'il allait devoir

employer. Pourquoi ne leur parlait-on jamais au séminaire des souffrances que le prêtre rencontrerait dans son ministère?

« Mary, mon enfant, des choix s'imposent. Pensez d'abord à votre fils. Son père avait raison : vous savez qu'il est intelligent. Avec de solides études, tous les espoirs lui seront permis. Quant à vous... vous êtes robuste. A votre arrivée en Amérique, vous irez voir de ma part le père Grogan. Il vous trouvera une place dans une bonne maison et vous pourrez recommencer de zéro. Ne comprenez-vous pas qu'il vous est impossible de rester ici plus longtemps?

– Mais Tom est mon fils! Je ne pourrai jamais le quitter! »

Le visage de Mary éveilla chez le vieillard un sentiment de révolte contre l'injustice de ce monde. Il se racla la gorge et s'efforça de prendre un ton ferme.

« Et pourtant, mon enfant, il n'y a pas d'autre solution. Je peux envoyer Tom dans un monastère à Westmeath. Il y sera inscrit sous votre nom et les pères l'élèveront comme un orphelin, sans poser de questions. »

Il regarda Mary droit dans les yeux.

« Votre famille ne vous adresse plus la parole depuis sa naissance. Vous ne pouvez pas l'élever seule et vous ne pouvez pas non plus l'emmener en Amérique. Qui voudra d'une domestique célibataire avec un enfant? Mary, vous n'avez pas le choix. »

Il plongea la main dans le coffret et en sortit deux enveloppes cachetées, l'une adressée à Mary et l'autre à Tom. Il les leur tendit. Les mains tremblantes, la jeune femme brisa le cachet et lut la lettre, la dernière qu'elle recevrait jamais de l'homme qu'elle aimait.

Ma chérie,

Le fait que tu lises cette lettre signifie que le pire est arrivé et que je ne suis plus près de toi et de notre fils. Je t'ai aimée plus que ma vie, ni la mort ni ma maudite famille ne pourront nous enlever cela. Je vous laisse tout ce que je possède. Dans l'état actuel des choses, mon testament ne vous sera d'aucune utilité, car la justice se rangera du côté de ma famille. Aussi ai-je pris d'autres dispositions pour assurer votre avenir.

L'argent que j'ai laissé au père O'Hanlon est suffisant pour te permettre d'aller en Amérique et de t'y installer en attendant de trouver du travail et, je l'espère, de commencer une nouvelle existence.

Je t'en conjure, trouve en toi la force de ne pas emmener Tom. Je me suis arrangé pour qu'il reçoive une bonne éducation, peut-être pas tout à fait celle d'un fils de bonne famille, mais en tout cas supérieure à celle d'un fermier ou d'un bâtard. Avec l'aide du père O'Hanlon, à qui je me suis confié, il ira jusqu'à l'Université. Il y acquerra, j'en suis sûr, les moyens de se tailler une place dans la société. J'ai fait pour lui tout ce qui était en mon pouvoir. J'espère que cela suffira.

Je t'aime, ma chérie. Ne m'oublie pas.
Michael.

Mary posa la lettre sur le bureau en s'efforçant de surmonter son désarroi. Tom la regardait. Il avait l'impression de tenir, avec cette lettre qui lui était adressée, son propre destin. Mary se leva, s'approcha de lui, et posa ses mains sur ses épaules.

« Il faut que tu la lises, Tom. C'est tout ce qui te reste de lui. »

Alors, les yeux brouillés de larmes, il déchira l'enveloppe.

Mon cher fils,

Lorsque tu seras un homme, les conditions de ta naissance t'apparaîtront mieux. Si tu ne peux me pardonner le mal que je vous ai causé, à toi et à ta mère, peut-être comprendras-tu qu'un grand amour est ma seule excuse.

Tu représentes mon espoir pour l'avenir et je vivrai en toi. Apprends le plus possible car c'est ton unique chance de t'en sortir. Cela te permettra de vaincre les barrières de classe et de fortune, les préjugés et les privilèges. Sois plus intelligent, plus fort et plus assuré que les autres, car tu devras te battre seul. Pars dans un autre pays, construis-toi la vie du gentilhomme que tu aurais dû être.

Sois fier de tes origines, mon fils. Ta mère t'a légué la beauté, l'amour et la foi de ses ancêtres celtes; moi, je t'ai transmis sinon le nom, du moins le sang d'une des meilleures familles d'Irlande.

Que Dieu te garde, mon cher fils. Ton père qui t'aime.

3

Dans la cour du vieux monastère, le petit garçon serrait sa casquette entre ses mains menues. Il transpirait malgré le froid. C'était l'heure de l'angélus et des hommes en robe noire se hâtaient vers la chapelle éclairée de bougies.

Tom rentra instinctivement les épaules pour se protéger de cet univers qui allait être le sien durant les dix années à venir. Le père O'Hanlon lui avait recommandé d'être respectueux avec les frères, de leur obéir en tout : ces érudits lui enseigneraient tout ce que son père voulait qu'il sût. Toutefois, Tom pressentait qu'ils lui apprendraient bien d'autres choses en plus, car le monastère baignait dans une atmosphère de tristesse inquiétante et indéfinissable.

Tout à coup, comme surgissant de nulle part, un moine d'un certain âge, à la mine réservée, fut à côté de lui.

« Je suis le frère Ambrose. Et vous, vous devez être Tom, l'orphelin envoyé par le père O'Hanlon. Je vais vous conduire auprès de l'abbé. Si, par la suite, vous avez besoin d'un conseil, venez me voir, je vous aiderai dans la mesure du possible. Mais le règlement est très strict, je ne pourrai peut-être rien pour vous. »

Il entraîna le garçon vers une porte de chêne sculptée qui détonnait dans ce décor austère. Après avoir jeté un coup d'œil craintif à droite puis à gauche, comme s'il hésitait à partir, il chuchota :

« Voilà son bureau. Frappez à la porte et attendez qu'il vous appelle. Dieu vous aide, mon enfant. »

Le frère Ambrose se signa et disparut aussi mystérieusement qu'il avait surgi. Tom frappa et attendit, le cœur serré. Du bureau lui parvint une voix rogue.

« Ne restez pas planté là. Entrez! »

L'abbé, un vieillard au regard implacable, était en train de fouetter un élève. Il y mettait tant d'ardeur que Tom eut envie de courir se cacher. La peur serrait sa poitrine. Le vieil homme le dévisageait d'un air sévère, les narines pincées.

« Vous êtes encore pire que je ne l'avais imaginé. Durant votre séjour, vous serez soumis à une discipline qui aura pour but de faire de vous un gentilhomme, bien que je doute que cela soit possible. Vous serez battu à la moindre infraction. »

Que signifie une infraction, et comment saurai-je si j'en commets une? se demanda le garçon.

« Vous devrez obéir sur-le-champ aux ordres que vous recevrez, travailler du matin jusqu'au soir pour payer votre entretien, parler un anglais impeccable – et non ce dialecte ridicule! Enfin, vous n'aurez pas de pensées impures. Avez-vous compris?

– Oh! oui, monsieur l'abbé, j'ai compris », dit Tom.

Il mentait dans l'espoir d'abréger ainsi l'entrevue.

L'autre gamin en avait profité pour filer sans demander son reste.

« Retirez cette chemise dégoûtante! »

Tom fixa, éberlué, ce déconcertant personnage, pour s'assurer qu'il avait bien entendu. Ma chemise n'est pas dégoûtante, songea-t-il, c'est ma mère qui l'a confectionnée elle-même, et le père O'Hanlon l'a lavée hier.

« Je vous ai dit d'enlever ce vêtement crasseux! »

Docile, Tom déboutonna sa chemise et la retira craintivement. Allait-il devoir porter la robe des moines?

« Je vais vous corriger, dit le vieillard d'une voix égale, dépourvue de toute émotion. Vous saurez ainsi ce qui vous arrivera chaque fois que vous ne vous plierez pas à la règle dans la maison de Dieu. »

La verge siffla dans l'air glacial. Ainsi commençait l'éducation de Tom. Le jour de sa mort, il se souviendrait aussi de cet épisode de son enfance.

4

Mary Dalton restait immobile sur la jetée, son sac de voyage à la main, désorientée. L'appréhension, la fatigue et la tristesse pesaient sur ses épaules, après une traversée affreuse qui, jusqu'à New York, l'avait tenue sans cesse entre la nausée et la prostration.

Michael avait disparu. Jamais plus il ne la serrerait dans ses bras. Tom était resté en Irlande. Elle ne verrait plus son petit visage sur l'oreiller quand elle chantait pour l'endormir. Elle refoula ses larmes et chercha autour d'elle le curé auquel on l'avait adressée. Ce dernier, le père Grogan, accueillait les Irlandais à leur descente de bateau pour leur éviter de sombrer dans la misère ou la prostitution. Apercevant des femmes rassemblées au bout du quai, elle se dirigea vers elles.

Un homme d'un certain âge à la mine soucieuse et au regard vif lui tendit la main.

« Mary Dalton? demanda-t-il. Dieu merci, vous êtes là! Il ne manquait plus que vous pour que mon petit troupeau soit au complet. »

Il paraissait très satisfait d'avoir trouvé tout son monde. Elle lui remit en hésitant la lettre du père O'Hanlon. Le prêtre la prit sans un mot et détailla Mary des pieds à la tête.

« Le père O'Hanlon m'a dit de vous rappeler que je savais lire et écrire, dit-elle brusquement, repensant à la dernière recommandation du vieil homme, au moment où elle s'était embarquée.

– C'est une excellente nouvelle que vous m'annoncez là car j'ai justement une bonne place pour une personne comme vous à Tuxedo Park. »

Il lui adressa un sourire bienveillant puis se tourna vers les huit autres jeunes femmes qui lui avaient été confiées.

« Et maintenant, mes chères enfants, vous allez devoir m'attendre ici un moment pendant que je vais chercher les brebis égarées. »

Les abandonnant à elles-mêmes, le prêtre, dont la stature était celle d'un boxeur, partit à grands pas. Il revint, quelques instants plus tard, accompagné de trois nouvelles arrivantes.

« Voyez-vous, mesdemoiselles, expliqua-t-il, certaines n'ont nulle part où aller quand elles débarquent ici. Elles espèrent trouver des rues pavées d'or et c'est la misère qui les attend. Que Dieu leur vienne en aide! »

Sur ce, il emmena les émigrantes chargées de leurs bagages vers le presbytère du Saint-Rosaire, à trois kilomètres au sud du port.

Le lendemain, le père Grogan fit appeler Mary dans son bureau. Il remarqua son port digne, sa grâce jointe à une parfaite maîtrise d'elle-même. C'est une beauté si l'on se réfère aux critères de ce monde, songea-t-il, et c'est probablement ce qui l'a conduite à cette vie triste et dissolue. Quelle étrange histoire que la sienne!

« Chère Mary, le père O'Hanlon m'a raconté dans sa lettre ce qui vous était arrivé. Je pense qu'il est de notre devoir de parler de votre passé avant que vous vous rendiez chez vos nouveaux employeurs. »

Mary acquiesça. Cet homme tenait sa destinée entre ses mains. Elle écouterait ce qu'il avait à dire, mais elle se sentait trop lasse pour s'intéresser vraiment à ce que l'avenir lui réservait. Son indifférence n'échappa pas au prêtre.

« Il n'est pas dans mes habitudes de conseiller aux gens de ne pas être sincères, commença-t-il, gêné d'aborder un sujet délicat. Mais je suis à la fois prêtre et homme pratique, et je sais que le dénuement et l'injustice assaillent nos compatriotes dès leur arrivée en Amérique. Etant donné votre situation, mon enfant, je ne puis que vous recommander, sinon le mensonge, du moins la discrétion. »

Mary lui jeta un regard circonspect.

« Si vous parliez de Michael et de Tom à vos futurs employeurs, Mary, ils vous prendraient pour une fille perdue. Ils refuseraient de vous confier leurs enfants, et n'éprouveraient aucun scrupule à rejeter votre demande d'emploi pour des raisons morales. »

Il la vit se raidir, mais il continua.

« Par conséquent, nous devons faire preuve de subtilité dans ce que nous allons inventer à leur intention. »

Il s'interrompit un instant pour voir si elle se rebellait. Devant son mutisme, il reprit son monologue.

« Nous pourrions peut-être leur dire que vous êtes issue d'une famille de fermiers et que, sachant lire et écrire, vous avez souhaité venir en Amérique et y chercher un emploi pour améliorer votre condition. D'ailleurs, ce n'est pas très loin de la vérité, n'est-ce pas, Mary?

– Non, mon père. »

Soulagé de la voir si docile, le père Grogan sourit.

« Et puis, Mary, il faudra que vous soyez un peu plus loquace, si vous voulez convaincre vos patrons de votre capacité à enseigner la lecture et l'écriture à leurs enfants. Après tout, ils sont en droit d'attendre une certaine éloquence de la part d'une Irlandaise. Les Anglais ne nous ont-ils pas tout pris pour ne nous laisser que la magie des mots? »

Il avait espéré la faire réagir en l'amusant, mais elle était bien trop accablée. Il essaya une autre tactique.

« Voudriez-vous me parler de Tom, Mary? C'est, paraît-il, un garçon bien bâti, comme l'était son père. »

Les grands yeux tristes de la jeune femme s'allumèrent instantanément.

« Que va-t-il devenir, sans moi et Michael pour veiller sur lui? Il n'a que huit ans et il est tout seul à présent! »

Le prêtre, ému par le ton angoissé de Mary, se pencha pour lui prendre la main.

« Il ne faut pas désespérer! Votre fils est entre les mains de Notre Seigneur, tout comme vous. Nombre d'enfants viennent au monde sans bénéficier d'autant de protection. Les frères prennent soin de lui, il est nourri et vêtu, et il recevra une éducation que même un Anglais lui envierait. Et puis il a votre sang et celui de Michael dans les veines. C'est le meilleur héritage qui soit. Dieu lui indiquera son chemin. Tout comme il vous l'indiquera à vous, Mary. Ses desseins sont impénétrables. Ne cherchons pas à les percer.

– Je n'en peux plus, mon père. Moi, je veux savoir le pourquoi de toutes ces épreuves. »

Devant ce beau visage ravagé de douleur, le prêtre comprit que toute parole était inutile. Seigneur, viens à son aide! pria-t-il intérieurement.

*

Le cabriolet qui attendait Mary à la gare de Tuxedo était conduit par un petit homme ratatiné, affligé de strabisme et dont le dos voûté témoignait des jours et des nuits passés recroquevillé sur son siège, pour se protéger des intempéries, ce cauchemar des cochers.

Il accueillit Mary avec un sourire accompagné d'un grognement et porta son sac jusqu'au cabriolet, mais il ne lui tendit pas la main pour l'aider à se hisser à sa place.

« Je m'appelle Sean. Je suppose que vous êtes la nouvelle gouvernante, dit-il avec un fort accent irlandais après qu'elle eut réussi à s'asseoir.

– En effet.

– Vous serez bien traitée si vous ne prenez pas de grands airs et si vous savez rester à votre place.

– Oui.

– Vous n'êtes pas très causante, hein?

– Non. »

Ne pas prendre de grands airs, vraiment! C'était précisément la cause de sa perte. Elle avait rêvé d'être une épouse installée dans une belle maison et non la domestique; le destin en avait décidé autrement.

« Vous verrez, c'est un endroit très rupin, poursuivit le cocher en tournant vers elle son regard bigle. Tous les riches y ont leur maison : c'est plus commode pour se recevoir. Vous allez être épatée. »

Mary eut une moue désabusée. Pour son malheur, elle avait connu d'autres demeures fastueuses.

« Qu'est-il arrivé à la précédente gouvernante? demanda-t-elle.

– Alors là, ce serait long à expliquer, ma fille.

– J'aimerais bien que vous me racontiez son histoire. »

Elle avait dit cela uniquement dans l'intention d'être aimable. Quand pourrait-elle se faire un ami dans ce monde nouveau? Il détourna son attention de la route et la reporta sur la jeune femme.

« Vous voyez que vous savez parler! Au début je vous prenais pour une muette! Eh bien, voilà ce qui s'est passé. La dernière gouvernante s'appelait Eileen Durban. C'était une très brave femme. Son mari, Frank, le jardinier, et elle ont été renvoyés il y a de cela un mois, après trente ans au service de la famille. Ils avaient six enfants, tous des garçons, et qui travaillaient dur, comme leurs parents. Tim, le cadet, un gamin très intelligent, avait entendu dire que s'il se classait parmi les premiers à l'école, il pourrait obtenir une bourse pour aller à l'Université comme les fils de famille. Il a donc bûché d'arrache-pied, tant et si bien qu'il est devenu le meilleur élève de l'Etat et qu'il a décroché une bourse pour l'université Notre-Dame, celle dont il rêvait. »

Mary se demandait ce que tout cela avait à voir avec le départ de la gouvernante.

« Un beau jour, le maître, Mr. Cooke, a demandé après le garçon. « Il y a longtemps que je n'ai pas vu « votre blondinet, Frank, a-t-il dit au jardinier. Est-il « parti chercher du travail à New York?

« – Non, monsieur, a répondu Frank en se ren- « gorgeant. Il est parti à l'université Notre-Dame « faire des études de médecine. » Mr. Cooke est devenu rouge comme une tomate et il est rentré chez lui, furibond, sans un mot. »

Sean se tourna vers Mary pour lui confier dans un murmure théâtral :

« Ils ont tous été renvoyés dans la semaine! Le père, la mère et tous les enfants. Chez les riches, on n'aime pas que les gens comme nous essaient d'améliorer leur sort. Mais si vous ne vous prenez pas pour quelqu'un, poursuivit-il en voyant que Mary ne réagissait pas, vous n'aurez pas de problème. »

Me prendre pour quelqu'un, quelle idée! songea Mary. Moi qui ne sais même pas où j'en suis en ce moment! Que dirait-il, s'il apprenait quelle haute idée j'avais de moi et où cela m'a menée! La douleur lente et sourde au-dessous du cœur – l'endroit réservé à Tom – se réveilla. La jeune femme avait appris à la contenir, au prix d'un effort violent, à l'empêcher de gagner toute sa poitrine. Dans un rêve récent, elle tentait de maintenir fermée une porte qui ouvrait sur son chagrin; de l'autre côté, une force poussait, obstinément, et Mary sentait son énergie l'abandonner peu à peu...

Sean se remit à parler et, au son de sa voix, elle reprit contact avec le monde extérieur.

« C'est à partir de ces grilles que commence Tuxedo Park. A l'intérieur, il y a le monde des riches et de ceux qui les servent. Ça vous plaira, j'en suis sûr. »

Ils passèrent devant le poste de garde et suivirent la route qui sinuait à travers un parc. A perte de vue, des ormes et des chênes disputaient l'espace et la lumière à de gigantesques pins. En contrebas de la route, Mary aperçut le miroitement des eaux du lac Wee Wah sur lequel glissaient de minuscules bateaux.

C'était là que, pour elle, la vie allait recommencer.

5

Tom et Seamus, son meilleur ami, vivaient avec sept jeunes compagnons dans la splendeur froide et inconfortable de la vieille abbaye. Chaque matin, ils devaient se lever à quatre heures pour entendre la messe ou la servir, puis ils prenaient leur petit déjeuner en silence avec les frères dans le réfectoire mal éclairé. Les flocons d'avoine dont Tom se régalait chez sa mère s'étaient transformés à Saint-Ignace en bouillie liquide qui ne remplissait pas l'estomac.

Pendant le repas, un moine lisait des passages du Nouveau Testament, des écrits de saint Augustin ou de saint Thomas d'Aquin. La voix asexuée du récitant bourdonnait interminablement et les enfants attablés hochaient la tête chaque fois qu'une pensée particulièrement édifiante était énoncée. Bien entendu, ils profitaient de ce monologue pour laisser leur esprit vagabonder. Ils étaient pourtant obligés d'écouter au moins d'une oreille car, par intervalles, la voix autoritaire de l'abbé les interrogeant sur le texte qui venait d'être lu les replongeait brutalement dans la réalité.

Un seul de ces récitants savait retenir l'attention

de Tom. C'était le frère Damien, un homme mince et âgé, qui lisait d'une manière parfaite. Il avait l'art de rendre vivantes même les ennuyeuses épîtres de saint Paul, car non seulement il les appréciait, mais il était peut-être le seul de cette congrégation à en comprendre le sens profond.

Le frère Damien, l'homme le plus doux qu'eût connu Tom, était si effacé qu'on le remarquait à peine. Mais, sitôt qu'on le connaissait, sa grandeur d'âme fascinait. Tom et Seamus qui profitaient souvent de ses largesses trouvaient que lui seul méritait le nom de « chrétien ». C'est ainsi qu'il confectionnait un remède contre la toux, à base de miel et de menthe, qu'il apportait discrètement, caché dans les plis de sa bure, dans la chambre de Seamus, afin de soulager la gorge perpétuellement irritée du gamin.

Lui seul avait, envers eux, des attentions, comme celle qui consistait à garder dans sa poche un biscuit, chapardé à la cuisine, pour le leur offrir dans l'après-midi, quand la faim les tenaillait. C'était lui encore qui les arrachait à leur morne vie de proscrits, en se promenant avec eux dans le domaine abbatial.

« Eh bien, mes petits gentilshommes, leur disait-il, car il insistait pour qu'ils se considèrent comme tels, bien que le sort leur fût, pour l'instant contraire. Que vais-je bien vous raconter aujourd'hui ? »

Et pendant une heure, l'histoire des chevaliers de la Branche Rouge et de leurs belles dames, des chagrins de Deirdre, ou du voyage magique d'Ossian, prenait vie devant eux et les transportait à une époque plus aimable où le rêve se mariait à la poésie.

6

Mary se résigna à sa nouvelle vie de domestique. Elle était chargée de l'éducation des cinq enfants Cooke, dont l'âge s'échelonnait entre quatre et onze ans. Elle devait leur apprendre l'orthographe et le calcul, leur inculquer les usages de la société et la conscience de leur statut privilégié. La nursery était son domaine depuis six heures du matin jusqu'au coucher de tous les enfants. Le soir, elle était censée ranger leurs chambres, prendre soin de leurs vêtements et préparer les leçons du lendemain, tâche complexe en raison de leurs âges très différents.

Elle avait tout d'abord été satisfaite de ce travail qui lui occupait continuellement le corps et l'esprit, et de la fatigue qui lui faisait oublier son chagrin et ses angoisses.

Une année passa ainsi. Puis une deuxième. Peu à peu, le temps apportait l'oubli. Mary put rester des journées entières sans penser à Michael et à Tom. Mais alors que sa douleur s'atténuait, elle constata que ses anciens rêves renaissaient. A nouveau le désir la prenait de vivre, de posséder des biens, d'être autre chose qu'une domestique. Au cours de sa troisième année chez les Cooke, un nouveau problème vint s'ajouter à ses soucis.

Ce samedi-là, Mary raccommodait le pantalon de Jonathan Cooke, tout en se demandant quel démon possédait ces garnements dès qu'on avait le dos tourné. Les cinq enfants étaient partis en promenade avec leur mère et Mary s'était risquée à sortir de sa mansarde pour aller coudre dans la lingerie, au premier étage.

La pièce était petite mais ensoleillée, tapissée de papier peint aux tons gais et la fenêtre ouvrait, à l'arrière de la maison, sur un pommier dont les fleurs venaient tout juste de s'épanouir. Installée sur un canapé de chintz, en face de la fenêtre, Mary fredonnait, heureuse de pouvoir disposer de son après-midi, ce qui lui arrivait rarement. Elle sursauta en entendant une clef tourner dans la serrure. Elle se retourna : Mr. Cooke se tenait derrière elle.

« Bonjour, Mary », dit-il d'une voix curieusement enjouée.

Avant qu'elle eût pu répondre, il s'assit à côté d'elle. Le sofa grinça quand il s'y enfonça de tout son poids.

« Bonjour, monsieur Cooke. »

Elle tenta de se lever, mais il l'en empêcha d'une pression sur le bras. Elle se rassit en lançant un regard inquiet vers la porte, maintenant fermée à double tour. La peur la raidit sur son siège.

« Je vous ai bien observée, Mary, et je dois avouer que vous me plaisez assez. »

La portée de cette déclaration apparut plus clairement à la jeune femme lorsqu'elle sentit la jambe et la cuisse de Mr. Cooke se presser contre les siennes. Elle se recula, aussi loin que le permettait l'exiguïté du canapé et s'affola en sentant Mr. Cooke se presser de nouveau contre elle, frotter sa jambe le long de la sienne avec insistance.

Que faire? Elle s'efforça de recouvrer son calme. Devait-elle feindre de n'avoir rien remarqué, faire comme s'il l'avait touchée par mégarde? Oserait-elle provoquer la colère de l'homme qui lui procurait un toit et un travail? Qui l'emploierait s'il refusait de lui fournir les références nécessaires? Toutes ces questions se bousculaient dans son esprit. Ne pouvait-il donc pas s'en aller? Elle tenta une seconde fois de se lever, mais une poigne de fer se referma sur son bras et la ramena sur le canapé.

« Vous savez, Mary, mon épouse ne vous apprécie guère. Elle dit que vous vous surestimez. Serait-ce vrai? »

Elle essaya de dégager son bras, en vain.

« S'il vous plaît, monsieur Cooke, je voudrais terminer mon raccommodage.

– Oui, bien sûr, murmura-t-il. Je peux vous être très utile pendant que vous travaillez. »

Le visage de Mr. Cooke s'empourprait. La sueur perlait sur son front. Si Mary se dégageait, il la poursuivrait; si elle se débattait, il aurait le dessus; d'ailleurs c'était peut-être ce qu'il cherchait. Jamais, elle n'aurait le temps de s'emparer de la clef et d'atteindre la porte avant qu'il se jette sur elle.

Elle ne put jamais se rappeler comment l'inspiration lui était venue. Tout à coup, une sorte d'instinct lui avait donné le courage d'agir. Elle tendit sa main libre vers sa boîte à ouvrage, empoigna la paire de ciseaux et, l'ayant posée sur ses genoux, en pointa l'extrémité vers son patron.

« C'est très gentil à vous de me proposer votre aide, monsieur Cooke, dit-elle, d'une voix qu'elle s'efforça de rendre aussi calme et ferme que possible, mais je peux très bien me débrouiller toute seule, merci. »

L'absence totale de crainte que Mr. Cooke perçut chez la jeune femme fit retomber son excitation. Il regarda les ciseaux d'un air incrédule. Etait-ce possible que cette petite traînée d'Irlandaise voulût vraiment lui signifier qu'elle n'hésiterait pas à frapper s'il insistait? Elle n'en aurait certainement pas le courage! Son regard se porta des ciseaux aux yeux de Mary qui restaient fixés sur les siens. Il comprit alors qu'elle était capable d'aller jusqu'au bout. Un frisson le parcourut.

Il desserra son étreinte et Mary se dégagea. Elle soupira et, tenant encore les ciseaux dans sa main gauche, rassembla de l'autre main ses affaires de couture.

« Il faut que je m'en aille maintenant, annonça-t-elle posément en se levant. Vous feriez mieux de me donner la clef, monsieur Cooke. »

Il la lui tendit, comme fasciné. Elle tourna la clef dans la serrure sans le quitter des yeux et quitta la pièce d'un pas très digne.

Elle ne reprit sa respiration qu'une fois parvenue à l'étage de sa mansarde. Elle se dit qu'il ne fallait surtout pas pleurer, ni perdre son sang-froid mais, au contraire, rester calme, parfaitement calme. Sa main tremblait toutefois quand elle pénétra dans sa chambre et s'y enferma à double tour. Elle s'assit sur le lit, attendant un bruit de pas ou des coups répétés à la porte. Elle se rendit compte qu'elle tenait toujours les ciseaux. Elle les posa avec précaution sur le lit et vit ses mains agitées d'un tremblement irrépressible. Elle n'entendait rien d'autre que les battements de son cœur.

Quelques minutes plus tard, comme aucun bruit ne troublait le silence, Mary s'allongea. Elle était hors de danger pour le moment, mais Mr. Cooke n'oublierait pas la rebuffade qu'il avait essuyée. Ses ennuis avec Randolph Hartington lui revinrent en mémoire et elle prit conscience que, cette fois, elle ne devrait compter que sur elle-même. Michael n'était plus là pour la protéger, elle ne pourrait pas se réfugier dans ses bras. Le destin ne serait pas tenu en échec par l'amour.

Cette fois, il lui faudrait trouver seule le moyen de se sauver.

7

Thad Martin était commerçant dans l'âme. Depuis sa plus tendre enfance, il aimait vendre. A l'école, autant il était mauvais élève dans des disciplines comme la géographie ou l'histoire, autant il se révélait prodigieusement précoce dès qu'il s'agissait de calcul. Il additionnait de tête des colonnes entières de chiffres, aussi vite que les meilleurs élèves de terminale. Quand il abandonna ses études, après la troisième, pour travailler au bazar de Mr. Jenkins, Thad avait un projet bien arrêté : il serait commerçant. Il devancerait les goûts de la clientèle, en lui proposant de nouveaux articles, voire en les fabriquant lui-même. Au besoin, ces goûts, il les susciterait, et deviendrait riche. Il n'aspirait pas à la simple aisance de Mr. Jenkins, ni même à la solide petite fortune de Mr. Davitt, le notaire. Il voulait devenir immensément riche, comme les personnages des romans qu'il lisait.

Il avait tout d'abord persuadé Mr. Jenkins de le laisser développer sa petite affaire en allant au-devant de la clientèle au lieu de l'attendre. Pousser une charrette à bras dans les rues de New York lui avait permis de sonder la population : de quoi avait-elle besoin? Que désirait-elle? De quoi rêvait-elle sans oser espérer le posséder un jour? Mais les gens qu'il étudiait étaient principalement des pauvres et Thad avait de plus hautes ambitions. Il voulait traiter avec les riches, connaître leurs secrets et leurs goûts. Tuxedo Park, où vivaient des gens puissants et fortunés se trouvait suffisamment près de New York pour qu'il pût s'y rendre avec sa marchandise. C'était un nouveau commerce qu'il lui fallait monter, aussi dut-il régler avec Mr. Jenkins le problème du stock à constituer. Puis il remplit une voiture de ce qu'il estimait indispensable à une famille de la haute société et se présenta directement chez ses clients.

Dans l'ensemble, les articles qu'il proposait plurent. En l'espace de trois ans, il gagna assez d'argent pour quitter Mr. Jenkins et voler de ses propres ailes. Son esprit fécond commença alors à élaborer de nouveaux plans.

Il estima qu'un homme jeune, possédant comme lui le sens des affaires et promis à un brillant avenir devait sérieusement songer à se marier et à fonder une famille. C'est précisément à ce moment-là qu'il rencontra Mary Dalton.

Thad n'entretenait aucune illusion sur sa situation présente, mais il ne doutait pas qu'elle s'améliorerait rapidement. En revanche, le problème de l'épouse était délicat. Il lui fallait une femme à la fois distinguée et suffisamment dans le besoin pour prendre ses avances en considération. Cela lui avait semblé difficile jusqu'à cet après-midi d'automne où il vit pour la première fois Mary Dalton dans la cuisine des Cooke. Son port de reine, son langage châtié, sa voix mélodieuse et sa gentillesse le persuadèrent que le Seigneur avait mis sur son chemin la compagne de ses rêves. Il avait donc entrepris de lui faire la cour, avec patience et méthode. Thad était grand, mince au point d'en paraître grêle, et extrêmement opiniâtre. « Plus on s'acharne, plus on force la chance », lui avait dit un jour son père quand il était tout jeune.

Il avait observé cet adage chaque jour de sa vie et, jusqu'alors, cela s'était révélé rigoureusement exact. Il était sûr que s'il courtisait Mary avec assez de ténacité, la chance finirait par lui sourire.

Assise sur le banc du jardin, Mary écoutait en silence Mr. Martin lui dévoiler ses projets d'avenir. Elle se dit qu'il avait une belle voix grave et des gestes doux. Ses yeux enfoncés brillaient d'intelligence et, sans être beau, son visage était agréable. Elle s'efforçait d'éprouver quelque chose – n'importe quoi – pour cet homme qui se montrait si prévenant avec elle. En vain. Elle poussa un soupir, espérant trouver des sujets de conversation qui occuperaient tout l'après-midi.

Une fois par mois, pendant son jour de repos, Mr. Martin venait la chercher pour une promenade. Il se conduisait envers elle comme si elle était un trésor aussi précieux que fragile. Il l'emmenait dans un endroit tranquille, soit dans Tuxedo Park, soit à l'extérieur, où ils restaient à parler pendant des heures.

A dire vrai, c'était lui qui parlait. Il faisait les cent pas autour d'elle, lui exposait ses rêves et ses projets en agitant ses bras squelettiques. Il deviendrait un commerçant prospère, il posséderait un beau magasin, une immense maison où s'épanouiraient ses nombreux enfants. Son épouse jouirait de tout ce que peut offrir un homme riche et cultivé...

Mais Thad souffrait de timidité, et n'avait aucune expérience des femmes. En fait, le seul moment de sa vie où il oubliait son handicap, c'était quand il faisait du commerce. Un miracle se produisait alors, qui le rendait éloquent, lui donnait de l'inspiration. Il devenait capable, tout à coup, de convaincre n'importe qui, fût-ce la personne la moins bien disposée, de lui acheter quelque chose. Mais avec Mary, il demeurait timide. Il soupçonnait, d'ailleurs, qu'elle l'était aussi car, si elle acceptait ses invitations avec empressement, elle ne se départait pas d'une grande réserve devant ses avances.

Pourtant, le moment était venu de révéler ses intentions : il disposait maintenant d'un capital presque suffisant pour ouvrir un commerce et commencer une nouvelle vie. Il devait persuader la jeune femme de l'épouser.

« Mary, commença-t-il en pliant son long corps pour s'asseoir près d'elle, êtes-vous déjà allée à Boston? »

Elle se tourna vers lui et secoua négativement la

tête. Le soleil filtrait à travers le feuillage, illuminant le visage et la chevelure rousse de Mary.

« Dans un mois, j'aurai assez d'argent pour réaliser mon projet et c'est à Boston que j'ai choisi d'aller. »

Ses yeux brillaient quand il parlait de l'avenir.

« C'est une ville magnifique, d'une grande richesse culturelle. Il y a des universités, là-bas, pour mes enfants. Harvard... »

Il eut un sourire de fierté en imaginant ses fils à Harvard. Mary le regarda d'un air attendri.

« Boston est un creuset, comme New York; on y trouve des riches, des pauvres, de vieilles fortunes et des immigrants... avec, en plus, le raffinement et la dignité. Même les quartiers pauvres baignent dans une atmosphère de distinction. »

Il s'interrompit, encore sous le charme de ce qu'il avait vu.

« Mary, dans un mois j'irai m'installer à Boston. Je voudrais que vous veniez avec moi. »

Mary sentit son estomac se nouer. Elle attendait ce moment; elle l'avait même espéré, en le redoutant. Toutes leurs conversations précédentes ne pouvaient qu'aboutir à cette proposition. Toutes les nuits qu'elle avait passées à chercher un moyen d'échapper à sa condition de domestique et aux avances de Mr. Cooke la conduisaient inexorablement à prendre une décision. Aurait-elle le courage d'aller jusqu'au bout?

Elle voulut parler, mais sa gorge serrée ne produisit qu'un son éraillé. Elle s'éclaircit la voix.

« Monsieur Martin, articula-t-elle enfin, je suis à la fois flattée et étonnée par votre demande en... mariage... »

Elle avait de la peine à prononcer le mot.

« Mais c'est une décision de la plus haute importance et vous comprendrez sûrement que je ne veuille pas m'engager à la légère. J'ai besoin d'un peu de temps avant de vous donner ma réponse. »

Pris d'une soudaine audace, Thad Martin posa les mains sur les épaules de Mary et l'embrassa sur le front. Elle réprima un mouvement de recul en se demandant si elle serait capable de supporter un contact plus intime avec cet homme.

« Vous êtes une femme merveilleuse, Mary. Vous possédez toutes les qualités de l'épouse dont je rêve. Je comprends que ce soit une décision difficile à prendre. Je suis heureux que vous acceptiez d'y réfléchir. Pensez-vous pouvoir me donner une réponse le mois prochain? »

Elle hocha vivement la tête, soulagée d'avoir obtenu un sursis.

8

Mary réfléchissait, assise sur son lit, au quatrième étage de l'élégante demeure de style Tudor. Comparé au luxe des trois étages inférieurs, celui réservé aux domestiques paraissait d'une austérité monacale.

Le lit en fer, la commode en pin, la cuvette de porcelaine, la petite bibliothèque qu'elle avait eu l'autorisation de s'aménager en raison de ses fonctions de gouvernante, constituaient ses seuls biens après trois ans passés dans cette maison. Encore était-elle privilégiée par rapport à la plupart des domestiques. Elle allait ce jour-là prendre enfin une décision. Le moment était venu de saisir cette chance qu'elle redoutait tant.

Mary respira profondément et essaya d'y voir clair, malgré les battements précipités de son cœur. Si elle épousait Mr. Martin, comme elle tentait de s'y résoudre, elle trouverait des compensations. Ce serait un mariage sans amour, mais elle aurait des enfants pour remplir sa vie, une maison à elle... une place dans la société avec la promesse d'un avenir meilleur.

L'idée de se marier avec un homme pour lequel elle n'éprouvait aucun sentiment lui était pénible. De longues années sans joie l'attendaient. Elle avait encouragé cet homme, pourtant; de deux maux ne fallait-il pas choisir le moindre? « Michael, je t'aimerai toujours », avait-elle répété comme une litanie pendant ses deux premières années chez les Cooke. Mais Michael était mort et elle n'imaginait pas qu'elle pût à nouveau, un jour, connaître le grand amour.

Mr. Martin n'était peut-être qu'un marchand ambulant, mais son intelligence et son ambition lui ouvraient d'autres perspectives. Mary devait trouver le courage d'accepter sa demande. Il lui semblait plus sûr de se marier sans amour que de rester chez les Cooke.

Elle joua avec le médaillon en or qu'elle portait autour du cou et qu'elle n'avait pas enlevé une seule fois depuis que Michael le lui avait offert. Elle l'ouvrit et contempla le portrait, en miniature, de son amour disparu. Elle n'en détacha son regard que lorsque ses yeux brouillés de larmes l'empêchèrent de le voir distinctement.

« Je te demande pardon, Michael, dit-elle à voix haute pour donner plus de force à ses paroles. Je te demande pardon pour ce que je dois faire... la vie est dure pour une femme... »

D'un geste résolu, elle détacha le fermoir de la fine chaîne d'or et pressa le bijou sur ses lèvres. Elle l'enveloppa dans son plus joli mouchoir et le rangea dans le tiroir de sa commode. Puis elle se prépara pour son rendez-vous avec Mr. Martin. Elle parlerait de Tom, mais elle n'avait pas encore trouvé de quelle manière elle aborderait le sujet.

Mary et Thad se promenaient sur les rives du petit lac Wee Wah.

« Monsieur Martin, j'ai une question à vous poser, avança-t-elle.

– Je vous en prie, Mary, demandez-moi ce que vous voulez.

– J'ai entendu dire qu'une jeune femme... une des domestiques... avait eu un enfant illégitime. »

Elle s'interrompit, embarrassée, et Thad trouva charmant qu'elle fût tant troublée par une nouvelle de ce genre.

« Cette jeune femme... reprit Mary, aimait le père de l'enfant. Mais il est mort avant de pouvoir l'épouser. »

Il la regarda attentivement; elle paraissait bouleversée. Il ne voyait pas où elle voulait en venir.

« C'est bien triste, Mary. Que vouliez-vous savoir? »

Elle leva brusquement les yeux vers lui.

« J'ai besoin de savoir... je veux savoir... ce que vous penseriez de cette jeune femme si vous la connaissiez, monsieur Martin. »

Thad réfléchit à ce qu'il convenait de répondre; il devait se montrer prudent, Mary essayait de le sonder. Manifestement, cette déplaisante histoire touchait son âme candide.

« Je serais désolé pour cette malheureuse fille. Mais si je la connaissais, ma conscience m'obligerait à lui rappeler que le péché fut la cause de son malheur. »

Mary sembla déçue; ce n'était pas la réponse qu'elle attendait. Il tenta d'atténuer la dureté de ses paroles.

« Mais je me montrerais indulgent », ajouta-t-il.

Elle eut l'air soulagée.

« Pourriez-vous l'épouser, monsieur Martin? »

Thad l'observait avec beaucoup d'attention; il trouvait curieux qu'elle s'intéressât tant à cette inconnue... Peut-être était-ce la première fois qu'elle rencontrait une femme déshonorée; cela avait dû l'impressionner.

« Mon Dieu, Mary, quelle idée! Il ne saurait en être question. C'est une femme comme vous que je désire épouser. Vous qui êtes la bonté et la pureté mêmes. J'essaierais d'aider cette personne de mon mieux, mais je ne l'épouserais pas. »

Il vit des larmes briller dans ses yeux; fallait-il qu'elle soit sensible pour compatir à ce point au malheur d'autrui!

« Allons, allons, Mary, dit-il pour la consoler. Je suis sûr que tout va s'arranger pour elle. Vous savez, il existe des établissements où les filles-mères peuvent présenter leur enfant pour qu'il soit adopté. »

Elle hocha la tête, incapable d'articuler un mot.

« Etes-vous inquiète pour cette jeune femme, Mary? Est-ce une de vos amies?

– C'est pour son fils que je m'inquiète, réussit-elle à dire.

– Oui, je comprends. La vie d'un enfant naturel ne doit pas être drôle. Il est regrettable que les femmes comme votre amie n'y pensent pas plus tôt. »

Mary le regarda tristement.

« Ce qui est arrivé à votre amie semble vous avoir bouleversée, Mary. Je vais vous raccompagner et je reviendrai dans un ou deux jours pour avoir votre réponse. Je pense qu'il serait déplacé d'abandonner ce pénible sujet pour parler de notre bonheur. »

Il lui tapota le bras et le passa sous le sien. Elle est trop gentille, songea-t-il. Il faut absolument que je l'empêche de voir les mauvais côtés de la vie.

« Que puis-je faire d'autre? Que puis-je faire d'autre? » criait la petite voix dans la tête de Mary tandis qu'elle s'efforçait de trouver le calme nécessaire pour donner sa réponse à Thad. Celui-ci prit place sur le banc, partagé entre l'inquiétude et l'espoir.

« Ce serait un honneur pour moi de devenir votre épouse, monsieur Martin. Je dois vous prévenir que je suis loin d'être aussi parfaite que vous semblez l'imaginer... Néanmoins, je vous épouserai, telle que je suis. »

Elle se tut, incapable d'en dire plus. Elle se contenterait de prier pour que vienne le jour où elle pourrait lui parler de son fils. La nuit précédente, elle était restée allongée dans l'obscurité, cherchant désespérément une solution à son dilemme. Mais il n'y en avait pas! Comment être franche sans compromettre sa seule chance de s'en sortir?

Après des heures d'incertitude, la solution lui était apparue : Tom resterait en Irlande pendant encore au moins dix ans. C'était long, très long. Elle aurait le temps de résoudre ses problèmes, d'apprendre l'existence de son fils à Mr. Martin, et tout finirait bien par s'arranger. Si elle réussissait à affermir l'amour de Thad, peut-être se montrerait-il compréhensif le moment venu.

« Que faire d'autre? » Ces mots résonnaient encore dans la tête de Mary tandis qu'elle lisait la joie sur le visage de Thad Martin et sentait ses longs bras l'enlacer. Il lui disait qu'il l'aimait, qu'il la protégerait, et les mêmes mots résonnaient toujours dans la tête de Mary : « Que faire d'autre? »

9

Allongée dans le lit, Mary essayait de retenir ses larmes. C'était sa nuit de noces. La petite cérémonie de mariage s'était déroulée dans l'après-midi. Ensuite, Mr. Martin l'avait amenée à l'appartement qu'il louait à Nyack. Tout cela avait eu un aspect administratif, totalement dépourvu de romantisme. Elle ne put s'empêcher de se rappeler qu'elle avait autrefois désiré ardemment la paix que procurait le mariage, mais elle chassa cette pensée qui lui poignait le cœur.

Depuis le coucher du soleil, elle tremblait d'appréhension. Michael lui avait appris un jour qu'un homme pouvait savoir si une femme était vierge. Bientôt, Mr. Martin découvrirait son secret. Elle promit à Dieu d'être une bonne épouse si seulement Il l'aidait à supporter les quelques heures qui allaient suivre.

Thad entra timidement dans la chambre. Il portait une longue chemise de nuit et des pantoufles. Son corps osseux prenait un aspect irréel dans la lumière diffuse. Si Mary avait été moins terrifiée, elle aurait été émue par sa gaucherie.

Il se glissa sans un mot entre les draps et souffla la bougie.

« Mary... » dit-il, comme s'il voulait lui poser une question.

Puis tout à coup, il commença à palper la chemise de nuit de la jeune femme et la remonta sur ses hanches. Il chuchota qu'il ne lui ferait pas mal, mais elle se sentait tellement blessée par ce qui se passait que cette attention lui parut ridicule. Enfin, il s'allongea sur son corps contracté, en émettant une sorte de grognement. Instinctivement, elle se débattit et poussa un petit cri, tant elle éprouvait de répulsion. Elle se répéta qu'elle devait être soumise, que cela faisait partie du marché, qu'elle devait aller jusqu'au bout. Elle se força à l'enlacer. Mais lui, déjà, retombait sur elle, immobile. Prise de panique, elle se demanda s'il avait découvert la vérité.

Thad Martin resta étendu sur sa femme quelques instants. Puis il roula sur le côté, approcha son visage de celui de Mary et murmura :

« Il ne faut pas avoir peur. Ces choses-là sont nécessaires dans un couple. Je suis sûr que tu auras moins mal la prochaine fois. »

Il l'embrassa légèrement sur la joue et bientôt elle eut l'impression qu'il s'était endormi. Elle écouta la respiration à nouveau régulière de son mari, cherchant à deviner s'il dormait vraiment. Son cœur battait si fort qu'elle éprouvait de la peine à respirer. Il n'avait rien découvert! Elle pourrait donc vivre dans le mensonge. Pourtant, son soulagement provoqua en elle un sentiment tout à la fois de remords et de colère. Elle se glissa hors du lit et s'enfuit dans la cuisine.

Thad, qui simulait le sommeil, entendit les sanglots de son épouse. Il en fut déconcerté. Heureusement, il avait été prévenu des réactions possibles d'une jeune mariée inexpérimentée, aussi ne céda-t-il pas à la consternation. Il était tout à fait normal, lui avait-on dit, qu'une personne aussi innocente que Mary fût choquée par l'acte sexuel. A la longue, elle s'y ferait, comme toutes les femmes. Il suffirait d'un peu de temps et de patience. Elle était si chaste! Elle apprendrait à devenir une bonne épouse, grâce à lui. Satisfait, il se retourna et s'endormit.

Dans la petite cuisine, le désespoir torturait Mary. Elle s'était vendue elle-même à cet étranger! Pourrait-elle le supporter chaque jour et chaque nuit, pendant toute sa vie? N'avait-elle pas troqué un esclavage contre un autre? Ne valait-il pas mieux en finir tout de suite?

Elle avait tout trahi : le souvenir de Michael, Tom, son nouveau mari, ses propres rêves. Cela, avec les meilleures intentions. En croyant faire un sacrifice utile, elle avait seulement scellé son destin.

Elle regarda fixement le couteau de cuisine accroché au-dessus de l'évier. Elle le saisit. Il lui suffirait de plonger la lame d'acier dans son corps pour mettre fin à ce calvaire... Mais le suicide ne l'empêcherait-il pas de rejoindre, dans l'autre monde, sa mère, Michael, ceux qu'elle aimait?

Tremblante, elle remit le couteau à sa place et s'assit. La vie semble plus tragique la nuit, se dit-elle. En Irlande, elle avait passé bien des nuits de solitude et d'angoisse, à se tourmenter, à cause de son petit garçon, de son sentiment de culpabilité, de ses craintes et de ses rêves inassouvis.

Elle s'était raccrochée à l'espoir, et elle avait survécu. Le même instinct se réveillait en elle. Il fallait qu'elle tienne bon. Si elle restait en vie, elle préservait une dernière chance, pour Tom et pour elle. Si elle renonçait, son fils était perdu. A l'approche de l'aube, elle retourna se coucher.

Tom chéri,

Je sais que tu ne vas pas accepter facilement ce que j'ai à te dire. J'espère seulement qu'un jour tu saisiras les raisons de mon choix.

J'ai épousé un brave homme qui s'appelle Thad Martin. Toi seul sais à quel point j'aimais ton père, aussi seras-tu peut-être le seul à comprendre ce que m'a coûté cette décision. Je ne me suis pas mariée avec Mr. Martin parce que je l'aime, comme j'ai aimé

Michael – jamais plus dans ma vie je n'éprouverai un tel sentiment. Alors comment t'expliquer pourquoi?

La vie est dure, mon cher enfant, et je suis plus faible que je ne pensais. Tu es trop jeune pour deviner quelles épreuves j'ai subies depuis notre séparation. L'expérience m'a appris qu'une femme seule ne peut compter que sur la protection d'un homme.

Je me suis sentie si seule sans toi, mon petit Tom. Tu me manques tellement! Je suis parfois si accablée de douleur que je me sens incapable de continuer.

Mais continuer c'est tout ce qui nous reste, n'est-ce pas? Nous devons persévérer, et nous efforcer de croire en un avenir meilleur.

Et c'est pour cela que je me suis mariée, mon chéri. Avec l'espoir que tu pourras venir me rejoindre et que nous aurons une vie plus belle. Je pourrai bientôt parler de toi à Mr. Martin et je suis sûre qu'il sera compréhensif car c'est un homme d'une grande bonté.

Pardonne-moi de ne pas pouvoir faire mieux pour nous, en ce moment. Je m'y essaie pourtant, de toutes mes forces.

Je t'aime de tout mon cœur.
Ta maman.

Tom relut la lettre une dernière fois et la froissa rageusement. Celle-là, il ne la garderait pas. Comment avait-elle pu épouser cet homme? Comment avait-elle pu se marier? Pourquoi n'avait-elle pas attendu qu'il devienne un adulte? Pourquoi avait-il fallu que son père meure? Pourquoi? Pourquoi les choses étaient-elles ainsi? Il jeta la boule de papier dans un coin de la pièce et sortit en claquant la porte.

10

Boston arborait sa respectabilité avec orgueil. Les jeunes mariés visitèrent la ville dès leur arrivée, Mary constatant que tout était conforme aux descriptions de Thad, ce dernier jubilant, ravi de la justesse de son choix. C'était la ville idéale pour tout recommencer. Mais les sentiments de Mary demeuraient confus, car elle n'avait toujours pas révélé à Thad l'existence de Tom.

Elle avait pourtant été à deux doigts de lui en parler, peu après leur installation. Il était arrivé un jour à la maison, déprimé par une erreur de caisse, au magasin, qui leur avait coûté beaucoup d'argent. Sa mine était si sombre qu'elle l'avait pris dans ses bras en essayant de le réconforter. Pauvre Thad! Lui si travailleur, si sensible, si honnête! A quoi bon se rendre malade pour une simple erreur? C'est alors qu'une idée lui était venue : c'était peut-être le moment de se soulager en avouant sa faute.

« Tout le monde peut se tromper, Thad, dit-elle. Si seulement tu savais combien je suis imparfaite...

– Non, Mary. Je ne veux pas entendre cela. Tu es une épouse parfaite et c'est ta probité et ta douceur qui donnent un sens à ma vie. »

Thad semblait tellement tenir à ce qu'elle fût sans tache qu'elle n'avait pas insisté. Il la considérait comme une épouse parfaite... quelle ironie! Après cette tentative, elle s'était dit pour se consoler qu'une autre occasion se présenterait.

Quatre grands magasins existaient déjà à Boston quand Thad Martin y arriva avec sa femme, ses économies et ses projets. Il avait étudié le marché aussi minutieusement que possible avant de décider de s'établir. La concurrence ne le rebutait pas, la clientèle étant assez nombreuse pour tout le monde. La ville s'enorgueillissait d'abriter dans ses murs des descendants des émigrants du *Mayflower*, les fils des navigateurs qui avaient fait fortune dans le commerce avec la Chine, ceux des armateurs de baleiniers. Elle regorgeait de banquiers, de médecins, d'avocats et d'universitaires. Bref, Boston fournissait à foison cette clientèle brillante dont Thad rêvait.

Thad avait passé des années à concevoir son commerce en fonction des besoins spécifiques des Bostoniens. Il viserait la jeunesse étudiante douée, lui proposerait au meilleur prix la garde-robe qu'elle désirait. Il engagerait les plus belles vendeuses qu'il pourrait trouver. Il ne fournirait que la meilleure qualité dans chaque gamme d'articles, accueillerait chaque client par son nom et enverrait un mot de remerciement pour les gros achats. Il débordait d'idées. Il lui suffirait d'être patient et son rêve deviendrait réalité.

11

Le bébé que Mary tenait sur sa poitrine ne ressemblait pas du tout à Tom et elle en éprouvait un certain soulagement. Où est-il maintenant? se demandait-elle presque chaque jour.

Tom devait être un grand garçon de treize ans; il serait bientôt un homme. Elle essaya de l'imaginer. Elle le voyait comme Michael, mais en plus blond. Le nourrisson s'agita, sans cesser de téter le sein de sa mère. Il faut que je l'aime comme j'aimais Tom, se dit-elle. Mais elle ne pouvait s'empêcher de penser que son fils était loin d'elle et que ce petit enfant prenait sa place.

Depuis son mariage, elle n'avait pas souvent écrit à Tom, de crainte que son mari n'apprenne son existence. De plus, elle ne pouvait pas courir le risque que le garçon lui réponde directement, aussi devait-il envoyer ses lettres au père Grogan, lequel les faisait suivre au curé de la paroisse de Mary. Mais elles se raréfiaient. Sans doute était-il bon que le souvenir de sa mère s'estompât. Peut-être fallait-il même souhaiter qu'il l'oublie complètement.

Pourtant le chagrin de Mary, qui s'était atténué avec le temps, s'était brusquement ravivé pendant sa grossesse, puis avec la naissance du bébé. Tant de souvenirs, qu'il eût mieux valu étouffer à jamais, remontaient à sa mémoire! Thad entra dans sa chambre. Elle se raidit quand il passa, presque cérémonieusement, ses bras autour d'elle. C'était un mouvement involontaire car il s'efforçait d'être un bon mari, et ses attitudes guindées qui la désolaient faisaient simplement partie du rigoureux code de conduite qu'il s'imposait.

« Oh! Mary, s'exclama-t-il. Quel merveilleux cadeau tu m'as fait! »

Elle n'avait jamais vu son mari aussi animé, aussi passionné que depuis la naissance du bébé.

« Il faut que nous ayons beaucoup d'enfants, Mary », reprit-il.

Puis il ajouta brusquement, l'air inquiet :

« Si tu t'en sens capable, bien entendu, ma chérie. »

Mary lui adressa un sourire. Il travaillait avec tant de zèle à améliorer leur existence. Un petit magasin avait remplacé la charrette à bras et maintenant deux jeunes employés l'aidaient. Mary s'était résignée à être l'épouse de ce brave homme et elle avait l'intention de ne pas le décevoir.

« Il est beau, n'est-ce pas? » dit-elle en essayant de s'en convaincre.

En fait, le bébé avait la mine renfrognée et le nez trop long de son père.

« Il n'y a pas de plus beau bébé au monde! Attends un peu, Mary, et je t'apporterai tout le bien-être que tu souhaites pour te remercier. »

Le nourrisson, repu, abandonna le sein maternel en émettant un petit rot.

« Tu es heureuse maintenant, Mary, n'est-ce pas?

– Bien sûr, Thad », répondit-elle d'un ton aussi assuré que possible.

Il sourit à la mère et à l'enfant avant de quitter la pièce, l'esprit de nouveau absorbé par ses affaires. Il n'était jamais tout à fait certain que son épouse fût heureuse.

*

Thomas Dalton veillait son ami agonisant. La fièvre desséchait les lèvres de Seamus, trempait de sueur ses cheveux, rendait sa respiration courte et sifflante. Deux jours et une nuit s'étaient écoulés depuis que le médecin de l'infirmerie avait prévenu Tom. Des larmes de rage ruisselaient sur les joues de l'adolescent. Il avait dépassé le stade de la tristesse, pas celui de la colère. Les frères annonceraient sans doute qu'une pneumonie avait emporté Seamus, alors qu'en fait il était mort de chagrin. A l'exception de Tom et de frère Damien, qui s'était soucié de lui?

Tom lissa les mèches humides qui couvraient le front du malade. Pourquoi la délivrance tardait-elle tant? Malgré son épuisement la révolte parvenait à le tenir éveillé. Il s'était juré qu'au seuil de la mort Seamus ne serait pas seul comme il l'avait été dans la vie.

« Tom », murmura l'agonisant.

Tom pencha la tête le plus près possible des lèvres de son ami pour saisir le chuchotement à peine audible qui s'en échappait.

« Tom, j'ai peur de mourir. »

Il serra Seamus dans ses bras, en un geste dérisoire de protection.

« Tom, tu dois réaliser nos projets. Tous nos projets, et ne pas m'oublier. »

L'effort qu'il devait fournir pour parler épuisait ses dernières forces.

« J'ai froid... » murmura-t-il encore.

Tom comprit que la vie se retirait du corps frêle de son ami. Il l'étreignit sur sa poitrine, secoué de sanglots.

Au bout de quelques minutes, il sentit une main lui toucher doucement l'épaule. Levant ses yeux brouillés de larmes, il vit le visage de frère Damien.

« Veux-tu que nous priions ensemble pour lui, Tom? Il a reçu ce soir les derniers sacrements. Il est mort en état de grâce. »

Une lueur de mépris traversa le regard de Tom. Frère Damien ajouta :

« Moi aussi, je l'aimais, ce garçon.

– Dans ce cas, pourquoi parlez-vous de grâce puisque vous savez qu'ils l'ont tué?

– Les raisons de sa mort, seul Dieu les connaît. Nul, ici-bas, ne peut prétendre en savoir le pourquoi.

– Comment pouvez-vous me demander de prier pour lui, alors qu'il est mort par la faute de l'Eglise?

– Mais non, mon garçon. Peut-être à cause de la stupidité de quelques ignorants. Mais qui sommes-nous pour affirmer qu'il n'est pas plus heureux que nous, là où il se trouve maintenant? Ses épreuves sont terminées. Il n'a plus rien à craindre.

– Il n'a plus ni vie ni espérance, mon père! J'espère que le paradis que vous lui avez promis compensera tout ce qu'il a souffert à Saint-Ignace.

– Prions pour l'immortalité de son âme, Tom, proposa frère Damien en s'agenouillant près du petit lit.

– Pourquoi le ferais-je?

– Parce que, là où il est, tu ne peux rien d'autre pour lui. C'est le dernier cadeau que tu puisses lui offrir.

– Non, mon père. Je peux vivre, réaliser les projets qui nous étaient chers, et le garder vivant dans ma mémoire. »

Des larmes coulaient sur les joues du jeune rebelle. Il regarda encore une fois le corps de son ami, frère Damien et la chambre plongée dans le silence. Désormais, il était vraiment seul!

Après la mort de Seamus, Tom se lança à corps perdu dans les études, fouetté par des idées de revanche et de vengeance. Il suivrait à la lettre les instructions de son père. Il apprendrait le plus possible pour battre ses adversaires sur leur propre terrain.

Il était farouchement déterminé à réussir... à profiter de ce que les frères pouvaient lui apporter, sans rien leur donner en échange. Quand ils le battaient, il réagissait avec un dédain glacial qu'ils ne pouvaient vaincre. Quand ils louaient ses prouesses intellectuelles, il manifestait la même froideur. Par cette attitude, il voulait leur prouver qu'ils ne pouvaient atteindre le tréfonds de son être. Ni avec leurs éloges, ni avec leurs châtiments, ni avec leur religion. Les lettres de sa mère – un mélange d'excuses, de pugnacité et de mélancolie – s'espaçaient de plus en plus depuis l'annonce de son mariage. Cette nuit-là, dans la solitude de sa chambre, il avait martelé les murs de ses poings en sanglotant, partagé entre la rage et la douleur.

Pas une seule fois, il n'avait écrit à Mary pour lui décrire sa vie de servitude dans ce monastère qu'il haïssait. Il estimait que c'était là une épreuve qu'un homme devait supporter seul. Il s'était montré brave, il avait gardé foi en lui-même, confiance en l'avenir. Mais elle...

Elle n'était qu'une femme... seule, effrayée, impuissante. Comment expliquer autrement ce mariage? Elle n'avait pas eu le choix : elle était bien trop faible pour affronter seule la vie. Cette pensée avait permis à Tom de survivre à ce nouveau chagrin. Il en avait surmonté tant d'autres déjà! Il réaliserait le rêve de son père. Il deviendrait un homme cultivé. Quand il retrouverait sa mère en Amérique, elle serait fière de son fils.

12

Mary se tourmentait sans cesse au sujet de Tom. Au fil des années, son mensonge par omission s'était mué, à ses yeux, en faute grave, inavouable. Si seulement elle avait eu le courage de révéler dès le début l'existence de son fils à Thad, elle ne serait pas torturée par cet affreux sentiment de culpabilité! Maintenant il était trop tard!

Ils habitaient une petite maison, menaient une vie pleine de promesses et Thad était un mari parfait, ou presque. Certes, il n'accordait pas une grande importance à son opinion quand il devait prendre une décision, mais c'était là un comportement typiquement masculin. Michael avait représenté l'exception; il l'aimait, il se confiait à elle... La mort avait tout effacé.

Mais Tom, la chair de sa chair, vivait, lui, comme ce bébé qui faisait à nouveau d'elle une mère. Jamais il ne quitterait son cœur. A quoi pouvait-il ressembler aujourd'hui? Avait-il hérité de Michael ses yeux pervenche?

Mary avait confié son secret au jeune prêtre qui lui remettait les lettres de Tom, dans l'espoir qu'il lui conseillerait de soulager sa conscience. Bien au contraire, il avait estimé qu'en avouant tout à son mari maintenant, elle risquerait de le meurtrir. Il l'avait invitée à prier le Seigneur et à espérer que Tom resterait longtemps encore dans son monastère.

C'était bien évidemment la question essentielle. Si Tom restait en Irlande jusqu'à sa majorité, Mary aurait le temps de résoudre ce problème. L'occasion de dire la vérité à Thad pourrait se présenter de façon inattendue. C'était un homme bon, peut-être la comprendrait-il. Mais comment lui expliquer qu'elle avait vécu dans le mensonge jour après jour?

Ce dilemme causait toujours à Mary de violents élancements dans la tête qui l'obligeaient quelquefois à s'aliter plusieurs jours d'affilée. Allongée dans l'obscurité, elle s'efforçait de chasser Tom de son esprit. Quand la douleur cessait, la même conclusion revenait : il fallait qu'il reste encore en Irlande et qu'elle tâche de vivre, de son côté, sans trop souffrir : elle ne pouvait laisser son secret la détruire.

Dans une lettre reçue la veille, Tom lui annonçait son intention de quitter le monastère et de venir en Amérique. Elle devait répondre immédiatement pour l'en dissuader... Dieu, que sa tête lui faisait mal! Elle devait trouver les mots pour convaincre Tom. S'il savait combien ses lettres, si pleines d'espoir et de tristesse, la meurtrissaient... Un jour elle serait punie pour avoir abandonné son fils.

Tom chéri,

Ce que tu m'écris me bouleverse. Si tu savais à quel point je t'aime et combien tu me manques, tu comprendrais mon trouble. Je vais essayer de t'expliquer pourquoi le moment n'est pas propice, ni pour toi ni pour moi.

J'ai toujours espéré de tout mon cœur que tu ferais exactement ce que ton père t'avait demandé. Tu sais que son vœu le plus cher était que tu poursuives tes études en Irlande. Mon cher enfant, si tu veux franchir les barrières de classe il te faudra disposer d'un solide bagage. Crois-moi, j'ai constaté combien la route est dure pour celui qui est souillé par le scandale. Il faut absolument que tu parachèves ton éducation.

Ce que j'ai à te dire maintenant est plus délicat. Etant donné ma situation, que je ne puis exposer en détail ici, il m'est impossible d'envisager de te recevoir à Boston en ce moment, même si je le désire de toutes mes forces. Sache cependant que je ferai tout pour que tu puisses venir bientôt.

Pour l'instant, mon cher fils, je te supplie à nouveau de finir tes études, selon le désir de ton père. Plaise à Dieu que je puisse ensuite te recevoir.

Ta maman qui t'aime.

13

L'enfant de chœur somnolait. Malgré le froid glacial, ce frêle blondinet de neuf ans résistait mal à l'engourdissement dû à une nuit écoulée et à la monotonie de l'office célébré bien avant l'aube. Pour son malheur, il oublia d'apporter à temps la burette à vin de l'offertoire. Sitôt la messe terminée, le frère Matthew, un géant roux, fondit sur lui.

« Misérable petit sot! cria-t-il, combien de fois faudra-t-il te rappeler à quel moment tu dois apporter le vin à l'autel?

– Je suis désolé, frère Matthew, j'étais très fatigué. J'ai complètement oublié. Cela ne se reproduira plus. »

L'enfant jeta instinctivement un coup d'œil autour de lui, dans l'espoir de trouver une aide.

« J'y compte bien, espèce de fainéant. Je vais d'ailleurs te laisser un souvenir cuisant de ton étourderie, pour être sûr que tu n'oublieras rien la prochaine fois. Enlève immédiatement tes habits et reçois ton châtiment comme un homme!

– Non, s'il vous plaît, pas le fouet! Vous allez me briser le dos. Et il fait froid comme dans une tombe, ici. Si je me déshabille, je vais attraper la mort. »

L'enfant reculait tout en parlant, mais Matthew le saisit par le col de son manteau, qu'il déchira de haut en bas, puis il le jeta à terre.

La lanière de cuir s'abattit sur les épaules menues avec un bruit mat. Le frère Matthew la levait très haut au-dessus de sa tête, pour frapper un second coup, quand un bras musclé le saisit à la gorge et le tira en arrière. Surpris par cette attaque, il se débattit, tentant de se dégager de l'étreinte de son agresseur.

« Qui êtes-vous, pour porter la main sur un serviteur de Dieu?

– Serviteur de Dieu, vraiment! Vous n'êtes qu'un sadique, frère Matthew, et j'en ai assez de votre sale engeance. Vous êtes tous responsables de la mort de mon ami Seamus, il y a trois ans. Je vous lâcherai quand le petit sera parti. »

L'assaillant fit signe au garçon terrifié de s'en aller.

« Va-t'en, petit, si tu tiens à la vie. »

Puis il desserra son étreinte. Le frère, encore abasourdi, se retourna.

« C'est donc toi, Dalton. J'aurais dû m'en douter. Je vais te fouetter jusqu'au sang. »

Les yeux durs de Tom affrontèrent dédaigneusement le regard courroucé du frère.

« Ni aujourd'hui ni jamais! J'en ai fini avec votre cruauté et votre ignoble hypocrisie. Je vous ai assez vus, vous et tous les vôtres, qui vous délectez à martyriser des enfants au nom de Dieu! »

Matthew jaugea le garçon du regard qu'il réservait habituellement aux chevaux. Il devait mesurer environ un mètre quatre-vingt-dix et, à dix-huit ans, il avait une carrure impressionnante. Il était jeune et inexpérimenté, certes, mais fort comme un taureau.

« Dieu t'enverra en enfer pour ces paroles!

– Alors, je vous y rejoindrai. Et si vous frappez de nouveau cet enfant, c'est moi qui vous y enverrai. »

Il tourna les talons et s'éloigna d'un pas décidé. Il venait de clore un épisode de sa vie. Jamais plus il ne remettrait les pieds dans ce lieu d'épouvante.

Thomas Dalton quitta le monastère Saint-Ignace après avoir soigneusement emballé les deux seuls objets auxquels il tenait : une brosse à cheveux à manche d'argent et une vieille lettre dont l'encre avait pâli. Il emportait également les lettres de sa mère, bien qu'elles n'eussent plus grande valeur à ses yeux, depuis ses déceptions. A défaut de biens matériels, il possédait la force et la volonté.

Comme à d'autres époques de sa vie, Tom fit alors preuve de sens pratique. Il savait qu'il ne disposerait que de l'argent qui restait en la possession du père O'Hanlon et que cela représenterait bien peu après ces dix années. Il lui faudrait rapidement trouver du travail s'il voulait poursuivre des études. Auparavant, il devait retourner à Drumgillan. Il avait un compte à régler avec son passé et il se rendrait sur la tombe de son père avant de continuer son chemin.

Voilà, papa, je l'ai, mon éducation, et elle m'a coûté très cher, songea-t-il en refermant derrière lui la grille du monastère. Mais tu sais que je suis fort. Comptais-tu sur les frères pour m'endurcir ou les imaginais-tu comme de doux érudits? Enfin, cela n'a plus d'importance maintenant. Ils ont bien fait leur travail et nous avons finalement obtenu d'eux plus que nous n'espérions.

Il grimpa d'un pas ferme la colline au sommet de laquelle se dressait le manoir. Après avoir mis de l'ordre dans sa tenue qui avait souffert du voyage et vainement essayé de coiffer son épaisse chevelure, il souleva le heurtoir de cuivre et attendit que s'ouvre la lourde porte. Il n'était pas revenu à Drumgillan depuis cette nuit lointaine passée près du cercueil de son père. Un domestique âgé ouvrit la porte.

« Je m'appelle Thomas Dalton et je viens voir M. le comte.

– Oui, bien sûr, répondit l'homme en essayant de masquer sa stupeur, tant la ressemblance de Tom avec son père était frappante. Monsieur fait ses comptes, jeune homme. Je ne sais pas si je peux le déranger. Attendez ici, je vais voir s'il accepte de vous recevoir. »

Le vieil homme s'éloigna en trottinant le long du corridor de marbre à damier blanc et noir. Il était impatient de voir l'expression de son maître au moment où il poserait son regard sur le fils de son frère.

« M. le comte va vous recevoir dans le petit salon.

– Je connais le chemin », assura Tom en avançant à grandes enjambées, ce qui obligea le vieillard à presser le pas afin d'arriver avant lui à la porte.

La silhouette d'un homme grand et fort se découpait sur une des immenses fenêtres qui éclairaient la plus belle salle que Tom eût jamais vue... bien que curieusement elle lui semblât plus petite que dans son souvenir. Elles donnaient sur la pelouse verdoyante et les jardins. En contrebas, le lac miroitait au soleil de l'après-midi. L'homme avait le dos tourné quand Tom pénétra dans la pièce.

« Qui êtes-vous et pourquoi venez-vous me voir sans avoir pris rendez-vous? »

Tom reconnut la voix de son oncle. En un éclair, il le revit les chasser, lui et sa mère, de leur chaumière.

« Je m'appelle Thomas Dalton, monsieur. Je suis le fils d'une ancienne servante de cette famille, Mary Dalton.

– Oh! oui, il me semble m'en souvenir. Une fille plutôt quelconque, si j'ai bonne mémoire, qui s'est trouvée enceinte et a dû nous quitter. C'est bien d'elle que vous parlez? »

Tom serra les poings.

« Je n'ai jamais trouvé ma mère quelconque, monsieur. Elle a en effet quitté votre service parce qu'elle attendait un enfant, mais je pensais que vous préféreriez ne pas aborder ce sujet. »

Randolph se retourna enfin. Il toisa Tom.

« Votre mère était une gueuse et une traînée, dit-il dans un latin impeccable.

– La vôtre aussi, monsieur », répondit calmement le garçon dans la même langue.

Le regard de Randolph exprima la surprise et la colère.

« Où avez-vous appris à parler latin?

– Chez les frères de Saint-Ignace.

– Et qu'y avez-vous appris encore?

– Que le fils d'une servante a autant besoin de recevoir une éducation que le fils d'un aristocrate. C'est pourquoi je suis venu vous voir. Il me faut une recommandation pour entrer à l'Université. Mon père avait pris des dispositions pour ma scolarité, il me l'a écrit dans une lettre que j'ai gardée. Maintenant, je viens chercher les moyens de poursuivre des études, comme il le désirait. »

Randolph écarquilla les yeux.

« Sale petit arrogant qui pense pouvoir fréquenter ses supérieurs parce qu'il sait quelques mots de latin! Comment avez-vous osé venir ici? Croyez-vous que j'aie du temps à perdre avec les gens de votre espèce? Vous n'êtes que le bâtard de mon frère et vous vous surestimez beaucoup. Sortez avant que je ne vous fasse jeter dehors par les domestiques!

– Je vais quitter sans regret une maison où la mémoire de mon père est si peu respectée. Je voulais voir si vous étiez aussi insensible et mesquin que ma mère le pensait, et je constate que pour une femme quelconque, elle a fait preuve d'une grande perspicacité. »

Tom se rapprocha de son oncle, jusqu'à le toucher.

« Appelez les domestiques si vous le voulez, monsieur le comte, mais n'oubliez pas que je pourrais vous rompre les os avant qu'ils ne viennent à votre secours.

– Sortez d'ici, misérable! bredouilla Randolph. J'espère bien que la mort vous empêchera de souiller Oxford.

– Bien que mon père y ait fait ses études, je ne tiens pas particulièrement à aller à Oxford, car je ne raffole pas de ces Anglais dont vous semblez être un représentant si brillant. Je préférerais aller à Trinity ou Queens, et croyez-moi, je me passerai de votre aide pour y entrer! »

Il tourna le dos à Randolph Hartington et quitta le manoir, résolu à ne jamais laisser quiconque désormais lui refuser quoi que ce fût.

14

« Jeune homme, ne marchez pas si vite, s'il vous plaît! Jeune homme! »

Une voix douce mais impatientée retentit derrière Tom tandis qu'il s'éloignait du manoir en direction du bois qui bordait le lac.

« Jeune homme, comment voulez-vous que je vous rattrape? Vos jambes sont trois fois plus longues que les miennes! »

Tout à sa colère, Tom ne comprit pas tout de suite que cette voix distinguée s'adressait à lui. Enfin, il se retourna. Il vit une vieille femme vêtue avec élégance, qui descendait la colline à sa poursuite.

« A la bonne heure! » s'écria-t-elle en le rejoignant.

Elle était toute menue, avec des cheveux de neige, des bijoux aux oreilles et autour du cou.

« Vous ressemblez à votre père comme deux gouttes d'eau, mon enfant, dit-elle en examinant Tom avec attention. Je n'ai jamais vu une ressemblance aussi parfaite. Vous avez probablement les yeux de votre mère, mais pour le reste vous êtes Hartington jusqu'au bout des ongles! »

Elle émit un petit gloussement et son regard brilla de plaisir. Tom se dit qu'elle avait le visage le plus intéressant qu'il eût jamais vu, tout parcheminé, mais pétillant d'esprit et de malice.

« Puis-je vous demander comment vous avez connu mon père, madame?

– C'était un de mes neveux, pardi! Et mon préféré, d'ailleurs. Il est vrai que son frère n'a jamais rien fait pour mériter l'affection de quiconque.

Suivez-moi, il ne faut pas qu'on nous voie ensemble. On viendrait me chercher et je ne pourrais pas vous parler. J'ai tout entendu, vous savez. J'ai surpris votre conversation avec mon insupportable neveu. C'est Kevin, le maître d'hôtel, qui m'a avertie que vous étiez avec Randolph. Vous l'avez terrorisé. C'est un ignoble rustre, n'est-ce pas, cher enfant? Vous avez parfaitement su vous y prendre avec lui. »

La volubilité de cette inconnue qui lui parlait comme une amie enchantait Tom.

« J'ai peut-être su m'y prendre, madame, mais je n'ai toujours pas ma lettre de recommandation pour l'Université et j'enrage de m'être trouvé dans une situation aussi humiliante. Fallait-il être fou pour espérer quoi que ce soit d'un homme qui nous a traités, ma mère et moi, avec un tel mépris!

– Ne vous tracassez donc pas pour cela, mon cher enfant. Il était normal de vouloir défier votre oncle. Moi seule, je ne peux pas vous ouvrir les portes de l'Université, comme votre père me l'avait demandé. En revanche, il existe un moyen de parvenir à vos fins : en intéressant à votre cas des gens influents à Dublin. Mon frère Edmond, par exemple. Il a trois petits-fils qui vont à l'école. Vous pourriez devenir leur précepteur pour gagner votre vie. Si vous êtes bien celui que je crois, vous saisirez la chance que je vais vous offrir. Au besoin, en ravalant votre orgueil. Un jeune homme courageux arrive toujours à s'en sortir. »

Elle s'interrompit pour reprendre son souffle.

« Vous êtes un élève brillant, n'est-ce pas, Tom? Oui, bien sûr. Quelle question! Vous êtes le fils de Michael, poursuivit-elle comme si c'était une explication suffisante. Vous verrez, nous triompherons ensemble de cette famille. Votre père valait cent fois mieux qu'eux et nous allons leur donner la leçon qu'ils méritent! »

Tom et Eleanor Devereaux passèrent la majeure partie de l'après-midi dans une chaumière abandonnée. Ils parlèrent, rirent beaucoup, se moquèrent des mondanités en jouant, comme des enfants, à la cérémonie du thé, échangèrent leurs souvenirs.

« Où avez-vous vécu durant toutes ces années, jeune homme ? Depuis la mort prématurée de votre père, je me suis souvent demandé ce que vous étiez devenu. Quand je suis rentrée d'Orient où mon mari était en poste, je me suis inquiétée de votre mère et de vous – vous savez, Michael me parlait de vous dans ses lettres. On m'a répondu que votre mère avait émigré en Amérique et il ne m'est pas venu à l'esprit que vous pouviez être resté en Irlande. »

Tom lui parla de la brosse à cheveux offerte par son père, de la valeur qu'elle avait pour lui. Il évoqua tous ses souvenirs de Michael. Il y en avait tant qu'Eleanor s'émerveilla de cet amour filial. Il raconta sa vie après le décès de Michael : O'Leary et la chaumière, le départ de sa mère, le père O'Hanlon et les frères, et il termina par ses projets. Il se sentait en confiance. Les mots coulaient aisément de sa bouche. Il y avait si longtemps que personne ne s'était intéressé à lui !

« Mon jeune ami, dit-elle après qu'il eut achevé son récit, j'ai à mon service une petite bonne discrète et dévouée. Je l'enverrai demain, à midi, à la bifurcation de la route, derrière le bosquet de coudriers, près du lac. Elle vous remettra une lettre pour mon frère et une autre pour l'évêque de Dublin. Si vous échouez auprès de l'un, je suis certaine que l'autre satisfera à ma requête. Mon frère risque de ne pas être bien disposé à votre égard, mais il m'aime bien et il fera peut-être ce que je lui demande, pour moi, si ce n'est pour vous. Il y aura également un peu d'argent, ce que je pourrai réunir d'ici à demain matin. Ce ne sera pas un bien gros viatique mais cela vous permettra au moins de vous rendre à Dublin et d'acheter des vêtements convenables. »

Sa voix se brisa légèrement.

« J'aimais infiniment votre père. Je n'ai rien pu pour lui ni, plus tard, pour vous et votre mère. Pendant toute cette histoire, je me trouvais à l'étranger. Maintenant, soyez assuré que je vous aiderai de toutes mes forces. Si mon cher mari était encore de ce monde, il m'approuverait, j'en suis certaine. »

Tom la trouva soudain fragile et vulnérable. Elle le scrutait comme si elle voulait graver son visage dans sa mémoire. Se souvenait-elle d'un être qu'elle avait chéri? Il ressentit tout à coup le violent désir de la serrer dans ses bras. C'eût, peut-être, paru excessif, ou inconvenant, aussi se contenta-t-il de prendre dans les siennes ses mains chargées de bagues et de les embrasser. Eleanor Devereaux s'inclina, déposa un baiser plein de tendresse sur la tête de Tom, se leva et sortit de la chaumière avec la plus grande dignité. Tom resta seul, ému et exalté par l'étrange tournure des événements. Jamais il n'avait éprouvé une telle griserie depuis qu'il avait été abandonné.

Ce sentiment ne devait, hélas! pas se renouveler souvent au cours des années qui suivraient. Car, si elle fut fidèle à sa parole, Eleanor Devereaux ne pouvait protéger Tom des préjugés de classe. Il dut les affronter seul.

15

Mary, assise dans le fauteuil à bascule, serrait le nouveau-né sur sa poitrine tout en balançant avec le pied le berceau de son petit d'un an. Ses deux derniers garçons, si rapprochés, l'avaient épuisée. Elle s'effrayait à l'idée qu'elle était peut-être aussi féconde que sa mère.

Le bébé dans le berceau fut pris de hoquet. Mary se leva en s'appliquant à ne pas réveiller le nouveau-né, et elle partit à la cuisine préparer un biberon d'eau sucrée.

Elle estimait avoir largement payé sa dette envers l'Eglise et son mari en mettant au monde quatre enfants en l'espace de six ans. Elle coucha le dernier-né endormi dans son couffin, prit dans ses bras l'enfant qui hoquetait, le fit boire, puis l'appuya contre son épaule. Elle se dirigea ensuite vers la table et ouvrit le tiroir dans lequel elle conservait les brochures des militantes féministes. Tenant toujours le nourrisson contre elle, elle se rassit pour les feuilleter. Tout en les parcourant, elle songea à l'étonnante dextérité dont une mère devait faire preuve pendant les années où elle avait toujours un enfant au sein et un autre sur l'épaule.

*

La pension qui hébergeait Tom, à Dublin, n'avait rien à envier à l'austérité du monastère Saint-Ignace.

Il n'avait pu louer qu'une chambre sous les combles. L'inclinaison du toit était telle qu'il ne pouvait se redresser de toute sa taille qu'au milieu de la pièce. Quand il était couché sur le lit de camp installé dans un angle, il pouvait toucher le plafond de son bras. Curieusement, Tom s'accommodait très bien de cette mansarde, car elle était à lui. Il la louait avec les maigres honoraires qu'il recevait en échange de leçons particulières données aux neveux d'Eleanor et à des aristocrates obtus et gâtés. Bien qu'elle fût étouffante, il s'y sentait libre.

Pourtant, le lit, trop court, l'obligeait à dormir en chien de fusil, protégé du froid par son manteau et une mince couverture effilochée. Quand je serai riche, se disait-il, je commanderai le lit le plus vaste d'Irlande, et j'y prendrai toute la place. Cette pensée le réconfortait.

Il se montrait moins indulgent à l'égard des punaises et des rats. Ceux-ci se faufilaient nuitamment à travers les vieux murs en quête de bribes de nourriture que Tom n'avait aucun scrupule à leur refuser, ayant lui-même rarement de quoi se remplir l'estomac. Il était d'une propreté irréprochable aussi bien sur sa personne que dans ses affaires, et il donnait la chasse à ces bestioles avec une ténacité qui avait au moins pour résultat de les tenir à distance, à défaut de les décourager dc pénétrer chez lui.

Tout pauvre qu'il fût – obligé de travailler pour vivre et d'affronter un destin contraire –, il n'avait jamais le sentiment de faire partie des classes les plus défavorisées. Ni son éducation ni ses aspirations ne le lui permettaient.

La seule chose qui lui importait maintenant, c'était de suivre le conseil de son père et d'apprendre le plus possible. Les livres lui tenaient lieu de maîtresse, de professeurs, d'amis. Il ne vivait que pour le temps qu'il passait à la bibliothèque de Dublin et s'arrangeait pour lire la nuit dans sa mansarde, aussi longtemps que vacillait la flamme de sa bougie.

Sa vie à l'Université était une aubaine pour son esprit et un affront pour sa sensibilité. Il y avait été admis uniquement grâce au parrainage d'Edmond Hartington; par la suite, il ne dut qu'à ses propres qualités de pouvoir y rester. Il avait beaucoup appris chez les frères, y compris la haine de l'ordre et de la discipline aveugles.

« Thomas Dalton, lui dit un de ses maîtres en le rencontrant dans la cour de Trinity College, après avoir appris que le jeune homme avait une fois de plus obtenu les meilleures notes en grec et en latin, il est dommage que le Seigneur ait jugé bon de doter d'un cerveau comme le vôtre un pauvre Irlandais. Imaginez quels sommets vous pourriez atteindre si vous étiez un fils de famille.

– En effet, monsieur, j'aurais peut-être atteint les sommets de tact et de grandeur d'âme auxquels vous vous êtes élevé. »

Sur ce, il avait planté là le professeur et continué son chemin, les mains dans les poches de son manteau trop court. Il n'éprouvait plus ni crainte ni respect pour l'autorité.

En cette fin du XIXe siècle, Dublin comptait à la fois les pires taudis d'Europe et une vie mondaine réputée pour être plus brillante que celle de toute autre colonie britannique, à l'exception des cours des maharaja.

La juxtaposition d'une pauvreté extrême et d'une richesse excessive commençait à provoquer des troubles quand Tom Dalton arriva dans la ville en 1892. Il était question d'autonomie pour l'Irlande, après sept siècles de domination anglaise. On assistait même à un regain d'intérêt pour les mythes celtes et le gaélique : le sentiment nationaliste connaissait un nouvel essor. On parlait de fonder un syndicat pour la protection des travailleurs; des écrivains et des poètes de renom favorisaient un extraordinaire renouveau littéraire. Bref, cette première étape de l'odyssée de Tom était une ville en pleine ébullition, où tout semblait possible.

A l'Université, on discutait avec passion des

conséquences éventuelles de cette fièvre patriotique. Les jeunes gens issus de l'aristocratie raillaient l'agitation paysanne, et ceux du peuple étaient exaltés par ces soudaines perspectives de liberté.

Tom se trouvait dans une position ambiguë au milieu de ce débat explosif, car il enseignait aux riches dont les réactions étaient prévisibles : l'autonomie était une folie, une bande de rustres mal dégrossis ne pouvaient se gouverner tout seuls... Les Irlandais auraient dû être reconnaissants à l'Angleterre du contrôle qu'elle exerçait sur le destin du pays... Leurs tentatives pour faire revivre une langue très ancienne – ou plutôt un dialecte, regorgeant de sons gutturaux – étaient ridicules! Ne parlait-on pas anglais depuis des siècles, en Irlande? Quant à leurs prétentions littéraires... l'Irlande n'avait jamais produit de grand poète ni de dramaturge, et n'en produirait jamais! Tant de fatuité amusait Tom.

« Tante Elly? »

En proie à une vive agitation, Tom se tenait à la porte du salon d'Edmond Hartington.

Eleanor avait été nette avec son frère et sa famille : elle comptait recevoir son petit-neveu chaque fois qu'elle viendrait à Dublin, bien qu'il fût considéré comme un domestique par les Hartington. Si Edmond refusait, elle descendrait au Shelbourne Hotel!

La vieille dame fut frappée par l'expression de détresse qui, aujourd'hui, assombrissait le visage de Tom. D'un geste, elle l'invita à entrer et à s'asseoir près d'elle.

« Tu sembles bien abattu, mon cher enfant. »

Elle ne se faisait aucune illusion sur les épreuves que traversait Tom, bien qu'il se retînt de lui en parler.

« J'ai besoin d'un conseil, tante Elly... et aussi d'une amie.

– Dans ce cas tu as frappé à la bonne porte. Qu'est-ce qui ne va pas, mon garçon?

– Ma mère, tante Elly... elle m'a envoyé une lettre déconcertante. Vous savez que je projette d'aller à Boston depuis longtemps. Je lui avais écrit pour lui dire que j'économisais et que l'année prochaine je pourrais arrêter mes études et aller la rejoindre. »

Il hésita à poursuivre, puis lâcha d'un trait :

« Elle me demande de ne pas venir. »

La vieille femme plongea son regard dans celui de son neveu. Elle vit qu'il était profondément blessé.

« Donne-t-elle une explication?

– Elle dit que son mari participe à de nombreuses activités en plus de son travail au magasin et que ma venue à l'improviste serait inopportune au moment où il commence à se faire un nom. Qu'en pensez-vous? »

Elle hocha la tête, en pesant les termes de sa réponse.

« T'est-il venu à l'esprit que son mari ne tenait peut-être pas à te voir, Tom? Peu d'hommes sont assez généreux pour accepter un enfant qui n'est pas le leur, même quand les circonstances de sa naissance sont moins exceptionnelles que les tiennes. Malgré mon âge, et parce que je suis une femme, je peux plus facilement que toi me mettre à la place de ta mère. Imaginons juste un instant les terribles affronts qu'elle a subis à cause de ta naissance et de la mort de ton père. Remarque bien, mon enfant, que je ne reproche rien à Michael. Il devait vraiment aimer ta mère pour tout braver pour elle. Malgré ses bonnes intentions, les conséquences de cette histoire n'en demeurent pas moins bien tristes. »

Tom se leva de son siège, trop agité pour tenir en place. Il alla devant la fenêtre, tournant le dos à Eleanor. Le chagrin qu'il tentait ainsi de dissimuler la bouleversa. Mais elle devait lui ouvrir les yeux, le forcer à regarder la vérité en face.

« Mon cher Tom, tu n'as aucune idée des épreuves qu'elle a dû subir. Etre taxée d'adultère et avoir un enfant illégitime est une épreuve abominable – et il me semble que la vie de domestique procure peu de satisfaction. Surtout pour quelqu'un comme ta mère qui était persuadée de passer sa vie auprès de Michael. Elle n'avait probablement pas d'autre solution que d'épouser ce monsieur. Et qui peut dire s'il souhaite accueillir chez lui le fils qu'elle a eu d'un autre homme? Elle n'a certainement pas le choix! »

Les épaules contractées, les veines du cou saillantes, Tom s'efforçait d'accepter les paroles de sa tante.

« Regarde-moi, Tom, s'il te plaît, reprit Eleanor d'une voix radoucie. J'ai quelque chose d'important à te dire. »

Il fit un violent effort sur lui-même pour se retourner. Elle lut une telle douleur sur son visage qu'elle en fut affermie dans sa résolution de parler, jusqu'au bout, à cœur ouvert.

Elle se leva, prit le jeune homme par la main, et le conduisit jusqu'à l'un des sofas qui flanquaient la cheminée du salon. Elle s'assit tout près de lui.

« Je ne t'ai pas dit tout cela par méchanceté, mon enfant. Depuis plusieurs années, je te vois grandir et t'instruire. Tu es un jeune homme très brillant. Intellectuellement, mes autres neveux et leurs amis ne t'arrivent pas à la cheville. Physiquement... je peux dire que je n'ai jamais vu de garçon plus séduisant que toi, et je n'ai pas les yeux dans ma poche, tu peux me croire! »

Elle eut un petit gloussement, mais sa plaisanterie resta sans effet.

« Sur le plan affectif... c'est plus délicat. La vie t'a maltraité! Mais elle t'a aussi pourvu de nombreux dons, et elle t'offre des perspectives encourageantes. D'ici à quelques mois, tu auras accompli la dernière volonté de ton père en terminant tes études. Reste ce lien qui t'attache toujours à Mary et qui t'obsède. Je le vois à ton visage quand tu regardes les mères avec leurs enfants. Je le vois à la peine qui se lit dans tes yeux pendant plusieurs jours après qu'elle t'a écrit.

– C'est pour elle que je fais cela, dit Tom. C'est pour elle que je fais tous ces efforts...

– Tu as tort! C'était bon quand tu étais enfant et que tu avais besoin d'un point d'ancrage dans ta solitude. Mais plus maintenant, Tom. Tu dois vivre pour toi, gagner de l'argent, rencontrer quelqu'un que tu aimeras comme ton père aimait Mary, avoir de beaux enfants, réaliser tes rêves. Si, avec le temps, tu trouves une place pour ta mère dans ton cœur, n'hésite pas. Mais aujourd'hui tu es un homme intelligent, fort et brave, et tu dois vivre ta vie. Ta mère et toi devez prendre votre revanche sur le destin, chacun de votre côté. »

Tom serrait la main de sa tante depuis un moment. Ce n'est qu'en voyant les doigts de la vieille dame meurtris par ses bagues qu'il se rendit compte de la force de son étreinte.

« Alors, vous pensez que je ne devrais pas aller la voir?

– Pas avant qu'elle ne te le propose. Ou seulement lorsque tu pourras le faire avec une telle liberté d'esprit que la façon dont se dérouleront vos retrouvailles n'aura plus aucune importance. Elle ne sera peut-être jamais en position de te demander de venir, Tom. Il se peut que son mari s'y oppose, que cela compromette ses affaires ou perturbe leurs enfants, que sais-je? Il doit y avoir de graves raisons pour que ta mère ne puisse t'accueillir chez elle. Au fond de toi, tu en es conscient. »

Il inclina la tête. Elle avait raison, bien entendu. Il devait renoncer à ce rêve d'enfant. Sa mère appartenait plus aux autres qu'à lui maintenant. Il devait suivre sa propre voie, ne pas accabler Mary davantage. Plus tard, quand il serait riche, il la reverrait. Et elle serait fière de lui.

« Je vous aime, tante Elly. Je vous aime de tout mon cœur.

– Moi aussi, mon cher neveu. Mon neveu préféré. »

Elle avait dit tout ce qu'elle pensait, et il l'avait accepté, comme elle s'y attendait. C'était un jeune homme exceptionnel, il irait loin. Son seul regret était qu'elle n'aurait probablement pas le temps de le voir accomplir son destin.

Trois jours après cette conversation, Tom voulut rendre visite à sa tante, les bras chargés de fleurs achetées sur ses économies. Il apprit, consterné, qu'elle était tombée malade et que le médecin l'avait persuadée de retourner à Drumgillan.

Eleanor lui envoya de longues lettres remplies d'encouragements pendant la dernière année qu'il passa à Dublin. Elle lui manquait beaucoup, elle était son seul lien avec le passé, sa bienfaitrice et son amie. Quand il reçut le faire-part de décès, il comprit que sa dernière attache avec l'Irlande était rompue et qu'il était temps de partir.

Il décida d'aller en Amérique, mais pas à Boston. Il souffrirait trop de résider dans la même ville que sa mère sans pouvoir la rencontrer. Il pensa alors à New York. Le travail n'y manquait pas, disait-on. De plus, New York n'était ni trop proche ni trop éloigné de Boston. Il pourrait s'y construire une vie totalement indépendante et se tenir prêt à revoir Mary, si l'occasion s'en présentait.

16

« Tu as l'air bien triste aujourd'hui », dit la serveuse de la Mews Tavern.

Affligé par la mort de sa tante, Tom était venu chercher un peu de réconfort dans ce pub, le seul où il se sentît chez lui. Il leva les yeux vers la brune plantureuse et sourit. Depuis qu'il vivait à Dublin, il s'était rendu compte qu'il plaisait fort aux femmes. Sa carrure et son visage ne pouvaient passer inaperçus des bonnes et des serveuses qui constituaient ses seules fréquentations féminines possibles.

« Tu as raison, je suis triste. Viens boire une Guinness avec moi. »

Il se poussa pour lui faire de la place sur le banc de bois.

« Tu sais que tu peux venir pleurer sur l'épaule de Molly quand tu veux! dit-elle en lui ébouriffant les cheveux. Qu'est-ce qui ne va pas ce soir?

– Une grande dame m'avait pris en affection. Elle m'avait rendu bien des services. Je viens d'apprendre sa mort.

– Une grande dame? Cachottier, moi qui croyais être ton seul amour! »

Voyant que Tom se rembrunissait, elle changea de ton.

« Je finis mon service à minuit, dans une demi-heure. Je pourrais essayer de te remonter le moral. Ce sera pour ainsi dire offert par la maison, parce que tu es mon ami et que tu es dans un triste état. »

Elle lui adressa un sourire plein de bonté. Molly n'était pas belle, mais sa générosité toute féminine attirait les hommes. Tom avait partagé son lit plus d'une fois. Il avait certes connu de nombreuses femmes mais n'en avait jamais aimé aucune. Elles ne représentaient pour lui que des expériences éphémères, sans autre intérêt que la découverte d'un monde nouveau auquel le monastère Saint-Ignace ne l'avait pas préparé. Pourtant, il essayait toujours d'être d'une honnêteté scrupuleuse avec elles.

Dans la mesure du possible, il évitait de flirter avec celles qui étaient vierges. Il avait l'impression que cela lui créait des obligations. De même, il se refusait à séduire une bonne et il ne sortait avec les femmes mariées que lorsqu'il sentait qu'elles n'aimaient pas leur conjoint. Enfin, il s'efforçait toujours d'être un bon amant et ne s'ouvrait jamais de ses aventures aux autres hommes. Telle était la ligne de conduite qu'il s'était fixée.

Ce soir-là, il avait besoin de compagnie, de réconfort. Il se sentait seul et vulnérable.

« Ma petite Molly, dit-il brusquement, en s'apercevant que la serveuse attendait toujours une réponse à sa proposition, rien ne me ferait plus plaisir que de passer une nuit avec toi. »

Il lui donna une tape affectueuse et elle s'éloigna gaiement pour terminer sa journée.

Edmond Hartington était assis à son bureau quand Tom entra dans la pièce lambrissée de noyer où il avait été convoqué.

Le frère d'Eleanor lui avait rendu de grands services depuis son arrivée à Dublin. Les recommandations, les leçons particulières, son admission à l'Université, tout cela était dû à l'intervention de ce gentilhomme à qui, il faut bien le dire, la tante Elly avait un peu forcé la main.

Il regarda par-dessus ses lunettes, se racla la gorge et invita Tom à s'asseoir.

« Ma sœur vous aimait beaucoup, jeune homme. Je suppose que vous le savez. Et elle m'était très chère. Avant de nous quitter, elle m'a chargé de vous remettre une lettre et un paquet... »

Il s'interrompit, sortit de sa poche un mouchoir de lin, et s'essuya les yeux.

« C'était une femme si bonne! Je n'approuvais pas tellement sa volonté de vous faire suivre des études poussées. Certes, vous vous êtes conduit de manière irréprochable, mais je ne pense pas qu'il soit bon que les gens s'élèvent au-dessus de leur condition. Si vous voulez mon avis, il vaut mieux réserver l'éducation à la classe à laquelle elle peut être utile. »

Ses yeux rencontrèrent le regard de Tom.

« Mais bien entendu, vous ne me demandez pas mon avis... Elly non plus d'ailleurs. En tout cas, voici la lettre et le paquet. »

Edmond Hartington se leva péniblement.

« Je vous souhaite bonne chance », ajouta-t-il en lui tendant la main.

Puis, regardant derechef par-dessus ses lunettes, il dévisagea longuement le jeune homme.

« C'est étrange, cette ressemblance avec les Hartington. Vraiment très bizarre! »

Et il quitta la pièce, laissant Tom seul avec la lettre et le paquet. Il ouvrit d'abord la lettre.

Mon très cher Tom,

Je sais maintenant que la fin est proche et que je vais disparaître sans t'avoir revu.

Ne me pleure surtout pas. Ma vie a été longue, belle et pleine d'aventures; la mort en sera peut-être une nouvelle. Je n'éprouve aucune peur, car j'ai toujours aimé partir à l'étranger et l'on m'y a toujours bien reçue.

Cela a été un bonheur pour moi de te connaître. Partager un peu ta vie m'a procuré de grandes joies. Si j'ai pu t'aider, à ma manière, en comblant un vide dans ton existence, sache que tu en as fait autant pour la mienne.

Je te laisse un peu d'argent. Pas beaucoup, car tu as toujours refusé mes offres avec un tel stoïcisme que je ne veux pas profiter de la situation pour vaincre tes scrupules. D'ailleurs, à dire vrai, je ne suis pas bien riche. Peu importent ces détails : tu bâtiras toi-même ta fortune quand tu seras en Amérique.

Et je te conseille vivement d'y aller, Tom! Fuis le système féodal, ou peu s'en faut, de l'Irlande, va dans un pays où la seule aristocratie est celle de la réussite.

Je te laisse, également, un petit cadeau plus précieux que l'argent, pour te prouver que je n'ai pas oublié l'histoire que tu m'as racontée le jour de notre première rencontre et qui m'a profondément émue.

Bonne chance, mon cher enfant! S'il existe de l'autre côté quelqu'un qui puisse t'aider, sois certain que je Le harcèlerai aussi impitoyablement que j'ai harcelé mon pauvre Edmond.

Affectueusement,
ta tante Eleanor.

Le paquet renfermait, outre une faible somme, une brosse à cheveux toute semblable à celle que son père lui avait offerte autrefois. Les initiales T.H. et le blason des Hartington étaient gravés dans l'argent.

17

Mary soupira en regardant son mari assis de l'autre côté de la table. Le repas du dimanche était le seul que l'on fût à peu près sûr de le voir partager avec elle et leurs quatre enfants. Plus il était heureux en affaires, moins il passait de temps avec eux.

Tous les matins, il se levait à cinq heures pour être au magasin bien avant l'ouverture. Il parcourait les rayons en cherchant l'inspiration. C'est ainsi qu'il avait eu l'idée de placer des présentoirs de soldes sur le trottoir. Les marchandises démodées y étaient vendues à peine au-dessus de leur prix d'achat. On y trouvait de tout, des jabots de dentelle aux chaussures de femmes. Martin se forgeait ainsi la réputation d'un homme soucieux de satisfaire sa clientèle aux meilleurs prix, bien que la plupart des articles vendus dans le magasin fussent extrêmement coûteux.

Il avait retenu la leçon de Tuxedo Park : les riches étaient toujours disposés à payer cher la qualité. Il imaginait chaque mois des plans plus ambitieux. Maintenant, Mary éprouvait pour lui de la fierté et même de l'affection. Ce n'était pas la passion que lui avait inspirée Michael, mais une relation solide et chaleureuse. Thad transformerait leur vie et elle se sentirait toujours en sûreté avec lui.

Pauvre Thad, songea-t-elle malgré elle. Il faisait de son mieux. Ce n'était pas sa faute si elle avait éprouvé un sentiment tellement plus fort avec un autre homme.

Elle regrettait toutefois qu'il se conduise de manière aussi stricte avec les enfants. Il avait catégoriquement banni les berceuses et les contes de fées. En revanche, pendant le repas du soir, chaque enfant devait raconter le fait, l'histoire qui avait marqué sa journée. Une nouvelle glanée dans un journal pouvait suffire. L'essentiel était que le récit eût une dimension morale.

Mary ne serait pas la mère de poètes, comme elle l'avait rêvé autrefois, avec Michael. Cependant, les théories éducatives de son mari semblaient bien acceptées : les trois garçons et la petite fille avaient l'air d'adorer ce père maussade.

« Anna, demanda Thad, quelle histoire nous racontes-tu aujourd'hui? »

Mary observa la benjamine composer son visage. Elle trouvait toujours étrange d'avoir des enfants qui ne lui ressemblaient aucunement. C'était comme si elle n'avait servi qu'à mettre au monde la progéniture de Thad.

« Oh! papa, aujourd'hui, j'ai appris qu'une petite fille comme moi était sur un gros bateau avec son papa et il était le capitaine et il y a eu une terrible tempête, alors tout le monde a crié que le bateau allait couler mais la petite fille a dit que non! »

L'enfant avait débité sa tirade d'une traite. Thad lança à Mary un regard pétillant de joie.

« Et pourquoi cela, Anna?

– La petite fille a dit : « Est-ce que Dieu n'est pas « au-dessus de l'océan comme il est au-dessus de la « terre? » Pasque tout le monde avait oublié que Dieu pouvait prendre soin d'eux, sauf la petite fille.

– Ont-ils eu la vie sauve?

– Oh! oui! papa, pasque Dieu les a sauvés.

– « Parce que », ma chérie, rectifia le père avec fierté.

– Parce qu'Il les a sauvés », répéta-t-elle docilement.

Puis ce fut le tour de Ted. Ensuite ce serait à Robbie et Andrew serait le dernier. Thad n'avait choisi pour ses enfants que des prénoms anglais. Mary ne tiendrait jamais de Sean dans ses bras, ni de Oesmond, ni de Siobhan.

Elle soupira de nouveau. Après tout, elle menait une vie agréable et l'avenir se présentait sous d'heureux auspices. Seule ombre : son *autre* fils, qui ne lui donnait plus de nouvelles. Elle ne savait pas si cela rendait son sentiment de culpabilité plus ou moins supportable. Ce fils perdu depuis longtemps était devenu un homme et il l'avait probablement oubliée. Il avait toutes les excuses, mais elle ne pourrait jamais le chasser de sa mémoire.

Mary posa sa plume pour relire ce qu'elle venait d'écrire à Rory. Ses lettres étaient toujours si gaies et optimistes qu'elle voulait que les siennes fussent aussi débordantes de nouvelles et d'enthousiasme.

Rory avait rapidement réussi en Amérique. Ses lectures sur ce pays n'avaient pas été vaines : sitôt débarqué à New York, il s'était dirigé vers l'ouest, où se trouvaient les terres arables dont il rêvait. *La Californie, Mary,* lui écrivait-il, *c'est le paradis : le soleil y brille toute l'année et le sol est si fertile qu'on a à peine besoin de le gratter pour que les graines germent!*

Il possédait une ferme nichée dans une vallée verdoyante où fruits et légumes poussaient tout seuls, c'était du moins ce qu'il prétendait, et maintenant les chevaux qu'il ferrait lui appartenaient aussi. Enfin, il adorait son épouse et ses deux fils.

Rory était le seul lien qu'elle eût encore avec le passé. Rory et Tom, bien entendu. Elle soupira, chassa bien vite son fils de son esprit et commença à relire sa lettre.

Cher Rory,

La vie suit son cours chez les Martin. A mon grand étonnement, je suis de nouveau enceinte. Anna, Ted, Andrew et Robbie se portent bien et grandissent. Le magasin de Thad marche de mieux en mieux.

J'ai maintenant une bonne qui m'aide pour le ménage ainsi qu'une gouvernante pour les enfants – toutes deux sont certainement loin d'imaginer que Mrs. Martin exerçait autrefois le même métier qu'elles!

Thad tient beaucoup à ce que les garçons aillent en pension, bien que je sois opposée à cette idée. Il dit que ma réticence vient de ce que je suis née dans un pays où des familles entières passent leur vie ensemble. Il n'a évidemment pas la moindre idée de l'absence de relations entre les Dalton!

As-tu des nouvelles d'eux, Rory? Ils ont disparu de ma vie depuis le jour où j'ai quitté la maison pour suivre Michael. A jamais, je le crains.

Parle-moi de toi, mon cher frère. Si j'en crois ta dernière lettre, la Californie est un véritable Eden! Je suis tellement contente que tu sois riche et heureux! N'oublie pas d'embrasser Eileen et les garçons pour moi.

Ta sœur affectionnée,
Mary.

Elle avait voulu que sa lettre respire le bonheur, la gaieté.

Pourquoi, malgré toutes les raisons qu'elle avait de se réjouir, ne se sentait-elle jamais véritablement heureuse?

Pourquoi appréciait-elle si peu la compagnie de ses enfants? Pourquoi l'amour que lui portait son mari la laissait-il insatisfaite? Pourquoi n'avait-elle jamais eu le courage d'avouer l'existence de Tom? Pourquoi pouvait-elle passer des mois sans penser à

lui et puis être brusquement clouée par la douleur au souvenir de son visage? Elle repoussa toutes ces questions, tactique dans laquelle elle était devenue experte. Elle devait s'efforcer, à tout prix, d'éprouver ce bonheur qu'elle décrivait dans ses lettres à Rory.

Et puis, elle était de plus en plus certaine que son prochain enfant enrichirait sa vie. Pourtant, une nouvelle grossesse à son âge, cinq ans après la naissance d'Anna, aurait pu lui apparaître comme une catastrophe. Mais ce n'était pas le cas.

Pour une raison qu'elle ne s'expliquait pas, elle avait été émerveillée dès le début par cette nouvelle vie en elle. Depuis qu'elle avait porté Tom, elle ne s'était jamais sentie aussi forte et pleine de vitalité. Ses rapports avec Thad s'en ressentaient. Elle reprit la plume et ajouta un post-scriptum.

P.-S. *Je suis vraiment très heureuse à l'idée d'avoir un autre enfant, Rory. Je t'enverrai un portrait de nous tous quand il naîtra.*

*

C'était la dernière soirée que Tom passait dans le pub. Par-dessus sa chope de bière, il adressa un clin d'œil à Molly et remarqua son air triste. Il ne restait plus grand monde dans la taverne : la plupart des clients, les poches vides, avaient regagné leurs pénates. Mais Tom, pour sa dernière nuit à Dublin, n'était pas pressé de rentrer chez lui.

Le *Lady May* appareillait le lendemain et il ferait partie de l'équipage. Sa vie prenait un nouveau tournant. Il adressa un sourire à Molly qui essuyait les verres derrière le comptoir.

« Pourrais-tu me chanter *Le Verre de l'adieu*, lui demanda-t-il en levant sa chope. Tu sais combien j'aime ta voix. »

Elle acquiesça d'un signe de tête, ravie du compliment, mais il vit des larmes perler dans ses yeux. Elle savait que c'était sa chanson préférée, une de celles qu'elle chantait au pub, accompagnée à l'harmonica ou au flûteau par un client... Ce soir-là, la chanson prenait une signification particulière.

Molly vint s'asseoir près de Tom et commença à chanter. Elle avait une voix étonnamment pure et enfantine.

Quand elle eut fini, la mélodie flotta encore quelque temps dans le pub presque vide. Elle s'essuya les yeux avec le coin de son tablier et but une grande gorgée dans le verre de Tom. Se penchant vers elle, il l'embrassa une dernière fois, avec tendresse. Puis il se leva, traversa la pièce enfumée et sortit dans la nuit.

III

1900

NEW YORK

A l'Amérique, mon pays d'adoption.
L'homme qui te hait, hait ses semblables.

BRENDAN BEHAN.

1

New York était un mélange stupéfiant de spectacles et de bruits. Une ville grouillante où la richesse sur les grandes avenues dépassait les rêves les plus fous et où la pauvreté s'étalait dans les rues sordides réservées aux immigrants et à leur famille.

Ravi d'avoir pu payer la traversée à la sueur de son front – à Cork, le capitaine avait estimé qu'il était assez robuste pour aider à l'alimentation des chaudières –, Tom avait conservé ses maigres économies dans sa bourse et gardait la lettre de son père dans son sac de toile cirée.

« Ecoute, mon gars, lui avait dit un des matelots juste avant de débarquer, tu pourras trouver du travail sur les docks de New York, si tu tiens à rester dans cette sale ville, avec ses immigrants puants, ses putains et ses salauds de rupins que tu ne rencontreras jamais. »

Il avait dévisagé Tom comme pour évaluer son aptitude à surmonter les vicissitudes qui l'attendaient.

« En ce qui me concerne, avait-il ajouté, je préfère, et de loin, la pleine mer et l'air pur. Toi, si tu es décidé à rester à terre, va au Slaney's Saloon ou au O'Rourke's, près de la Batterie. N'importe qui t'expliquera où trouver de l'embauche. Oh! bien sûr, on te cassera peut-être quelques-unes de tes belles quenottes avant de te renseigner, mais on te mettra au courant! »

Enchanté par son esprit, le matelot était parti d'un grand rire édenté. Tom, perplexe, s'était dit que ses rêves n'étaient pas près de se réaliser.

Partant de la jetée 46 où le *Lady May* avait accosté, il avait marché au hasard des rues, mû par la curiosité de voir le maximum de choses avant la tombée de la nuit. Les taudis des immigrants étaient indescriptibles. Constructions délabrées dans lesquelles des femmes contemplaient d'un regard mort les rues où les rats se rassemblaient en foules couinantes. Enfants en haillons, ou vêtus de sacs de toile grossière, jouant avec des balles de caoutchouc de leur confection. L'impression de désolation qui émanait de tout cela était aussi forte que l'odeur d'ail et la puanteur des corps jamais lavés.

Il marcha jusqu'à la 5e Avenue où de pimpantes calèches transportaient de jolies femmes, habillées de velours ou de brocart, vers quelque magasin de luxe. Des hommes les accompagnaient, vêtus de complets de laine, de chemises à jabot en soie, et chaussés de bottes de cuir verni.

Quand ses pieds commencèrent à le faire souffrir, il se mit en quête d'un gîte et d'un repas. Se souvenant qu'on lui avait parlé du O'Rourke's et du Slaney's, il retourna au port en grignotant le dernier des biscuits secs qu'il avait dérobés sur le bateau. La réalité de la ville lui paraissait moins attrayante et les possibilités de travail, de réussite, moins nombreuses qu'il ne le pensait à bord du *Lady May*.

Le O'Rourke's Saloon était un de ces endroits où marins et dockers pouvaient boire jusqu'à l'abrutissement, déclencher une rixe, trouver un homme à qui parler ou une femme pour la nuit. Une odeur d'embruns, de bière et de sciure flottait en permanence dans la vieille taverne, mêlée de relents d'urine et de sueur.

Un pianiste aveugle était assis sur un tabouret à trois pieds, devant un piano désaccordé aux touches jaunies, sur lequel il accompagnait les chants des ivrognes et leurs pugilats incessants.

Tom resta un moment à l'entrée, pour s'habituer à l'atmosphère enfumée et laisser ses yeux s'accoutumer à la pénombre. Puis il s'approcha du comptoir d'acajou pour commander une bière. Le prix de la boisson était exorbitant pour sa bourse, mais il savait que la nourriture qui l'accompagnait lui tiendrait au corps. Des assiettes de choucroute, de saucisses, de salade de pommes de terre, et des sandwiches étaient en effet disposés sur le bar, à l'intention des buveurs.

Il se servit copieusement, ne sachant quand il mangerait de nouveau. Le barman lui lança le regard méfiant qu'il réservait aux nouveaux arrivants. Des balafres couturaient son visage, des rides creusaient sa peau tannée.

« Vous n'êtes pas d'ici! grommela-t-il tandis que Tom payait sa bière. On n'aime pas beaucoup les étrangers.

– Je cherche du travail, répondit Tom en le regardant droit dans les yeux et en s'efforçant d'adopter un ton neutre.

– Tu n'es pas le seul, lança quelqu'un à sa gauche en se mettant à rire.

– Pas forcément sur les quais », ajouta vivement Tom.

Les hommes accoudés au bar s'étaient raidis lorsqu'il avait prononcé le mot « travail ».

« Je peux être docker ou n'importe quoi d'autre. Je suis robuste et prêt à tout accepter. Je cherche aussi un logement pour la durée de mon séjour ici.

– Tu comptes aller ailleurs, l'Irlandais? demanda le barman.

– J'irai peut-être à Boston, quand j'aurai assez d'argent.

– Il n'y a pas d'embauche pour les étrangers! Il n'y en a même pas pour nous. »

Ramassant sa bière et ses sandwiches, Tom se détourna du bar et se dirigea vers une petite table à l'autre bout de la pièce. Il avait besoin de réfléchir et de reprendre des forces. Une voix, derrière lui, le fit sursauter.

« Un homme qui n'a pas peur d'en mettre un coup trouve toujours du travail. »

Un solide gaillard l'avait suivi du bar à la table.

« Il suffit de se présenter sur les quais à six heures du matin et d'attendre. Le contremaître arrive, regarde tout le monde et choisit quelques types bien baraqués pour la journée. Si t'as de la chance, t'es pris. Sinon... tu reviens le lendemain. Mais c'est éreintant, mon gars, et ça te vieillit avant l'heure! »

L'homme but une lampée de bière dans la chope qu'il tenait de ses énormes pattes, puis il l'offrit à Tom.

« Je m'appelle Donaher, matelot de deuxième classe depuis toujours. T'es irlandais comme moi, pas vrai? J'ai bien reconnu ton accent. »

Donaher était presque aussi grand que Tom et beaucoup plus carré. Il avait le cou tellement court que sa tête semblait sortir directement de ses épaules. Son visage exprimait néanmoins la bonhomie.

« Et moi, Tom Dalton. Heureux de faire ta connaissance. Tu as raison, je suis du comté de Westmeath, mais j'ai l'impression d'en être parti depuis longtemps. J'ai vécu à Dublin ces dernières années, puis j'ai trouvé du boulot sur le *Lady May* qui m'a débarqué ce matin, pour le meilleur ou pour le pire.

– Moi, je suis allé à Madagascar, j'ai doublé le cap Horn et j'ai fait l'Asie, mais je ne suis jamais retourné en Irlande depuis que j'en suis parti avec père et mère à quatorze ans. »

Le visage de Donaher ressemblait à un vieux morceau de caoutchouc et, à force d'avoir été cassé, son nez n'avait plus de forme. Sous ses sourcils très touffus, ses yeux étaient aussi bleus et brillants que ceux d'un enfant. Tom était peu enclin à raconter sa vie au premier venu, encore moins à un étranger dans un bar, mais il était difficile de ne pas sympathiser avec Donaher.

« Tu as de la famille ici, mon gars, ou tu prévois de t'embarquer à la prochaine marée?

– Dieu du Ciel! Qu'on ne me parle plus jamais de bateau, dit Tom en éclatant de rire.

– C'est vrai, tu ne sembles pas fait pour ça. Tu n'as pas les mains d'un matelot. Alors? Tu connais quelqu'un ici?

– Personne! Et je suis tellement fatigué que je m'en moque complètement. Après le mois que je viens de passer en mer, tout ce que je veux, c'est trouver un endroit où dormir cette nuit afin d'être en forme demain pour chercher du travail. »

Le visage de Donaher s'éclaira.

« J'ai une idée, mon gars. Viens avec moi chez Billie, et demain matin je t'emmène aux docks. Billie te trouvera un coin pour dormir et une jolie fille si t'en as envie. Je peux aussi te présenter aux caïds du port. Qu'est-ce que t'en dis?

– Je n'ai pas de quoi me payer la moindre fantaisie, Donaher. En fait, une nuit à la belle étoile est plus dans mes moyens. Peut-être dans un des parcs que j'ai remarqués cet après-midi.

– Pas question! Il y a trop de vauriens qui risqueraient de te vider les poches et de te trancher la gorge pendant ton sommeil. Non, viens avec moi chez Billie et on verra ce qu'on peut faire en attendant que tu trouves du boulot. Moi aussi, j'ai été un étranger dans cette ville. Nous autres Irlandais, nous devons nous serrer les coudes. Allez! suis-moi. »

2

Tom n'avait jamais vu de femme comme Billie. Ses cheveux lui parurent d'un blond bizarre. Sa coiffure, toute en boucles et en anglaises, la faisait paraître encore plus grande. Sa poignée de main était énergique, sa voix rauque et sensuelle.

« Ça, par exemple, Donaher! s'exclama-t-elle en examinant Tom sous toutes les coutures. En voilà un beau gosse! Où l'as-tu déniché? Dans un salon de la 5e Avenue? »

L'effronterie de la femme amusa Tom. D'un geste élégant, il prit la main ornée de bagues et la porta à ses lèvres. A la stupéfaction de Donaher, Billie rougit et, pendant un instant, elle eut presque l'air d'une petite fille.

« Je vous trouve belle également, madame, dit Tom en se redressant.

– Ça alors! reprit-elle en recouvrant son sang-froid. Vous pouvez vous vanter de m'avoir estomaquée. »

Puis elle sourit et lui lança une œillade.

« Je suppose que vous avez tous deux besoin d'un verre et peut-être d'un peu de distraction. Est-ce que cela t'ennuierait beaucoup de me présenter ton ami, Donaher?

– Excuse-moi d'avoir manqué aux convenances. Voici Tom Dalton. C'est un Irlandais fraîchement débarqué du *Lady May* et il cherche du travail. Comme il n'a ni argent ni toit, j'ai pensé à te l'amener.

– Excellente idée! »

Elle les conduisit au salon, où les clients se pressaient déjà. Tom s'était tout de suite pris d'amitié pour cette femme. Il promena son regard autour de lui tout en buvant et en écoutant distraitement les propos que Billie échangeait avec les uns et les autres.

Certaines des filles n'étaient pas de la première jeunesse. Comme les autres, pourtant, elles s'occupaient, avec bonne humeur, des hommes qui ne cessaient d'entrer, de sortir, ou de monter à l'étage en compagnie de l'une d'entre elles. L'endroit était fréquenté par une clientèle aisée, exception faite des marins qui disposaient d'un salon à part.

La soirée passa vite. Alors que Donaher s'était depuis longtemps retiré avec une fille, Tom se laissait griser par l'animation qui régnait dans l'établissement. Il lui semblait incroyable que Billie pût maintenir l'ordre parmi cette foule qui riait, chantait, jouait du piano et buvait avec entrain.

« On dirait que votre affaire marche bien, lui dit Tom quand, le salon se vidant peu à peu, elle vint s'asseoir à côté de lui sur le divan de peluche rouge, près de la cheminée où crépitait un feu.

– En effet, je tiens une maison honnête. Tout ce que je demande à mes clients, c'est de payer un prix raisonnable pour un moment agréable.

– N'êtes-vous pas un peu trop près des quais? »

Il la vit se raidir.

« Je ne voulais pas vous offenser, s'empressa-t-il d'ajouter, surpris par sa réaction. J'ai simplement remarqué que les hommes qui sont ici ce soir paraissent riches. Ils ne donnent pas l'impression d'habiter dans les parages.

– Le mieux pour mes clients, c'est d'être loin de

chez eux, vous ne trouvez pas? Je travaille à la fois avec les hommes d'affaires, qui me rapportent beaucoup, et avec les marins, parce qu'ils occupent une place à part dans mon cœur et puis... ils me protègent. Pas un mauvais garçon du port n'oserait importuner Billie. C'est une sorte de pacte. Mon père et mes huit frères n'avaient pas le sou, mais c'étaient des gens de mer. Alors, je prends soin des marins et ils me le rendent. »

Peu à peu, le salon retrouva sa tranquillité, seulement troublée par le ronflement de clients ivres, les gloussements et les bruits sourds provenant de l'étage.

« Maintenant, nous devons prendre une décision, dit Billie. Vous n'avez pas assez d'argent pour vous payer une chambre et Donaher ne me pardonnerait jamais de vous jeter à la rue. Je ne vois qu'une solution.

– Et quelle est cette solution? s'enquit Tom avec le ton amusé de celui qui devine la réponse.

– Que vous partagiez ma couche, car je ne peux pas héberger quelqu'un gratuitement, ma réputation en pâtirait. Par contre, tout le monde sait qu'on ne paie pas pour profiter de mon lit; j'invite qui je veux. Et si c'est vous que je choisis, ce soir, personne ne me le reprochera. »

Tom lui adressa un grand sourire et se leva pour s'incliner profondément.

« Ce sera un grand honneur pour moi de partager votre lit, Miss Billie. J'espère que vous ne le regretterez pas. »

Elle posa sur lui un regard à la fois direct et calculateur de femme experte.

« Je suis prête à courir le risque. »

Elle le prit, d'autorité, par la main et le conduisit au troisième étage, où se trouvait son appartement : un petit boudoir, une chambre à coucher et une salle de bain.

« Allumez le feu, Tom, je vais enlever ma tenue de travail et me mettre à l'aise. Ce corset et ces lacets me broient les côtes à partir de deux heures du matin. »

Elle alla derrière un paravent fleuri par-dessus lequel elle se mit à lancer ses vêtements en fredonnant.

Le déshabillé dans lequel elle apparut dévoilait son corps plus qu'il ne le couvrait. S'asseyant devant une coiffeuse surmontée d'un miroir à trois faces, elle entreprit sous le regard fasciné de Tom de retirer les dizaines d'épingles à cheveux qui maintenaient ses boucles. Sa chevelure blonde croula sur ses épaules. Puis elle se leva et fit glisser son déshabillé.

« Tu es belle », murmura Tom.

Il n'avait jamais contemplé un corps aussi désirable.

« Tu ressembles à une statue; on devrait t'exposer dans un musée. »

Billie était plus jeune de corps que de visage. C'est le fait qu'elle tienne une maison close qui m'a abusé, songea Tom. Elle n'a guère plus de vingt-deux ans, malgré son expérience et son aplomb. Il l'entraîna jusqu'au lit où elle s'allongea. Elle eut un sourire appréciateur en regardant Tom se dévêtir. Quand il s'étendit à côté d'elle, elle lui murmura de sa voix rauque :

« J'espère que toi non plus, tu ne le regretteras pas! »

Quand Tom se réveilla, Billie, déjà habillée, le contemplait, assise sur une chaise au chevet du lit. Le souvenir de son corps raviva le désir de Tom. Il lui tendit la main.

« Viens près de moi, Billie chérie...

– Non, mon bel ami. Ni maintenant ni jamais plus, je le crains, et cela me peine de te le dire. »

Complètement réveillé, il s'appuya sur le coude,

intrigué par le visage grave et la voix triste de la jeune femme.

« Qu'est-ce qui ne va pas, Billie? Que s'est-il passé? Ai-je fait quelque chose qui t'a déplu?

– J'ai une vie bien réglée, ici, Tom. Je paie mes factures, grâce à moi mes filles ne font pas le trottoir, j'apporte un peu de joie à de nombreux hommes, dont certains sont mes amis. Je dois tout cela à quelqu'un qui m'a tirée du ruisseau quand j'étais une gosse sans espoir. Il m'a beaucoup appris. Pas sur les hommes, j'avais eu tout le temps d'apprendre par moi-même ce que j'avais besoin de savoir. Mais il m'a offert des vêtements, m'a nourrie et m'a donné la possibilité de vivre comme un être humain. Jusqu'à maintenant, rien n'a jamais pu nous séparer.

– Je croyais que tu choisissais tes partenaires.

– C'est vrai. Jim ferme les yeux quand il m'arrive de prendre un amant. Ce ne sont que des passades, de petites infidélités que je ne commets pas quand il est dans les parages. Quoi qu'il en soit, je n'avais jamais connu ce que j'ai éprouvé, cette nuit, dans tes bras, et je ne peux pas me permettre de recommencer. Comprends-tu? Cela ne m'empêchera pas de t'aimer en amie et de te donner un coup de main. Va avec Donaher sur les docks et essaie de t'y faire embaucher. De mon côté, je glisserai un mot en ta faveur à Diamond Jim Mulvaney la prochaine fois qu'il viendra. Il me faudra attendre le moment propice et agir prudemment pour qu'il ne se doute de rien. En attendant, je peux te prêter deux dollars.

– Pourquoi me prêterais-tu cet argent, Billie? Tu ne me connais pas. Tu ne reverras peut-être jamais tes dollars. »

Soulagée d'avoir mis les choses au point, Billie retrouva sa bonne humeur.

« Je n'ai pas vécu jusqu'à ce jour sans savoir juger

les hommes, Tom Dalton. C'est un don que j'ai. Je sais repérer de loin le bon et le mauvais, l'imbécile et le malin, l'honnête homme et le filou. Je parie que tu es de ceux qui n'acceptent jamais ce qu'ils ne peuvent rendre. »

Elle se leva et lui prit la main pour l'entraîner hors de la chambre.

« Rien ne m'interdit de te servir un petit déjeuner avant ton départ. L'amour me donne une faim de loup, pas toi? »

Arrivée à mi-étage, elle se tourna vers lui.

« Tom, je veux que tu saches que cette nuit a été merveilleuse pour moi. »

3

Le lendemain matin, à six heures moins vingt, Dalton et Donaher se rendirent aux docks où une foule d'hommes en haillons attendaient déjà devant la grille. Le temps s'était refroidi et de petits nuages de buée sortaient de leur bouche tandis qu'ils battaient la semelle et tapaient dans leurs mains pour lutter contre le froid.

Il y avait là des jeunes et des vieux, des grands et des petits, des hommes faméliques.

« Ils vont en choisir combien? demanda Tom à Donaher.

– Pas plus d'une douzaine. »

Tom regarda autour de lui : plus de quarante hommes attendaient déjà.

« Il y a une équipe de dockers qui travaillent ici à plein temps. »

Donaher parlait à voix basse pour qu'on ne puisse surprendre leur conversation.

« Ce sont surtout des gars qui font de la politique

ou des pistonnés. Ils travaillent à peu près régulièrement. Et puis, quand un bateau arrive, les contremaîtres embauchent de la main-d'œuvre supplémentaire. Ils appellent ça des « temporaires ». Ça donne du boulot pour la journée ou pour la nuit. C'est assez risqué, mais il y en a beaucoup qui ont absolument besoin de gagner un dollar.

– Comment choisissent-ils ces « temporaires »?

– Ils prennent les plus grands et les plus costauds, ou ceux qui leur semblent les plus dociles ou encore ceux qui ont les yeux d'une couleur qui leur plaît! Qui peut savoir? Ils ont tous les droits. »

Une cloche sonna à l'intérieur du vieux bâtiment. Un homme de forte carrure apparut sur le seuil et se dirigea vers la grille. Il parcourut du regard la foule silencieuse qui s'était encore grossie d'une vingtaine d'hommes, et montra du doigt un de ceux qui se tenaient au premier rang.

« Tu feras l'affaire, Farley, toi aussi, O'Shaunnessy. Alors, tu es revenu, Donaher? Je te prends aussi.

– Prenez mon copain, chef! cria Donaher. Il a les mains comme des battoirs et il est encore plus baraqué que moi. »

Le contremaître acquiesça et les deux hommes franchirent la grille, accompagnés des quelques rares élus. Donaher et Tom commencèrent le charroi d'énormes tonneaux. Tom avait l'avantage d'être grand et jeune, il pouvait rivaliser avec la plupart des autres dockers, mais l'agilité de son ami, la rapidité avec laquelle il savait ranger des sacs ou des caisses de quatre-vingt-dix kilos le laissaient pantois. Dès que le contremaître se fut éloigné, il lui exprima son admiration.

« C'est une question d'habitude, dit Donaher. Au bout d'un certain temps, il n'y a plus de secret. Par exemple, on ne pose pas le houblon à côté du beurre, ni les fruits secs et le tabac à côté des céréales. Le thé n'est pas à sa place près de la farine, ni du sucre, et on ne met jamais l'huile à proximité du coton. Tu vois ce que je veux dire?

– Assez de bavardages, là-bas! tonna le contremaître. Nous ne sommes pas dans un salon de thé!

– Merci pour le tuyau! » répondit l'Irlandais.

Tom commença ainsi l'apprentissage de la vie de docker. Théoriquement, on travaillait de sept heures du matin à midi et de une heure à six heures du soir, si on avait la chance d'être rappelé après le déjeuner. En fait, le contremaître exigeait souvent que les hommes soient là au moment des repas, pendant la nuit, le dimanche.

Il n'était pas rare que les dockers soient obligés de travailler trente-cinq à quarante heures d'affilée, allant ainsi à la limite de l'endurance. Dans ce cas, on devait normalement leur accorder une demi-heure de répit à minuit, encore que la permission fût à la discrétion du contremaître. Tom découvrit que les hommes s'entraidaient pendant les journées sans pause : l'un d'eux se cachait pour se reposer tandis que les autres se partageaient son travail.

Fréquemment de gigantesques balles de marchandises, mal arrimées, ripaient. L'eau salée mordait la chair, tannait la peau comme du cuir. D'un bout de l'année à l'autre, les hommes souffraient, tantôt de la chaleur, tantôt du froid. Pourtant, Tom constata très vite que la seule chose qui fût pire que le travail était de ne pas en avoir.

Les abords des quais étaient sordides; la misère s'y étalait, omniprésente. Des monceaux d'ordures jonchaient le sol et des maisons aux façades lépreuses bordaient les rues. On recommandait aux passants d'imbiber un mouchoir de camphre avant de pénétrer dans cette zone. De longs passages resserrés, de vrais coupe-gorge, serpentaient d'une ruelle à l'autre.

Certains bars du port étaient spécialisés dans le recrutement forcé de marins, selon le principe séculaire qui consiste à enivrer ou « endormir » un homme pour l'embarquer sur un navire à court d'équipage. La victime, droguée ou assommée, était passée à travers une trappe et transportée dans un bateau prêt à appareiller par une bande qui attendait dans les égouts. Nombreux étaient ceux qui, au réveil, découvraient qu'ils avaient quitté le port pour une traversée de trois ans sans aucun recours.

La police fermait les yeux sur la majeure partie des activités du port; selon elle, la population du quartier savait se protéger elle-même. Les négociants riverains et les armateurs des beaux quartiers versaient aux policiers de généreux dessous de table pour payer leur silence.

Tel était le quartier crasseux et infesté de rats que Donaher fit connaître à Tom. Sans son amitié, celui-ci eût été perdu dans cette jungle urbaine. Sous la protection de Billie qui connaissait toutes les combines, ils s'étaient installés dans la pension que tenait Timothy Sheehan. C'était une bâtisse délabrée qui s'élevait non loin de l'Hudson, mais un asile sûr pour les matelots et les dockers en quête d'ouvrage.

La chambre que les deux amis partageaient était meublée très sommairement : des lits de camp, une commode branlante et un lavabo fêlé.

Avec la ponctualité d'un équipage relevant le quart, quatorze matelots se pressaient autour de la table de Timothy chaque soir à six heures. Une odeur de renfermé et de détachant flottait dans la pièce éclairée au gaz et imprégnait la nourriture, copieuse mais peu variée, qu'ils avalaient. Les hommes parlaient peu pendant les repas et toujours sous la surveillance de Timmy. Ils se contentaient d'échanger quelques nouvelles ou d'adresser quelques mots au Chinois qui les servait. C'est ainsi qu'un soir, une semaine environ après l'arrivée de Tom, Donaher jeta la consternation parmi les matelots attablés en leur demandant s'il y avait du nouveau au sujet du syndicat.

« J'ai entendu dire qu'un Norvégien incite les marins à se grouper pour lutter contre les armateurs. »

La nouvelle fut accueillie par des grognements.

« Boucle-la, mon vieux! lança un homme assis à l'extrémité de la table. Sheehan va te dénoncer aux armateurs et tu auras la gorge tranchée au fond d'une impasse si tu parles de syndicat.

– Sheehan passe la soirée avec sa bien-aimée, ajouta un autre. Je l'ai vu se laver pour l'occasion.

– Je ne vois pas comment quelqu'un pourrait obliger les armateurs à changer quoi que ce soit, dit un troisième. C'est facile pour eux de payer un capitaine pour qu'il se débarrasse d'un matelot qui sème la zizanie, une fois le bateau en mer.

– Allons, allons, les gars. Le changement est pour bientôt. Les conditions de vie à bord sont trop dures, il faudra bien qu'ils finissent par les améliorer. D'autres corporations ont créé des syndicats. Les ouvriers métallurgistes par exemple, et ceux de la sidérurgie qui ont obtenu de gagner plus et d'être mieux traités. Même les femmes des usines se syndiquent pour exiger de meilleures conditions de travail. Pourquoi pas nous?

– Parce que nous n'avons aucun moyen de nous protéger, Donaher. Tu le sais aussi bien que nous. Une fois en mer, nous n'avons plus aucun droit. Tu sais bien qu'ils ne sont même pas obligés de nous payer la solde qui figure dans notre contrat. Et si nous ne sommes pas contents, il y a cent autres types qui ne demandent qu'à prendre notre place. »

Des murmures d'approbation circulèrent autour de la table.

« J'ai beau être d'accord avec ce que tu viens de dire, Donaher, hasarda Tom, je crains qu'il n'ait raison. Nous devons tous nous estimer heureux d'avoir du travail, quel qu'il soit.

– C'est entendu, Tom. Et c'est malheureusement pour cette raison que les armateurs profitent de nous. »

Il repoussa sa chaise d'un geste brusque.

« Mais cela ne durera pas éternellement, c'est moi qui vous le dis! »

4

Andrew Furuseth était interdit de séjour dans le port de New York par les armateurs, aussi se tenait-il à l'arrière d'un petit bateau ancré au pied de l'énorme pétrolier amarré à la jetée 47.

Sa voix puissante couvrait le tohu-bohu des quais. Il haranguait les marins et les dockers sous le pâle soleil de cet après-midi de novembre. Tom et Donaher écoutaient le premier discours du Norvégien depuis son arrivée à New York.

« Gens de mer, je suis venu vous parler de notre sort commun. Vous le savez, *un marin n'a aucun droit* dès qu'il quitte le port. Son capitaine peut le fouetter jusqu'au sang, le mettre aux fers pour une peccadille, le jeter à fond de cale et l'y laisser pourrir; il peut lui faire subir le supplice de la cale humide, ou le jeter en pâture aux requins. Lequel d'entre vous n'a jamais vu un pauvre diable envoyé par le fond pour un délit qui passerait inaperçu à terre? *Seuls,* nous sommes impuissants. *Seuls,* nous sommes des esclaves. Si nous nous unissons, si nous nous serrons les coudes, si nous bravons les armateurs pour faire cesser les injustices et revendiquer nos droits, que nous arrivera-t-il? Honnêtement, je n'en sais rien, mais il y a pourtant une chose dont je suis sûr : d'autres corporations ont réussi à obtenir des augmentations de salaire et une amélioration de leurs conditions de travail. Je sais donc que *c'est possible* aussi pour nous! Vous m'entendez, les gars, *c'est possible*! Et cela signifie la *liberté* pour vous et vos familles. »

L'orateur fit un geste théâtral.

« Si nous avons une chance... juste une chance de vivre et de mourir en hommes libres, en bénéficiant de droits et en étant protégés par la loi, devons-nous la laisser passer? Si nous ne marchons pas la main dans la main, que se passera-t-il?... Ce sera la victoire des recruteurs et des armateurs jusqu'à la fin des temps! Pensez-y, gens de mer. Réfléchissez à ce que je vous ai dit. »

Tom se tourna vers Donaher dont les petits yeux brillaient d'excitation.

« Cet homme est un prophète. Il les a complètement envoûtés.

– Nous avons rendez-vous avec lui ce soir à huit heures au Repos du Docker dans la 14e Rue. Je veux que tu fasses sa connaissance. C'est un homme comme il en existe peu. »

Tom se rappela plus tard que tout avait commencé ce soir-là. Observant le visage buriné de Furuseth, il lui avait trouvé l'air d'un saint. Vêtu d'un caban râpé, le cou protégé par un cache-nez plein de trous, les mains noueuses comme des racines, le Norvégien leur avait raconté sa lutte pour les marins et les dockers. Tom avait été impressionné par la bonté qui émanait de lui.

Les trois hommes étaient devenus amis. Ils passaient des nuits entières à discuter, et à rêver d'un monde meilleur. Grâce à Furuseth, Tom rencontra les dirigeants des autres syndicats. Parmi eux se trouvaient aussi bien des fanatiques que des visionnaires, des hommes honorables que des opportunistes qui voyaient dans le syndicalisme une nouvelle manière d'exploiter l'humanité. Certains rêvaient de renverser les armateurs pour prendre leur place. D'autres, comme Furuseth et Donaher, étaient simplement épris de justice.

5

Allongé sur sa couchette, Tom pensait à l'avenir. Donaher avait soufflé la bougie quelques minutes auparavant, et ronflait déjà. N'ayant pas le sommeil facile, Tom s'étonnait que son ami s'endorme comme un bébé dès qu'il posait la tête sur l'oreiller.

« C'est le sommeil du juste », prétendait Donaher en riant.

Le jeune homme travaillait aux docks depuis près de deux mois. Le dur labeur avait rendu ses mains calleuses et déjà il se sentait à moitié nu sans son crochet à la ceinture. Il grimaça en entendant les rats courir dans la ruelle.

Qu'est-ce que je fais ici? se demandait-il souvent. Il n'était certainement pas destiné à passer sa vie sur les docks. Ce n'était qu'une étape... mais où irait-il ensuite, et avec qui? Il se sentait entraîné sur une voie qu'il n'avait pas choisie. Mais son heure allait bientôt venir.

Billie reposait à côté de Diamond Jim. Elle laissait courir ses doigts sur son ventre rebondi... Jim n'était pas un amant hors pair mais sans lui elle serait restée une jolie fille sans le sou.

« Jim, murmura-t-elle.

– Oui?

– Il y a quelqu'un que j'aimerais te présenter. Un jeune type que Donaher a amené ici, une fois. Il prétend être marin, mais il a quelque chose de différent...

– Quoi donc?

– Je ne sais pas au juste. Il donnait l'impression d'être un fils de famille à qui la chance n'a pas souri. Il s'exprime très bien, il n'a pas les manières des autres... J'ai idée que tu pourrais utiliser ses services.

– Est-ce que tu n'aurais pas plutôt des vues sur lui?

– Jim Mulvaney, je peux te donner ma parole qu'il ne sera jamais mon amant! Je t'aime, Jim. Je t'aimerai toujours à cause de ce que tu as fait pour moi. »

Mulvaney posa sa main potelée sur la tête de Billie. Il appréciait sa loyauté, et l'acceptait comme un dû. Depuis qu'il l'avait sauvée des bas-fonds, elle s'était révélée une compagne utile, une femme de bon sens, douée d'un jugement très sûr. Et sa dextérité sur le plan sexuel n'avait pas de prix. Il était très satisfait de leur marché et avait l'intention de respecter son contrat avec elle, aussi longtemps qu'elle jouerait franc-jeu. Puisqu'elle insistait, il verrait cet homme.

« Billie veut te voir, mon gars, annonça Donaher à Tom un matin qu'ils chargeaient un navire en partance pour les Indes. Elle t'a arrangé un rendez-vous avec Mulvaney. Il faut que tu te mettes sur ton trente et un et que tu te présentes à son domicile de la 5e Avenue à sept heures ce soir, si cela te convient. M'est avis que tu devrais d'abord passer chez elle pour savoir de quoi il retourne. »

Donaher fit un clin d'œil à Tom en redressant sa grande carcasse.

« N'oublie pas de me ramener une de ces délicieuses gâteries qu'on te servira là-bas. Tu sais combien j'aime boire du thé et manger des gâteaux avant de me coucher. »

Il leva le petit doigt en l'air et fit mine de boire une tasse de thé. Plié en deux sous le poids d'un ballot, Tom pouffa de rire.

« Je vais sortir mon smoking de la naphtaline, et ma chemise en satin! »

*

Assise sur le sol de la nursery, Mary jouait avec son dernier-né. Il avait maintenant dix-huit mois. Ses cheveux brillaient au soleil qui entrait à flots par la fenêtre, et son rire ressemblait au clair babil d'un ruisseau.

Quelle joie lui apportait cet enfant! Dès sa naissance, elle avait su qu'il était vraiment à elle en voyant les traits et le duvet roux qu'il tenait de ses ancêtres irlandais. Quand le médecin lui avait tendu ce beau bébé, Mary avait défailli d'émotion : c'était le portrait de Tom! Elle l'avait pris dans ses bras en pleurant, et le médecin s'était étonné qu'une femme à l'approche de la quarantaine pût manifester tant de joie à la naissance de son cinquième enfant.

Le bébé avait été baptisé John, mais elle l'appelait Sean. Cela agaçait Thad et la nurse, mais elle s'en moquait. Thad n'avait qu'à se contenter des quatre autres enfants. Celui-là lui appartenait. C'était son Sean, son fils.

IV

DIAMOND JIM MULVANEY

Unissez-vous, dit le chef Tamanend à sa tribu.
Soutenez-vous les uns les autres et vous deviendrez une montagne que nul ne pourra faire bouger.

Devise de TAMMANY HALL.

1

Tom ne s'était jamais senti aussi déconcerté par une jeune fille.

Il ne pouvait détacher son regard de Deirdre Mulvaney. Il avait l'impression de n'avoir jamais rencontré d'autre femme et, de fait, aucune ne l'avait ainsi mis en présence de ce qu'il considérait comme un signe du destin. Il restait là, les yeux rivés aux siens, comme s'il attendait d'elle un écho à ses propres sensations.

Deirdre était grande et mince. Son père la trouvait timide et studieuse mais Tom perçut immédiatement en elle sensualité et intelligence. Pendant quelques instants, la jeune fille parut fascinée par l'étrange expression de Tom.

Comme c'est bizarre, songea-t-elle. Il a des yeux de poète, pas de docker.

Suivant les instructions de Billie, Tom s'était rendu à l'hôtel particulier qu'habitait Diamond Jim Mulvaney. Il n'aurait jamais cru que quelque chose pût ce soir-là lui paraître plus important que d'obtenir du travail. Mais il avait été subjugué à la vue de Deirdre, de sa chevelure châtain doré qui lui descendait jusqu'à la taille et de ses yeux gris.

« Deirdre, mon enfant, ne reste pas plantée comme un piquet. Demande à Mr. Dalton s'il désire boire quelque chose, sinon il pensera que tu n'as aucune éducation.

– Bien sûr, père, je suis désolée, balbutia-t-elle en s'efforçant de recouvrer son sang-froid. Voulez-vous prendre le thé avec nous, monsieur Dalton, à moins que vous ne préfériez imiter mon père qui boit parfois un verre d'alcool à cette heure?

– J'accepterai volontiers une tasse de thé, Miss Mulvaney. Cela me rappelle l'Irlande. »

Tom lui adressa un sourire plus chaleureux, plus doux que Mulvaney ne s'y attendait de la part d'un jeune homme à l'air si sérieux. Jim fut instantanément sur ses gardes : il ne laisserait pas un va-nu-pieds roucouler auprès de sa fille!

De son côté, Tom se ressaisit. Il lui fallait convaincre Mulvaney de sa valeur avant de songer à approcher sa fille. Billie lui avait esquissé un tableau sommaire de ses activités et de son pouvoir politique. Tom avait compris qu'elle respectait son protecteur, mais aussi qu'elle tenait à lui et qu'elle veillait à ne pas trahir ses confidences.

Pendant toute la journée, il avait réfléchi à la façon dont il s'y prendrait au cours de la soirée pour que Mulvaney le juge comme un collaborateur indispensable. Maintenant qu'il prenait le thé dans le salon de son hôte, il estima que la franchise était la seule tactique à adopter. Mulvaney, il en était certain, saurait percer toute dissimulation. Cela le soulagea car il se sentait mal à l'aise dans le mensonge.

« Miss Billie m'a dit que vous auriez peut-être besoin d'un assistant, monsieur Mulvaney, dit-il quand Deirdre eut quitté la pièce. Quelqu'un en qui vous puissiez avoir confiance quand vous êtes trop pris par vos affaires. Je dois vous paraître bien présomptueux, puisque je n'ai aucune référence dans ce domaine, mais j'espère obtenir votre agrément. »

Les yeux noirs de Mulvaney scrutèrent le jeune homme. Il ne décela aucune trace d'arrogance sur son visage.

« Je n'accorde ma confiance à personne d'autre qu'à moi-même, mon garçon! En revanche, il est vrai qu'un assistant pourrait m'être utile. »

Il s'étala dans son siège.

« J'aime à penser que je dois ma résistance à mes origines irlandaises. Mes ancêtres étaient des fermiers, pauvres et méprisés par les Anglais, mais combatifs, travailleurs, ingénieux et, par-dessus tout, endurants. Quel meilleur héritage? »

Se penchant en avant, il regarda Tom droit dans les yeux.

« Je parie que mon histoire ressemble beaucoup à la vôtre. »

Ce n'était pas une simple déclaration, mais une invitation à raconter sa vie.

« Ma mère est née dans une famille de fermiers, mais je ne les ai pas connus, dit posément Tom.

– Et la famille de votre père?

– Ils avaient d'autres intérêts, en plus de la terre.

– Ce qui signifie?

– Je vous dirai tout ce que vous voulez savoir de ma vie, monsieur. Seulement je ne parlerai pas de mon père.

– Avez-vous honte de lui?

– Bien qu'il soit mort depuis longtemps, mon père m'inspire de nombreux sentiments, mais sûrement pas la honte. »

Le visage de Mulvaney se détendit et il abandonna son regard inquisiteur. Il se carra dans son fauteuil.

« Vous ne vous laissez pas facilement impressionner, jeune homme. Ça me plaît. J'estime les hommes qui savent défendre leurs opinions. »

Il sortit un havane d'une boîte en cuir et s'appliqua soigneusement à le couper, le humer et l'allumer.

« Je vous donne votre chance. Vous commencerez votre apprentissage chez moi. Nous verrons bien si vous avez quelque chose dans le ventre et surtout si vous avez des dispositions pour les affaires. Vous savez, il ne suffit pas d'être intelligent et de s'exprimer avec aisance. Il faut être habile, impitoyable, rapide. Il faut avoir l'esprit vif, être plus rusé que les autres. Ce n'est pas donné à tout le monde. Je vous jugerai à l'œuvre. »

Il semblait prendre un immense plaisir à monologuer ainsi.

« J'ai bâti ma fortune en suivant mes intuitions, pas en m'amusant. La chance que je vous offre, à vous de la saisir. Surtout, ne vous avisez pas de contrarier mes desseins, car je n'oublie jamais celui qui m'a fait du tort. Mon code de l'honneur n'est peut-être pas celui de ma vieille mère ni de son curé, mais c'est ma morale et je la suis à la lettre. Celui qui abuse de ma bienveillance le regrette amèrement. »

Tom garda le silence et observa attentivement Mulvaney. C'était un homme d'environ cinquante-cinq ans, solide comme un roc, les épaules carrées (Tom apprit par la suite qu'il avait dans sa jeunesse manié la pelle dix-huit heures par jour comme terrassier dans les chemins de fer), les jambes courtes et arquées. Malgré son embonpoint, il dégageait une impression de puissance, et ses petits yeux porcins pouvaient être tour à tour doux et joyeux, froids et implacables, ou étincelants de ferveur.

L'ascension de Mulvaney avait été progressive. Totalement dépourvu de scrupules, il dupait un adversaire sans le moindre remords et il estimait qu'un homme était un faible quand il se laissait brider par la morale conventionnelle. Néanmoins, il manifestait une étrange compassion pour les pauvres, parait les vieilles femmes des vertus de sa sainte mère, aimait et désirait les plus jeunes qu'il traitait avec une grande tendresse. Cependant, il ne prenait pas du tout les femmes au sérieux, en quoi il ne différait guère des hommes de sa génération.

Il détestait les prêtres, des hypocrites, selon lui, qui péchaient en cachette tout en interdisant aux pauvres le seul plaisir qui leur restait.

« Grattez un peu le vernis et vous découvrirez en chaque curé un pervers ou un inquisiteur », disait-il fréquemment, au grand dam de sa fille que les religieuses avaient élevée dans l'humilité et la crainte de Dieu.

Jim apprit le droit avec opiniâtreté. Il avait compris que cela lui ouvrirait les portes de la réussite. Son esprit pragmatique en saisissait les subtilités avec un cynisme qui stupéfiait son mentor et effrayait les autres clercs qui voyaient en lui l'archétype de l'avocat pour lequel le bien et le mal n'existaient pas et chez qui les manœuvres tortueuses devenaient instinctives.

Tom et Mulvaney discutèrent au coin du feu bien avant dans la nuit, Mulvaney dégustant du cognac et fumant des cigares, Tom buvant avec modération du whisky irlandais. Il s'exprimait avec une franchise et une clarté qui émurent Jim dont le flair était infaillible. En voilà un que la vie a profondément blessé, mais qui s'en est remis sans trop d'amertume, songea-t-il. C'est un intellectuel et un poète (Mulvaney lui pardonnait ce qu'il considérait comme un héritage irlandais). On voit qu'il a été pauvre, qu'il a connu la faim, la solitude et le désespoir. Un mélange intéressant. A moi de savoir en tirer parti.

Bien qu'il ignorât les complexités du monde des affaires, le jeune homme se montrait remarquablement sagace, et ses questions ne manquaient pas de pertinence. La bonté est son talon d'Achille, nota toutefois Jim. Or, quelle que soit sa force, un homme bon reste un sentimental indécrottable. Cela présente néanmoins un avantage : il est infiniment moins dangereux.

Enchanté par son nouveau collaborateur, il se leva, signifiant ainsi que la soirée était terminée.

« Venez à mon bureau demain de bonne heure, mon garçon, conclut-il en reconduisant Tom jusqu'à la porte. Vous avez beaucoup à apprendre si vous voulez m'être utile.

– J'en ai bien l'intention, monsieur. Je vous suis reconnaissant de me donner ma chance. Je ne vous décevrai pas. »

Il eut une seconde d'hésitation, comme s'il se demandait s'il était prudent de dévoiler le fond de sa pensée :

« Voyez-vous, monsieur Mulvaney, j'ai l'intention de gagner beaucoup d'argent, car j'aimerais fréquenter votre fille et elle mérite mieux qu'un homme sans le sou.

– Vous visez un peu haut, Tom, répliqua Jim en fronçant les sourcils. Ma fille fera un mariage qui lui assurera une place dans la bonne société et une existence dorée. Vous n'aurez pas assez de toute votre vie pour lui offrir cela.

– Il faudra donc que je travaille d'autant plus », rétorqua le jeune homme.

Jim referma la porte en méditant sur le sens de l'honneur qui avait poussé Tom à lui dévoiler ses intentions au risque de perdre sa faveur. Il était fasciné par cette qualité, bien qu'il n'en vît pas l'utilité pour lui-même. Un mélange intéressant, soupira-t-il.

Si sa situation avait été différente, Tom aurait

représenté un parti séduisant pour Deirdre. Mais elle serait mariée bien avant qu'il ait les moyens de pouvoir prétendre à sa main.

En homme pratique, Jim effaça ces pensées de son esprit et alla se coucher, satisfait de lui comme chaque soir.

*

« Donaher, réveille-toi! Il faut que je te parle. »

Tout engourdi, Donaher se dressa sur son séant.

« Qu'est-ce qui te prend, Tom? Tu deviens fou? Il fait nuit noire! »

L'air sombre du jeune homme l'alarma. Maudissant le froid, il sortit de dessous les couvertures et s'assit au bord du lit.

« Mulvaney m'a proposé du travail.

– Quel genre?

– Un apprentissage des affaires.

– Bon sang, mon gars, te voilà riche! » dit Donaher en se frappant le genou.

Mais Tom perçut une note de tristesse dans sa voix.

« Je ne veux pas t'abandonner, Donaher. Ni Andy.

– J'espère bien.

– C'est une chance inespérée. Je suis doué pour les chiffres et puis il y a sa fille. Je l'ai rencontrée ce soir. Elle a je ne sais quoi de différent... »

Ne sachant exactement où il voulait en venir, il laissa sa phrase en suspens.

« Que dois-je faire? Je meurs d'envie d'accéder à une vie meilleure, d'apprendre un métier, de m'assurer un avenir loin des rats et du désespoir. C'est l'occasion rêvée. Mais le cœur n'y est pas.

– Si j'ai bien compris, tu me demandes la permission de devenir riche, mon gars? Tu veux ma bénédiction pour échapper à la misère? Eh bien, je te la donne, nom de Dieu! Furuseth et moi, on savait que tu n'étais que de passage. On t'aime bien, pour sûr, mais on a compris que tu ne resterais pas éternellement avec nous. Tu es fait pour la grande vie, Tom. Une vie avec des livres, une belle maison, une femme splendide, des gosses, un avenir confortable. Andy et moi, on l'a vu tout de suite. N'empêche, on a été heureux de t'avoir avec nous. »

Tom crut voir des larmes briller dans les yeux de Donaher.

« Tu es le meilleur ami du monde, Donaher.

– Je sais, Tom. Je ne suis pas un mauvais bougre, seulement un vieux matelot qui n'a pas eu de veine. Toi, tu as un bel avenir et cela me ferait plaisir que tu te souviennes de moi quand tu seras devenu un monsieur. »

Ils parlèrent si longtemps qu'ils ne s'endormirent qu'aux premières lueurs de l'aube. Tom s'exaltait devant les perspectives qui s'offraient brusquement à lui. Donaher, lui, se sentait plus seul qu'il ne l'avait été depuis longtemps.

2

Le cabinet de travail de Jim Mulvaney présentait un étrange amalgame de luxe et de mauvais goût. Des meubles baroques s'adossaient aux parois lambrissées, un énorme lustre à pendeloques écrasait la pièce, pourtant immense, et une cheminée rococo, en marbre, était surmontée d'un portrait en pied de Deirdre.

Le bureau derrière lequel se découpait la silhouette de Diamond Jim détonnait avec cette inélégance. A la fois massif et très ouvragé, c'était un chef-d'œuvre de menuiserie.

« Il vous plaît ce bureau, hein, mon gars? »

Tom, gêné, se rendit compte qu'il n'avait eu d'yeux que pour le meuble.

« Je n'ai jamais rien vu de tel. »

Un sourire de satisfaction éclaira la face de Mulvaney.

« Il me vient d'un homme riche comme Crésus que le jeu, les femmes et la bonne chère ont mis sur la paille et qui s'est tiré une balle dans la tête. A quelque chose malheur est bon. »

Tom se demanda s'il saurait un jour mettre ainsi en parallèle l'acquisition d'un meuble et le suicide d'un homme, mais il garda le silence.

« Dalton, pour le moment vous n'êtes bon qu'à utiliser vos muscles, mais ce n'est pas avec ça qu'on gagne de l'argent, c'est avec sa tête. Quand je travaillais dix-huit heures par jour dans les chemins de fer, je m'estimais heureux de toucher cinquante cents. A partir du moment où j'ai commencé à me servir de ma cervelle, je suis devenu riche. Je suis ce qu'il est convenu d'appeler un touche-à-tout. Certaines de mes affaires sont légales, d'autres requièrent les services d'un ou deux avocats pour les faire passer pour telles. Aimez-vous les chiffres?

– Nous ne nous entendons pas trop mal, monsieur.

– Parfait. Voilà à quoi j'ai pensé. Je pourrais avoir besoin d'un lieutenant – quelqu'un qui connaîtrait mes affaires sur le bout du doigt et donnerait des ordres en mon absence. Vous en avez les capacités, mais vous avez tout à apprendre. O'Reilly, mon comptable, et Tierney, mon avocat, peuvent vous initier au métier. Ils n'ont ni l'un ni l'autre un gramme d'honnêteté mais ils connaissent toutes les combines. Je dépense des sommes folles pour qu'ils m'évitent de tomber sous le coup de la loi.

– De quel genre d'affaires vous occupez-vous?

– J'ai commencé dans le matériau de construction, à Denver et plus à l'ouest. Il y avait là-bas des milliers d'hectares de bois de charpente de premier choix qui n'intéressaient personne. J'ai réussi un coup du tonnerre en passant des marchés avec la compagnie des chemins de fer pour le transporter, avant même que la voie soit terminée. On construit beaucoup à New York et tout le long du réseau ferroviaire. Le bâtiment est une industrie formidable, mon gars, la fièvre de bâtir s'est emparée du pays entier. Tout le monde a besoin de bois. Ma philosophie est qu'en affaires il faut tout contrôler de A jusqu'à Z. Quand on possède le bois, le rail qui le transporte, l'entreprise de bâtiment qui l'utilise et la société immobilière qui vend le terrain, on a tous les atouts! »

Il ne put réprimer un sourire de satisfaction.

« Maintenant, je concentre tous mes efforts sur la politique. On ne peut vivre à New York sans en faire. Une chance que nous autres Irlandais ayons le don du blabla et le sens de la charité. »

Devant l'air surpris de Tom, il précisa :

« Ne vous y trompez pas, Tom Dalton, la base de toute politique est d'aider les miséreux à subsister. Avez-vous vu comment ils vivent, ces rebuts de la société qui débarquent à Ellis Island? Ils s'entassent à deux ou trois familles par pièce, sans eau, sans hygiène. Ils cherchent du travail alors qu'il n'y en a pas assez pour tout le monde et nourrissent leurs enfants de ce qu'ils trouvent dans les poubelles. Certaines femmes de ma circonscription gagnent trente-cinq *cents* par jour pour coudre soixante-dix robes, quand elles ont la chance de trouver de l'ouvrage. Savez-vous ce qu'on peut acheter avec cette somme? Même pas de quoi empêcher un enfant de mourir de faim. Le chien de J.P. Morgan mange mieux que quatre-vingt-quinze pour cent de mes électeurs.

– Inutile de m'expliquer la misère et la faim, monsieur. Je sais ce que c'est. »

Mulvaney s'accouda à son bureau.

« Vous croyez peut-être bien connaître ce sujet, mais vous n'avez encore pas la moindre idée de ce qu'est la pauvreté. Il faut voir des enfants mourir de faim dans une cave parce qu'un industriel a renvoyé le père en apprenant qu'il cachait un aîné de sept ans qu'il aurait pu faire travailler à moitié prix. Tant que vous n'aurez pas vu cela de vos propres yeux, vous ne comprendrez rien aux affaires politiques de cette ville. Nous leur donnons de quoi subsister. Nous leur procurons du travail. Nous les écoutons quand les représentants de la loi les envoient promener. Ils votent selon nos directives et, croyez-moi, avec conviction. »

Tom considéra son patron avec un intérêt nouveau. Cette flamme d'orateur expliquait sans aucun doute son ascension politique. En l'écoutant, Tom acquit la certitude que Mulvaney était sincère mais qu'il ne laisserait jamais ses convictions entraver la bonne marche de ses affaires. Quel personnage! songea-t-il. Il est charitable parce que cela lui donne bonne conscience, et cruel par intérêt. Ainsi, il est toujours satisfait de lui.

« Je veux tout d'abord que vous sachiez comment vivent mes électeurs. Allez à Ellis Island, visitez les taudis des Irlandais et n'oubliez pas les orphelinats ni l'hospice. Quand vous en aurez assez vu, revenez ici et je vous remettrai entre les mains de O'Reilly et de Tierney. Emmenez Duffy pour la visite. Vous le trouverez dans le bureau de devant. Il connaît tout le monde et vous introduira partout. »

Mulvaney reporta son attention sur la pile de dossiers posés sur son bureau. Croyant l'entrevue terminée, Tom se leva. Quand il atteignit la porte, Mulvaney l'interpella.

« Avez-vous assez d'argent pour attendre la première paie, mon garçon?

– Oui, monsieur. Ce que j'ai gagné aux docks.

– Que diriez-vous de vous installer quelque temps chez moi? Faites votre valise et adressez-vous à mon intendant. Nous dînons à sept heures précises. Veillez à être ponctuel. »

Mulvaney estimait judicieux de garder Tom à proximité pour le tenir à l'œil durant son apprentissage.

« Je tiens encore à vous remercier de votre aide, monsieur. Je ferai en sorte que vous ne le regrettiez pas.

– J'y compte bien, jeune homme. Comme vous vous en apercevrez bientôt, je ne donne jamais rien pour rien. Si vous ne me donnez pas satisfaction, cela se passera très mal. Avec moi, vous avez beaucoup à gagner, contre moi, tout à perdre. Je sais que vous êtes assez intelligent pour comprendre où est votre intérêt. »

*

Frank Duffy était un jeune Irlandais trapu, au teint blafard. De larges taches de rousseur criblaient son visage ingrat, recouvrant des marques de petite vérole. Sous une chevelure rebelle, flamboyante, ses yeux bleus pétillaient d'intelligence.

Il se leva quand Tom sortit du sanctuaire de Mulvaney et lui tendit la main.

« Je dois vous emmener visiter les quartiers pauvres, dit-il. Il vaut mieux ne pas prendre un déjeuner trop copieux avant, car c'est plutôt éprouvant pour l'estomac. Si vous le voulez bien, allons d'abord au centre d'immigration de Ellis Island.

C'est là que tout commence pour la plupart des Irlandais. »

A Ellis Island, un bâtiment lugubre dominait de sa masse une multitude de petits baraquements. En y pénétrant, Tom fut accueilli par une étrange cacophonie. Dans cette tour de Babel, des gens parlaient en sourdine, comme s'ils craignaient d'élever la voix en présence des représentants de l'autorité. A ce fond sonore se superposaient des sanglots de nouveau-nés, de jeunes femmes et de vieillards.

Le cœur de Tom se serra à la vue de ces pauvres hères qui avançaient en une file sinueuse jusqu'aux grilles devant lesquelles des fonctionnaires revêches gardaient l'entrée de l'Amérique.

« Vous voyez cet enclos là-bas? demanda Frank en montrant un espace clôturé dans lequel s'entassait une foule hagarde. Ceux-là sont en quarantaine. Les fonctionnaires pensent qu'ils sont malades. Typhus, choléra, dysenterie ou simple bronchite, qui sait? Ils ont pu attraper n'importe quoi pendant la traversée. Manque de nourriture, d'aération, de lumière, d'eau potable... Moi, je suis arrivé ici sur un de ces bateaux – je n'étais qu'un gosse, mais je m'en souviendrai toute ma vie. L'odeur de vomissure qui emplissait la cale me poursuivra jusqu'à ma dernière heure. Vous voyez ce groupe là-bas? Les uns pleurent, les autres restent assis par terre, le regard perdu dans le vague. Les autorités les refoulent. Plutôt que de retourner d'où ils viennent, certains préfèrent se donner la mort ici même. »

Le jeune homme montra une porte qui ouvrait sur l'eau, à l'extrémité de la salle.

« On s'appelle ça le " coin du suicide " ».

A ce moment-là, une petite fille qui courait se jeta

dans les jambes de Tom et tomba. Il se baissa pour la prendre dans ses bras et essuya ses larmes.

Surpris par la gentillesse de Tom, Frank lui lança un regard soupçonneux. La jeune mère accourut. Elle était enceinte d'au moins huit mois et des cernes bistres entouraient ses yeux qu'elle tenait craintivement baissés. Tom lui tendit l'enfant sans un mot. Son estomac se noua : quelles étaient les chances de survie de ces deux êtres?

« Que se passe-t-il là-bas? » demanda-t-il d'une voix rauque pour chasser de son esprit la vision de la femme et de l'enfant.

Une foule d'hommes en haillons se pressait autour d'un individu bien habillé qui, juché sur une caisse, criait au milieu du brouhaha.

« C'est le recruteur des compagnies ferroviaires. Il rassemble les émigrants irlandais et leur tient de grands discours sur la fortune que l'on peut gagner dans les chemins de fer. Il leur promet un salaire journalier de trois dollars, logés, nourris, et un voyage gratuit dans l'Ouest! Une fois qu'ils sont embauchés et que le train les a emmenés dans le Kansas ou le Nebraska, ces malheureux découvrent que leur salaire n'est que de cinquante *cents* et qu'ils doivent payer quotidiennement soixante-quinze *cents* au magasin de la compagnie rien que pour se nourrir. Ils n'ont aucun moyen de revenir à New York et leur unique solution est d'accepter des heures supplémentaires, de travailler comme des bêtes de somme, dix-huit heures par jour, sept jours sur sept, jusqu'à la fin de leur contrat. Les compagnies ferroviaires emploient des Irlandais pour recruter leurs compatriotes, les salauds!

– Pourquoi personne ne les prévient-il de ce qui les attend?

– Si je le faisais, Tom, on retrouverait mon cadavre sur un chantier du New Jersey. Et que peuvent-ils espérer d'autre? Ici, il n'y a pas assez de travail pour tous, ni de logements. Dans l'Ouest, à l'expiration de leur contrat, ils peuvent s'établir sur un lopin de terre, prospecter ou trouver un emploi quelconque. De toute façon, les chemins de fer ne recrutent que les célibataires, ce qui laisse davantage de possibilités ici pour ceux qui ont des enfants en bas âge. Il me semble que c'est mieux ainsi. »

Tom s'étonna de cette résignation. Lui-même ne ressentait que colère et dégoût. A quoi bon quitter l'Irlande puisqu'il n'y avait, ici, ni rues pavées d'or, ni richesse facile, ni même survie assurée!

Il fut soulagé de quitter l'atmosphère humide et empuantie d'Ellis Island qui le pénétrait jusqu'aux os, et de retrouver l'air vif, frais, de l'extérieur.

Mais quand il arriva dans la circonscription de Mulvaney, il eut l'impression de tomber de Charybde en Scylla. Frank Duffy l'emmena dans des ruelles qui tenaient plutôt du cloaque. Derrière les fenêtres, des Irlandais les dévisageaient. Frank prévint Tom qu'il le conduirait avant la nuit dans les quartiers italien, juif, chinois et noir, et qu'il verrait partout la même désolation.

Ils montèrent un escalier raide et branlant dans un bâtiment qui sentait le moisi. Tom remarqua les couloirs sans fenêtres au carrelage noir et blanc, vieux de trente ans, tout au plus, mais déjà bien délabré.

« A quand remonte la construction de cet immeuble? demanda-t-il, en s'arrêtant au quatrième étage pour reprendre haleine.

– Les Irlandais ont commencé à arriver pendant la famine des années 40, répondit Duffy que la montée n'avait pas essoufflé. Les bateaux chargés d'immigrants arrivaient à une cadence inimaginable, si bien qu'on ne savait pas où caser tous ces gens. C'est alors que des spéculateurs ont bâti ces logements en toute hâte. Ils sont presque tous semblables. Des appartements sans ouvertures, sauf ceux qui donnent sur la rue. Et croyez-moi, en été, on y étouffe. Comme les pièces avec fenêtre sont trop chères, beaucoup de gens se contentent de celles qui n'ont qu'un conduit d'aération ou rien du tout. »

Ils recommencèrent à gravir les marches et parvinrent au dernier étage. Duffy frappa à une porte peinte en noir, gauchie et tout écaillée.

« C'est moi! C'est Duffy! cria-t-il. J'ai une surprise pour la petite Mary de la part de Mr. Mulvaney. »

La porte s'ouvrit aussitôt. Une vieille femme au visage émacié, vêtue d'une robe effrangée, les fit entrer dans une pièce sans fenêtre, mais pourvue d'une sorte de meurtrière qui donnait sur un mur de brique distant de cinquante centimètres. Ce doit être un logement avec conduit d'aération, se dit Tom. Une petite fille brune était assise à une table, une couverture sur les genoux. Elle regarda les visiteurs avec intérêt et adressa un signe de la main à Duffy. Elle devait avoir six ou sept ans.

« Mrs. Cochran, je vous présente mon ami Tom Dalton. Il va travailler pour Diamond Jim et vous rendra visite de temps en temps. »

La femme esquissa un timide sourire. Duffy plongea la main dans sa poche et en sortit un sac de bonbons. La petite pièce fut brusquement illuminée par la joie de la fillette. Elle bondit de dessous sa couverture et se précipita vers Duffy, se serrant contre ses genoux. Il sortit quelques pièces de son autre poche et les glissa dans la main de la femme avec un air complice.

« De la part de Mr. Mulvaney. Cela vous aidera un peu en attendant que les choses s'améliorent.

– Que Dieu vous bénisse, vous et Mr. Mulvaney! » dit la femme.

Tom se pencha vers l'enfant.

« Qu'es-tu en train de faire, petite?

– Je couds des garnitures sur des chapeaux, répondit-elle en zézayant. Je commence à être très adroite. Vous voyez, je sais coudre les fleurs, les perles, et aussi le voilage. Maman dit que je lui suis très utile maintenant que papa n'est plus là. »

La gorge de Tom se serra quand il comprit que la vieille femme était la mère de l'enfant et non sa grand-mère. Elle n'avait probablement pas dépassé la trentaine! Il tapota l'épaule de Mary et se tourna vers Duffy et Mrs. Cochran.

« Votre mari?... »

Elle serra son châle sur ses épaules.

« Il a été tué l'an dernier pendant les émeutes des docks, monsieur Dalton. Depuis, nous recevons l'aide de Mr. Mulvaney, Mary coud des garnitures et moi, je travaille à la pièce, je couds des bleus de travail. En hiver, nous avons du mal à joindre les deux bouts. Il y a le charbon à acheter en plus du reste. »

Tom fouilla dans ses poches, en espérant y trouver quelque chose à leur laisser. Elles étaient vides, aussi se contenta-t-il de leur souhaiter bonne chance, en sentant à quel point ces paroles étaient dérisoires. Puis les deux hommes partirent.

« D'après vous, Frank, combien peuvent-elles gagner?

– En supposant que la femme couse soixante à soixante-dix bleus de travail par jour, elle touche probablement deux dollars par semaine. Quant à la fillette, son salaire hebdomadaire doit être de cinquante *cents* à un dollar. Les employeurs exploitent les ouvrières à la tâche. Quand ces deux pauvresses remettent leur travail le vendredi, on leur dit que la moitié seulement est bien faite, si bien qu'elles ne reçoivent qu'un dollar et demi pour le tout. C'est là que Mr. Mulvaney intervient. Son rôle consiste en partie à veiller à ce que les gens de sa circonscription aient un salaire décent.

– D'où vient l'argent que vous distribuez comme secours?

– Du parti de Diamond Jim. Mais il y va aussi de sa poche. Quelques *cents* peuvent leur sauver la vie. »

Duffy avait dit cela d'un ton curieusement détaché. Tom pensa que toute cette tragédie ressemblait peut-être trop à la propre histoire de Frank pour qu'il ne la considérât pas comme banale. A moins qu'il ne fût simplement endurci à la longue.

Ils passèrent le reste de la journée à parcourir d'un bout à l'autre les quartiers contrôlés par le parti. Tom découvrit tous les stades imaginables de la détresse. Il vit des petites filles, aux vêtements taillés dans des sacs de jute, qui cousaient des perles sur les robes des riches, et des petits garçons auxquels il manquait des doigts, perdus à l'usine.

« Les industriels aiment embaucher les enfants, Tom, dit Frank. Ils leur reviennent moins cher que les adultes, et ils sont plus faciles à abuser. Le seul problème avec eux, c'est qu'ils sont épuisés l'après-midi. Cela provoque de nombreux accidents qui exaspèrent les patrons »

Avant la fin de la journée, Tom avait saisi le ressort essentiel de la politique new-yorkaise : si les démocrates étaient les seuls à s'occuper de vous et à nourrir votre famille, vous deviez voter pour eux et vous réjouir d'en avoir la possibilité.

3

Timothy O'Reilly, le comptable de Mulvaney, était un petit homme au crâne chauve entouré d'une frange de mèches ternes. Son lorgnon glissait perpétuellement à l'extrémité de son nez et il le réajustait d'une chiquenaude.

Sous des dehors un peu ridicules, il cachait une intelligence hors pair et un savoir considérable. Il prenait manifestement au pied de la lettre les instructions de Mulvaney : former Tom aussi rapidement que possible.

Daniel Tierney, l'avocat d'affaires, était d'une autre étoffe. Il s'attaquait aux problèmes avec l'obstination tranquille d'un chasseur de primes.

« Le droit est comme une courtisane, monsieur Dalton, disait-il. Utilisez-le du mieux que vous pouvez et évaluez exactement le prix de ses services. »

Il s'occupait de Tom le mardi, le jeudi et trois soirées par semaine, dont une consacrée aux échecs. Il estimait, en effet, que c'était là un excellent moyen d'exercer son intelligence et de garder l'esprit agile.

Tom travaillait du matin au soir, étudiait la nuit et les week-ends; il se trouvait enfin dans son élément. Il assimilait facilement la comptabilité, stimulé par l'enseignement intensif de O'Reilly. Mais le droit ne cessait de lui poser des problèmes. Il appréciait les moments passés avec Tierney, qu'il préférait à O'Reilly. Il admirait surtout son extraordinaire bibliothèque. Mais il demeurait étranger au droit, ce système pragmatique dans lequel la justice tenait peu de place et l'honnêteté aucune. Sa mémoire exceptionnelle faisait de lui un élève doué, mais son mépris pour cette matière lui causait du tort.

« Malgré vos dons, vous ne deviendrez jamais un grand avocat, Dalton, remarqua Tierney d'un air pensif lors d'une partie d'échecs. Vous cherchez toujours une solution juste plutôt qu'une solution efficace. Ce n'est pas le moyen de réussir dans ce métier.

– Je suppose que cela me rend imprévisible.

– Erreur, mon cher! Cela vous rend au contraire bien trop prévisible. Un avocat sans scrupule aurait tôt fait de flairer votre sensibilité. Il exploiterait vos émotions. Et il aurait raison.

– Pourquoi cela?

– Celui qui n'est pas capable d'agir avec opportunisme manque d'une arme absolument essentielle dans son arsenal professionnel. Mais vous surmonterez peut-être plus aisément votre handicap que si vous aviez à vous occuper d'affaires criminelles : il est plus facile d'être sans pitié quand il ne s'agit que d'argent.

– N'avez-vous jamais éprouvé les mêmes scrupules que moi, monsieur Tierney? Dans votre jeunesse par exemple?

– Pas une seule fois, mon garçon. Le droit et moi partageons la même opinion sur le bien et le mal : le bien, c'est ce qui l'emporte. »

O'Reilly était tellement exigeant qu'il décourageait les meilleures volontés. C'est pour cette raison que Mulvaney lui avait confié Tom, dans le dessein de mettre ce dernier à l'épreuve. Il aimait connaître les limites d'un individu. Cela pouvait se révéler utile s'il fallait un jour le briser.

O'Reilly détestait Tom; non pas qu'il lui fût antipathique, mais simplement parce qu'il était jeune et sans aucune expérience de la comptabilité. Les garçons de ce genre commettent des erreurs et cela, Timothy O'Reilly ne pouvait le supporter. La moindre faute dans un livre de commerce le mettait en rage. Il avait même renvoyé des comptables pour un pâté sur des pages par ailleurs impeccables ou parce que leurs colonnes de chiffres ne satisfaisaient pas à sa conception de la clarté. Il trouvait aussi la beauté de Tom indécente.

« Il ressemble plus à un don juan qu'à un comptable, confia-t-il un jour à sa femme. Dieu seul sait ce que Mulvaney a derrière la tête! Moi, je n'en voudrais pas dans mon personnel. De plus, d'après Tierney, ce bellâtre ne semble pas doué pour le droit.

– Mr. Mulvaney est intelligent, osa remarquer son épouse. Il lui réserve peut-être un travail particulier dont tu ignores tout. »

O'Reilly lui jeta un regard noir, poussa un grognement et se replongea dans la lecture de son journal.

« Que diriez-vous d'un peu de distraction, monsieur Dalton? demanda Duffy un soir où Tom s'acharnait sur un dossier, dans son bureau. Vous n'avez pas l'air en forme, cela ne vous réussit pas d'étudier sans arrêt.

– Vous avez raison, Duffy. Je suis en train de devenir un vrai rat de bibliothèque et l'indigestion me guette, mais O'Reilly ne sera pas content si je n'ai pas terminé ce travail pour lundi.

– On est vendredi! Venez, je vous ai préparé une leçon à ma façon, différente de celles de ce pète-sec. »

Tom repoussa sa chaise et massa ses tempes douloureuses. Il s'était pris d'affection pour Duffy. Cela lui ferait plaisir de boire une ou deux bières avec ce drôle de petit bonhomme, dans un des bars qu'il fréquentait assidûment.

« J'accepte avec joie cet intermède. Où m'emmenez-vous?

– J'ai deux bonnes places pour l'Hippodrome où un de mes copains est à l'affiche.

– Un music-hall? J'ignorais que vous fréquentiez ce genre d'établissement.

– Je suis capable de réserver bien des surprises », répondit Frank dont le visage, comme d'habitude, demeurait impassible.

Ils sortirent dans l'avenue bordée d'arbres. En ce début d'été, l'air tiède embaumait.

« Vous en avez mis un coup ces derniers mois, monsieur Dalton. O'Reilly vous abrutit de travail. Savez-vous pourquoi?

– Parce qu'il aime son métier, je suppose.

– C'est un fait. Mais il y a une autre raison.

– Laquelle?

– Il avait un fils. Un bon à rien qui accumulait les bêtises. Il fallait sans arrêt payer des cautions pour le faire sortir de prison.

– Qu'est-ce que cela a à voir avec moi?

– Il est jaloux de vous. Vous avez l'intelligence et la volonté que son Willy n'a jamais eues. De plus, Mulvaney vous aime bien et vous offre la possibilité de réussir. A mon avis, O'Reilly trouve que tout est trop facile pour vous, c'est pourquoi il essaie de vous en faire baver. »

Tom jeta un coup d'œil à son compagnon.

« Et vous, Frank? Pensez-vous la même chose?

– Moi? Pas le moins du monde! Toutes ces études, tous ces chiffres et toutes ces discussions m'enverraient vite dans la tombe! »

Il s'interrompit un instant, pensif.

« De toute façon, j'aime mon travail. Je suis vraiment utile à Mr. Mulvaney. Je ne suis pas sûr qu'il pourrait se passer de moi!

– Vous avez probablement raison », dit Tom, émerveillé par la simplicité du jeune homme.

Le dévouement inconditionnel de cet orphelin à son bienfaiteur avait quelque chose de pathétique, mais Dufffy était également doté de courage, de bonté, et même d'un certain sens de l'honneur. Il pouvait être cruel aussi, presque à la manière d'un enfant. Le jour où il avait tué un homme qui tentait de s'introduire par effraction dans le bureau de son patron, il avait annoncé la nouvelle à Diamond Jim avec un sourire innocent. Croyant Duffy bouleversé par cette expérience, Tom lui avait exprimé sa sympathie et avait été stupéfait de sa réaction.

« Il essayait de voler, monsieur Mulvaney. Je *devais* le tuer. »

4

Thomas Dalton s'arrangeait pour côtoyer Deirdre aussi souvent que possible. Ils dînaient ensemble, en présence de Diamond Jim, dans l'immense salle à manger rococo, avec sa décoration tapageuse, ses meubles d'acajou et les tableaux anciens achetés, comme le reste, dans une salle des ventes. Aucun portrait de Mrs. Mulvaney n'ornait les murs; elle était en effet décédée quelques années après la naissance de sa fille, bien avant que son mari fit fortune.

C'est avec plaisir qu'il découvrit que Deirdre était très matinale, car le petit matin avait toujours été son moment préféré. Il chérissait secrètement l'idée qu'elle se levait comme lui dès l'aube; c'était donc une joie qu'ils partageaient.

Pour engager la conversation avec elle, il devait attendre que les circonstances lui fournissent un prétexte. Il guettait donc le moment propice, couvait des yeux celle qu'il aimait, admirant, pendant le repas du soir, les mille reflets jouant dans sa chevelure, charmé par son rire, par la tendresse avec laquelle elle parlait des enfants dont elle s'occupait. Il savait qu'elle n'employait pas le temps passé dans la bibliothèque à lire des romans à l'eau de rose, mais les œuvres d'auteurs que lui-même appréciait. Il admirait la courbe gracieuse de son cou quand elle était assise, sans qu'elle se doutât qu'il l'observait. Elle eût rougi d'apprendre qu'il connaissait les contours de sa jeune poitrine et de sa taille fine aussi bien que s'il l'avait tenue dans ses bras.

Elle aussi semblait bien l'aimer. Elle lui souriait lorsqu'ils se croisaient dans l'escalier. Il lui arrivait même de le regarder à la dérobée, et en sa présence elle prenait une démarche un peu plus féminine. En général, Tom discernait très vite si une femme le désirait ou non, mais dans ce cas la réponse était si importante qu'il n'osait se prononcer.

« Pourquoi avez-vous toujours l'air si triste et si sérieux, monsieur Dalton? » demanda Deirdre un matin où ils se promenaient ensemble dans le jardin fleuri de roses et de pivoines encore couvertes de rosée.

Elle avait remarqué que le protégé de son père aimait à y faire un tour chaque fois qu'il en avait le temps. Elle s'était arrangée pour provoquer cette rencontre, avant le petit déjeuner, en espérant qu'elle paraîtrait fortuite. Elle ne pouvait se permettre plus d'audace.

« Je ne pensais pas que cela se voyait si bien, Miss Mulvaney.

– Depuis le premier soir où vous êtes venu rendre visite à mon père, j'ai envie de vous voir seul à seul... »

Elle savait qu'elle allait trop loin, mais elle avait trop attendu, en vain, qu'il prenne l'initiative.

« Nous discutons pendant le dîner ou dans la bibliothèque, mais j'attendais depuis longtemps une occasion de vous parler... hors de la présence de mon père. »

Tom lui lança un regard interrogateur.

« Miss Mulvaney, si je n'ai pas été plus hardi, c'est simplement parce que je n'ai encore rien à vous offrir. J'attendais de gagner suffisamment d'argent pour avoir le droit de...

– Monsieur Dalton, je vous assure que vous n'avez pas besoin d'être riche pour devenir mon ami. Vous m'obligeriez en acceptant de causer avec moi de temps à autre. Vous lisez sans cesse, moi aussi. Je pensais que nous pourrions peut-être parler de littérature. »

Il ne s'était donc pas trompé : elle éprouvait de l'affection pour lui. Il se sentit transporté de joie.

« Croyez-vous que votre père verrait notre amitié d'un bon œil?

– Je crois qu'il n'élèverait aucune objection du moment que vous ne me courtisez pas.

– Mais c'est justement ce que je veux, ce que je désire de toutes mes forces. »

Il mourait d'envie de lui prendre la main, mais il se retint.

« Je... je crois que je le désire aussi, monsieur Dalton. Mais puisque c'est impossible pour le moment, nous pourrions peut-être commencer par être amis? »

Tom se tourna vers la jeune fille.

« Oui, Miss Mulvaney, j'aimerais être votre ami. Mais il faut que j'obtienne le droit de vous faire la cour. En attendant, nous pouvons parler de livres, de la vie, de tout ce qui vous intéresse. Je brûle de mieux vous connaître. »

Jamais Deirdre n'avait éprouvé de si étranges sensations devant un homme. Elle ne comprenait pas ce trouble qui s'emparait de son esprit et de son corps.

« Monsieur Dalton... moi aussi j'aimerais vous connaître! »

Honteuse de cet aveu, elle rougit et s'enfuit en courant. Tom exultait : l'attirance était donc réciproque! Il se sentit prêt à travailler comme un forçat pour mériter Deirdre.

La semaine suivante, il fut convoqué dans le bureau de Mulvaney. Une entrevue, un dimanche matin, en présence de Tierney et O'Reilly? C'était pour le moins étrange. Quand il entra, il vit d'abord le visage du comptable plus blême que jamais. Tierney, impeccablement vêtu, comme toujours, se tenait près de la cheminée. Quant à Jim, il trônait derrière son bureau. L'atmosphère paraissait tendue.

Tom salua d'un signe de tête les deux collaborateurs de son patron et souhaita le bonjour à ce dernier en l'interrogeant du regard. Il était rarement en présence des trois hommes à la fois. Apparemment quelque chose d'important se préparait.

« Asseyez-vous, mon garçon, dit Mulvaney. Vous travaillez pour moi depuis deux ans. Jusque-là, vous vous êtes parfaitement débrouillé. Mais vous n'avez jamais eu à traiter une affaire sans les conseils de ces messieurs. Le moment est venu de faire vos preuves. »

Il adressa au jeune homme son sourire de politicien. Instantanément, Tom fut sur ses gardes.

« Je serai ravi de prouver que vous ne vous êtes pas trompé sur moi, monsieur.

– Il existe aux environs de Boston une petite compagnie de navigation que je convoite depuis quelque temps. Elle permettrait le transport de nos produits en cas de guerre. »

Il s'interrompit pour tirer une bouffée de son havane et jeta un regard à chacun de ses collaborateurs.

« Bien entendu, cette compagnie n'est pas en vente. Elle a deux propriétaires : un frère et une sœur. Ils ont actuellement des difficultés de trésorerie et, si on manœuvre bien, ils seront obligés de vendre. Tierney s'est déjà assuré le concours de quelques banquiers bostoniens qui leur couperont tout crédit. »

Mulvaney écrasa son cigare.

« Je veux cette compagnie, Dalton. Et je veux savoir si vous avez assez de cran pour vous en emparer. Si vous réussissez, je vous verse une forte prime. »

Tom prit une longue inspiration. C'était donc là l'épreuve! Saurait-il oublier ses scrupules et priver un homme et une femme de leurs moyens d'existence? O'Reilly l'observait d'un air dédaigneux et Tierncy semblait attendre avec un réel intérêt la réponse de son élève.

« J'aurai besoin d'un certain nombre de renseignements avant d'entreprendre cette mission, monsieur. Je suppose que M. O'Reilly et M. Tierney sont ici pour me les fournir. »

Mulvaney fit un signe de tête à ses deux acolytes qui plongèrent la main dans leur serviette pour en sortir des dossiers.

« Vous trouverez ici toutes les données financières, dit O'Reilly. Je vous suggère de les étudier avant toute discussion. C'est une affaire relativement facile, à condition d'avoir du cran. »

Tierney haussa les sourcils. A son tour, il tendit deux dossiers.

« Les complexités de la loi sont comme toujours un peu plus subtiles que celles de la finance, monsieur Dalton. J'ai rassemblé une masse d'informations sur les dirigeants de la compagnie et sur le climat juridique de la communauté maritime à Boston. Quand vous aurez tout examiné, nous discuterons des différents moyens d'action qui s'offrent à vous. Nous pourrions peut-être renoncer à notre partie d'échecs de jeudi. Il s'agit cette fois de préparer un match d'une tout autre envergure... »

Tom se sentait partagé entre plusieurs sentiments. Certes, il souhaitait réussir et payer sa dette à l'égard de Mulvaney. De plus, une prime substantielle lui permettrait peut-être de courtiser Deirdre. Mais oserait-il mettre un homme et une femme sur la paille? A cette pensée, son sang se glaçait. Et s'il n'en avait pas le courage, que faisait-il en compagnie de ces hommes pour qui l'exercice du pouvoir était tout? Il s'attendait depuis longtemps à une mise à l'épreuve. Maintenant qu'il était au pied du mur, il ne savait plus ce qui, de l'excitation ou du dégoût, l'emportait en lui.

« Je ferai de mon mieux, monsieur Mulvaney. »

Tom referma le dernier dossier, les tempes serrées par une violente migraine. L'histoire et même l'intimité d'une famille étaient consignées dans les rapports qu'il venait de lire. Ils retraçaient, tout d'abord, la vie d'un marin, John Marshall qui, après avoir bourlingué en Orient, avait fondé une petite compagnie maritime, la Marshall Shipping. Son sens aigu des relations publiques compensait son inexpérience dans le domaine commercial. Très tôt, il avait formé ses deux enfants, Henry et Abigail, et les avait associés à la marche de l'entreprise. A sa mort, ceux-ci avaient pris les rênes. Grâce à leurs qualités de gestionnaires et à leur entente parfaite, la compagnie était devenue prospère. Malheureusement pour eux, cela avait attiré l'attention de Diamond Jim. Cette société, assez petite pour être absorbée sans trop de difficultés, saine et en plein développement, lui permettrait de s'introduire dans le négoce maritime. De manœuvres sournoises en machinations, Henry et Abigail avaient été insidieusement poussés dans une impasse financière.

Pendant qu'il classait les papiers qui jonchaient son bureau, Tom songea que ce voyage à Boston lui permettrait de faire le point sur une question qui hantait son esprit. Il posa une feuille de papier à lettres sur le bureau, saisit son porte-plume, le trempa dans l'encrier et commença à écrire. *Ma chère mère...*

*

Depuis plus d'une heure, Mary Martin restait effondrée sur une chaise, devant son secrétaire. Elle ne parvenait pas à se remettre du choc provoqué par la lettre de Tom. Le moment qu'elle appréhendait depuis tant d'années était arrivé. Pouvait-elle encore reculer, dire que Thad allait ouvrir un grand magasin, qu'il ne fallait pas lui infliger, en ce moment, une telle épreuve? Que la bonne marche de ses affaires en souffrirait, son foyer aussi, ses enfants? Et le petit Sean? Oui, elle écrirait cela à Tom. Il comprendrait.

Pourtant, si c'était sa dernière chance de revoir son fils? Comment renoncer à cette rencontre qu'elle désirait tant? Mais comment rattraper des années de mensonge? Comment ne pas détruire ce qu'elle avait bâti avec Thad?

Elle reboucha la bouteille d'encre, enfouit sa tête dans ses mains, secouée de sanglots.

Enfin, au bout d'un long moment, elle releva la tête et s'essuya les yeux. Elle savait ce qui lui restait à faire.

5

L'émotion étreignait Tom quand le train entra en gare de Boston. Il se souvint de cet instant où, tout enfant, il agitait sa petite main en signe d'adieu, derrière la carriole qui conduisait sa mère au bateau en partance pour l'Amérique. Il en souffrait encore. Le chagrin, qu'il s'était efforcé de réprimer si longtemps, resurgissait tout à coup.

Pendant des années, il avait attendu que Mary l'invite, suivant en cela les conseils de tante Elly. En vain. Aujourd'hui, sa mission décidait de tout. J'ai deux problèmes à affronter dans cette ville, s'était-il dit. Quand ils seront résolus, je me connaîtrai mieux.

Sa mère, pourtant, ne lui manquait plus vraiment. Il ne ressentait plus cette douleur intense qui le torturait à Saint-Ignace. Mais tandis qu'il avançait dans les rues animées de Boston, serrant dans sa main gantée l'adresse que lui avait donnée le père Grogan, sa détermination fléchissait. Il se força à accélérer le pas.

La maison, située dans Beacon Hill, avait une façade de brique rouge et des volets fraîchement repeints en noir. Une plaque de cuivre portait le nom des Martin. Tom frappa, le cœur battant. Il se souvint de ce jour où, cognant à une autre porte, il avait été éconduit par son oncle Randolph. Aurait-il plus de chance, cette fois?

Une domestique habillée de noir vint ouvrir. Mr. Martin avait manifestement réussi car le vestibule donnait une impression de confort cossu. Tom éprouva des sentiments contradictoires à la vue de cette prospérité. Etait-ce la colère ou le soulagement qui l'emportait?

« Thomas Dalton aimerait voir Mrs. Martin, dit-il.

– Est-ce que Madame attend votre visite, monsieur?

– Je n'en sais rien. Je lui ai écrit que je viendrais aujourd'hui, mais elle n'a pas eu le temps de me répondre. »

Il lui tendit sa carte de visite et elle s'éloigna rapidement, le laissant à ses pensées.

La voix grave d'un homme interrompit sa méditation.

« Monsieur Dalton, je suis Thad Martin, le mari de votre tante. Je suis ravi de faire votre connaissance. »

Il serra la main de Tom avec une sympathie évidente.

« Je suis désolé de ne pouvoir rester avec vous, je dois aller au magasin. Ma femme va vous recevoir dans quelques instants. »

Mr. Martin considéra le jeune homme d'un regard pénétrant.

« Depuis combien de temps n'avez-vous pas vu votre tante? »

Tom était bouleversé : sa mère le faisait donc passer pour son neveu!

« Il y a vingt ans que je n'ai pas vu Mary Dalton. Je n'étais qu'un enfant la dernière fois.

– Je vois. Eh bien, j'imagine que vous n'aurez pas de peine à trouver des sujets de conversation. La vie de votre tante a beaucoup changé depuis notre mariage, mon garçon. Vraiment beaucoup changé.

– Je m'en rends compte, monsieur Martin.

– Je dois partir, maintenant. Peut-être pourriez-vous dîner avec nous pour que nous fassions plus ample connaissance? »

Sans attendre la réponse de Tom, il poursuivit :

« Mettez-vous à votre aise dans le salon en attendant que mon épouse ait fini de s'habiller. Ce ne sera pas long. Savez-vous que vous lui ressemblez, monsieur Dalton?

– Il paraît que je tiens davantage de mon père.

– Oui, oui, bien sûr », dit Thad d'un ton distrait.

En pensée, il se trouvait déjà au magasin.

« Je vous souhaite une bonne journée, monsieur Dalton, marmonna-t-il en enfonçant d'une chiquenaude sa toque de castor sur son crâne chauve et en relevant le col de fourrure de son manteau. Nous nous reverrons.

– Oui », répondit Tom qui n'en croyait rien.

« M'en veux-tu beaucoup, Tom? »

La femme qui avait refermé la porte du salon derrière elle portait dignement ses quarante-cinq ans. Ses cheveux, jadis couleur de feu, grisonnaient. Son corps avait beaucoup forci, mais elle était d'une élégance parfaite : coiffure à la mode, vêtements coûteux et seyants.

« J'éprouve pour toi des sentiments tellement contradictoires qu'il m'est très difficile d'y voir clair. »

L'émotion étranglait sa voix. En face de lui, sa mère pâlissait.

« Thomas. Mon petit Tom! »

Elle s'avança vers lui, les bras tendus, le regard implorant. Malgré sa volonté de ne pas céder, il la prit dans ses bras.

« Maman, que t'est-il arrivé? Pourquoi ton mari ne sait-il pas qui je suis? Ne t'ai-je pas manqué durant toutes ces années? Comment as-tu pu trahir ainsi ma confiance? »

Il devenait si véhément qu'elle s'écarta et se redressa comme pour rassembler ses forces.

« J'ai si souvent vécu ce moment en imagination, mon fils! Que te dire? Comment t'expliquer?

Ecoute-moi jusqu'au bout avant de me juger. Tu as sans doute le droit de me haïr, Tom, mais il faut que tu saches d'abord ce qu'a été ma vie. »

Tom lui lança un regard dur.

« D'accord. Mais pas ici, pas dans la maison de cet homme.

– C'est aussi la mienne, Tom, et celle de mes enfants.

– Je sais, c'est pourquoi je ne peux pas y rester. »

Mary remit de l'ordre dans sa coiffure, s'essuya les yeux avec un mouchoir brodé qu'elle tira de sa manche et fit face à l'adulte qu'était devenu son fils.

« Tu es tout le portrait de Michael. Ton père est vivant à travers toi. »

Elle se détourna, une expression de souffrance sur le visage.

« Tu ne peux pas imaginer le chagrin que me causent ces souvenirs. J'ai cru en mourir.

– Mais tu as survécu, semble-t-il. »

Elle leva la tête avec dignité, comme Tom se rappelait l'avoir vue faire en signe de provocation quand elle passait devant les voisins qui l'insultaient. Elle planta son regard dans celui de son fils et s'adressa à lui d'un ton calme mais résolu.

« J'ai payé mon dû, Thomas. La vie ne m'avait réservé que souffrance, humiliation et misère. Grâce à Dieu, je l'ai rendue plus belle pour mes enfants. Crois-tu que je n'aie pas souffert de perdre Michael, puis d'être obligée de t'abandonner? S'il avait existé un moyen de te garder auprès de moi, je l'aurais utilisé. Mais tu peux être certain que si j'étais allée à l'encontre du désir de ton père en t'emmenant avec moi, jamais nous n'aurions pu survivre. »

Tom écoutait sa mère d'un air renfrogné, sans chercher à l'interrompre.

« Sais-tu ce qu'est la vie d'une domestique? demanda-t-elle d'une voix amère. On travaille sans relâche, on rêve d'autre chose, on économise, on apprend et on espère, seule, dans un pays hostile, le cœur déchiré d'avoir tout perdu. As-tu la moindre idée de la manière dont est considérée une femme qui a un enfant et pas de mari? Tu connais le nom que l'on donne à celles qui se trouvent dans cette situation! Crois-tu que Mr. Martin aurait épousé une femme pareille? Il représentait ma seule chance de vivre enfin. Et je préservais la possibilité de te revoir un jour. Déteste-moi si tu le veux, tu en as le droit, je ne te le reprocherai pas. Je souffre de te perdre une seconde fois, mais sache que je n'éprouve aucune honte pour ce que j'ai fait. »

Tom serrait les poings. Il se détourna, comme si le fait de ne pas regarder sa mère lui donnait plus de force pour parler. S'il admettait ses raisons, sa propre douleur n'en était pas pour autant atténuée.

« Je t'ai attendue, maman. Je t'ai toujours attendue. Pendant toutes ces années, je n'ai jamais cessé d'avoir besoin de toi. Je t'aimais. Parfois, je te haïssais... mais tu as toujours eu ta place dans mon cœur. »

Sa voix se cassa. Il dut s'interrompre un instant.

« Jusqu'à ce jour, je n'ai pensé à toi que comme un enfant pense à sa mère, jamais comme un homme qui comprend les chagrins d'une femme. »

Il se retourna.

« Non, je ne te déteste pas. Seulement, tu ne ressembles pas au souvenir que j'avais gardé de toi. Ce n'est pas ta faute, mais celle de ma mémoire et du destin. »

Ils restèrent face à face, séparés par un abîme que les mots se révélaient impuissants à combler. Comment lui faire comprendre ce que m'a coûté, d'angoisse et d'efforts, ma lutte pour la vie? songeait Mary. Sa voix, devenue rauque, brisa le silence.

« Je te raconterai mon existence, si tu le souhaites. Moi, j'ai très envie de savoir ce qui t'est arrivé depuis notre séparation. »

Ces paroles toutes simples émurent Tom. La colère s'effaça lentement de son visage et ce fut d'une voix plus calme, bien qu'encore tendue, qu'il répondit :

« Tant d'années se sont écoulées et nous avons tellement souffert. Par quoi commencer?

– Allons faire un tour en voiture, Tom. Je te montrerai Boston et nous pourrons peut-être nous retrouver. Je te parlerai de ton père. Il m'a laissé quelque chose qui te revient. »

Elle prit un châle de velours bordé de fourrure sur une table et le jeta sur ses épaules. Ils parcoururent des rues animées, s'arrêtèrent, un instant, devant le nouveau magasin de Thad Martin, le commerce qui se développait le plus rapidement dans toute la ville. Ils passèrent devant les taudis des immigrants et les hôtels particuliers des Bostoniens de vieille souche, longèrent le port débordant d'activité, suivirent les artères commerçantes. Mary n'était plus la paysanne de Drumgillan rêvant de devenir une dame, mais une femme à l'esprit vif qui s'exprimait avec aisance.

Elle lui parla de la vie politique de Boston, des notabilités qu'ils recevaient à dîner, de la prospérité du clergé catholique et de sa certitude que sa seconde famille ne connaîtrait jamais la pauvreté ni la souffrance.

Tom fut désarmé par la sincérité et l'assurance de sa mère, par son rire facile et son bon sens. A la fin de la matinée, il avait appris à l'aimer et c'est presque sans ressentiment qu'il l'écoutait énumérer les talents de ses enfants et les succès de son mari.

« J'ai un cadeau pour toi, Tom », dit-elle quand, la promenade terminée, ils se retrouvèrent devant la maison de Beacon Hill.

Elle sortit du col de sa robe un pendentif en forme de cœur accroché à une chaînette en or, ouvrit le fermoir et glissa le bijou dans la main de Tom.

« Ce médaillon contient une miniature de ton père. Il est à toi.

– Tu affirmais pourtant que tu ne t'en séparerais jamais.

– C'est vrai. J'ai dit beaucoup de choses avant de savoir ce que la vie me réserverait. Ce portrait est resté caché pendant vingt ans au fond d'un tiroir. J'avais besoin de perpétuer le souvenir de Michael. Maintenant que je t'ai vu, je sais qu'il vit en toi. Un jour tu le donneras à la femme que tu aimes.

– Es-tu heureuse, maman? »

Mary porta la main à son front pour rejeter ses cheveux en arrière. Il eut un pincement au cœur en reconnaissant ce geste.

« J'ai connu mon seul vrai bonheur dans une petite chaumière avec les deux êtres que j'aimais le plus au monde. J'ai parfois l'impression que cela s'est passé dans une autre vie. »

Elle soupira.

« Avec Mr. Martin, mes enfants et ma maison, je suis comblée. Tu n'as aucune crainte à avoir ni pour moi ni pour les miens. »

Elle lui tapota la main.

« Et toi, Tom? Es-tu heureux?

– Je suis amoureux d'une jeune fille, mais je ne suis pas encore assez riche pour la demander en mariage. J'ai de bonnes raisons de croire que je ne lui suis pas indifférent. Elle fera mon bonheur, maman, je le sens.

– Prends bien soin d'elle, Tom, et veille à ce que

jamais rien ne vous sépare. Dieu ne serait pas assez cruel pour t'infliger cet autre malheur.

– Je t'aime, maman, dit-il, conscient cependant que les années avaient insidieusement modifié le sens des mots.

– Moi aussi, mon fils. »

Il la serra longuement dans ses bras, puis descendit de la voiture. Se reverraient-ils un jour? Ni l'un ni l'autre n'avaient proposé une deuxième rencontre.

Thomas Dalton s'éloigna d'un pas lent, les mains dans les poches, le regard absent. La femme qu'il venait de voir ressemblait si peu au souvenir qu'il avait gardé de sa mère. Elle lui rappelait étrangement les épouses au regard triste qu'il avait connues à Dublin.

Ainsi tante Elly ne s'était pas trompée : « Ce n'est plus pour elle que tu dois vivre, c'est pour toi. Tu dois prendre ta revanche sur le destin, et ta mère aussi! »

C'est ce que Mary avait fait. Au prix de transformations telles que son fils la reconnaissait à peine. Comment s'en étonner? Si elle était restée aussi vulnérable qu'autrefois, elle n'aurait pu survivre. Mais le lien qui l'unissait à Tom n'existait plus. Peut-être était-ce mieux ainsi!

Derrière une fenêtre, Mary regardait son fils descendre la colline. Elle était tentée de courir derrière lui, de le rattraper. Mais à quoi bon?

Qu'il était beau! Fort et doux comme son père, solide et intelligent! Il éveillait en elle des sentiments contradictoires : le bonheur de l'avoir revu, la tristesse de l'avoir perdu, le soulagement de le savoir hors d'affaire... Elle éprouva le désir de se rendre à l'église pour remercier le Seigneur. De quoi au juste? D'avoir perpétué Michael à travers son fils? D'avoir permis à ce dernier de surmonter sa solitude? Ou, tout simplement, de lui avoir accordé cette joie, à elle, d'être mère et de constater que Tom ressemblait exactement à ce dont elle rêvait?

6

Abigail Marshall était célibataire et, à en juger par son profil chevalin, elle le resterait jusqu'à sa mort.

Elle accueillit Tom avec simplicité et lui présenta son frère que, manifestement, elle adorait.

Henry, un homme effacé, traitait sa sœur avec une affection mêlée de respect. Il la laissait débattre elle-même de leurs affaires.

« Vous voulez racheter notre société, déclara-t-elle d'emblée. Or, nous ne souhaitons pas la vendre. Parce qu'elle nous vient de notre père, et parce qu'elle constitue notre gagne-pain. »

Tom ne s'attendait pas à une entrée en matière aussi directe.

« Vous êtes dans une situation financière difficile, Miss Marshall. Ne pensez-vous pas qu'il serait raisonnable de vendre, et d'investir ensuite le capital dont vous disposerez?

– Monsieur Dalton, notre père a consacré l'essentiel de son existence à la Marshall Shipping. Nous aussi, nous lui vouons la nôtre. Elle représente notre héritage, notre place dans la société, et nos plus chers souvenirs. »

Une absence totale de coquetterie caractérisait Abigail. De toute évidence, une mise et une conduite irréprochables étaient, pour elle, les qualités principales d'une femme. Sous son chignon austère, entremêlé de fils d'argent, ses yeux luisaient d'intelligence. Au cours de la discussion, elle défendit ses positions avec fermeté, faisant preuve à la fois d'habileté et d'honnêteté. Comment Mulvaney avait-il réussi à la mettre en difficulté?

« Invitez-moi donc à dîner, Miss Marshall, demanda Tom, sur une impulsion. Nous reprendrons cette conversation plus détendus.

– Pour quelle raison accueillerais-je à ma table un homme qui entend me déposséder? répondit-elle, une lueur malicieuse dans le regard.

– Parce que mon propre avenir est en jeu, autant que le vôtre. Si nous faisons plus ample connaissance, nous trouverons bien un moyen de régler nos problèmes au mieux de nos intérêts respectifs. »

Elle inclina la tête en souriant.

« C'est entendu, monsieur Dalton, soyez ici à sept heures. Ne vous attendez pas à une cuisine raffinée, mon frère et moi avons des goûts frugaux. »

Quand Tom quitta le bureau, un plan commençait à s'ébaucher dans son esprit. Son entrevue avec sa mère l'avait rendu plus fort, plus indépendant. Rien ne pourrait l'abattre, ni personne. A vingt-neuf ans, le moment venait pour lui de s'affirmer.

Les quais de Boston présentaient un aspect différent de ceux de New York. Le port était propre, les dockers travaillaient avec entrain; la misère ne marquait pas leurs traits. Tom enquêta auprès d'eux, sur les Marshall. Partout, il obtint la même réponse :

« Henry Marshall? Vous ne rencontrerez jamais meilleur homme que lui. Il vous donnerait sa chemise. Abigail? Une femme rudement intelligente, qui calcule aussi vite qu'une machine. Elle connaît bien son métier. Et elle trouve le temps de s'occuper des pauvres! »

« Reprendrez-vous du pudding, monsieur Dalton? » demanda Abigail, le visage légèrement rougi par la chaleur des fourneaux.

Elle avait revêtu pour la circonstance une robe de gabardine vert foncé ornée de manchettes et fermée par un col en dentelle. Il vint à l'esprit de Tom qu'elle avait peut-être été attrayante dans sa jeunesse.

« Miss Marshall, si je me resservais, les boutons de mon gilet risqueraient de sauter. Votre repas était succulent. »

Abigail dénoua les cordons de son tablier et le plia soigneusement.

« Espéreriez-vous m'avoir par la flatterie?

– Abigail! s'écria son frère, choqué. Mr. Dalton n'a rien fait pour être insulté de cette façon. »

Elle prit une longue inspiration, puis elle baissa la tête.

« Tu as raison, Henry. Je vous présente toutes mes excuses, monsieur Dalton. Je deviens insolente parce que je suis épuisée de lutter depuis des mois pour sauver notre compagnie. Et aussi parce que je ne supporte pas d'avoir été stupide au point de me laisser acculer à cette situation par Mulvaney. »

Pour la vingtième fois de la journée, Tom passa en revue les possibilités qui s'offraient à lui. Il pouvait se contenter de remplir sa mission; personne ne lui en tiendrait rigueur. Abigail Marshall avait trouvé plus malins qu'elle. Contre des hommes aussi impitoyables, aussi retors, que O'Reilly et Tierney, soutenus par la puissance financière de Mulvaney, elle n'était pas de taille. Il n'y avait rien d'humiliant à s'incliner devant des ennemis à ce point supérieurs.

Il pouvait également abandonner la partie, reconnaître qu'il n'avait pas le cran de mener à bien cette affaire. Il devrait alors renoncer définitivement à Deirdre.

Restait une troisième solution : trouver un compromis qui lui épargnerait le remords de commettre une injustice et qui serait acceptable par Mulvaney.

« Miss Marshall, dit-il, j'aimerais maintenant vous parler des activités de mon patron.

– Si cela doit être long, dit Henry, je propose que nous passions au salon. Vous accepterez bien un verre d'alcool de mûre. C'est une spécialité de ma sœur. Je pense que vous l'apprécierez autant que sa cuisine. »

Tom suivit ses hôtes. Il comptait employer la fin de la soirée à sonder leur connaissance des affaires. Il n'avait, en revanche, aucunement l'intention de leur parler de sa vie sur les docks et, après, de son amour pour Deirdre. C'est pourtant ce qu'il fit, avant de sceller un accord qui risquait de mettre un terme à sa carrière chez Mulvaney.

Assise au bord de son lit, Deirdre pensait à celui qu'elle aimait. Bien qu'il fût étrangement réservé avec elle, elle était certaine de ne pas lui être indifférente.

Quelle robe allait-elle choisir pour son retour de Boston? Peut-être la jaune pâle, fleurie de minuscules boutons de rose; il paraissait l'aimer. Elle se leva et se planta devant un miroir. A dix-neuf ans, elle avait déjà la poitrine bien ronde. Elle l'effleura. Troublée par sa propre audace, elle se demanda ce qu'elle éprouverait si Tom la caressait. Elle se souvint du jour où ils s'étaient frôlés dans l'escalier. Elle avait trébuché, il l'avait retenue et serrée contre lui. Pendant ce court instant, elle avait failli s'évanouir de joie.

« Puis-je voir Mr. Mulvaney, s'il vous plaît?

– Il vous attend, monsieur Dalton », répliqua la secrétaire en lui ouvrant la porte.

Debout contre la croisée, Diamond Jim le fixait de ses yeux perçants.

« Asseyez-vous, Dalton. Je suppose que vous venez me rendre compte de votre mission.

– En effet, monsieur. J'ai apporté une modification à votre plan... »

Mulvaney fronça les sourcils.

« Eh bien, venez-en au fait.

– J'ai acheté la Marshall Shipping, commença Tom après avoir inspiré profondément.

– C'est ce que j'attendais de vous.

– Et j'ai laissé les Marshall à la tête de la société.

– Vous avez fait cela?

– Oui, monsieur. Je les ai engagés à vie.

– Mais qu'est-ce qui vous a pris?

– La sœur est remarquable et le frère apprécié de tous. Ils sont respectables, intelligents, courageux. Ils feront du bon travail.

– Des gens assez stupides pour se laisser piéger, oui!

– Tout le monde peut commettre une erreur, surtout quand on doit lutter contre Tierney et O'Reilly. »

Mulvaney ricana.

« Avouez plutôt que vous avez manqué d'estomac!

– Il est vrai que je n'ai pas eu le courage de mettre les Marshall à la rue. Mais jamais je ne leur aurais confié la direction de la société si je n'avais pas estimé qu'ils étaient les plus compétents. Si on les aide au lieu de leur mettre des bâtons dans les roues, la Marshall Shipping vous donnera toute satisfaction.

– Et qu'auriez-vous fait, dans votre infinie sagesse, s'ils n'avaient pas été à la hauteur?

– Je crois que j'aurais suivi toutes vos instructions.

– Vous croyez! s'écria Mulvaney. En affaires, il faut savoir et non pas croire! Je vous paie pour exécuter mes ordres!

– Dans ce cas, c'est Duffy qu'il vous faut, monsieur, pas Tom Dalton. »

Mulvaney l'examina d'un air attentif. Enfin, il laissa tomber :

« Allez annoncer la nouvelle à vos professeurs. »

Alors que Tom se levait, il ajouta :

« Bien entendu, vous ne toucherez pas la prime convenue. Dans notre métier, le cœur fait toujours perdre de l'argent. Que cela vous serve de leçon. »

7

Contre toute attente, le salaire de Tom fut légèrement augmenté. Bien que O'Reilly eût exprimé son dégoût devant sa sentimentalité et que Tierney eût ricané en apprenant comment il s'était sorti du dilemme, l'épisode bostonien lui avait permis de passer du statut d'apprenti à celui d'employé.

Les trois hommes le traitaient désormais avec plus de familiarité et Duffy, prompt à percevoir tout changement dans l'attitude de son idole et à calquer son propre comportement sur le sien, commença à lui témoigner plus de respect que d'amitié.

« C'est une situation très étrange, Donaher, confia Tom à son ami un soir où ils se trouvaient au Repos du Docker. Ils me traitent mieux maintenant, alors qu'ils considèrent ma mission comme un demi-échec.

– Aucun homme n'aime s'entourer que de béni-oui-oui, mon gars. Je crois que Mulvaney se rend compte que tu vaux mieux que ce qu'il attendait et qu'il s'en réjouit. Un collaborateur qui dit amen à tout, c'est peut-être rassurant, mais rien ne vaut un homme qui a le courage de ses opinions.

– Tu as peut-être raison. Quoi qu'il en soit, je me sens plus fort depuis Boston. Peut-être parce que j'ai trouvé comment m'y prendre avec Mulvaney ou parce que j'ai enfin pu accepter mon passé. Maintenant, je ne crains plus rien. Je vais demander à Jim la permission de faire la cour à Deirdre. »

Le vieux marin eut une expression alarmée : Tom n'allait-il pas trop loin?

« Je touche du bois pour que ça marche. D'après ce que tu m'as dit, c'est exactement la femme qu'il te faut. »

Inutile d'inquiéter Tom en lui conseillant la prudence, songea Donaher. Mais l'expérience lui avait appris que ce qu'on désire le plus dans la vie est généralement le plus difficile à obtenir. Puisse Tom arriver à concrétiser ses rêves!

Mulvaney s'enfonça dans son fauteuil, un verre d'alcool à portée de la main, et alluma un havane, suivant un rituel immuable. Il se sentait euphorique dans cette bibliothèque où tout attestait sa richesse et sa réussite : photographies le représentant en compagnie des grands de ce monde, livres rares reliés en cuir, mobilier coûteux.

« Vous ai-je déjà raconté ma brève expérience dans le convoyage de bétail? » demanda-t-il à son protégé.

Diamond Jim appréciait la présence de Tom dans sa maison. Il aimait son bon sens, son esprit vif et sa probité, mais bon sang, qu'il était donc sérieux! Un vrai rabat-joie!

« Je ne crois pas que vous m'ayez déjà parlé de cette phase de votre carrière. »

Chaque épisode de la vie de Mulvaney était une révélation pour le jeune homme. Son patron avait tant à lui apprendre!

« Eh bien, voilà. J'étais sur le point de partir vers l'est quand j'ai entendu parler d'un lot de bétail destiné aux abattoirs de Chicago. Je connaissais un truc utilisé par les Mexicains pour rouler les gringos du Texas. Alors j'ai plumé quelques naïfs au poker, pour pouvoir acheter le troupeau. Ah! je me défendais bien en ce temps-là, avec des cartes truquées! Puis j'ai engagé une poignée de convoyeurs et j'ai acheté trois fourgons de sel. On m'a pris pour un cinglé. Quel voyage, ensuite! On n'a pas idée de la puanteur des vaches et des cow-boys. Je passais mes journées avec un mouchoir sur le nez. Quand nous sommes arrivés à cent miles de Chicago, j'ai dit aux gars de donner le sel aux bestiaux. Ils adorent ça, et ils sont d'une gloutonnerie incroyable. »

Tom commençait à deviner la suite.

« N'ont-ils pas eu soif, ensuite?

– Bien sûr que si! s'exclama son patron en se tapant sur les cuisses. Ils ont tant bu qu'ils sont devenus énormes. Et j'ai vendu ces vieilles carnes le double de leur valeur! Qu'est-ce que j'ai pu rire en les imaginant dans le parc à bestiaux, en train de pisser et de se dégonfler à vue d'œil! »

Il en riait encore, si fort que ses joues tremblotaient.

« Vous me surprendrez toujours, monsieur. »

Mulvaney se calma.

« C'est une joie pour moi de vous raconter mes combines; mais il y a longtemps que je n'essaie même plus de vous détourner du droit chemin. »

Tom leva des yeux interrogateurs. Etait-ce un reproche?

« Je ne vous en veux pas, mon garçon. Vous avez d'autres qualités qui me sont tout aussi précieuses. De toute façon, je suis assez retors pour deux. »

Il regarda le jeune homme avec un sourire indulgent. Tom était trop honnête, trop sérieux; trop enclin, aussi, à écouter les arguments de l'adversaire. Mais c'était un homme de valeur. Sa conduite à Boston le prouvait. Il avait pris, seul, ses responsabilités, témoignant par là de courage autant que de lucidité.

« Tom!

– Oui, monsieur?

– Appelez-moi donc Jim, à partir de maintenant. »

V

DEIRDRE

Les six dons de la Femme
d'après les anciens bardes :

Le don de la beauté
Le don de la voix
Le don de la parole douce
Le don des travaux d'aiguille
Le don de la sagesse
Le don de la chasteté.

1

« Je voudrais épouser votre fille, Jim. »

Prenant son courage à deux mains, Tom s'était enfin décidé à prononcer ces mots qu'il ressassait depuis si longtemps.

« Il n'en est pas question!

– Pourtant, vous me connaissez bien; vous savez que je travaille dur, et que je saurai prendre soin d'elle.

– Bien sûr, Tom, mais cela ne suffit pas. J'ai l'argent, la puissance, et Deirdre, la beauté. Aussi épousera-t-elle un homme de la haute société. Jamais, ses enfants ne sauront que leurs ancêtres étaient des proscrits. Ils jouiront de la sécurité que procurent la respectabilité et la fortune. C'est ce que je veux, et Deirdre m'obéira. »

Ce ton péremptoire ébranla Tom.

« Jim, je vous dois beaucoup, et je vous en suis reconnaissant. Avouez, toutefois, que je n'ai pas déçu votre confiance. J'aime votre fille. Je ne vous demande que bien peu de chose : le droit de lui faire la cour. A elle de m'agréer ou pas.

– Me prendriez-vous pour un imbécile? Croyez-vous que je n'ai pas remarqué ses airs énamourés? Ecoutez-moi bien, mon garçon, je vous ai formé, nourri, logé, mais si vous persistez dans votre folie, vous perdrez tout. C'est moi qui choisirai le mari de

Deirdre, et ce ne sera pas un Irlandais que j'ai tiré du ruisseau! »

Son visage virait au cramoisi.

« Je pourrais faire votre fortune, afin de lui assurer le bien-être, c'est entendu. Mais jamais mon argent ne me permettra d'accéder à la place que me vaudra un gendre de haut rang. C'est à cela que je veux arriver. Pas pour moi, mais pour mes petits-enfants. Ils dîneront avec la reine d'Angleterre, s'ils le désirent! Voyez-vous, Dalton, ma mère est enterrée dans une fosse commune. Et je me suis juré que ses arrière-petits-enfants fréquenteraient les grands de ce monde. »

Quelles humiliations, quels rejets sans nombre, avaient dû ancrer ce rêve dans l'âme de Mulvaney? Tom s'imagina le petit garçon marchant derrière le cercueil de sa mère jusqu'à la fosse commune, et faisant le vœu que jamais ses descendants ne connaîtraient ce sort horrible. Emu par cette douleur qui remontait du passé, et qui ressemblait tant à la sienne, il chercha à se montrer conciliant.

« Donnez-moi une chance, Jim, une seule. Je me taillerai une place dans la haute société, s'il le faut.

– Aimez-vous Deirdre au point de la préférer à mon empire? demanda Mulvaney d'un ton glacial.

– Que voulez-vous dire?

– Jurez-moi de renoncer à elle et je vous couche sur mon testament. Vous hériterez de tout ce que vous voudrez. »

Il laissa s'écouler quelques instants, afin de donner au jeune homme le temps de saisir l'énormité de cette proposition.

« Pensez à toutes les jolies femmes qui seront à vos pieds, Tom. Moi, à cinquante-sept ans, il ne me reste plus qu'un rêve à accomplir : je veux que Deirdre entre dans une de ces familles qui m'ont rejeté. Si vous ne me promettez pas de renoncer à elle, je vous chasse. Vous retournerez au ruisseau. Et vous aurez en moi un ennemi implacable. »

Tom se leva, incapable de demeurer en place. Les questions se bousculaient dans sa tête. Pouvait-il demander à Deirdre de l'épouser, s'il perdait son travail? Et comment trouver un autre emploi si Mulvaney lui fermait toutes les portes? Voudrait-elle de lui, s'il n'était qu'un simple ouvrier? Accepterait-elle de quitter New York pour fuir la vindicte de Jim? Ne finirait-elle pas par le détester s'il la brouillait avec son père?

« C'est impossible, dit-il enfin, d'une voix rauque.

– Qu'est-ce qui est impossible?

– Je ne peux pas vous promettre de ne plus revoir Deirdre sans savoir ce qu'elle en pense.

– Vous n'êtes qu'un ingrat doublé d'un imbécile! Renoncer à un héritage fabuleux pour une femme dont vous ne connaissez même pas les sentiments à votre égard! Eh bien, bon débarras, Dalton. »

Il s'extirpa de son fauteuil.

« Je ne vous aurais pas cru si bêtement sentimental. Vous allez perdre sur tous les tableaux. Avant la fin de la semaine Deirdre sera dans un couvent, très loin de New York, et vous ne la retrouverez jamais. »

La mort dans l'âme, Tom regagna sa chambre. Il ne lui restait plus qu'à faire ses bagages. Comment avait-il pu être assez stupide pour croire que Jim se laisserait fléchir? S'il avait gardé le secret sur ses projets un peu plus longtemps, peut-être la situation eût-elle été différente. Il aurait dû, au moins, s'assurer des sentiments de Deirdre. En fin de compte, il n'avait obtenu d'elle que quelques regards furtifs et une déclaration d'amitié. Mais les femmes sont si versatiles!

« Tom, ouvrez-moi, je vous en prie! »

C'était la voix de Deirdre! Il bondit vers la porte.

« J'ai tout entendu, Tom. J'étais dans le jardin, sous la fenêtre. Vous avez fait preuve de courage avec mon père. C'est la première fois que je vois quelqu'un lui tenir tête.

– Deirdre, j'ai tout gâché. Il va vous envoyer dans un couvent. Et moi, j'ai perdu mon travail. Je vais devoir partir et nous ne nous reverrons jamais! »

La jeune fille prit le visage de Tom entre ses mains et l'approcha du sien.

« Mais je vous aime depuis le premier jour! Et je vous suivrais n'importe où. »

Il la regarda avec stupéfaction. Ses yeux exprimaient un amour et une tendresse infinis.

« J'ai très peu d'argent, Deirdre, et votre père est un homme puissant. Je n'aurai peut-être pas d'autre issue que de retravailler aux docks. Et j'ai du mal à vous imaginer dans un taudis.

– Taudis ou pas, je vous suivrai si vous voulez bien de moi. J'ai mes bijoux et ceux de ma mère. Cela nous aidera en attendant que vous trouviez du travail. »

La détermination se lisait sur le visage de la jeune fille, mais Tom se sentit malgré tout tenu de lui poser une question.

« Etes-vous bien sûre de vous, Deirdre? Dieu seul sait si je pourrai un jour vous offrir tout cela. »

Il montra de la main la chambre luxueuse.

« A quoi bon la richesse si vous n'êtes pas là, mon amour? Pourquoi sacrifierais-je moins que ce que vous avez sacrifié pour moi? »

Il l'enlaça si tendrement qu'elle crut défaillir.

« Nous devons nous marier tout de suite, dit Deirdre. Une fois l'acte signé, même si mon père nous retrouve, il ne pourra plus nous séparer. »

Etait-elle vraiment consciente des dangers qu'ils couraient? Soupçonnait-elle seulement la violence de son père? Un homme comme Jim n'aimait pas être défié. Tom pensa soudain à Billie. Il lui resterait peu d'amis quand tout le monde saurait qu'il était devenu l'ennemi de Mulvaney et celui-ci ferait sans aucun doute surveiller Donaher et Furuseth, supposant que Tom se tournerait vers eux. De ses trois meilleurs amis, seule Billie pourrait les aider sans éveiller de soupçons.

Deirdre referma silencieusement la porte et, soulevant ses deux sacs en tapisserie pleins à craquer, elle sortit à pas feutrés. Tom l'attendait près de la haie.

« Etes-vous absolument sûre de vouloir aller jusqu'au bout? » chuchota-t-il.

Comment pouvait-il encore douter de la force de son engagement?

« Oui, j'en suis absolument sûre.

– Vous n'avez pas la moindre idée de ce qu'est la pauvreté, Deirdre, murmura-t-il en lui effleurant le visage. Vous allez devoir renoncer à beaucoup de choses pendant longtemps. Je ne peux rien vous promettre quant à l'avenir, avec votre père pour ennemi.

– Vous semblez oublier, mon amour, que c'est moi qui ai choisi de partir avec vous. Vous n'avez pas à avoir peur pour moi. Je suis suffisamment forte et, de toute façon, je ne pourrais pas vivre sans vous. »

Tom la serra dans ses bras et l'embrassa. Ils prirent les deux sacs et avancèrent précautionneusement jusqu'au coin de la rue où un fiacre les attendait.

« Où allons-nous, Tom?

– Je ne connais qu'un endroit où nous serons en sûreté pendant un ou deux jours, une cachette à laquelle personne ne pensera, surtout pas votre père. »

Tom hésita un instant, puis il ajouta rapidement :

« C'est une maison close. Billie, sa tenancière, est une brave femme. Elle nous hébergera en attendant que nous soyons mariés et que nous trouvions un logement. »

Deirdre écarquilla les yeux. Comment Tom avait-il pu se lier avec une prostituée? Elle savait que les hommes fréquentaient ces créatures, mais de là à s'en faire des amies...

« C'est une vieille copine de Donaher, chérie, et c'est grâce à elle que j'ai pu rencontrer votre père.

– Mon père?

– Oui. Il a été très bon avec elle. Il lui a permis de s'établir.

– Dans ce cas, pourquoi accepterait-elle de nous aider?

– Parce qu'elle a bon cœur et qu'elle sait combien je vous aime. »

En moins de vingt-quatre heures, tout avait irrévocablement changé pour Deirdre. Elle avait décidé d'être une femme, plus une jeune fille. Elle avait remis son avenir et son bien-être entre les mains d'un homme qu'elle aimait, mais connaissait à peine. Elle venait d'apprendre un des secrets de son père, et elle s'apprêtait à passer la nuit précédant son mariage dans une maison de tolérance.

« Je vous aime, Tom, dit-elle entre deux éclats de rire. J'ai l'impression que notre vie ne ressemblera à aucune autre. »

Ils entrèrent par la porte de derrière, passèrent aussi silencieusement que possible devant les salons bondés et gravirent l'escalier qui menait à l'appartement de Billie. Tom frappa. Quand la porte s'ouvrit, Deirdre tendit sa main gantée à la maîtresse des lieux.

« Tom m'a dit que vous étiez une amie de mon père. Cela doit donc vous être deux fois plus difficile de nous accueillir. Je veux que vous sachiez à quel point je vous en suis reconnaissante. »

Tom s'étonna de tant d'assurance, dans une situation aussi étrange.

« Tom avait raison : vous êtes charmante, et très belle, répondit Billie. Je suis heureuse de pouvoir aider deux jeunes gens à trouver l'amour dans ce monde mesquin.

– Dieu te bénisse, Billie! dit Tom qui sentait combien la scène était pénible pour cette femme qui ne connaîtrait jamais la sécurité d'un foyer.

– J'aimerais te la confier pour la nuit pendant que j'essaierai de trouver Donaher et Andy, un logement et un prêtre pour nous marier. Penses-tu qu'elle sera en sécurité?

– C'est le dernier endroit où Mulvaney la cherchera. Elle peut rester dans ma chambre, et si par hasard Jim venait me voir, elle pourrait se cacher dans le grenier en attendant son départ. Tu peux t'en aller maintenant. Fais ce que tu as à faire. Il ne lui arrivera rien sous mon toit. »

Tom hocha la tête et sortit après avoir adressé un dernier regard à Deirdre.

Les deux femmes se dévisagèrent avec embarras. Billie s'efforça de refouler des larmes de tristesse, de colère et de frustration. Il ne fallait pas que cette jeune fille devine qu'elle souffrait.

« Vous semblez avoir besoin d'une tasse de thé et d'un peu de repos, Miss Mulvaney.

– Je vous en prie, appelez-moi Deirdre. Je prendrais volontiers une tasse de thé, mais je suis si nerveuse que je crains de ne pas pouvoir fermer l'œil. Cela vous ennuierait-il si vous bavardions un peu? »

Le caractère étrange de la situation accélérait le pouls de Deirdre. Cette femme était si belle, idéalement belle. Etait-il possible que Tom n'eût été que son ami, pas son amant? Comment un homme pouvait-il ne pas désirer une créature aussi exquise? Elle entendit à peine la réponse de Billie.

« Cela ne m'ennuie pas du tout. En fait, cela me ferait très plaisir. J'ai rarement la chance de pouvoir parler avec une vraie dame. »

Deirdre essaya de deviner quel sentiment se cachait derrière ces paroles. Respect? Jalousie? Elle n'aurait su le dire. Mélancolie, peut-être? Elle brûlait d'envie de percer le secret de cette femme.

« Comment avez-vous connu mon père? demanda-t-elle.

– J'étais plus jeune que vous, et dans la misère. Il m'a aidée à ouvrir cette maison. Jim a été un véritable ami pour moi. Il faut que vous le sachiez. Je suis fière de le connaître. »

La jeune fille rougit légèrement à la pensée que son père possédait des actions dans une maison close...

« Et Tom? »

La crainte faisait trembler sa voix. Manifestement elle redoutait la réponse à cette question qu'elle osait, malgré tout, poser. Billie perçut son inquiétude.

« Donaher, le meilleur ami de Tom, est un de mes vieux copains. C'était un camarade de bord de mon frère aîné, mort en mer il y a très longtemps. Je ferais n'importe quoi pour lui être utile. Il m'a demandé de vous aider, Tom et vous.

– Oh! je vois! s'exclama Deirdre, soulagée. Je vous remercie de me l'avoir dit. »

Billie sourit de tant de naïveté. Deirdre paraissait si fraîche, si tendre, si bien élevée! Et pourtant... quel caractère! Il fallait du courage pour renoncer au luxe, à une vie protégée, et se retrouver dans un endroit où une jeune fille comme il faut serait déshonorée d'aller. Tout cela pour l'amour d'un homme!

« Miss Deirdre, vous comptez plus que tout au monde pour Tom. »

Billie ne comprenait pas pourquoi elle disait cela, mais elle continua.

« Peu de femmes ont la chance d'inspirer un tel amour. »

Sa voix vibrait de tant d'émotion que Deirdre en fut touchée : Billie ne connaîtrait peut-être jamais ce bonheur.

« Moi aussi je l'aime plus que tout et je m'emploierai à le rendre heureux. »

Elle hésita un instant, cherchant ses mots.

« Je ne sais pas grand-chose au sujet des hommes, Miss Billie, et je pensais que, peut-être... J'ai l'impression que vous devez bien les connaître... »

Elle rougit de son audace. Billie comprit qu'elle lui demandait conseil.

« Je crois en effet que c'est la seule chose que je connaisse bien dans ce triste monde, dit-elle. Je vais chercher du thé et des petits gâteaux, nous avons de quoi bavarder! »

« Veux-tu encore de moi, Andrew? »

Depuis le seuil du Repos du Docker, Tom s'adressait au syndicaliste assis devant le feu.

Furuseth se leva, surpris. Puis son visage s'éclaira. Il s'avança vers le jeune homme et lui donna une bourrade amicale.

« Je savais que tu nous reviendrais, mon garçon! Je l'ai dit à Donaher. « Tu verras, il reviendra. Il est « avec nous du fond du cœur. »

– Oui, je suis de retour, mais attends que je te

raconte mon histoire avant de me féliciter. Je suis revenu parce que Mulvaney m'a mis à la porte.

– Tu n'es plus dans ses petits papiers, mon gars?

– Pire que cela. Je me suis enfui avec sa fille. »

Furuseth écarquilla les yeux mais garda le silence.

« Je crains des représailles, Andy. Il tient à Deirdre comme à la prunelle de ses yeux.

– Allez-vous vous marier?

– Oui. Cela, au moins, nous le ferons dans les règles. Le père Mulcahey nous unira demain matin. Tout est arrangé. L'ennui, c'est que je dois décider ce que nous ferons ensuite. Il me faut un logement et du travail.

– Très bien. Où est la jeune femme en ce moment, si ce n'est pas indiscret?

– Chez Billie. Je ne connaissais personne d'autre à qui la confier. Nous n'avons pas eu le temps de trouver une meilleure solution.

– Tu l'as emmenée dans un bordel? Et chez la maîtresse de Diamond Jim par-dessus le marché! Ça alors!

– Deirdre et moi, nous nous aimons. J'ai essayé de respecter les convenances, mais Jim n'a rien voulu savoir. Si nous ne nous étions pas enfuis, il l'aurait envoyée dans un couvent.

– Mais tu as appris un métier avec le vieux! Tu n'as sûrement pas besoin de revenir travailler aux docks.

– En effet, j'ai appris plus que tu ne peux imaginer, mais j'ai intérêt à me faire tout petit pendant quelque temps, sinon Jim risque de m'en faire voir. D'autre part, il a moins d'influence sur les quais qu'ailleurs. Et puis, même s'il me hait, il ne voudra sûrement pas acculer Deirdre à la famine. Il veut nous humilier, pas nous voir mourir.

– N'en sois pas si sûr, mon gars, ce ne serait pas

son premier meurtre! Mais ce qui est fait est fait. Inutile de se rendre malade. Quels sont tes projets?

– Je vais me présenter à l'embauche dès demain. Et si tu veux bien de moi, j'aimerais te donner un coup de main pour l'organisation. J'ai appris beaucoup de points de droit qui peuvent être utiles.

– Evidemment que je veux bien de toi, Thomas. C'est avec joie que j'accueille ton retour. En revanche, ta situation actuelle ne me plaît pas du tout. As-tu de l'argent?

– Un petit peu. Et Deirdre a les bijoux de sa mère, si besoin est. Il nous faut d'abord trouver un appartement, je ne veux pas qu'elle reste chez Billie. Ce serait dangereux pour elles deux si Jim découvrait le pot aux roses. »

Le Norvégien s'étira.

« J'ai une amie qui pourra peut-être t'aider. Elle tient une pension dont les prix sont assez modiques pour que tu puisses y louer une chambre en attendant d'être tiré d'embarras. Si tu veux, je te conduirai chez elle. »

En sortant de l'auberge, ils durent relever le col de leur veste pour affronter la bruine.

« Il semble que tu aies renoncé à beaucoup de choses pour cette fille, mon gars. Ne le regretteras-tu pas?

– Pour moi, elle n'a pas de prix. »

Furuseth soupira et ils s'enfoncèrent dans la nuit.

Le visage congestionné, Mulvaney tournait en rond comme un taureau furieux, donnant des coups de pied contre son bureau chaque fois qu'il passait devant.

Cela faisait presque vingt-quatre heures que Deirdre, cette petite imbécile, cette ingrate, s'était enfuie. Après tout ce qu'il lui avait donné, amour, cadeaux, éducation, elle lui désobéissait pour suivre ce salaud de Dalton. Celui-là, il ne savourerait pas longtemps sa victoire!

« Duffy! » hurla Mulvaney d'une voix qui fit trembler le lustre.

Le jeune Irlandais arriva aussitôt.

« Je veux sa peau. Tu m'entends!

– De qui parlez-vous, monsieur?

– De cette ordure de Dalton, espèce d'idiot! Je veux qu'il meure et qu'elle soit de retour à la maison demain à l'aube! »

Duffy ne sourcilla pas. Il eut ce regard dénué d'expression qui avait fasciné Tom dès leur première rencontre.

« Je serais ravi de lui couper les doigts un par un, si vous le souhaitez. Mais quelque chose m'inquiète. »

Le visage de Mulvaney vira au cramoisi. Il n'admettait pas que ce stupide employé le contrarie!

« Qu'est-ce qui vous inquiète, Duffy? demanda-t-il d'une voix soudain trop calme.

– Eh bien, voilà. Excusez-moi de vous dire cela, monsieur, mais s'il avait couché avec votre fille? Elle pourrait être enceinte et vous ne voudriez peut-être pas tuer son mari.

– Enceinte? Son mari? aboya Jim. Qu'est-ce que tu me chantes là?

– Un curé du port les a mariés ce matin, monsieur. J'ai fait mon enquête.

– Tu aurais été mieux inspiré d'empêcher ce mariage! »

Le visage de Duffy demeura impassible.

« Pourquoi ne pas simplement l'empêcher de trouver du travail, monsieur? Il vous suffit de le coucher sur votre liste noire. Votre fille sera bien obligée de rentrer. »

Mulvaney ne l'écoutait plus. S'ils étaient mariés,

l'acte de mariage avait été établi et l'union consommée. Aucun descendant d'une vieille famille bostonienne ne voudrait plus de sa fille. Qu'elle fût enceinte ou non, elle était perdue! Et à cause d'un homme qu'il avait arraché à un destin de misère. Vaincu, il se laissa tomber dans un fauteuil.

Eh bien, Deirdre allait voir à quoi ressemblait la vie dans un taudis. Elle allait connaître ce que son père avait tant voulu lui éviter.

Sans un mot, il fit signe à Duffy de se retirer. Le jeune Irlandais quitta la pièce à pas feutrés. Il avait longuement réfléchi pour savoir quelle attitude adopter dans cette affaire. Pour une fois, Mulvaney se trompait. Tom était quelqu'un de bien. Il ferait un bon mari et un bon gendre.

Duffy prit dans un tiroir un morceau de bois et un couteau et commença à sculpter son cadeau de mariage.

2

Les jeunes mariés s'installèrent dans l'appartement que Furuseth leur avait procuré à Desbrosses Street, heureux d'avoir un gîte, si médiocre fût-il. Donaher et le Norvégien se chargèrent de leur fournir des meubles. Une broche d'opale appartenant à Deirdre fut vendue pour acheter un calorifère. Quant à Tom, il prit son travail aux docks.

Deirdre cuisinait, s'occupait du ménage, cousait. L'amour qu'elle portait à son mari l'aidait à supporter les rigueurs de sa nouvelle existence. Elle finit même par vaincre sa peur et se risqua à sortir pendant que Tom était aux docks.

« Ne vous aventurez surtout jamais près de River Street, lui avait dit un jour Mrs. O'Connor, leur propriétaire. Il y a là-bas des individus qui auraient tôt fait de vous enlever, jeune et jolie comme vous êtes. Ils abuseraient de vous, puis vous vendraient à une maison de prostitution. »

Deirdre avait pris cette menace au sérieux. Elle s'était toujours demandé comment les femmes pouvaient se prostituer, mais il ne lui était jamais venu à l'esprit qu'on pût les y obliger. Elle avait alors songé à Billie qui avait tant fait pour eux. Ce monde lui semblait si étrange!

Deirdre vivait dans l'attente du moment où Tom franchissait leur porte, le soir venu. La vue de son visage tanné par les intempéries lui procurait un sentiment de sécurité qu'elle n'avait jamais ressenti auparavant.

Tom amenait assez souvent des camarades de l'organisation syndicale naissante. Deirdre faisait son possible pour avoir des rafraîchissements à leur offrir. Du thé accompagné de biscuits qu'elle réussissait maintenant à la perfection, du whisky, qu'elle ne considérait plus du tout comme une boisson raffinée, mais plutôt comme un produit de première nécessité servant à réconforter son mari quand il rentrait, les mains gelées et les pieds bleuis.

Malgré les difficultés, cette première année de mariage fut la période la plus heureuse qu'elle eût connue.

Mrs. O'Connor fut la première à diagnostiquer la grossesse de Deirdre. Celle-ci avait imputé ses nausées matinales à sa cuisine. Puis elle en parla à la vieille femme. Elle fut tout d'abord terrifiée, n'ayant pas eu de mère pour lui apprendre les mystères de la féminité. La joie l'emporta ensuite, mais son ignorance l'accablait.

« Je veux voir Billie au sujet de ma grossesse », dit-elle à Tom le soir où elle lui apprit la nouvelle.

Elle sentit son mari se raidir entre ses bras.

« Tu ne veux pas de ce bébé, ma chérie? demanda-t-il après un long silence.

– Bien sûr que si! C'est pourquoi j'ai décidé de demander conseil à Billie... si tu es d'accord, bien entendu. Je ne connais absolument rien à ces choses. Je sais que cela te peine que j'aille voir une femme comme elle, mais elle a été si gentille avec nous, et je pense qu'avec toutes les filles qu'il y a dans sa maison, elle doit bien connaître le sujet. Et puis, j'ai besoin d'une amitié féminine. »

Soulagé, Tom éclata de rire et étreignit Deirdre avec tant de force qu'elle poussa un cri.

« Je t'aime, ma chérie. Je t'aime! »

Il enfouit la tête dans ses cheveux et la caressa doucement jusqu'à ce qu'elle commence à gémir.

« Je voudrais voir Miss Billie, s'il vous plaît », annonça Deirdre à la jeune femme qui ouvrit la porte.

Celle-ci resta interdite.

« Je suis Mrs. Dalton. Elle me connaît », expliqua Deirdre.

Elle se sentait terriblement embarrassée : un passant ne pourrait-il pas la reconnaître? Elle, attendant à la porte d'une maison de tolérance!

« Certainement, dit enfin la jeune femme. Billie est en haut, je vais aller la chercher. Mais entrez donc », proposa-t-elle après coup, au grand soulagement de Deirdre.

Elle s'assit dans le salon de peluche rouge, fascinée par ce cadre. Elle n'avait pas eu le loisir de visiter la maison au cours de la nuit qu'elle y avait passée.

Elle ressentait une certaine exaltation à l'idée de se trouver dans un « lieu de perdition ». C'était probablement ce qu'elle avait fait de plus audacieux de toute sa vie, à l'exception de son mariage avec Tom, bien entendu. Mais elle s'était entièrement reposée sur lui. Alors que là, c'était elle qui prenait l'initiative. Elle eut soudain l'impression d'être adulte. Elle souriait de son audace quand Billie entra.

Sans son maquillage, sa chevelure blonde flottant sur ses épaules, Billie avait une telle allure que Deirdre se sentit diminuée. Sa bravoure s'envola.

« Votre mari sait-il que vous êtes ici? demanda Billie.

– Il ignore que j'y suis aujourd'hui. Mais je lui ai dit que j'avais besoin de vous parler et il m'a assuré qu'il comprenait. Je vous ai apporté un cadeau, ajouta-t-elle d'un air timide. En fait, ce n'est pas vraiment un cadeau, ce sont simplement des gâteaux de ma confection. »

Elle eut un petit rire embarrassé.

« C'est tout ce que je réussis en cuisine depuis mon mariage.

– C'est la première fois que quelqu'un me fait des gâteaux, dit Billie en prenant le paquet. C'est très gentil à vous. Je n'avais jamais reçu de présent d'une dame. »

Elle adressa à Deirdre un sourire presque enfantin et s'assit à ses côtés sur le canapé.

« Nous allons les manger avec une tasse de thé. »

Elle agita une sonnette et un petit garçon noir accourut.

« Dis à Belle de préparer du thé pour Mrs. Dalton, Josiah. Un bon thé, tu lui diras. »

Le petit garçon repartit à toute vitesse et les deux femmes se regardèrent.

« Billie, je suis très nerveuse car j'ai un service à vous demander. »

Billie hocha la tête.

« Je suis enceinte et j'ai besoin de votre aide! »

Elle vit dans les yeux de son hôtesse une lueur de désespoir dont elle ne saisit pas la raison.

« Je ne connais rien dans ce domaine et le médecin a semblé plus gêné que moi quand je lui ai posé des questions. A vrai dire, je ne sais même pas quelles questions poser. Que dois-je faire, pour mon enfant et pour moi? »

Elle regarda Billie d'un air suppliant.

« J'ai pensé que... Vous avez été bonne pour moi la nuit où nous nous sommes enfuis... et vous devez savoir tellement plus de choses que moi... »

Elle n'acheva pas sa phrase et baissa les yeux. Lorsqu'elle les releva, Billie lui souriait. Ses longs cils étaient humides.

« Je vais vous proposer quelque chose. Si vous acceptez de m'expliquer comment devenir une dame, je veux bien vous expliquer ce que c'est qu'être une femme. »

3

« On parle de lock-out, annonça Donaher en entrant avec Furuseth dans l'appartement des Dalton.

– Entrez et asseyez-vous, proposa Tom en prenant les manteaux de ses amis. Quelles nouvelles?

– Pas fameuses, répondit Donaher en regardant Deirdre. Bonsoir, mon enfant. »

Elle se haussa sur la pointe des pieds pour l'embrasser.

« Vous êtes quand même bienvenus, mes amis. Voulez-vous une tasse de thé pour vous réchauffer?

– Volontiers, et s'il y avait une goutte de whisky

dedans, cela redonnerait vie à ma vieille carcasse. »

Furuseth, qui semblait préoccupé, se contenta d'adresser un sourire à la jeune femme.

« Eh bien, vous avez de la chance. Nous vous en avons justement gardé un peu, cria-t-elle de la cuisine.

– Je la trouve pâlotte, Tom. Est-elle fatiguée par sept mois de grossesse ou craint-elle pour le syndicat ?

– Tu as le coup d'œil d'une sage-femme ! Billie a beau s'employer à la rassurer, elle appréhende l'accouchement. D'autre part, si je lui parle de nos ennuis, elle se tracasse, et si je me tais, elle imagine le pire.

– Ce ne sont pas les sujets d'inquiétude qui manquent, c'est certain », dit Furuseth.

Tom regarda attentivement le Norvégien.

« Alors, que se passe-t-il ?

– Il y a autant de divergences entre les cinq fédérations syndicales qu'entre les patrons et nous. Les uns veulent la grève, les autres un accord, tel responsable cherche surtout à avoir son nom dans le journal, tel autre suggère de contacter la Main Noire pour lutter contre Pinkerton. Quelle pagaille !

– Tu as déjà connu tout cela, Andy. Que proposes-tu ?

– Le mieux serait de négocier avec eux, Thomas, de les amener à écouter nos revendications et si possible d'obtenir suffisamment de concessions pour tenir jusqu'à la belle saison. Nous devons gagner du temps.

– Il ne faut pas rêver ! s'exclama Donaher. Ils savent aussi bien que nous que l'hiver approche, Andy ! Ils vont le mettre à profit pour nous forcer la main. Ils savent que nous ne pourrons pas tenir le coup pendant la mauvaise saison, alors ils vont baisser les salaires! »

Tom lut dans les yeux d'Andy la confirmation de ces paroles. Un beau cadeau de baptême pour mon fils, songea-t-il.

« Il y aura une réunion des cinq fédérations jeudi en huit, Thomas. J'ai pensé que d'ici là nous pourrions essayer de discuter avec les patrons. Rien que nous, pas les autres, pour voir comment ils réagiront. Peut-être apprendrons-nous ce qu'ils projettent. Je crois que cela vaudrait le coup d'essayer.

– Pourquoi accepteraient-ils de nous recevoir?

– Parce que tu sais t'exprimer comme un avocat, Tom. Tu pourrais écrire à Mr. Morgan en personne. »

Donaher laissa échapper un sifflement.

« Ils seront curieux de savoir ce que fait un avocat aux côtés des dockers, poursuivit Furuseth. Ce sera peut-être suffisant pour qu'ils nous reçoivent. »

Tom et Donaher se regardèrent. Il ne leur serait jamais venu à l'esprit de s'adresser directement à Morgan. Pour arriver à ses fins, Andy était prêt à tout.

On conduisit la délégation des ouvriers dans une salle immense. Sept hommes les attendaient à la table de conférence, vêtus de costumes sombres, la mine renfrognée, l'œil méprisant.

Donaher donna un coup de coude à Tom et désigna Morgan de la tête.

« Il m'a tout l'air d'un type qui refuserait de partager une pomme de terre », chuchota-t-il.

L'avocat-conseil de J. P. Morgan prit la parole le premier. Sa voix nasillarde résonnait dans la haute salle au plafond doré et aux murs d'ébène. Tom songea au minable Repos du Docker où les syndicalistes mettaient au point leur stratégie et il sentit la colère monter en lui.

« Que veulent exactement les ouvriers? » demanda l'avocat.

Il accentua dédaigneusement le mot « ouvriers » comme s'il était inconcevable qu'une telle racaille pût vouloir quoi que ce fût.

« Nous voulons d'abord être traités avec respect, monsieur », répondit Tom.

Sa dignité surprit les patrons assis à la table. Ce n'était pas un docker comme les autres.

« Qui êtes-vous donc? »

La question avait été posée par un petit homme chafouin : Morgan. Tom, qui le voyait pour la première fois, se dit que le Seigneur avait affligé l'industriel du visage qu'il méritait.

« Je m'appelle Thomas Dalton, monsieur. C'est moi qui vous ai écrit. Etant donné que j'ai reçu une petite formation juridique, je sers de porte-parole aux représentants du syndicat des professions maritimes. »

Morgan remua les lèvres mais garda le silence.

« Je répète ma question, dit l'avocat. Que veulent les membres des " professions maritimes "?

– Nos revendications sont simples. Nous voulons une salle d'embauche. Un endroit où le travail serait distribué de façon méthodique afin d'abolir cette pratique avilissante qui consiste à faire attendre les hommes sous la pluie ou la neige. Nous voulons un salaire décent et fixé en accord avec nous. Nous voulons être protégés des contremaîtres qui nous exploitent et empochent le prix de nos heures supplémentaires. Nous voulons pouvoir nous syndiquer sans craindre le harcèlement ni le lock-out. Nous voulons pouvoir exposer nos griefs et obtenir des réponses. Nous voulons être traités comme des hommes, pas comme des esclaves ni des animaux. Nous voulons être respectés pour notre conscience professionnelle qui contribue à la réussite de vos affaires. »

Il s'interrompit et regarda ses interlocuteurs tour à tour.

« Nous demandons la priorité d'embauche pour les membres du syndicat et une augmentation de salaire. »

Les acolytes de Morgan tournèrent la tête vers leur patron, curieux de voir comment il allait répondre à ces absurdités.

La tête légèrement penchée sur le côté, le vieil homme observait Dalton.

« Continuez, jeune homme », dit-il.

Tom lui parla encore de leurs conditions de travail et de leur aspiration au simple respect de leur dignité. Furuseth et Donaher admirèrent son éloquence. Quand leur tour vint de parler, ils s'efforcèrent de ne pas décevoir leur ami en s'exprimant aussi bien que possible.

Après leur intervention, on demanda aux trois hommes de quitter la salle tandis que Morgan et ses collaborateurs délibéraient.

Furuseth, optimiste de nature, gardait bon espoir. Donaher, lui, ne se faisait guère d'illusions, pas plus que Tom qui avait tout de suite jugé ces rapaces.

« Mr. Morgan souhaite vous voir seul à seul, monsieur Dalton. »

La voix nasillarde de l'avocat interrompit le cours de leurs pensées. Tom, intrigué, suivit l'homme jusqu'à la salle de conférences. Il ne restait plus que le vieux magnat à sa table.

« Vous m'intéressez, monsieur Dalton, commença-t-il. La façon dont vous vous êtes exprimé tout à l'heure a considérablement desservi votre cause, car maintenant je vais être plus prudent. Je dois avouer que je voyais d'un œil assez favorable les revendications des ouvriers, mais il ne m'était pas venu à l'esprit qu'il pût y avoir parmi eux un homme de votre valeur. Maintenant que je connais vos capacités, vous pouvez être sûr que je ferai tout pour vous réduire au silence. »

Tom ouvrit la bouche, mais Morgan l'arrêta d'un geste.

« D'un autre côté, comme je vous l'ai dit, vous m'intéressez; je vous propose donc de travailler pour moi. Un garçon intelligent et averti comme vous a sa place dans mon organisation. Si vous refusez mon offre, je n'aurai pas d'autre solution que de vous écraser, vous et votre minable syndicat. Les ouvriers n'ont pas plus d'importance à mes yeux que n'en avaient pour un pharaon les multitudes qui bâtissaient ses pyramides. Les ouvriers que j'emploie ne *réclament* ni ne *méritent* des concessions, monsieur Dalton. S'ils ne veulent pas bâtir mes pyramides, ils seront remplacés par d'autres. Est-ce que je me fais bien comprendre? »

Tom ne répondit pas. Il devinait que le monologue n'était pas encore terminé.

« Travaillez pour moi, Dalton, et votre avenir est assuré. Refusez ma proposition et, dès que vous aurez franchi le seuil de cette pièce, j'ordonnerai que l'on cesse d'embaucher tout homme suspect de sympathie pour le syndicat. Votre éloquence ne nourrira pas les ouvriers, l'hiver venu. Votre syndicat est condamné à disparaître, que vous y restiez ou non. Pourquoi ne pas quitter le navire avant qu'il coule?

– Je refuse, monsieur Morgan. On ne m'achète pas! »

Il quitta l'immeuble en compagnie d'un Furuseth maussade et d'un Donaher furieux.

« Ce salaud dépouillerait un pou pour vendre sa peau et sa graisse », grommela l'Irlandais.

Personne n'eut le cœur d'ajouter quoi que ce fût.

*

Diamond Jim était allongé sur le lit de Billie.

« Tu as l'air bien sombre », lui dit la jeune femme en s'asseyant à côté de lui.

Elle portait un déshabillé noir qui, en d'autres occasions, avait déchaîné la passion de son amant. Mais, ce soir-là, il avait l'esprit ailleurs.

« Ils te manquent tous les deux, n'est-ce pas?

– Non, ils ne me manquent pas! Qu'ils aillent au diable, je m'en moque!

– Diamond Jim Mulvaney, tu es un menteur. »

Il fronça les sourcils, ce qui lui donna un air féroce.

« Tu as raison, comme toujours, finit-il par soupirer. Sans Deirdre, il n'y a plus de lumière dans ma vie. Quant à ce garçon, il était le meilleur collaborateur que j'aie jamais eu et j'aimais nos discussions le soir à la maison. Certains hommes connaissent cela avec leur fils. C'est la raison pour laquelle je ne l'ai pas chassé dès que j'ai compris qu'ils me cachaient quelque chose.

– C'est aussi pour ça que tu as été si dur envers lui quand il t'a demandé la permission de fréquenter ta fille. Tu as toujours peur de t'attacher aux gens, Jim. Voilà pourquoi tu t'entoures d'associés et non d'amis. »

Il grimaça.

« Je ne me suis jamais méfié de mon attachement pour toi, n'est-ce pas?

– Uniquement parce que tu crois me posséder. Tant que tu t'imagineras que je reste avec toi par reconnaissance, tu ne craindras pas de dépendre de moi sur le plan affectif. »

Elle lui adressa un sourire qui l'agaça. Il détestait qu'on lise dans ses pensées!

« Je suppose que tu m'aimes pour moi-même, beau comme je suis!

– Jim, la gratitude fait partie des liens qui nous unissent. Mais il n'y a pas que cela! Nous avons confiance l'un dans l'autre, nous tenons l'un à l'autre, nous satisfaisons nos besoins réciproques et nous exigeons très peu en échange. Tu es un type bien, Jim, malgré ton fichu caractère. Je vais te dire ce que personne d'autre ne te dira : tu sais juger les gens, mais tu ne connais absolument rien aux femmes ni à l'amour. Si tu laisses tomber ta fille et son mari à cause de ton stupide orgueil, tu mérites de les perdre! De toute façon, tu ne lui en veux que parce qu'il s'est montré plus malin que toi. Tu devrais être heureux que ta fille se soit mariée avec cet homme plutôt qu'avec un de ces Bostoniens fin de race au cerveau ramolli! »

Elle sortit en claquant la porte. Ahuri, Diamond se dressa sur son séant.

« Qu'est-ce qui lui prend? » dit-il à voix haute.

Puis il se mit à rire aux éclats : il était plutôt cocasse de se trouver seul au lit dans une maison close!

4

Deirdre rejeta en arrière les mèches qui tombaient sur son visage et se redressa avec effort. Sa grossesse était très avancée et, depuis plusieurs semaines, les autres femmes l'adjuraient d'abandonner son travail à la cantine des grévistes. Tom s'inquiétait, lui aussi, car il était possible que les patrons envoient des hommes de main saccager le local.

Deirdre continuait, malgré ces mises en garde.

Occuper son temps à quelque chose d'utile l'aidait à conserver son équilibre. A la cantine, elle avait au moins l'impression de contribuer à soulager les familles sans ressources. Elle partageait un peu le fardeau de son mari.

Au début, les grévistes avaient été mus par l'enthousiasme. Ils étaient persuadés que les Italiens et les autres jaunes embauchés à leur place ne seraient pas capables de tenir le coup plus d'une semaine. Quand les mineurs décidèrent des arrêts de travail, par solidarité, les dockers crurent être arrivés au bout de leurs peines, d'autant que d'autres corporations suivirent cet exemple. Mais les Italiens apprenaient le métier plus vite et mieux que prévu. Et si ces petits Méditerranéens se révélaient incapables de soulever un sac de cent vingt kilos, le salaire qu'ils recevaient était si bas que le contremaître pouvait se permettre d'employer deux Italiens pour faire le travail d'un seul homme. Aux dernières nouvelles, le chargement des navires avait pris du retard, mais pas autant que tout le monde l'espérait.

Cette année-là, l'hiver était particulièrement rigoureux et les réserves financières du syndicat s'épuisaient. Pour certaines familles, la cantine représentait le dernier recours.

La grève durait depuis six semaines déjà et au premier élan avaient succédé l'inquiétude, puis le désarroi. La paie d'un docker était mince, mais elle mettait au moins à l'abri du besoin. Ce que touchaient les grévistes n'était qu'une aumône; pire, personne ne pouvait savoir combien de temps le syndicat aurait les moyens de continuer à verser cette aide. De plus, des dissensions éclataient entre les différents groupes.

Andrew Furuseth prit place à la table des négociations avec les dirigeants des cinq fédérations et les représentants des compagnies maritimes. Ses vêtements étaient élimés et ses mains calleuses, mais sa gravité, sa taille et sa dignité impressionnèrent tous les participants.

Le porte-parole de la compagnie Old Dominion, un certain Harrow, ouvrit, d'une voix tendue, la réunion.

« Nous sommes ici, messieurs, pour régler les problèmes que rencontrent actuellement les professions maritimes et les armateurs. »

Il froissa une liasse de papiers.

« Préférant régler collectivement cette question, les propriétaires nous ont donné pleins pouvoirs pour proposer en leur nom une offre assez généreuse aux grévistes, dans l'espoir de mettre tout le monde d'accord. »

Il eut un sourire mielleux. Les ouvriers se regardèrent en silence.

Le représentant de la Old Dominion Line poursuivit en rajustant ses besicles.

« Comme vous le savez, nous avons actuellement des dockers qui travaillent pour douze dollars par semaine.

– On appelle ça des jaunes, pas des dockers », lança Donaher.

D'un geste, Andrew calma son ami et Harrow reprit son discours après avoir lancé un regard hostile à l'Irlandais.

« Je disais donc qu'en dépit du fait que les compagnies maritimes n'ont aucun mal à trouver de la main-d'œuvre à douze dollars par semaine j'ai été mandaté pour vous offrir treize dollars par semaine. »

Les dirigeants syndicaux échangèrent des regards stupéfaits et Furuseth prit la parole.

« Vous nous proposez la moitié de ce que nous gagnions!

– Estimez-vous encore heureux! aboya le représentant de la compagnie White Star.

– Un peu de sang-froid, monsieur, dit posément Andrew. Nous devons régler ce différend au mieux de nos intérêts respectifs. Il ne servirait à rien de nous dresser les uns contre les autres. »

La dignité tranquille de Furuseth cloua le bec à son adversaire.

« Je vous conseille d'accepter, reprit le représentant de la Old Dominion. Un salaire garanti de treize dollars par semaine, cela signifie la fin de l'attente quotidienne pour l'embauche, de la nourriture sur la table et du feu dans la cheminée. C'est l'assurance d'un travail régulier et la possibilité de passer un joyeux Noël. »

Le visage impassible, Furuseth lui répondit :

« Je ne doute pas que vous soyez bien intentionné et que vous croyiez dire vrai, monsieur Harrow. Mais vous vous trompez. Treize dollars par semaine, ce n'est pas assez pour nourrir et vêtir une famille. C'est ce que gagnaient les ouvriers il y a vingt ans et ils ont fait la grève à cause de cela! Nous continuerons la lutte jusqu'à ce que nous obtenions justice.

– Peut-on savoir ce que vous entendez par là? demanda un avocat d'une autre compagnie.

– Nous voulons gagner autant que les autres travailleurs, nous voulons que les postes les plus pénibles et les plus dangereux soient mieux rémunérés et les conditions de travail améliorées. »

Le silence régna dans la salle pendant quelques instants. Puis tout le monde se mit à parler en même temps. Les discussions durèrent cinq heures, et à la fin de la réunion, une chose était claire dans l'esprit des représentants du patronat : le jeune homme qui s'exprimait si bien était trop intelligent pour se laisser duper et l'Irlandais trop malin, mais le vrai pouvoir était détenu par Furuseth. Si on parvenait à le neutraliser, on pourrait mettre les autres au pas.

5

Noël arriva. Tom et Deirdre se rendirent à la messe de minuit puis rentrèrent manger le pudding traditionnel.

« Un bien pauvre Noël, ma chérie, dit Tom. Pas d'invités, pas de cadeaux comme chez ton père. Cela doit être dur pour toi. »

La jeune femme leva vers lui un regard plein d'amour.

« Je ne regrette rien de ce que j'ai vécu avant de te connaître, tu le sais bien. Que serait Noël sans toi ? L'année prochaine, à la même époque, la grève ne sera plus qu'un souvenir et nous célébrerons la fête avec notre petit garçon. »

Tom la serra contre lui en lui chuchotant des mots tendres. Comprenait-il à quel point elle était heureuse d'être sa femme ?

Andrew quitta les locaux du syndicat bien après les autres. Il avait rangé les chaises et les tables, perdu dans ses pensées. La situation empirait. Ce n'était pas sa première grève, mais il était toujours aussi affecté par les détresses qu'elles provoquaient.

Il savait Dalton profondément troublé lui aussi. Donaher mettait tant d'espoir dans le syndicat que rien ne pouvait le détourner du combat. Mais Thomas souffrait de ce qu'il voyait et entendait.

Andrew éteignit les lumières, s'assura que les fenêtres étaient fermées, enfila son manteau, sortit et ferma la porte à clef.

S'arrêtant sur la plus haute marche, il releva son

col, mit ses gants de laine et jeta un rapide coup d'œil au ciel. La lune était voilée, mais les étoiles brillaient, et une fois de plus le vieux marin songea à la beauté de l'univers. Il rabattit sa casquette sur son front et descendit les marches d'un pas vif, se sentant en paix avec lui-même.

A ce moment, il aperçut les cinq hommes qui l'attendaient. Eh bien, voilà! se dit-il en poussant un soupir de résignation tandis que l'adrénaline commençait à affluer dans ses veines. Ce n'était pas la première fois qu'on lui faisait le coup. Mais devant ces visages menaçants, il se demanda si ce ne serait pas la dernière.

Il ne reprit conscience que longtemps après. Il essaya de crier, mais aucun son ne sortit de sa gorge. Il tenta de se lever, mais la tête lui tourna. Petit à petit, ses yeux commencèrent à accommoder, et il s'aperçut que son corps était recouvert d'une pellicule de neige et que de grosses flaques de sang s'étalaient autour de lui.

Si personne ne venait à son secours, il allait mourir. Il se traîna jusqu'à un réverbère qui projetait un halo jaune sur la neige, à quelques mètres de lui. Puis il s'évanouit.

Quand il revint à lui, il vit le visage inquiet de Donaher penché sur le sien et entendit son cri de joie quand il remua la tête et essaya vainement de parler. Il ne savait pas qu'il était resté une semaine dans le coma et que tout le monde avait perdu espoir, à l'exception de Donaher.

6

Assis dans une petite barque, Dalton, Donaher et Furuseth se dirigeaient à la rame vers la foule réunie pour écouter le discours faisant le point de la grève. Des hommes au regard triste, affamés et transis, vêtus de manteaux en loques et la tête couverte de casquettes en tricot, battaient la semelle pour lutter contre le froid. Ils étaient à bout. Certains parlaient de reprendre le travail, pour n'importe quel salaire.

Les trois amis jetèrent l'ancre assez près de la jetée pour être entendus et assez loin pour déguerpir rapidement si la police ou la milice de Pinkerton surgissait. Tom releva le col de son manteau et se leva précautionneusement pour éviter de faire chavirer la petite embarcation. Puis il s'adressa aux ouvriers à la place de Furuseth que sa blessure empêchait de parler.

Diamond Jim Mulvaney était assis dans sa voiture stationnée derrière les hommes massés sur la jetée. Douillettement emmitouflé dans des fourrures, il écoutait Tom essayer de gagner les ouvriers à la cause du syndicalisme. Il ne comprenait pas très bien ce que le garçon faisait là.

Il avait naturellement chargé Duffy de tenir Tom et Deirdre à l'œil. Il savait où ils habitaient et dans quelles conditions. Il avait même racheté la broche d'opale et les boucles d'oreilles en émeraude qu'ils avaient été obligés d'engager au mont-de-piété. C'est vers cette époque qu'apprenant la grossesse de sa fille, il avait commencé à s'imaginer en grand-père.

Par un étrange caprice du destin, Tom était l'orateur ce jour-là, à la place de Furuseth. Jim avait voulu se rendre compte par lui-même du charisme du Norvégien. Mais, après tout, il serait tout aussi instructif de voir le jeune homme se débrouiller face à cette foule.

D'une voix d'abord douce puis véhémente, Tom parlait de justice, d'honneur et de liberté. Il employait des mots simples pour évoquer la pauvreté, le chagrin qu'un homme éprouvait en voyant son épouse enceinte grelotter de froid ou ses enfants marcher nu-pieds. La colère l'enflammait quand il décrivait l'existence sans espoir, sans protection, des matelots et des dockers.

Le silence tomba sur la jetée avant que n'éclatent les premiers applaudissements. Très vite, ils s'enflèrent et se transformèrent en acclamations.

« Ma parole, tu les as eus, mon gars! chuchota Mulvaney. Tu as convaincu ces affamés de souffrir un peu plus longtemps pour ton rêve. »

Il fit signe au cocher de s'écarter de la foule qui se dispersait, ayant retrouvé, ne fût-ce que momentanément, l'espoir et la conscience de sa dignité.

« A la maison, monsieur?

– Non, répondit Diamond Jim, perdu dans ses pensées. Peux-tu trouver Desbrosses Street?

– Oui, monsieur.

– Alors, allons-y. Numéro 112.

– C'est un quartier mal famé, monsieur, et la nuit tombe.

– Tant mieux, mon ami, dit Mulvaney avec un sourire malicieux. J'y vois de plus en plus clair. »

Le cocher secoua la tête d'un air perplexe.

Je vais le ramener à la maison, songea Jim tandis que les deux hongres bais trottaient sur les pavés. Quel imbécile j'ai été de vouloir châtier ma propre fille et ce garçon, le plus brillant qui ait jamais travaillé pour moi! Un peu plus, mon petit-fils n'aurait jamais sauté sur mes genoux. Il gloussa intérieurement, heureux d'être revenu sur sa décision. Ils rentreraient au bercail juste à temps pour que le bébé ait un baptême magnifique!

Tom et Mulvaney étaient assis l'un en face de l'autre à la table de cuisine, tandis que Deirdre préparait le thé, en silence, la tête basse.

« Bon Dieu! Dalton, es-tu complètement fou? Ne vois-tu pas l'état de ta femme et où vous vivez? Qu'est-ce qui ne va pas? Ne veux-tu pas que votre enfant vienne au monde dans une maison convenable?

– J'installerais ma femme et mon enfant dans un palais si j'en avais les moyens, mais nous ne remettrons pas les pieds dans la maison que vous nous avez obligés à quitter! »

La voix de Mulvaney se radoucit. Il n'avait pas l'intention de céder.

« Ne pardonneras-tu pas à un père qui ne cherchait que le bonheur de sa fille?

– Vous vouliez la posséder, oui! Tout comme vous voudriez nous posséder si nous revenions chez vous. Ma femme a uni sa destinée à la mienne pour le meilleur et pour le pire. Nous ne moisirons pas longtemps ici. Sitôt la grève terminée, nous quitterons New York et votre sphère d'influence. Dieu merci, l'Amérique est un pays qui offre des perspectives illimitées! »

Mulvaney s'alarma.

« Reviens travailler avec moi, je t'en prie!

– Pour que vous me chassiez à notre prochaine dispute?

– Tu seras mon associé. Bon sang! Ce n'est pas une offre d'emploi! Je suis vieux, j'ai besoin de ma famille auprès de moi.

– Je ne peux pas abandonner Donaher et Furuseth avant que toute cette histoire soit finie. »

Mulvaney nota que ce n'était pas un refus définitif.

« Et ta femme, ne te soucies-tu pas de son bien-être? »

Les yeux de Tom lancèrent des éclairs. Deirdre s'approcha de la table.

« Père, dit-elle doucement, et toi, Tom, cessez de parler de moi comme si je n'étais pas là. Ecoutez-moi et ne m'interrompez pas. Vous êtes aussi têtus l'un que l'autre et il faut que vous sachiez quelle est ma position, car c'est de ma vie aussi qu'il s'agit et je vous aime tous les deux. »

Les deux hommes se tournèrent vers elle.

« Père, toute ma vie j'ai été pour toi une fille aussi bonne que possible. Quand j'ai dû te quitter, j'ai cru que mon cœur se briserait de chagrin. Mais ensuite je t'en ai voulu d'empêcher Tom de trouver un autre métier que celui de docker. J'ai cru que je ne me remettrais jamais de ta méchanceté. »

Elle s'interrompit. Mulvaney baissait la tête. Elle posa la main sur son épaule.

« Mais je vois que tu es revenu à de meilleurs sentiments. Je désire de tout cœur que mon enfant connaisse son grand-père. Il faut pourtant que tu comprennes que je ne demanderai pas à Tom d'abandonner ses amis ni la cause, c'est trop important pour lui. En outre, je suis fière de la lutte qu'il mène – pardonne-moi de te le dire – contre des hommes comme toi. Ici, ce n'est peut-être pas aussi luxueux que chez toi, mais c'est notre foyer. Il est rempli de notre amour. Voilà pourquoi nous ne pouvons pas retourner chez toi. Que cela ne nous empêche pas de former une famille unie. Je vous demande donc d'oublier vos querelles et de tirer un trait sur le passé. »

7

Tom et Donaher discutaient à voix basse au salon, tandis que Deirdre, enfermée dans sa chambre, s'efforçait de retrouver son calme. Elle était au courant de ce que Tom cherchait à lui dissimuler.

Elle savait qu'une poignée d'hommes avaient

tabassé les jaunes italiens de la Old Dominion Line, et que les patrons menaçaient de faire appel aux sbires de Pinkerton. La tâche de ces milices consistait à démanteler les syndicats, à mutiler et à tuer. Pour s'occuper, Deirdre s'obligea à brosser sa chevelure qui lui arrivait presque à la taille.

Elle tendit l'oreille pour percevoir les chuchotements qui provenaient du salon, s'évertuant à calmer les battements de son cœur.

« Tu n'iras pas à la Old Dominion, Tom, disait Donaher.

– Je voudrais bien me défiler, crois-moi. Mais je ne peux pas me conduire comme un lâche. Deirdre ne l'accepterait pas.

– Tu parles! Elle préfère te voir vivant que mort, et elle a bien raison.

– Je ne vais pas vous laisser tomber, Andy et toi.

– Andy ne sera pas là demain, Tom. Il va à la White Star.

– Raison de plus, Donaher, tu auras besoin de moi! Si notre cause est juste, nous devons être prêts à nous battre pour elle. Je ne resterai pas les bras croisés pendant que tu affronteras les hommes de Pinkerton, un point c'est tout!

– Tu n'es qu'un imbécile, Tom, mais je t'aime comme si tu étais mon fils. S'il t'arrive quoi que ce soit demain, je ne me le pardonnerai jamais. »

Deirdre entendit le déclic de la serrure annonçant le départ de Donaher, mais Tom ne vint se coucher que très longtemps après. Elle feignit le sommeil. Tom s'allongea précautionneusement près d'elle. Il posa sur elle une main hésitante mais elle se força à demeurer immobile. Elle savait que si elle ouvrait la bouche, ce serait pour le supplier de ne pas aller avec Donaher.

Au bout d'un certain temps, la respiration profonde de Tom lui indiqua qu'il dormait. Elle put alors donner libre cours à ses larmes.

*

Les hommes qui formaient le piquet de grève gardaient l'entrée des jetées 48 et 49, celles de l'Old Dominion Line. Le bruit avait couru que des jaunes arriveraient en camion à six heures du matin et que des membres de la milice de Pinkerton les protégeraient. Tom prit place aux côtés de Donaher dans la chaîne des grévistes, peu nombreux mais résolus.

Quand le premier fourgon à bestiaux apparut, les grévistes posèrent leurs pancartes et saisirent des gourdins. Tous portaient en outre un crochet à la ceinture.

Les hommes de Pinkerton suivaient le véhicule. En complet et chapeau melon, ils semblaient inoffensifs. Mais les grévistes savaient qu'ils serraient des revolvers ou des matraques dans leur poche et que la police, invisible, était payée pour ne pas intervenir. Allan Pinkerton avait mis au point avec Andrew Carnegie sa technique de briseur de grève. Ses mercenaires terrifiaient les syndicats de tout le pays.

« Hé! Donaher! hurla une voix. Fais dégager le passage! »

Les grévistes reconnurent Jimmy Cahan, un contremaître qui avait refusé de se joindre à eux. C'était un bon bougre mais la nécessité de nourrir ses onze enfants avait pris le pas sur ses convictions.

« Tu sais bien que ce n'est pas possible, Jimmy », répondit Donaher.

Avant le début de la grève, il s'entendait bien avec Jimmy Cahan dont l'amour pour sa famille était devenu proverbial sur les quais.

« Nous devons passer coûte que coûte. Dégagez le passage, pour l'amour de Dieu! »

La voix de Cahan vibrait d'une telle angoisse que les hommes du piquet de grève sentirent la peur leur nouer les tripes.

« Si tu essaies de passer, Jim, nous nous battrons. Et tu sais que quelques-uns d'entre vous resteront sur le carreau. »

Les sbires de Pinkerton, impassibles, s'alignèrent à côté du camion. Les hommes et le véhicule commencèrent à avancer lentement.

Tom ne parvenait pas à chasser de son esprit le visage terrifié de Deirdre quand il l'avait quittée une heure plus tôt.

Et s'il allait mourir sur ces quais, aux côtés de Donaher? Qu'est-ce que cela prouverait, et à quoi cela servirait-il? Et qui s'en souviendrait, hormis son épouse?

Enoncer de grands principes et affronter à la lumière froide du petit matin des hommes armés sont deux choses bien différentes.

Tom secoua la tête pour chasser les pensées qui le harcelaient et il sentit sur son bras la poigne de Donaher. Il l'entendit jurer en gaélique et la violence éclata.

Ce qui se passa fut si rapide que Tom ne réussit jamais à reconstituer le déroulement des faits. Mais certaines images resteraient à jamais gravées dans son esprit.

Le camion commença à prendre de la vitesse : les jaunes cherchaient à forcer le barrage. Un cri s'éleva de toutes les poitrines.

Les dockers s'agrippèrent au véhicule tandis que les hommes de Pinkerton se lançaient à l'assaut. La mêlée fut sauvage : coups de pied et de poing, bruit mat des matraques s'abattant sur les crânes, chairs entaillées dans le vacarme des cris et des jurons. Tom se colletait avec un homme en noir armé d'un revolver. En entendant le poignet de son adversaire se briser net, il fut pris de nausée.

« Tom! Derrière toi!... »

La voix de Donaher domina les hurlements et les imprécations. Tom se baissa. Une matraque frôla sa tête et le frappa violemment à l'épaule, le déséquilibrant. Il se releva et se fraya un chemin jusqu'à son ami : s'ils étaient côte à côte, Donaher pourrait défendre sa propre peau au lieu de songer à le protéger.

Les deux Irlandais se battirent pendant ce qui leur parut être une éternité. Leurs adversaires donnaient l'impression de faiblir.

« Nous allons montrer à ces fumiers de quel bois on sc chauffe! » rugit Donaher.

A cet instant précis, Tom entendit une balle siffler à ses oreilles. Son ami s'affaissa contre lui et sa gorge émit un curieux gargouillement. Une autre balle venue de la droite frappa le docker. Tom comprit soudain que cela n'avait rien d'accidentel. Des tireurs, stratégiquement placés de part et d'autre de la mêlée, braquaient leurs armes sur eux. Ils avaient mission d'abattre les meneurs! Tom se rendit compte qu'il serait la prochaine victime. Il se laissa tomber contre Donaher.

Dans les yeux de l'Irlandais, il retrouva le regard vitreux de Seamus sur son lit de mort. Donaher haletait et essayait de parler, mais le vacarme du combat rendait ses paroles presque inaudibles. Sans se préoccuper de ce qui se passait autour d'eux, Tom approcha son visage de celui de son ami.

« Ne te fais pas tuer pour ça, Tom. Emmène ta femme et ton bébé et va-t'en. Ne te fais pas tuer pour ça... »

Un flot de sang jaillit de sa bouche. Quelques mouvements spasmodiques l'agitèrent. Puis le grand corps se détendit.

Tom le prit dans ses bras et se mit à pleurer et à jurer, accablé par ce sacrifice inutile. Il lui fallut longtemps pour se rendre compte que le tumulte avait cessé.

Les derniers camions franchissaient les grilles de la jetée 48. Les grévistes étaient trop occupés à compter leurs morts et leurs blessés pour s'opposer à leur passage. Tom apprit par la suite que la bataille n'avait duré que neuf minutes.

« Je pars sur la côte Ouest, Tom, annonça Furuseth au cimetière après l'enterrement de Donaher. Je vais faire une autre tentative à San Francisco. Cela ne sert à rien de continuer ici. Les esprits sont trop échauffés, le moral est trop bas. A dire vrai, la disparition de Donaher m'a beaucoup affecté. La grève a échoué, Thomas, mais nous avons perdu beaucoup plus : un homme courageux et généreux. »

Il s'éclaircit la voix pour refouler son émotion.

« Et toi, que vas-tu faire maintenant?

– J'ai envie de travailler pour Mulvaney. Au moins pendant quelque temps. Je veux offrir le bonheur à Deirdre, non ce gâchis.

– Je ne peux pas te donner tort, fils. Pour les solitaires comme moi ou comme Donaher, c'est le combat de toute une vie. Tantôt nous gagnons, tantôt nous perdons. Je crois qu'un jour notre victoire sera totale, mais cela prendra du temps. Toi, il ne faut pas que tu gaspilles ta vie dans ces luttes, tu auras d'autres responsabilités. »

Tom acquiesça. Il ne voulait plus reconsidérer la décision qu'il avait prise en regardant le cercueil de pin descendre dans la fosse. L'héritage de Donaher, ce serait ses dernières paroles : « Ne te fais pas tuer pour ça! »

Il étreignit une dernière fois Furuseth et le quitta à la grille du cimetière.

A l'intérieur de la voiture qui l'attendait, Billie, le visage couvert d'un voile de crêpe, sanglotait doucement.

8

« Maintenant que tu es rentré au bercail, tu vas pouvoir passer aux choses sérieuses, dit Mulvaney. Tu as parfaitement assimilé les leçons de Tierney et O'Reilly mais je ne te destine pas à la profession de comptable ou d'avocat.

– A quoi comptes-tu m'employer, Jim?

– A faire de la politique, mon garçon... et à voyager. Tu commenceras par visiter le pays afin de t'initier aux mécanismes, économiques et autres, qui le régissent. C'est indispensable.

– J'ai eu la même idée, Jim. J'aimerais toutefois que Deirdre m'accompagne. »

Jim remarqua que ce n'était pas une requête, comme cela aurait été le cas un an auparavant, mais une affirmation. Il s'amusait de constater à quel point les épreuves avaient mûri Tom.

« Cela ne devrait pas poser de problème avec ton wagon particulier.

– Mon wagon particulier?

– Ma dernière acquisition. J'ai décidé qu'il était temps d'étaler notre richesse. Cela impressionne.

– Assurément, répondit Tom en riant. D'ailleurs, je suis moi-même très impressionné. »

Diamond Jim éclata de rire. Il se réjouissait des changements intervenus chez son gendre depuis son retour et la naissance de son fils. Le mariage et la paternité, rien de tel pour donner à un homme le sens des responsabilités.

Cependant, il ne comprenait pas très bien pourquoi Tom s'enchaînait à une seule femme. De petites aventures, çà et là, donnaient du piment à l'existence. Entre New York et la Californie, les occasions ne manquaient pas! Après tout, c'était son affaire s'il voulait que Deirdre l'accompagne.

Chaque jour apportait à Tom de nouvelles révélations sur la puissance de son beau-père. Celui-ci, non content d'avoir bâti un empire dans le bâtiment, les chemins de fer, le pétrole et le charbon, possédait deux banques en Pennsylvanie et des intérêts dans un secteur en expansion, les assurances.

Ses compagnies prospéraient, portées par la fièvre qui s'emparait du pays et Tom pouvait, dans les plus grandes villes, voir rutiler en lettres dorées leur nouvelle raison sociale : *Mulvaney et Dalton*.

L'éducation politique du jeune homme fut aussi rigoureuse que celle qu'il avait reçue en droit et en comptabilité. Jim en personne se chargeait de tout lui montrer, de tout lui expliquer, et de le chaperonner dans les réunions.

Deirdre s'amusait à voir Jim jouer avec son petit-fils. Il était transformé depuis la naissance de Riordan. Elle ne l'avait jamais vu aussi passionné par quoi que ce fût.

« Tout s'est si bien passé que Tom en voudrait une douzaine d'autres. Qu'en penses-tu, père? »

Mulvaney s'enfonça dans le fauteuil à bascule qui gémit sous son poids et, juchant le bébé sur son épaule avec une adresse qui surprit sa fille, il s'esclaffa.

« Cela me rappelle mon ami O'Brien et ses dix-huit enfants. T'ai-je déjà parlé de lui, Deirdre? »

La jeune femme jeta un coup d'œil à Tom. Ils avaient tous deux pris l'habitude du flot d'histoires vraies ou forgées de toutes pièces dont Mulvaney abreuvait ses électeurs aussi bien que sa famille.

« Je crois bien que j'ai manqué celle-là, père.

– Eh bien, on l'a vu un matin faisant de la bicyclette en chemise de nuit dans Central Park. Un agent l'a traîné devant le juge pour attentat à la pudeur. « Etes-vous marié, monsieur O'Brien? lui demanda le juge. – Oui, Votre Honneur. – Avez-vous « des enfants? – Oui, Votre Honneur. J'en ai dix- « huit. – Il faut le relaxer, dit le juge. Cet homme portait ses vêtements de travail. »

Ils éclatèrent de rire tous les trois. Deirdre s'épanouissait maintenant. Elle adorait son petit Riordan, qu'ils avaient déjà surnommé Rory; Jim et Tom s'accordaient à merveille, et la vie lui semblait plus belle depuis qu'il n'y avait plus ni grève ni syndicat.

Tom se mouvait dans le monde des affaires avec une aisance et une habileté surprenantes. Tout ce qu'il entreprenait réussissait. Cependant, il était une chose pour laquelle il ne semblait pas doué : la paternité. Certes, il aimait l'enfant, s'intéressait à ses progrès. Mais il ne savait absolument pas se mettre à sa portée. Deirdre pensait que cette inaptitude découlait de sa propre enfance, qu'elle connaissait si mal et sur laquelle il gardait presque toujours le silence, se contentant, quand elle l'interrogeait, de quelques réponses brèves et vagues.

9

« Ma chère Billie, crois-tu que nous aurons une fille cette fois? »

Deirdre était enceinte de nouveau et son amie venait souvent la voir l'après-midi.

« Tu le portes trop haut pour que ce soit une fille, ma chérie. Ce sera un autre garçon. »

Deirdre posa sur son ventre la brassière qu'elle tricotait.

« Je me demande ce que je deviendrais sans toi. »

Billie se mit à rire.

« Tu m'as appris plus de choses que je ne t'en ai appris, mais il se trouve que je m'y connais en bébés. J'ai toujours eu un don pour cela. Il est vrai, aussi, que ma mère m'a enseigné beaucoup de choses.

– Penses-tu que Tom désire un autre fils?

– La plupart des hommes préfèrent avoir des garçons mais lui, il sera heureux de toute façon. Je le jurerais.

– Crois-tu qu'il serait aussi distant avec une fille? J'ai l'impression qu'il ne sait pas très bien comment se comporter avec Rory. Il l'aime, bien sûr, mais je sens une sorte de froideur. Cela me trouble.

– Les femmes enceintes ont parfois des idées fixes, Deirdre. Un père ne se voue pas aux enfants autant qu'une mère, voilà tout. Tom vous aime tellement, toi et le petit, qu'il travaille jour et nuit pour que vous ne manquiez de rien. Tu ne peux pas lui demander de s'occuper de Rory comme toi. Attends un peu et tu verras que la vie te semblera plus belle quand le bébé naîtra. »

Deirdre soupira.

« Tu as probablement raison. Cette grossesse me paraît longue, elle doit influer sur mon caractère. »

Elle reprit son tricot, rassurée. Mais Billie avait remarqué depuis longtemps l'absence d'instinct paternel de Tom. Peut-être ne fallait-il y voir qu'un manque de pratique; après tout, Rory était le premier-né.

Deirdre et Tom avaient longtemps réfléchi au prénom qu'ils donneraient à leur second fils. Ils avaient opté pour James – comme son grand-père –, puis s'étaient décidés pour Seamus, sa version gaélique, en espérant ne pas peiner Jim. Mais ce dernier jubilait à l'idée d'avoir, en son petit-fils, un homonyme, fût-ce dans une autre langue.

« Seamus ou James, quelle différence? »

En cadeau de baptême, il leur avait offert une maison.

En rentrant, Tom prenait le courrier sur le plateau d'argent posé sur le buffet du vestibule. Puis, tandis que les enfants escaladaient ses genoux, il triait les lettres, les lançait sur la table et s'occupait de ses fils.

Ce soir-là, une enveloppe attira son attention. Elle venait d'Abigail Marshall. Elle ne lui avait jamais écrit chez lui et Tom fut saisi d'une étrange appréhension en reconnaissant l'en-tête de la compagnie.

« Allez vous amuser avec vos jouets, les garçons », ordonna-t-il aux deux petits Indiens qui s'accrochaient à lui.

Deirdre fronça les sourcils devant le visage soucieux de son mari.

« Papa a reçu une lettre importante, expliqua-t-elle aux enfants pour les consoler. Allez dans la nursery. Il ira jouer avec vous quand il aura fini. »

Tom était déjà en train de lire la lettre. Son visage exprimait la consternation.

« Mauvaises nouvelles? » demanda Deirdre.

Tom prit une longue inspiration. Ce qu'il avait à dire lui coûtait.

« Rien de neuf, répondit-il enfin. Ma mère est à ma recherche. Elle est allée trouver Abby Marshall pour obtenir des renseignements sur nous. »

Deirdre tressaillit.

« Je ne comprends pas, mon chéri. Si tu savais qu'elle était en vie, pourquoi ne m'as-tu jamais parlé d'elle ? »

Elle refusait de croire que Tom lui avait dissimulé quelque chose d'aussi important. Il n'était donc pas orphelin comme il le prétendait ? Et sa mère essayait de le retrouver ! S'il avait menti à ce sujet, quels autres mensonges avait-il pu faire ?

Tom lança un regard désemparé à sa femme et se mordit la lèvre inférieure.

« J'ai souvent voulu t'en parler, mon amour. Mais c'est une blessure si ancienne que je ne savais comment m'y prendre. »

Il tendit la main vers elle et, pour la première fois, elle marqua une hésitation avant de la prendre.

« Ma mère était domestique au manoir qui appartenait à la famille de mon père. Ils sont tombés amoureux l'un de l'autre. Je suis venu au monde et tout le monde s'est ligué contre eux. Ils devaient s'aimer follement. »

Deirdre se demanda ce qu'il y avait de si angoissant dans la suite pour qu'il le lui eût caché. Elle s'assit par terre en face de Tom, qui respira profondément avant de poursuivre son récit.

« Mon père a réussi à convaincre mon grand-père de nous laisser habiter, ma mère et moi, dans une petite chaumière située sur la propriété. J'ai passé les huit premières années de ma vie à la lisière du domaine de mon père. C'était un grand gaillard aux cheveux roux et au rire facile. »

Il regarda Deirdre, comme pour s'assurer qu'elle comprenait.

« Il m'a appris à monter à cheval – il avait une passion pour les chevaux, comme son père d'ailleurs. Il m'emmenait souvent aux écuries du manoir. « Quand ta maman et moi serons mariés,

« me disait-il, nous aurons de magnifiques bêtes en « Nouvelle-Galles du Sud ou en Amérique, et nous « irons tous les matins inspecter notre domaine à « cheval. »

Tom balaya l'air de la main, un geste qu'il tenait certainement de son père, et des larmes perlèrent dans ses yeux.

« Un cheval l'a tué, ma chérie. J'avais huit ans et j'ai tout vu. »

Les coudes posés sur les genoux, il se tordait les mains. Il pencha la tête pour qu'elle ne voie pas son visage et poursuivit :

« Nous avons été chassés le lendemain de sa mort. Le curé nous a remis l'argent que mon père lui avait confié pour nous, avec deux lettres. Je n'ai jamais su s'il avait eu une sorte de prémonition de sa mort ou si c'était simplement un homme prudent, conscient de la précarité de notre situation. »

Il leva les yeux vers sa femme et esquissa un pauvre sourire.

« Ma mère est partie pour l'Amérique. Moi, je suis resté en Irlande pour recevoir une bonne éducation; c'était ce qu'il désirait.

– Mais pourquoi n'as-tu jamais mentionné l'existence de ta mère? demanda timidement Deirdre, comme si elle redoutait la réponse.

– Elle s'est remariée et n'a jamais avoué à son mari qu'elle avait un fils, répondit-il, amer. Je les ai vus une fois lors d'un voyage à Boston il y a plusieurs années. Elle m'a fait passer pour son neveu.

– Oh! mon pauvre amour, murmura Deirdre d'une voix étranglée. C'est affreux! »

Il hocha lentement la tête.

« J'ai voulu te le dire, mais tout cela me bouleversait tellement que je ne savais comment m'y prendre. Ma mère n'avait guère le choix, j'en suis conscient, mais je ne veux plus penser à elle. »

Il tendit la lettre à Deirdre. Il n'y avait plus rien à ajouter.

Cher Tom,

J'espère que la nouvelle que je vais t'apprendre ne te causeras pas de désagrément.

Henry et moi avons reçu la visite d'une dame qui prétend être ta mère. Mais voilà que je commence par la fin. Reprenons l'histoire au début :

Hier, au moment où je fermais le bureau, une femme très élégante est entrée. Elle paraissait très agitée.

Elle s'est présentée sous le nom de Mrs. Thaddeus Martin (un nom qui commence à être connu à Boston) et a demandé à me parler en privé.

Elle avait appris que Thomas Dalton était en relations d'affaires avec moi. Elle espérait que je lui donnerais ton adresse. Tom, il faut que tu comprennes le degré d'agitation de cette femme. Son comportement était celui d'un être désespéré. Je n'écris pas cela pour t'alarmer, mais pour essayer de te rapporter la scène aussi fidèlement que possible. Je lui ai dit que je n'avais pas le droit de divulguer une information aussi personnelle, mais que si elle me remettait un message, je veillerais à ce qu'il te parvienne.

« Non, non! s'est-elle écriée. Il sera trop tard. Mon enfant sera mort. » Sur ce, elle a éclaté en sanglots. Elle prétend que tu es son fils et que tu t'es brouillé avec elle parce qu'elle a nié ton existence afin de refaire sa vie. Cela semble avoir provoqué en elle un sentiment de culpabilité excessif. En tout cas, voici son problème : elle a un enfant en bas âge qui est tombé malade et dont les jours sont en danger. Elle est persuadée que Dieu la punit de t'avoir abandonné. Elle croit qu'elle ne pourra sauver son fils qu'en

avouant tout à son mari et en acceptant les conséquences comme une sorte de pénitence.

Henry l'a convaincue de ne rien faire avant que nous t'ayons contacté. Si ce qu'elle a raconté est vrai, je te conseille vivement d'essayer de l'aider. Elle est folle de chagrin et je crains qu'elle n'ait plus toute sa raison.

Ton amie,
Abigail Marshall.

« Il faut que tu y ailles, dit simplement Deirdre en reposant la lettre.

– Tu crois?

– La santé mentale de ta mère est en jeu, mon amour. Tu ne pourrais pas vivre en sachant que tu l'as abandonnée quand elle t'appelait au secours.

– Elle m'a bien abandonné, répliqua Tom.

– Ce serait indigne de toi de lui rendre la pareille. »

Tom hocha la tête en signe d'assentiment et prit Deirdre dans ses bras. Il la serra contre lui en s'efforçant de maîtriser son émotion. Puis il monta dans leur chambre et jeta quelques vêtements dans une valise.

Il était minuit passé quand Tom sonna chez les Marshall. Henry vint lui ouvrir en robe de chambre et en pantoufles. Quand il retira son manteau et ses caoutchoucs, Abigail préparait déjà du café dans la cuisine.

Dehors le vent rabattait une pluie glaciale sur les arbres et les maisons.

« C'est donc bien ta mère, dit Abigail en s'écartant du fourneau, sa robe de chambre serrée sur une longue chemise de nuit.

– Oui.

– C'est bien ce que je pensais.

– Voyons, Abby. Tom est trempé comme une soupe, harassé par son voyage. Laisse-lui le temps de reprendre ses esprits. Pendant que tu t'occupes du café, je vais chercher la bouteille de brandy et nous essaierons de réfléchir ensemble, calmement, au salon.

– Si Tom veut bien de notre aide », dit Abigail en sortant un gâteau du buffet.

Elle en coupa une grosse tranche qu'elle fit glisser sur une assiette.

« Vos conseils seront les bienvenus », dit Tom par-dessus son épaule en suivant docilement Henry.

Celui-ci attisa le feu qui se mit à crépiter. La pendule de la cheminée sonna une heure.

« Je suis désolé de vous avoir tirés du lit.

– C'est ridicule, coupa Abigail. Il n'y a pas d'heure pour l'amitié.

– Nous ne voulons pas nous mêler de ta vie privée, dit son frère. Si tu préfères ne pas en parler...

– Henry Marshall, ce n'est pas le moment d'échanger des politesses! La vie d'un enfant et la raison d'une femme sont en jeu. Je suis certaine que Tom profitera de l'occasion qui lui est offerte de nous raconter toute l'histoire. D'après ce que m'a dit la pauvre Mrs. Martin, il semble que chacun ait gardé trop longtemps le silence sur cette affaire! Nos conseils ne seront pas superflus. »

Elle serra les mâchoires et, joignant les mains, se pencha vers Tom.

« Allons, au fait, maintenant. De quoi s'agit-il? »

A quatre heures du matin, Tom avait pris sa décision.

*

Mary veillait son fils moribond, son benjamin, son préféré, le vivant portrait de Tom. Elle avait refusé de mettre Sean en pension comme les autres.

« A douze ans, il est encore trop jeune », disait-elle à Thad.

Maintenant, une épidémie de grippe allait le lui arracher. Le médecin affirmait qu'il ne passerait pas la nuit.

« Maman, je n'arrive pas à respirer, maman!

– Tout va bien, mon chéri, dit sa mère en écartant de son front ses cheveux trempés de sueur. Maman va te soigner. »

Elle s'étendit en travers du petit corps et se serra contre lui. Il ne fallait pas qu'il meure avant l'arrivée de Tom. Quand il serait là, tout s'arrangerait. Elle confesserait son péché à Thad. Et Dieu lui pardonnerait. Il ne pouvait pas être cruel au point de rappeler à lui ce fils pour la seule raison que sa mère l'aimait plus que ses frères et sœurs. Comment avait-elle cru pouvoir vivre impunément dans le mensonge?

Tom sonna à la porte des Martin à sept heures du matin. La domestique l'introduisit dans la maison malgré l'avis de quarantaine affiché sur la porte.

Il avait eu un instant d'hésitation en le voyant : ne risquait-il pas, à son tour, de contaminer ses propres enfants?

« Je dois absolument voir Mrs. Martin, dit-il à la bonne qui ouvrit de grands yeux.

– Elle est auprès du jeune monsieur. Elle ne veut voir personne.

– Dites-lui que je suis ici. Elle me recevra. »

Thad Martin survint.

« Qu'est-ce qui vous fait croire cela? »

Tom se tourna vers lui.

« Je suis... de la famille et elle m'a envoyé un message.

– Votre tante n'a plus toute sa raison. Elle ne veut même pas de moi auprès d'elle. »

La voix de Thad trahissait sa peur. Il se planta

devant Tom pour lui barrer le passage, mais soudain il parut s'effondrer et le désespoir se peignit sur ses traits. Il fit signe à la bonne de conduire Tom au premier étage. Arrivée en haut de l'escalier, elle pointa le doigt vers une pièce dans laquelle elle redoutait manifestement d'entrer.

Un spectacle déchirant attendait Tom. L'enfant râlait, le visage empourpré par la fièvre, Mary gisait à côté de lui, cheveux défaits.

« Mère, me voilà. Je suis venu. »

Débraillée, de larges cernes sous les yeux, elle ne ressemblait plus en rien à la femme pleine d'assurance dont Tom gardait le souvenir.

« Mon fils va mourir », articula-t-elle d'une voix rauque.

Elle se dressa brusquement. Tom vit une lueur de démence dans son regard.

« Dieu me punit parce que je le préférais à cause de sa ressemblance avec toi. Il l'épargnera peut-être si nous confessons tous deux la vérité à Thad.

– Que disent les médecins, mère?

– Les médecins! s'écria-t-elle. Que savent-ils du péché?

– Mère, le petit a attrapé cette maladie parce qu'il y a une épidémie. Des dizaines d'enfants sont au lit en ce moment. Leurs mères ne sont certainement pas toutes des pécheresses! Cela n'a rien à voir avec toi.

– Si! J'ai passé ma vie à mentir. Et Dieu m'a confondue comme le père McKuen l'avait prédit. Il m'a confondue! »

Elle hurlait à présent. Tom essaya de la calmer en la prenant dans ses bras, mais elle se dégagea.

« C'est la volonté de Dieu, Tom. Il m'arrache l'être qui m'est le plus cher pour me punir de mon égoïsme.

– Ce n'est pas de l'égoïsme! »

Il s'était mis à crier, lui aussi.

« Tu avais le droit d'essayer de vivre.

– Et lui, n'avait-il pas aussi le droit de vivre? Il va mourir à cause de mon égoïsme, de mes mensonges et de mon péché!

– Mère, calme-toi. »

Il jeta un coup d'œil à l'enfant.

« Mon Dieu! Je crois qu'il ne respire plus », dit-il en posant la main sur la poitrine inerte.

Il se précipita vers la porte.

« Monsieur Martin, monsieur Martin! cria-t-il du palier. Venez vite! »

Il retourna en hâte vers la chambre et resta cloué sur le seuil. Sa mère, assise sur le bord du lit, avait déboutonné le devant de sa robe et tenait son fils contre sa poitrine nue comme s'il s'agissait d'un bébé. Elle fredonnait une berceuse irlandaise, un sourire aux lèvres, les yeux perdus dans le vague.

Tom prit le drap pour couvrir le sein de sa mère. Il caressa le visage exsangue de l'enfant.

« Tout va bien maintenant, Michael, dit Mary d'une voix douce. Il s'est endormi. Nous pouvons nous asseoir près du feu. »

Tom se laissa tomber sur le bord du lit, terrassé par cette scène insoutenable. A ce moment, Thad Martin entra dans la chambre. En vacillant, il s'approcha, voulut retirer le petit cadavre des bras de sa mère. Il eut un mouvement de recul quand le drap glissa.

« Sortez d'ici! cria-t-il en se tournant vers Tom. Ayez la décence de nous laisser avec notre douleur.

– Cette douleur est aussi la mienne, monsieur », rétorqua Tom.

Thad s'abattit sur le lit, enlaça sa femme et son fils et éclata en sanglots.

10

Assise dans un fauteuil à bascule sous la véranda du Cambridge Sanatorium, Mary chantonnait en berçant une poupée. Tom et le docteur Peabody discutaient en suivant l'allée de gravier qui traversait la pelouse.

« Monsieur Dalton, un choc aussi terrible, associé à un secret enfoui pendant des années, déséquilibrerait n'importe qui. Votre mère semble s'être réfugiée dans une période moins pénible de sa vie. Une période où elle avait moins de responsabilités et se sentait en sécurité. Combien de temps cela durera-t-il? Nous ne pouvons le dire. »

Il jeta un coup d'œil à Tom et poursuivit :

« On peut la comparer à un animal blessé qui se retirerait dans sa tanière. Il faut alors laisser faire la nature : soit l'animal meurt soit il guérit tout seul.

– Docteur, je me sens responsable de ce qui est arrivé.

– Voyons, monsieur Dalton. A quoi servirait-il de développer un sentiment de culpabilité? Votre mère a besoin de votre aide, pas de vos remords. Venez la voir régulièrement. Votre présence et celle de son mari seront les facteurs de son rétablissement.

– Comment réagit Mr. Martin? »

Le docteur ne répondit pas directement à sa question.

« Je crois que vous pouvez lui être d'un grand secours.

– De quelle manière?

– En crevant l'abcès. En l'aidant à comprendre

votre mère. Il se sent rejeté par elle, exactement comme vous vous êtes senti autrefois abandonné. Vous avez beaucoup en commun avec lui, monsieur Dalton, si l'on envisage les choses de cette façon. Voyez-vous, seuls votre amour et votre compréhension, à tous deux, peuvent guérir Mrs. Martin.

– Je ne suis pas sûr qu'il acceptera de me revoir.

– Vous n'en serez jamais sûr tant que vous n'aurez pas essayé, monsieur Dalton. »

« Je crois que nous avons des choses à nous dire, monsieur Martin. »

Tom s'éclaircit la voix et pénétra dans le bureau. Thad gardait le silence.

« Vous avez droit à des explications. Je ne sais si c'est à moi de vous les donner, aussi ai-je longuement hésité à vous voir. C'était à votre femme de... »

Thaddeus l'interrompit sèchement.

« Mon épouse n'est plus en état de dire quoi que ce soit, monsieur Dalton! Si vous savez quelque chose qui puisse nous aider, il est de votre devoir de me le révéler. »

Il s'efforçait désespérément de garder son calme. Le commerçant sûr de lui que Tom avait rencontré lors de sa première visite s'était mué en un homme désemparé, à bout.

« J'espère seulement que vous comprendrez et que vous pardonnerez.

– Monsieur Dalton, vous avez devant vous un homme qui vient de perdre son plus jeune fils... dont la femme risque de passer le reste de ses jours dans une maison de santé, dont la vie a été dévastée. Que pourriez-vous dire qui puisse ajouter à ces souffrances? »

Tom hésita : ses révélations ne porteraient-elles pas le coup de grâce à cet homme ? Pourtant, il devait parler. Il n'y avait pas d'autre solution.

Thad l'écouta les dents serrées, la tête penchée sur la poitrine, les mains agitées de tremblements nerveux. Tom s'étonna de s'entendre défendre farouchement sa mère. Quand il eut fini, les deux hommes gardèrent le silence pendant une bonne minute.

« Vous devez beaucoup ressembler à votre père, non ? demanda enfin Thad, et Tom fut stupéfait de la jalousie qui perçait dans sa voix.

– Oui.

– Moi, elle ne me reconnaît même pas.

– Elle ne nous reconnaît ni l'un ni l'autre.

– Pourtant, elle vous parle...

– Uniquement parce qu'elle me prend pour mon père. »

Thad tressaillit à l'évocation de Michael.

« Monsieur Martin, elle ne reconnaîtra rien ni personne tant qu'elle se reprochera la mort de mon frère. »

Thad leva vivement les yeux au mot *frère,* puis détourna de nouveau le regard.

« Seul votre pardon peut sauver sa vie et sa raison, ajouta Tom.

– Oui, dit enfin Thad. Vous avez probablement raison. »

Après quelques instants, il soupira :

« Quelle ironie ! »

11

La maternité réussissait à Deirdre. La fragile jeune fille s'était muée en une femme épanouie, radieuse. Tom restait en adoration devant elle, quand elle brossait ses longs cheveux soyeux, ou quand il la regardait jouer avec leurs deux fils, âgés maintenant de six et quatre ans. Toutefois, son instinct paternel ne s'était toujours pas éveillé et cela le tracassait. Il pensait parfois que le temps lui manquait pour apprendre à connaître ses enfants. Il les aimait, certes, mais n'arrivait jamais à se sentir proche d'eux.

« Ce sera une fille cette fois-ci, ma chérie, annonça Billie d'un ton solennel qui amusa Deirdre.

– Tu as deviné juste la dernière fois, Billie. Je ne comprends pas comment tu fais, mais je crois que tu vas encore avoir raison. »

Elle posa sur ses genoux la courtepointe qu'elle était en train de broder.

« Ce que je ressens pour cette grossesse est si différent, Billie. Je suis sereine... en paix avec le monde. Et puis ce bébé-là est beaucoup plus calme que ne l'étaient les autres.

– Je t'envie, ma chérie. »

Il y avait dans le ton de Billie quelque chose de si mélancolique que Deirdre tendit le bras vers elle et lui caressa le visage. Ce devait être affreux pour une femme de savoir qu'elle ne sentirait jamais une vie croître dans son ventre.

« Nous partagerons ce bébé, Billie. Il sera à nous deux. Nous l'habillerons comme une poupée, si c'est une fille, nous jouerons avec elle, nous lui apprendrons à être à la fois une dame et une femme... »

Qu'elle est généreuse! songea Billie en reprenant

sa broderie au tambour. Si Deirdre lui offrait de partager sa petite fille, ce n'était pas une parole en l'air. Elle irait jusqu'au bout.

12

« Nous devons trouver une solution », dit Mulvaney, en martelant la table de conférence, le visage cramoisi.

Tom, O'Reilly et Tierney, assis à ses côtés, attendaient la suite d'un air sombre. Duffy demeurait au fond de la pièce. Tom s'était demandé combien de temps il faudrait à Jim pour se rendre compte de la gravité du danger. Il avait chargé Duffy d'enquêter sur les changements qui se produisaient sur les quais. En effet, sur ses conseils, Jim y avait implanté des affaires. De plus, des liens viscéraux l'unissaient toujours aux dockers.

Duffy travaillait maintenant autant pour lui que pour Mulvaney, et avec le même zèle.

« Ces Italiens font partie de ce qu'ils appellent une " famille " », dit-il en s'approchant de la table, sans attendre qu'on l'interroge.

Depuis un certain temps, il avait l'œil sur ce réseau d'un nouveau genre.

« A la tête de chaque famille, il y a un type appelé le « parrain » qui prend soin de tous ses membres.

– C'est bien pratique, ricana Mulvaney.

– Ils ont aussi à leur solde des gars musclés qui n'hésitent pas à employer les grands moyens : tabassage, incendie, meurtre. Ils sont capables de tout.

– Ce que tu nous racontes là n'est guère différent de ce que font tous les groupes d'immigrants dans cette charmante ville. Tu ne crois tout de même pas que nous autres Irlandais tenons depuis si longtemps le devant de la scène politique en nous conduisant comme des anges, n'est-ce pas?

– Vous avez raison, monsieur Mulvaney. Mais le problème, c'est que ces types veulent mettre la main sur les docks. Ils ont amené des camions entiers de Ritals qui travaillent à moitié prix, ils soudoient les contremaîtres, ils évincent peu à peu les patrons, les responsables, et les remplacent par des hommes à eux. Rien ne leur résiste, monsieur Mulvaney. Et ceux qui tentent de se mêler de leurs affaires se font, au mieux, tabasser. Ils veulent contrôler l'entreposage, la tonnellerie et tous les commerces maritimes. Et pas seulement pour pouvoir importer de l'huile d'olive comme ils le prétendent. Ils font toutes sortes de trafics entre la Sicile et ici, dont le trafic de drogue. Pour cela, le port constitue l'endroit idéal.

– Il nous est arrivé à nous aussi de pratiquer la contrebande, fit remarquer Mulvaney. Inutile de s'en vanter. Mais cette histoire de drogue me répugne. Bien. Il faut réagir. Le tout est de savoir comment.

– Ne nous précipitons pas, Jim, conseilla Tom. Commercialement, rien ne nous oblige à leur déclarer la guerre. Nous avons suffisamment d'intérêts ailleurs. Mais...

– Nous ne pouvons renoncer à un si vaste territoire, le coupa O'Reilly.

– ... Mais politiquement les répercussions risquent d'être graves. Les électeurs de Jim sont chassés par une main-d'œuvre non spécialisée, disposée à travailler pour un salaire très inférieur. S'il ne protège pas leur gagne-pain, ils cesseront de voter pour lui.

– Ce n'est pas tout, messieurs, ajouta Tierney. Les Italiens soudoient tout le monde, y compris la police. Ils sont aussi doués pour cela que nous l'étions au bon vieux temps. Ils ont racheté les vieux entrepôts McQueeney sur les jetées 23 et 24, d'où ils peuvent opérer.

– Un compromis est-il possible, Jim? » demanda Tom.

Il savait que les Italiens ne s'arrêteraient pas en si bon chemin. Ce qu'ils voulaient, c'était le contrôle de la mer.

« Pas avec la guerre qui menace.

– Pourtant les sénateurs Shoreham et Brush nous ont assuré l'autre soir que le gouvernement ne s'engagerait pas dans le conflit. »

Jim secoua la tête d'un air sceptique, coupa le bout d'un havane et l'alluma.

« La guerre est synonyme de profit pour les gens comme nous, ne l'oublie pas. Et si des imbéciles comme Brush et Shoreham flairent l'odeur de l'argent, ils retourneront leur veste. Quant à ces parrains, ils voudront accaparer le gâteau. Mais je te garantis que Diamond Jim Mulvaney ne se laissera pas couper l'herbe sous le pied, au moment où se présente la plus grosse affaire de sa vie! »

Il tira quelques bouffées de son cigare d'un air satisfait et observa son gendre.

« Qu'est-ce qui te tracasse? Cela ne te ressemble pas de cracher sur une bonne affaire.

– Je ne sais pas, Jim. Ce sont de drôles de types. Duffy les a à l'œil depuis deux mois et tout ce que j'entends sur eux m'inquiète. Nous autres Irlandais faisons notre sale boulot en tournant les lois ou en manipulant ceux qui les votent; mais tout le monde y trouve son compte et, à notre manière, nous respectons les formes. Vincenzo et sa bande me font penser à des mitrailleuses, ils fauchent tout sur leur passage. Peut-être vaudrait-il mieux se tenir à carreau pendant quelque temps, avant de passer à l'action.

– Ma sainte mère me disait souvent qu'il ne faut pas s'endormir sur ses lauriers. Nous devons leur montrer que nous les surveillons de près et voir comment ils réagissent. Angelo Vincenzo est l'instigateur du plan de rachat des docks. Je propose que nous fassions un brin de causette avec lui. Nous emmènerons Duffy pour notre protection. J'ai pris rendez-vous chez Vincenzo demain à trois heures.

– Pourquoi les rencontrer chez eux?

– Pour leur donner l'illusion qu'ils nous tiennent, petit, expliqua Jim, les yeux étincelants. Ne révèle jamais ta force à ton ennemi avant d'attaquer, c'est ma devise. Nous y allons également pour tâter le terrain. Je veux savoir ce qui se passe dans le repaire de Vincenzo.

– Crois-tu qu'ils soient vraiment puissants?

– Certainement. Comme Duffy nous l'a expliqué, chacun de ces parrains est à la tête d'un groupe familial dans lequel chaque membre se sent protégé par son chef. Cela assure une cohésion sans faille et une parfaite répartition des pouvoirs.

– Quelles concessions es-tu disposé à faire, Jim?

– Aucune pour le moment. Je veux seulement écouter. »

« Don Angelo Vincenzo vous attend dans le jardin », annonça un jeune homme au visage dur et au teint basané en ouvrant la porte d'une maison qui paraissait fortifiée comme un bastion.

Tom et Duffy suivirent un couloir dallé de marbre jusqu'à une grille en fer forgé donnant sur un patio. Un petit homme aux allures de patriarche était assis sous une tonnelle, devant une table en pierre, flanqué de deux gardes du corps. A côté de lui, sur un banc, deux hommes jeunes à la mine patibulaire l'écoutaient, visiblement captivés.

La conversation cessa brusquement quand la délégation des Irlandais franchit la grille. Les trois hommes se tournèrent vers les visiteurs.

Vincenzo les invita d'un geste à prendre place autour de la table.

« Je vous souhaite la bienvenue, messieurs. Comment trouvez-vous mon jardin?

– Très beau », répondit poliment Mulvaney.

Vincenzo et lui s'observaient avec attention, se jaugeant mutuellement.

« De quoi voulez-vous me parler, monsieur Mulvaney? C'est vous qui avez demandé à me voir, n'est-ce pas? »

Angelo Vincenzo avait un visage rond sillonné de rides. Ses yeux étaient à moitié cachés par de lourdes paupières, ses lèvres minces, sa bouche dure. Son accent sicilien, très prononcé, étonnait chez un homme qui avait passé trente-sept ans à New York. Les trois visiteurs se demandèrent s'il ne le cultivait pas sciemment.

« Il me semble que nous avons intérêt à mieux nous connaître, don Angelo, commença Mulvaney d'un ton affable. Beaucoup de gens par ici vous considèrent comme un chef de famille et moi comme un chef de gouvernement.

– Effectivement nous avons notre propre gouvernement, monsieur Mulvaney! »

Les deux jeunes gens eurent un petit sourire narquois et les deux armoires à glace se rapprochèrent, supposant, du fait de sa taille, que Tom était un garde du corps. Nul ne s'occupait de Duffy. Tom observait les deux adversaires avec fascination. C'étaient des hommes coriaces, rompus tous deux à l'exercice du pouvoir; l'affrontement serait intéressant.

« Vous prenez le travail d'un grand nombre de mes électeurs, don Angelo, dit Mulvaney. Je suis venu vous demander en leur nom quels étaient vos projets.

– Nous allons tout rafler, monsieur Mulvaney. D'ici deux ans, les quais nous appartiendront. »

Une lueur de malice passa dans le regard de Mulvaney.

« Ce n'est pas très chic de votre part. Et que se passera-t-il si nous ne voulons pas vous céder tout cela?

– Je n'ai pas parlé de céder, monsieur Mulvaney, j'ai dit que nous allions tout rafler.

– Dois-je considérer cela comme une menace?

– Plutôt comme un engagement de ma part.

– Dans ce cas, il est inutile de discuter », dit Mulvaney en se levant.

Tom, qui n'avait pas desserré les dents, l'imita. Duffy jeta un coup d'œil aux gardes du corps; ils étaient deux fois plus grands que lui, mais cela ne semblait pas le troubler outre mesure. Un silence de mort régnait sous la tonnelle.

13

Ses conseillers avaient laissé à Vincenzo les documents à étudier : comptes de profits et pertes, tableaux de cash-flow et bilans. Il repoussa dédaigneusement le tas de papiers. Il n'était pas devenu un parrain en s'occupant de paperasse!

Depuis deux jours, il ressassait sa rencontre avec Mulvaney. Un personnage intéressant, celui-là! Fort, coriace, sûr de lui, pas du genre à se laisser facilement intimider. Il faudrait jouer serré car le vieux politicien était influent. Le temps où les Irlandais détenaient le pouvoir politique touchait peut-être à sa fin à New York, mais Mulvaney graissait encore la patte à un grand nombre de policiers et de députés. Et il était assez riche pour lever une armée.

Il fallait découvrir son talon d'Achille et lui asséner un coup susceptible de le briser moralement. Si don Angelo avait bien jugé Mulvaney, les tactiques habituelles telles qu'incendies, passages à tabac ou menaces, ne serviraient qu'à stimuler son énergie.

Vincenzo se frotta les mains, très excité à l'idée d'avoir à lutter contre un adversaire digne de lui!

« Je crois que nous allons régler son compte à la Main Noire! »

Mulvaney exultait et Tom s'émerveilla, une fois de plus, de sa vitalité.

« Cela t'ennuierait-il de m'expliquer comment?

– Tu te souviens des vieux entrepôts McQueeney qu'ils ont achetés? Ceux qu'ils ont l'intention d'utiliser comme base d'opérations sur les quais?

– Oui, et alors?

– De l'argent judicieusement distribué permettra de contester assez longtemps la validité de la vente pour que Vincenzo soit mort et enterré avant de pouvoir les utiliser. »

Tom lui lança un regard interrogateur.

« Je croyais qu'ils soudoyaient au moins autant de députés que nous, Jim.

– En effet, mais pas les bons. Ceux à qui je graisse la patte vont faire quelques révélations sensationnelles! C'est Tierney qui m'en a donné l'idée; Dieu bénisse son esprit retors! Il s'est rappelé que McQueeney ne brillait pas pour l'honnêteté. Il est allé fourrer son nez dans les actes de propriété à la mairie et il a découvert que McQueeney n'avait jamais acheté le terrain! Il se l'est simplement approprié après que le possesseur a été tué dans une rixe, il y a trente-cinq ans. De plus, un sénateur de mes amis a dans l'idée que le meurtre de Joe Petrosino, ce flic qu'on a descendu l'hiver dernier, était commandé par Vincenzo. Nous aurions la police de notre côté! »

Tom s'en souvenait, le décès de Petrosino avait fait la une de tous les journaux.

« Pour finir, j'ai persuadé mon copain, l'inspecteur Peter O'Donnelly, de jeter un coup d'œil sur la comptabilité de Vincenzo. Et il l'inculpera, pour contrebande, faux en écriture et fausses déclarations fiscales!

– Minute, Jim! Pourquoi O'Donnelly courrait-il le risque de se faire abattre?

– Parce que, d'après les médecins, il ne lui reste plus guère que six mois à vivre et qu'il aimerait que ton serviteur prenne soin de sa famille quand il aura disparu. »

Tom secoua la tête d'un air incrédule. Son beau-père avait d'innombrables atouts dans sa manche quand il s'agissait de venir à bout d'un adversaire. Mais cette fois il sous-estimait Vincenzo.

« A quoi cela servira-t-il, Jim? Au bout du compte, tu sais bien que Vincenzo trouvera un moyen de s'assurer le concours de gens bien placés ou tout simplement de mettre la main sur une autre partie des quais. Et tu te seras démené pour rien. »

Mulvaney fronça les sourcils devant le manque d'enthousiasme de son gendre.

« Cela nous permet de gagner du temps! Du temps pour le combattre et pour consolider nos propres intérêts dans le secteur maritime. Et puis cela donnera une bonne leçon à cet insupportable petit prétentieux.

– Ils ne lâcheront pas prise, Jim; ce ne sera sans doute que le premier round.

– Cela fait un bout de temps que je n'ai pas participé à une bonne bagarre, mon garçon. Et si ce salaud revient pour un second round, je l'attendrai de pied ferme. »

Tom quitta la maison, rempli d'appréhension. Jim présumait de ses forces, il en était certain.

Duffy rangea son pistolet, nettoyé et graissé, dans l'étui qu'il portait en bandoulière, sous sa veste. Mary-Louise, son amie, lui avait appris que Vincenzo préparait quelque chose contre Mulvaney. Elle devait essayer d'en savoir plus auprès des filles qui travaillaient avec elle, dans une maison close de la 39e Rue.

Un attentat? se demandait le jeune homme. Ce serait assez dans leurs méthodes! Contre Mulvaney lui-même? Impossible, il était trop bien protégé. Ces Italiens ne lanceraient pas contre lui un commando, ils préféraient agir plus sournoisement. Contre Tom? La cible était plus aisée à atteindre. Ce dernier n'hésitait pas à se promener sans garde du corps. Trois ou quatre Siciliens pouvaient le coincer dans une rue déserte et jouer du couteau...

Mary-Louise ouvrit à son amant. La frayeur se lisait sur son visage.

« Frank, Josie m'a dit que le type la tuerait si elle trahissait, et qu'il me tuerait moi aussi, ou qu'il me vitriolerait.

– Ne t'en fais pas, ma belle, je ne laisserai personne abîmer ta frimousse. Josie a-t-elle seulement dit si c'est après Mr. Mulvaney ou Mr. Dalton qu'ils en ont?

– Tu ne comprends donc pas, chéri! Ils préparent quelque chose d'horrible, pour l'exemple. Tuer toute la famille, peut-être. Je ne sais rien de plus, sinon qu'ils ont envoyé à Mr. Mulvaney une lettre portant le signe de la Main Noire. »

Duffy la regarda fixement. Si elle disait vrai, il ne lui restait plus beaucoup de temps pour agir. Pourquoi son patron ne lui avait-il pas parlé de la lettre? Il devait aller le chercher au Democratic Club et le conduire en lieu sûr.

Duffy se dirigeait vers la porte quand une pensée lui traversa l'esprit. Et si la cible n'était pas Mulvaney? Si la lettre de la Main Noire était une ruse? « Tuer toute la famille », avait dit Mary-Louise. Brusquement, Duffy comprit que Vincenzo pouvait briser ses deux adversaires à la fois : en s'en prenant à Deirdre et aux enfants.

« Mary-Louise, dit-il d'une voix étranglée, je sais ce qu'ils trament! »

Il griffonna hâtivement un numéro sur un morceau de papier qu'il remit à la jeune femme.

« Appelle Mr. Dalton. Dis-lui de fermer portes et fenêtres, et de ne laisser entrer personne d'autre que moi. Dis-lui que j'arrive immédiatement! »

Dès que Duffy eut quitté la pièce, un homme sortit de la penderie.

« Tu as été parfaite, Mary-Louise. Grâce à toi, l'opération est bien engagée. Ton petit ami sera surpris par le comité d'accueil qui l'attend làbas! »

Elle s'assit en sanglotant sur le lit; elle venait d'entendre prononcer l'arrêt de mort de Frank.

« Et mon frère! cria-t-elle à travers ses larmes, où est-il? Vous m'aviez promis de le relâcher.

– Ouais, ouais, fit le mafioso. On en reparlera tout à l'heure. Pour l'instant, approche-toi un peu, que je voie tes jolis yeux... »

Duffy sauta dans un fiacre et donna l'adresse de Tom au cocher. Il était presque deux heures du matin. Les tueurs attendraient probablement les premières lueurs de l'aube pour frapper, mais il serait là. Dès qu'il aurait prévenu Mr. Dalton et appelé Mr. Mulvaney, ils seraient tous deux hors de danger. Diamond Jim avait de nombreux policiers à sa solde, plus qu'il n'en fallait pour protéger toute la famille, le cas échéant. L'important était d'arriver là-bas avant les maffiosi.

La voiture s'arrêta devant la maison de Tom. Duffy descendit, paya le cocher et se dirigea vers la porte en jetant prudemment des coups d'œil à droite et à gauche. Au moment où il posait la main sur le heurtoir, une silhouette surgit des buissons.

« Jette ton arme par terre, Duffy, et éloigne-toi de la porte. Un pistolet est pointé sur ta petite tête. »

Duffy comprit qu'il s'était jeté dans la gueule du loup. Mary-Louise avait parlé de la famille Mulvaney, sachant qu'il irait tout de suite chez Tom... Pourquoi avait-elle fait cela? Elle l'aimait pourtant! Ces salauds avaient-ils menacé de s'en prendre à son petit frère? Son sang se glaça dans ses veines. Comment avertir les Dalton maintenant? Un coup de feu! Voilà qui les alerterait!

Prompt comme l'éclair, le jeune homme porta la main à son pistolet et bondit vers la silhouette qui se tenait dans l'ombre. Derrière lui, un autre homme caché dans le massif de rhododendrons tira avec son arme munie d'un silencieux. La balle fracassa le crâne de Duffy avec un son mat.

Au troisième étage, Tom s'agita dans son sommeil et ouvrit les yeux. Il lui semblait avoir entendu un bruit dehors. Il sortit du lit en prenant garde de ne pas réveiller Deirdre. Il s'avança jusqu'à la fenêtre, sur la pointe des pieds. Au coin de la rue, des hommes aidaient un ami ivre à monter dans une voiture. Ce devait être ce qu'il avait entendu. Il trouva bizarre qu'il y eût un ivrogne dans cette rue à deux heures du matin : aucun bar ne se trouvait à proximité. Peut-être y avait-il eu une réception chez un voisin. Allons, il ne fallait pas s'inquiéter à tout propos! Depuis quelques jours, il vivait dans un état de tension permanente. Cette affaire Vincenzo l'angoissait.

Il ne pouvait croire que les Italiens se laisseraient battre aussi aisément que l'affirmait son beau-père. Il demanderait à Duffy d'essayer de glaner quelques informations dès le lendemain.

*

Tom se sentait encore plus nerveux que d'habitude, ce matin-là. Il n'avait pu se rendormir après son réveil inopiné, au beau milieu de la nuit. La sécurité de Mulvaney le préoccupait de plus en plus. Et Duffy qui était inexplicablement absent! Autre chose l'inquiétait : il avait essayé d'appeler Deirdre plusieurs fois, en vain. Pourtant, même si elle était sortie avec les enfants, un domestique aurait dû répondre. Il fallait qu'il se calme, sinon il n'arriverait pas à travailler!

Tout à coup, il se leva, sortit en trombe de son bureau. Le jeune employé qui tapait à la machine, près de la porte, dressa la tête, surpris.

« Delaney, je rentre déjeuner chez moi. Ne laissez pénétrer personne dans mon bureau en mon absence. Essayez de me trouver Duffy; qu'il m'appelle à la maison. J'ai le pressentiment que quelque chose de grave se trame. »

Le jeune Irlandais ouvrit le tiroir de son secrétaire pour montrer le pistolet qu'il y gardait.

« Parfait », murmura distraitement Tom.

Il sortit précipitamment, son appréhension s'accroissant à chaque pas. Il fit signe au cocher qui attendait au bord du trottoir, bondit dans le coupé.

« Chez moi! cria-t-il. Il n'y a pas de temps à perdre.

– A vos ordres, monsieur Dalton. »

Les chevaux s'élancèrent sur les pavés dans la direction de la 5e Avenue.

L'esprit de Tom fonctionnait à toute vitesse. Les éléments commençaient à se mettre en place. Jim avait monté un plan parfait, tout prévu, sauf... sauf un détail : ses adversaires ne s'attaqueraient ni à lui personnellement, ni à son gendre, mais plutôt à Deirdre et aux enfants! A travers eux, ils pouvaient atteindre les deux hommes à la fois. Il eut le pressentiment qu'il était déjà trop tard.

Sans attendre que la voiture soit complètement immobilisée, il sauta sur le trottoir et bondit dans la maison silencieuse.

Mary O'Toole, la petite gouvernante, gisait dans une mare de sang sur le parquet du hall. Le petit Seamus essayait vainement de la réveiller en lui pinçant la joue. Il gémissait. Riordan, si maître de lui d'habitude malgré ses six ans et demi, était assis par terre, l'air hébété. Des bleus marquaient son visage barbouillé de larmes. Tom se précipita vers eux et les serra dans ses bras.

« Où est votre maman, mes chéris? Que vous est-il arrivé, dites-moi tout!

– Ils sont venus à plusieurs, papa, répondit Riordan. Ils ont frappé Nana quand elle a essayé de les empêcher d'entrer. Elle a crié à maman de s'enfuir, alors ils lui ont donné un coup de couteau.

– Qu'ont-ils fait à maman?

– Ils l'ont emmenée avec eux, papa. Comme elle se débattait, ils l'ont frappée sur la tête et elle est tombée. J'ai essayé de l'aider, j'ai tapé sur le plus grand, je lui ai donné des coups de pied, mais ils étaient trop forts. »

Tom serra la petite tête brune sur sa poitrine et l'embrassa.

« C'est très bien, Rory, tu as fait ce que tu as pu. C'est tout ce qu'on peut demander à un homme. Maintenant, écoute-moi attentivement : tu vas courir chez notre voisine Mrs. Devlin et lui dire de venir s'occuper de Nana et de Seamus. Nous enverrons le cocher chercher ton grand-père. Peux-tu faire ça, Rory?

– Oui, papa.

– Tu es un brave garçon, ta mère sera fière de toi. »

Tom laissa l'enfant et sortit en courant.

« Ramenez Mr. Mulvaney ici dans dix minutes, même si vous devez crever les chevaux! cria-t-il au cocher. Dites-lui qu'ils ont enlevé Mrs. Dalton. »

Les mafiosi séquestraient probablement Deirdre dans un des vieux entrepôts abandonnés. Pourvu qu'ils ne la tuent pas! Tom tentait de se rassurer en se répétant qu'ils devaient garder leur otage en vie pour les forcer à abandonner le terrain. Mais la prémonition du désastre était la plus forte. Il ne savait pas ce qu'il ferait en arrivant aux docks, mais c'était là-bas qu'il trouverait sa femme.

Deirdre gisait sur le sol, dans un coin de l'entrepôt, ligotée et bâillonnée. Les genoux ramenés sur son ventre proéminent, elle s'efforçait de ne pas céder à la panique.

Le choc de l'enlèvement, son angoisse, le calvaire que devait vivre Tom, toutes ces horreurs devenaient secondaires pour elle, car elle sentait que son bébé arrivait. Sainte mère de Dieu! implorait-elle, faites qu'il ne naisse pas tout de suite. Il est en avance d'un mois. Ici, il mourrait. Mais il devenait évident que ses prières ne seraient pas entendues. Elle commença donc à rassembler ses forces. Il ne fallait pas qu'elle disperse son énergie. Elle devait oublier ses épreuves, ses appréhensions, ce rat qui, sous la table, la fixait de ses petits yeux noirs, et se concentrer sur l'enfant qui venait.

En la transportant dans la voiture de livraison, puis en la traînant dans l'entrepôt glacial, les hommes avaient déchiré ses vêtements. L'un d'eux avait même osé quelques attouchements. Heureusement, l'autre était intervenu.

« Pas question de toucher à une femme enceinte! avait-il dit. On aurait dû nous prévenir, je n'aime pas cela. »

En grognant, le premier s'était alors allongé sur un lit de camp d'où il regardait la prisonnière entravée.

Elle cessa de penser à lui quand la poche des eaux se rompit. Pour l'instant, elle concentrait son attention sur les douleurs, encore espacées et supportables. Elle serait bientôt obligée de dire à ses geôliers ce qui se passait, mais l'instinct la retenait, car elle ignorait comment ces brutes réagiraient. Ils pouvaient tout aussi bien la supprimer!

« Richie, la belle dame a l'air malade, remarqua l'homme sur le lit de camp.

– Bon Dieu! Vince, et si elle allait accoucher! Je n'y connais rien, moi. Madame, reprit-il en s'adressant à Deirdre, je ne sais pas si c'est possible, mais essayez de vous retenir. »

Sa voix était presque douce. Il lui enleva son bâillon et elle tenta de sourire.

« Je crois qu'il vaudrait mieux me libérer de mes liens, monsieur, dit-elle. Je me débrouillerai toute seule avec de l'eau et des couvertures.

– Mais nous n'avons rien ici. Nous devions seulement vous garder, et capturer votre mari quand il arriverait.

– Ne la détache pas, dit Vince. Elle nous monte en bateau.

– Qu'est-ce qu'on risque, Vince? Elle ne peut pas s'enfuir et elle a vraiment l'air de souffrir.

– Imbécile, qu'est-ce que ça changera? Ils seront morts tous les deux à la tombée de la nuit. Tu veux que le patron la trouve détachée? Ou qu'elle nous complique les choses quand son mari arrivera?

– Tant pis! Je ne veux pas avoir la mort d'une femme et d'un bébé sur la conscience. »

Richie se dirigea vers Deirdre, un couteau à la main. D'un bond Vince fut sur lui. Deirdre, horrifiée, les regarda rouler sur le ciment à quelques mètres d'elle et se battre sauvagement.

« Non, non! Je vous en prie! » hurla-t-elle.

Les cris et les jurons couvraient sa voix. Soudain, les deux hommes s'immobilisèrent, Vince à cheval sur son adversaire. Des flots de sang jaillissaient de la gorge de Richie. Deirdre, secouée de sanglots, supplia :

« Déliez-moi les jambes, par pitié. Mon bébé arrive! »

Vince ricana :

« Tu ne voulais pas que je te touche, tout à l'heure, espèce de pimbêche. Alors, tu n'as qu'à attendre ton cher mari. Moi je fiche le camp. Si tu vois le patron, dis-lui que je ne m'entendais pas très bien avec mon collègue. Ciao! »

Le bruit de ses pas décrut. Puis une porte claqua. Deirdre se traîna vers le cadavre. A grand-peine, elle le bougea, de façon à libérer le couteau sur lequel il gisait. Puis, de ses mains entravées, elle entreprit de couper la corde qui liait ses chevilles. A la douleur du sang recommençant à circuler dans ses membres engourdis s'ajouta celle d'une autre contraction. Quand elle fut passée, Deirdre remonta le couteau, remerciant le Ciel qu'ils lui aient attaché les mains devant elle et non derrière le dos. Elle trancha les liens qui enserraient ses poignets.

S'agrippant à la table, elle essaya, en vain, de se relever. Elle rampa alors jusqu'au lit de camp. Puis réussit même à tailler dans ses vêtements quelques bandes de tissu.

Quand le bébé arriva enfin, Deirdre noua le cordon ombilical. Puis elle enroula la petite fille dans des lambeaux de lainage et de jupon et la serra contre sa poitrine. Tom n'allait pas tarder à arriver et tout irait bien. Il les trouverait toutes les deux et les sauverait.

La mare de sang s'élargissait entre ses jambes. Elle avait l'impression de voguer paisiblement sur un cours d'eau vaguement familier. La douleur semblait s'être atténuée. Elle avait moins froid.

« Tom, je t'aime, ne m'oublie pas », dit-elle ou crut-elle dire.

Et l'image des bras de son mari autour d'elle berça ses derniers instants.

Tom avait inspecté huit des entrepôts appartenant à Vincenzo avant de trouver celui qui abritait Deirdre et le bébé.

L'humidité le fit frissonner jusqu'à la moelle. Les pensées se bousculaient dans son esprit. S'il avait pensé à amener de l'aide, il aurait gagné du temps. S'il était rentré chez lui au moment où l'appréhension l'avait saisi, il aurait pu empêcher le pire. Si seulement il avait songé à faire garder son domicile, si seulement il lui était venu à l'esprit que Deirdre était le maillon faible de la chaîne...

Un petit cri déchira le silence. Le cri d'un nouveau-né qui le remplit d'une angoisse insupportable. Renonçant à toutes précautions, Tom se dirigea au pas de course vers l'endroit d'où était parti le vagissement.

Deirdre gisait sur le lit de camp, le corps aussi

gris que le ciment de l'entrepôt. Seul le petit être reposant sur sa poitrine bougeait. Tom demeura cloué d'horreur. Le cadavre de l'homme, les meubles renversés, la traînée de sang par terre, les liens tranchés... il comprit en un éclair tout ce qui s'était passé. Mais il refusait de le croire.

Il se précipita vers le corps de sa femme et le prit dans ses bras ainsi que le bébé. Il les étreignit de toutes ses forces comme s'il voulait par la seule puissance de sa volonté leur insuffler la vie. Réchauffé par la chaleur de Tom, le bébé se tut et s'endormit. C'est ce spectacle que Diamond Jim découvrit au terme de ses propres recherches.

« Reculez! Eloignez-vous! » cria-t-il aux hommes qui se pressaient derrière lui.

Lui aussi avait tout compris en un instant. Il posa la main sur l'épaule de Tom.

« Il faut rentrer chez toi, dit-il d'une voix étranglée. Ne les laisse pas ici. »

Tom leva les yeux sans le voir et hocha la tête. Longtemps après, quand Jim se força à revivre la scène, il comprit que Tom Dalton aussi était mort ce jour-là. Il avait reposé sur le lit le corps de sa femme, l'avait embrassé. Puis, plaçant le bébé dans les bras de son grand-père, il s'était dirigé en silence vers la porte.

« Où vas-tu? avait demandé Jim qui connaissait déjà la réponse.

– Tuer ces salauds. »

Thomas Dalton tua trois hommes cette nuit-là, Vincenzo et ses deux gardes du corps. La police, en partie à la solde de Diamond Jim, ferma les yeux, après avoir vu le corps de Deirdre. Mais Tom ne serait plus jamais le même homme.

14

Tom passait toutes ses nuits, assis dans un fauteuil. Il n'arrivait toujours pas à admettre que Deirdre avait disparu. C'était impossible ! S'il l'attendait assez longtemps, il allait entendre son pas dans l'escalier, sa voix résonnerait dans la maison pour appeler les enfants. Il sentirait le contact de sa poitrine quand elle se pencherait vers lui pour l'embrasser. Son rire musical briserait le silence.

Malgré son chagrin, Diamond Jim s'était occupé de tout. La veillée funèbre avait duré trois jours et trois nuits interminables. Tom avait passé chacune de ces nuits seul auprès de la morte.

Chaque soir, après les dernières condoléances, quand Diamond Jim avait embrassé Deirdre et regagné son domicile où se trouvait la dépouille de Frank Duffy, Tom s'asseyait auprès de sa femme.

« Papa, je veux rester près de maman », avait supplié Riordan le premier jour.

Tom avait à peine entendu sa requête. Comme Rory insistait, il avait préféré l'éloigner, le confiant, lui et son frère, à des amis. Ils reviendraient à la maison après l'enterrement.

D'ailleurs, la seule vue de ses fils lui était insupportable. Ils ressemblaient tellement à leur mère; ils reproduisaient ses gestes et ses intonations.

Plus tard, se disait-il... plus tard. Pour le moment il avait besoin d'être avec sa femme, de graver chaque souvenir dans sa mémoire, d'évoquer dans les moindres détails son visage, son corps, leur vie commune. Tout cela devait devenir une partie de lui-même et cette tâche le prenait tout entier.

Quinze jours après les funérailles de Deirdre et de Duffy, une automobile s'arrêta devant chez les Dalton.

La bonne répondit au coup de sonnette, accompagnée d'un garde armé : Tom ayant tué un membre éminent de la Mafia, Mulvaney craignait des représailles, aussi avait-il pris toutes les précautions nécessaires.

Un petit homme aux cheveux gris, flanqué de deux gardes du corps, demanda à parler à Mr. Dalton. C'était une affaire urgente. Il s'appelait Enzio Narducci et représentait les Cinq Familles. Le garde referma la porte, sans faire entrer les visiteurs, et courut à la bibliothèque prévenir son patron. En chemin, il avertit son collègue qui surveillait le deuxième étage où dormaient les enfants. Il trouva Tom assis dans la bibliothèque, un livre qu'il ne lisait pas ouvert sur les genoux.

L'annonce de cette visite le tira de sa léthargie. Narducci était le successeur de Vincenzo. D'une tout autre étoffe, s'exprimant avec aisance, cultivé et beaucoup plus américanisé que son prédécesseur, Narducci n'en avait pas moins une égale réputation de cruauté. Tom téléphona à son beau-père pour lui dire d'alerter la police. Puis il ordonna au garde de faire entrer le visiteur.

Malgré sa petite taille, celui-ci donnait une impression de puissance, d'autorité. Il pénétra dans la bibliothèque et laissa errer son regard sur les murs garnis de livres avant de le poser sur Tom. Puis il tendit la main au jeune homme qui la refusa. Narducci ne se froissa pas de cette rebuffade.

« Je m'appelle Enzio Narducci, monsieur Dalton. Je suis venu pour une affaire de famille.

– Je sais qui vous êtes. Quelle que soit la raison de votre visite, je dois vous avertir que mon beau-père et la police seront là dans peu de temps.

– Ce ne sera pas nécessaire, monsieur Dalton. Il s'agit d'une affaire d'hommes, d'une question d'honneur. J'irai droit au but. Il y a eu une querelle entre nos deux familles, monsieur Dalton. Nous avons eu des morts et nous devons régler nos dettes. »

Il s'interrompit pour fixer Tom.

« Vous ne connaissez pas nos règles, mais je dois vous dire que mon prédécesseur a enfreint l'une d'elles bien malgré lui. Il a causé la mort d'une femme enceinte. Ce n'est pas dans nos habitudes. Cela n'aurait jamais dû arriver. Notre honneur est terni par le sang de votre femme. Nous devons nous laver de cette faute. »

Enzio paraissait sincèrement ému. Tom en fut interloqué.

« Vous vous êtes vengé et vous avez eu raison. Nous, de notre côté, nous avons châtié celui qui, en désobéissant aux ordres, a provoqué la mort de votre femme. Elle devait servir d'appât, un point c'est tout. Il n'était pas question de lui faire subir le moindre sévice. Dans notre monde, monsieur Dalton, les hommes ne se vengent pas sur les femmes et les enfants, ils règlent leurs comptes entre eux. Vous n'avez rien à craindre pour vos enfants. Nous sommes peut-être ennemis en affaires, mais nous avons une dette d'honneur envers vous et vous pouvez être assuré que nous la paierons. Le jour où vous vous y attendrez le moins, nous effacerons l'ardoise.

– Quoi que vous fassiez, cria Tom, vous ne pourrez pas me rendre ma femme! »

Le visiteur regarda Dalton d'un air sombre.

« En effet, nous ne le pourrons pas. »

Il fit demi-tour et quitta le bureau, encadré par ses gardes du corps.

Tom le suivit, déconcerté. Quand ils atteignirent la porte d'entrée, Mulvaney et six policiers en uniforme se précipitèrent dans le vestibule. Tom leva la main pour les arrêter.

« Tout va bien, Jim. Don Enzio s'en va. »

Faisant signe aux policiers de s'écarter, il laissa le mafioso quitter la maison.

VI

RIORDAN - SEAMUS - MAEVE

Quand un homme épouse une femme,
il épouse ses enfants.
Vieux proverbe irlandais

1

« Tu sais, Billie, c'est vraiment stupéfiant de voir à quel point Tom est peu doué pour la paternité. »

Assis dans le boudoir de sa maîtresse, Mulvaney fumait son cigare, un verre à la main.

« Que fait-il de mal? » demanda-t-elle.

Son cœur se serrait quand elle pensait à Tom et aux enfants. Mais, depuis la mort de Deirdre, elle estimait que ses visites seraient déplacées. Un grand vide s'était creusé dans sa vie, car elle avait perdu à la fois son amie et sa famille adoptive.

« Le problème, c'est qu'il ne fait rien. C'est tout juste s'il leur dit bonjour. Il les abandonne entièrement aux mains de la gouvernante. Elle est bien gentille, mais cela ne remplace pas une famille.

– Peut-être lui rappellent-ils trop Deirdre et le passé.

– Hum! Je suis sûr qu'il y a autre chose. Deirdre me disait souvent que son manque d'intimité avec les enfants venait de ce qu'il avait peur de les perdre. Il semble qu'il ait perdu tous ceux qu'il aimait dans sa jeunesse et ne s'en soit jamais remis. Comme si on pouvait avoir une enfance heureuse ici-bas!

– Tu as l'air monté contre lui ce soir, Jim. Qu'est-ce qui te préoccupe vraiment? »

Billie vint s'asseoir sur le bras de son fauteuil.

« Je deviens vieux, Billie. Tom dirige presque tout maintenant. Il pourrait fort bien se passer de Tierney, de O'Reilly ou même de moi. Sans avoir mon flair, la rouerie de Tierney ni la bosse des mathématiques de O'Reilly, il est suffisamment doué pour réussir. D'ailleurs, il ne pense à rien d'autre depuis la mort de Deirdre.

– Alors, pourquoi fais-tu une tête de six pieds de long?

– Parce que les enfants souffrent de ce manque d'éducation. Seamus n'a rien dans la tête, Maeve est malingre et Riordan garde contre son père une rancune rare chez un enfant aussi jeune.

– As-tu essayé d'en parler avec Tom?

– Oui, mais sans succès.

– Veux-tu que je m'en charge? »

Il fronça les sourcils.

« Aurais-tu des vues sur ce garçon? »

Elle éclata de rire et s'installa sur ses genoux.

« Voilà le signe que tu n'es pas aussi vieux que tu le prétends, Jim Mulvaney. Tu es jaloux! »

Il gloussa et la serra dans ses bras.

*

Assise dans un fauteuil à bascule sous la véranda de la maison de santé, Mary s'efforçait de mettre ses idées en ordre. Le médecin avait dit qu'il fallait reprendre contact avec la réalité avant de pouvoir quitter l'établissement. Mais tant de réalités se bousculaient dans son esprit! Pendant longtemps elle avait eu la tête complètement vide, mais peu à peu la vérité avait commencé à s'y insinuer, cette vérité qu'elle refusait, car c'était que sa vie était finie.

Il fallait qu'elle réussisse à éclaircir ses pensées avant de revoir le médecin. Si elle souffrait trop, elle pourrait se refugier à nouveau dans l'oubli.

*

Diamond Jim prit l'ascenseur jusqu'au troisième étage où se trouvait l'appartement de Billie. Il se doutait bien qu'elle avait fait récemment installer cet ascenseur parce qu'il ne pouvait plus monter l'escalier... Bien entendu, ni l'un ni l'autre ne l'avouerait.

Son amie l'accueillit vêtue d'un déshabillé couleur pêche qui chatoyait à la lueur du feu.

« Qu'est-ce qui t'amène si tard?

– Il m'est venu ce soir une idée. »

Elle l'installa dans son fauteuil préféré, lui tendit un havane et attendit.

« J'ai bien observé Tom. Je n'ai jamais vu un homme aussi solitaire. Il travaille, réfléchit et lit, mais je suis certain qu'il pense constamment à Deirdre. Je l'ai trouvé plus d'une fois dans la bibliothèque en train de contempler son portrait. Par conséquent... »

Il fixa sur Billie son regard le plus persuasif et déclara :

« J'ai décidé que ce qu'il lui faut, c'est toi! »

Billie sursauta.

« Si je comprends bien, tu crois me posséder au point de pouvoir me léguer comme une vulgaire théière ou une action de M & D!

– Pas du tout! Mais j'ai pensé à deux choses. La première, c'est que je ne t'ai jamais avoué quelle place tu as tenue dans ma vie. La seconde, c'est que j'ai toujours su que tu étais attachée à Tom. Je n'en ai plus pour longtemps. Non, non, ne proteste pas! Je veux seulement que tu m'écoutes et que tu cèdes au caprice d'un vieil homme. A ma mort, je te suggère, s'il ne vient pas à toi, d'aller à lui. »

Billie restait muette d'étonnement. Il fallait qu'il

se sentît bien malade pour formuler cette requête.

« Je sais que tu ne m'appartiens pas, Billie. Tom a besoin de toi parce qu'il est à la dérive. Toi aussi tu auras besoin de lui car, quand je ne serai plus là, tu te retrouveras seule au monde, pour la première fois depuis l'âge de seize ans. Il te faudra un protecteur. »

Diamond Jim se tut et il n'y eut plus dans la pièce que le crépitement du feu dans l'âtre.

Enfin, Billie essuya ses joues humides.

« Nous verrons cela le moment venu, mon ami », conclut-elle.

2

Mary s'adossa au châlit de cuivre et s'allongea sur les draps de coton. Elle parcourut du regard la pièce ensoleillée et songea qu'elle n'était guère différente de celle où elle avait vécu à Tuxedo Park, et où elle avait pris la décision de ne pas révéler son secret.

Il lui avait fallu quatre ans pour recouvrer lentement la raison. A présent, elle était redevenue suffisamment forte pour rentrer chez elle...

Elle alla vers la fenêtre, regarda le parc. L'isolement avait longtemps exercé sur elle un effet apaisant, mais récemment elle avait eu l'impression que cet univers devenait trop étroit pour elle. Le médecin lui avait affirmé que c'était un signe encourageant.

Elle voulait retourner dans le monde réel, où les gens aimaient et haïssaient, travaillaient, vivaient et mouraient. Elle voulait à nouveau éprouver des sentiments, retrouver ceux qu'elle aimait.

Elle poussa un soupir en songeant à sa famille. Tous ses enfants étaient grands maintenant. Comment accepteraient-ils son retour?

Thad Martin arriva à la maison de santé à sept heures. Il avait dit au médecin qu'il devait être au magasin à neuf heures. En fait, il redoutait cette rencontre avec Mary et se ménageait la possibilité de fuir.

Au début de la maladie de son épouse, il lui avait souvent rendu visite, plus par sens des responsabilités que par amour, car il n'éprouvait plus grand-chose pour elle : ne l'avait-elle pas trompé pendant des années? Il s'asseyait près d'elle, sachant qu'elle ne voyait en lui qu'un étranger. Le médecin avait fini par lui dire que ses visites étaient inutiles tant que Mary ne prêterait pas attention à ce qui l'entourait.

Il avait donc réorganisé sa vie, expliqué à ses fils et à sa fille, presque tous en âge de comprendre, que l'esprit de leur mère avait été dérangé par la mort de leur frère et qu'ils devaient prier pour qu'elle se rétablisse. Mais il avait enterré beaucoup de ses rêves en même temps que son plus jeune fils.

Il lui faudrait bientôt prendre une décision. Le médecin affirmait qu'elle serait bientôt prête à rentrer chez elle. Thad avait décidé la veille au soir de dévoiler ses sentiments à sa femme. Mary devait savoir que sa duperie lui avait fait autant de mal qu'à elle et qu'il n'était pas du tout certain qu'ils pourraient revivre ensemble.

Mary vit son mari au pied des marches de la véranda. Ses mains trituraient sa toque de castor et son comportement trahissait l'agitation et l'incertitude.

« Tu as le droit de me détester, Thad, dit-elle en frissonnant car c'étaient les paroles qu'elle avait prononcées autrefois devant Tom.

– Oui », répondit son mari.

La vue de son épouse l'avait bouleversé. Il avait oublié tous ses discours soigneusement préparés. Mary se tenait très droite, mais sa maigreur était telle qu'elle lui sembla presque diaphane. Ses cheveux, coupés court, étaient devenus blancs. Elle semblait paisible. Mary eut l'impression que, s'il ne parlait pas, elle serait capable de rester indéfiniment à le regarder sans rien dire.

« Comment vas-tu, Mary?

– Je me sens beaucoup mieux. C'est comme si j'avais fait un très long voyage qui m'aurait épuisée... mais je suis de retour maintenant. »

Elle lui montra un banc sur lequel ils s'assirent.

« Te souviens-tu de ce qui s'est passé? demanda-t-il.

– Si tu penses à la mort de notre fils... oui, je m'en souviens. Presque tout ce qui est arrivé ensuite est enfoui quelque part en moi. Le médecin a dit que cela ne me reviendrait peut-être jamais.

– Quelle chance ce serait! »

Thad posa la main sur le bras de Mary.

« Je veux que tu saches combien j'ai honte de t'avoir menti. Je n'en avais pas l'intention, mais le piège s'est refermé sur moi et je n'ai jamais pu en sortir.

– M'as-tu aimé, Mary? »

Elle savait qu'elle devait être sincère.

« Pas au début. Je dois avouer que tu ne représentais alors pour moi qu'un moyen d'échapper à ma vie de domestique, l'espoir d'un avenir meilleur. »

Cet aveu le fit frémir. Il s'y attendait, mais le fait de l'entendre de sa bouche avait quelque chose d'irrévocable.

« Et puis, à mesure que nous avons vécu ensemble, j'ai fini par éprouver une profonde tendresse pour toi, Thad. Je sens que je dois te le dire maintenant car il ne faut pas qu'il subsiste le moindre mensonge entre nous quand nous nous quitterons. »

Il leva vivement la tête, scruta les yeux verts de sa femme, qui semblaient maintenant lui manger le visage. Ainsi elle ne voulait plus vivre avec lui! Elle préférait qu'ils se séparent. Il aurait dû s'en douter. C'était probablement ce qu'il y avait de mieux à faire. Alors, pourquoi avait-il subitement envie de pleurer?

Mary attendait la réaction de son mari. Elle espérait qu'il lui proposerait de tout recommencer, qu'il lui dirait qu'elle était pardonnée. Devant son mutisme, elle poursuivit.

« J'ai fini par t'aimer car tu es un brave homme. Et plus je m'attachais à toi, plus mon sentiment de culpabilité s'aggravait. J'ai tenté à plusieurs reprises de te dévoiler la vérité, mais ta droiture m'en empêchait toujours. »

Il voulut l'interrompre, mais elle leva la main.

« Les enfants étaient davantage les tiens que les miens. Convenables, bien élevés, tout à fait comme toi. Au début, j'étais trop fragile pour leur apporter quelque chose. Par la suite, ils ne semblaient pas avoir besoin de moi. Tu sais qu'ils ont toujours eu une préférence pour toi. Je ne peux pas leur en vouloir, mais cela me peinait. Quand notre dernier enfant est né, j'ai su qu'il était à moi. Espiègle, rieur, audacieux, pour moi John s'est toujours appelé Sean, malgré tes protestations. Grâce à lui, j'ai cru que Dieu m'avait pardonné. Il ressemblait à Tom. »

Elle s'interrompit, se mordant la lèvre comme pour retenir la suite.

« Quand il est mort, dit-elle enfin, j'ai compris que je m'étais trompée, que le Seigneur ne me l'avait donné que pour me le reprendre. Un juste châtiment pour ce que je vous avais fait, à Tom et à toi.

– Vous autres catholiques avez un Dieu bien cruel, s'Il est capable d'un tel acte, Mary.

– Je n'ai pas pu supporter ma responsabilité... alors je me suis réfugiée dans l'oubli. C'est très difficile à expliquer... Je sors d'un endroit d'où peu de gens reviennent. A présent, il faut que je me bâtisse une nouvelle vie, une vie honnête.

– Et nos enfants?

– Ils sont grands maintenant, Thad. Ils se passeront très bien de moi.

– Et toi? Auras-tu besoin de quelque chose? D'argent?

– Tom a dit qu'il s'en occuperait.

– Alors, il n'y a plus rien à ajouter, n'est-ce pas, Mary? »

Elle regarda celui qui avait été son mari pendant vingt-cinq ans et le vit tel qu'il était. Un crâne chauve, frangé de cheveux poivre et sel, un corps maigre, un visage banal au nez en bec d'aigle, un regard franc... Elle ne lui ferait plus jamais de mal; elle avait au moins ce pouvoir. Elle ne lui reprocherait jamais de ne pas avoir voulu reprendre la vie commune.

Thad l'embrassa sur la joue et resta un instant sans bouger. Elle ne voulait plus de lui, il respecterait sa décision. Il n'aggraverait pas ses soucis par des reproches.

Serrant sa toque de castor entre ses mains, il s'engagea dans l'allée qui menait à sa voiture. Elle avait eu raison de ne pas vouloir le suivre. Comment auraient-ils pu revivre ensemble après une telle trahison? Il sortit un mouchoir de sa poche et se moucha.

Pourtant, elle avait dit qu'elle l'aimait... C'était probablement par gentillesse... Non, elle voulait être tout à fait franche. Elle, franche? Pourtant, après toutes les souffrances qu'elle avait endurées, pouvait-elle encore mentir? Non, il fallait la croire!

Thad fit brusquement demi-tour. Il s'élança vers sa femme.

« Mary! Mary! »

Mary se retourna au moment où elle s'apprêtait à pénétrer dans le bâtiment. Elle n'avait jamais vu Thad dans cet état. Il se précipitait vers elle, comme un fou. Essoufflé, indifférent aux gens qui l'entouraient, il la prit dans ses bras et la souleva presque de terre.

« Je t'aime, Mary, je t'ai toujours aimée. Je ne veux pas qu'on se quitte! Le passé est oublié, Mary! Nous avons toujours vécu ensemble, quelles que soient nos erreurs, tu ne peux pas vouloir me quitter! Je ne te laisserai pas, tu m'entends? Jamais! »

Il tenait donc à elle! Il voulait la garder! D'un seul coup, Mary comprit à quel point elle l'aimait. Pour la première fois en vingt-cinq ans de mariage, elle le ressentait dans toutes les fibres de son corps.

3

« Papa? Viendras-tu me voir jouer au base-ball dimanche? »

Seamus se tenait sur le seuil du bureau de Tom, en culotte de tweed et tricot jacquard.

« Je suis occupé, répondit distraitement son père. On ne peut pas en parler plus tard?

– Mais je suis lanceur et tous les gars disent que je me débrouille très bien, insista l'enfant.

– Te débrouilles-tu aussi bien à l'école? »

Tom était de mauvaise humeur. Cette guerre qui ensanglantait l'Europe l'inquiétait.

« Ton dernier carnet de notes était désastreux. »

Seamus se rembrunit et baissa les yeux sur ses chaussures.

« Je suis meilleur en sport. Tu t'en rendrais compte en venant me voir jouer. »

Tom observa le petit garçon de neuf ans qui dépassait d'une tête les camarades de son âge. Que pouvait-il advenir d'un enfant que les choses sérieuses n'intéressaient pas et qui ne pensait qu'au base-ball? A huit ans, lui-même avait vu son père mourir et il était devenu un homme.

« Les Etats-Unis peuvent entrer en guerre d'un jour à l'autre. Je crois que j'irai passer le week-end à Washington avec ton grand-père.

– Il doit venir me voir jouer!

– Dans ce cas, ma présence sera superflue. J'irai à ton prochain match. »

Seamus fit mine de partir, puis se retourna.

« Je suis vraiment doué en sport, papa. Tu serais fier de moi si tu me voyais. »

Mais Tom s'était déjà replongé dans ses papiers.

« Oui, j'en suis sûr », dit-il sans lever les yeux.

Seamus resta immobile un instant, puis quitta le bureau à pas lents. Il ne s'était pas vraiment attendu que son père assistât au match, mais les autres pères venaient encourager leur fils et il aurait été fier de montrer le sien.

Il prit sa casquette, sa batte et sa balle qu'il avait laissées dans le porte-parapluies du vestibule. La saison du base-ball se terminait dans une quinzaine de jours et dès les premiers froids commencerait celle du football où il excellait. S'il partait l'année suivante dans un établissement privé avec Rory, comme il en était question, il aurait peut-être l'occasion de faire des prouesses.

« Je suis encore premier en classe, père, annonça Riordan au téléphone.
– C'est merveilleux, Rory, nous allons en remontrer à ces petits pédants! s'écria Tom.
– Je préférerais que tu ne les appelles pas ainsi, dit Rory. Ils sont tous de très bonne famille. »

Ce qu'il peut se prendre au sérieux, songea Tom, que les conversations avec son fils aîné déconcertaient toujours.

« Comme tu voudras, Rory. Bonne chance pour ton examen.
– Je te remercie. Je suis certain de réussir. »

Tom raccrocha. Décidément, il ne comprendrait jamais son fils.

Diamond Jim prétendait bien le connaître. « Il est amer, avait-il confié à Tom. Il était assez grand à la mort de Deirdre pour en avoir souffert. Tu étais son idole. Tu ne l'as jamais consolé quand il le fallait. Il croit que tu as cessé de l'aimer quand sa mère est morte... Oui, tu l'as laissé tomber quand il avait besoin de toi. Ce jour-là, il a perdu sa mère et son père, et, si tu ne fais rien pour y remédier, il te le revaudra tôt ou tard, crois-moi. »

Assis à son bureau, Tom repensait au coup de téléphone de Riordan et à la conversation avec son beau-père. Jim avait peut-être raison. Il essaierait d'arranger cela quand le garçon reviendrait à la maison pour les vacances d'été.

Maeve Dalton regrettait de ne pas savoir mieux parler à son père. La nuit, allongée dans son lit, elle pensait à lui, si beau et si intelligent. Elle s'imaginait alors bavardant avec lui, rêvait qu'il l'emmenait au cirque, au musée, dans tous les endroits où elle allait avec sa nourrice... Un rêve qui ne se réaliserait jamais.

Elle se regarda dans le miroir de sa coiffeuse. Elle trouvait son visage ingrat, ses yeux trop grands, son nez trop retroussé, ses lèvres trop proéminentes et, surtout, elle détestait ses affreuses taches de rousseur.

Je ferais peut-être mieux d'entrer au couvent, pensa-t-elle. Aucun homme ne voudra jamais m'épouser, laide comme je suis. Elle fronça le nez devant son reflet et poussa un soupir.

4

En Europe, la guerre déroulait son cortège d'horreurs. Anvers était tombé et les journaux consacraient de longs articles à la sanglante bataille d'Ypres.

Dans tout le pays, des jeunes gens enthousiastes s'engageaient pour aller se battre. Dieu merci! Mes fils n'ont pas encore l'âge, songeait Tom en lisant les comptes rendus des hécatombes de Lille et d'Ypres.

Comme Jim l'avait prévu, M & D gagnait une fortune grâce à la guerre. Le gouvernement avait besoin de navires pour transporter en Europe des cargaisons de ravitaillement et tout ce que M & D fournissait lui était utile. Une fois de plus, la perspicacité de Jim, sans parler de ses amis politiciens à Albany et à Washington, les enrichissait.

Mais Jim se retirait progressivement des affaires. Depuis la mort de Deirdre, le vieil homme était devenu moins bagarreur. « Ma fille n'aurait peut-être pas disparu si je n'avais pas affronté Vincenzo », avait-il confié un jour à Tom.

Peu à peu, il laissait les rênes à son gendre. Bois de charpente, navigation, politique, immobilier... il abandonnait le pouvoir. Tierney et O'Reilly restaient toujours maîtres de leurs domaines respectifs et, au fil des ans, le nombre des employés de la société avait considérablement augmenté. Bizarrement, Mulvaney n'avait jamais cherché à remplacer Duffy, parce qu'il était unique en son genre, disait-il.

Tom s'inquiétait de ce désintérêt de son beau-père pour tout ce qui avait constitué sa vie. Seule l'idée d'être le fondateur d'une dynastie l'excitait encore. Le vieil homme eût été rassuré de voir un de ses petits-fils se montrer digne de remplacer Tom. Mais aucun d'eux ne semblait en prendre le chemin.

Tom écrivit un mot à Billie et Jim, les invitant à passer ensemble une soirée en ville. Il avait envie de les voir davantage. Billie savait toujours raviver le dynamisme de Jim. Elle avait commencé à l'emmener au cinéma, la nouvelle distraction.

Oui, c'était une excellente idée. Il profiterait de cette soirée pour annoncer à Jim qu'il avait rapporté à Washington le contrat maritime signé par le gouvernement. Et puis la fête donnée pour l'anniversaire de Rory serait peut-être une bonne occasion de lui remonter le moral. Tom ferait en sorte que Jim et Billie voient toute la famille réunie.

Billie revêtit ses plus beaux atours. Tom avait insisté pour qu'elle vienne. Les enfants seraient là, Jim aussi, et un grand nombre d'amis de Rory. Mais cette invitation la gênait.

« Tu venais tout le temps à la maison quand les enfants étaient petits.

– C'était Deirdre qui m'invitait.

– Pourquoi refuser mon invitation si tu acceptais les siennes?

– Et s'ils découvrent qui je suis, Tom? Les garçons grandissent et Rory est malin comme un singe. Ce n'est pas prudent.

– Ne t'en fais pas! Ils savent seulement que tu es mon amie, celle de Jim et que tu étais celle de leur mère. De toute façon, ils seront tous dans le jardin et nous disposerons de la maison. J'insiste pour que tu viennes. »

A contrecœur, elle avait fini par accepter.

« Tu en as une belle baraque, Rory », dit un garçon blond qui dévorait une assiettée de petits canapés.

Un autre intervint :

« Il paraît que ton père est plein aux as, même s'il est catholique. C'est le mien qui me l'a dit. »

La musique jouée par l'orchestre et les voix provenant du jardin entraient par la fenêtre ouverte de la bibliothèque.

« Donne-moi un coup à boire, s'il te plaît, Scott. »

Le blondinet plongea la main dans sa poche et tendit une flasque à son ami Whitney.

« Pas mauvais », fit Whitney.

Il dissimula la flasque derrière un coussin en entendant approcher des adultes.

Tom, Jim et Billie, passant dans le couloir, aperçurent les trois garçons et entrèrent. Rory se leva brusquement, le visage dur.

« Présente-nous donc tes amis », suggéra Tom.

La fête l'avait mis de bonne humeur et il était heureux que Billie eût consenti à y assister.

Riordan fit les présentations sans enthousiasme.

« C'est une fête très réussie, monsieur Dalton, dit Scott.

– C'est vrai, monsieur, approuva Whitney. Merci de nous avoir invités.

– Je suis ravi de voir que vous vous amusez », dit

Tom en songeant que les amis de Rory n'étaient peut-être pas si mal que cela.

Les trois adultes restèrent quelques minutes dans la bibliothèque puis continuèrent leur chemin. Tom avait remarqué l'air renfrogné de son fils et le regard appréciateur que les deux autres garçons avaient lancé à Billie.

En atteignant le couloir, ils entendirent Whitney chuchoter à Rory :

« Qui est cette superbe blonde?

– C'est la poule de mon grand-père. »

Mulvaney et Billie ne réagirent pas, mais Tom rentra si vite dans la pièce que Rory n'eut pas le temps d'esquiver la gifle qui l'envoya heurter un guéridon et rouler à terre. Puis il tourna les talons, l'air si furieux que les deux autres garçons s'écartèrent prudemment. C'est alors que retentit la voix rageuse de Diamond Jim.

« Il semble que tu aies besoin d'apprendre à respecter tes aînés, mon garçon. Puisque tu as une si piètre opinion de moi pour m'insulter ainsi que mon amie sous ton propre toit, tu comprendras qu'il n'y a aucune raison pour que je te traite avec plus de respect. Tu n'hériteras pas un sou à ma mort. »

Rory s'était relevé, le visage enlaidi par une expression de défi.

« Ecoute-moi bien, Rory, reprit son grand-père. Je léguerai ce qui devait te revenir à la dame que tu as insultée pour te rappeler que tous les hommes de notre famille ne sont pas aussi arrogants, insensibles et mal élevés que toi. Ma sainte mère disait souvent qu'il faut tourner sa langue sept fois dans sa bouche avant de parler. J'espère que cela te servira de leçon. »

Sur ce, Jim Mulvaney regagna le couloir et offrit le bras à Billie.

*

Le 25 avril 1915

Mon cher Tom,

Je dois tout d'abord te dire que je me sens parfaitement bien depuis mon retour de l'hôpital. Thad est si gentil avec moi que je commence à croire qu'il me sera possible de repartir d'un bon pied. J'ai recouvré la mémoire, à quelques exceptions près dont je me réjouis. Pour la première fois de ma vie, je peux regarder mon mari et mes enfants sans mauvaise conscience. C'est un énorme soulagement.

Je veux te remercier pour tout ce que tu as fait pour moi – en pensée, en paroles et en action. De tous mes enfants, c'est toi qui m'as donné le plus en ayant reçu le moins. Je ne trouve pas les mots pour exprimer ma gratitude et l'amour que je te porte.

J'ai décidé de t'envoyer le dernier vestige de mon passé. Tu trouveras sous ce pli un duplicata du testament de ton père. Il n'a aucune valeur légale, mais son contenu te soutiendra comme il m'a soutenue pendant des années.

Thad et moi partons pour l'Irlande la semaine prochaine. De là, nous visiterons l'Europe pendant un mois, car le médecin m'a conseillé d'aller dans un endroit où je n'ai pas de souvenirs. Thad a pris des vacances pour m'accompagner. J'attends ce voyage avec l'impatience d'une jeune mariée.

Je t'embrasse tendrement,
ta mère qui t'aime,
Mary.

Dans le grand salon du paquebot, Mary se détendait. Elle n'en revenait pas d'éprouver un tel bien-être. Il régnait à bord une atmosphère de fête malgré les nouvelles de la guerre.

Thad se pencha vers elle :

« Tu es la plus belle de toutes, ici.
– Est-ce le champagne qui te rend si galant ? »

Mary se sentait elle-même euphorique, pour y avoir trempé ses lèvres.

« Non, aucune femme au monde ne m'a donné autant de joie que toi. »

Elle n'éprouvait plus aucune répulsion pour l'amour physique. Bien au contraire, elle y trouvait plénitude et tendresse. Elle posa la main sur le bras de son mari. Le couple traversa le salon, Mary éveillant quelques regards admiratifs.

Ils furent brutalement réveillés de leur sieste par un bruit épouvantable. De violentes secousses ébranlèrent le paquebot pendant que les sirènes d'alarme se déchaînaient.

Mary se dressa sur son séant. Thad, déjà levé, enfilait son pantalon. La pendule marquait deux heures.

« Attends-moi ici, Mary. Je vais voir ce qui se passe. Je reviendrai te chercher. Couvre-toi aussi chaudement que possible.

– Attends ! Si c'est comme pour le *Titanic* et que nous ne pouvons pas tous être sauvés, je veux rester avec toi.

– Ne dis pas de bêtises, Mary. Il y aura de la place pour tout le monde et, de toute façon, tu seras dans une des chaloupes. Mets ton manteau. Quel que soit le danger, nous l'affronterons ensemble. »

Elle passa rapidement une robe de laine, saisit son manteau de fourrure et prit son mari par la main pour monter sur le pont.

*

WESTERN UNION
Mr. THOMAS DALTON
5, JOHN STREET
NEW YORK, NEW YORK
Père et mère sur Lusitania. *Stop. Torpillé par*

sous-marin allemand le 7 mai. Stop. Pas un survivant. Stop.

Robert Martin.

Le télégramme gisait aux pieds de Tom, effondré sur le canapé de la bibliothèque. A côté de lui, Billie tentait de le consoler.

Les journaux ne parlaient que de cette nouvelle : le *Lusitania* avait été coulé par les Allemands au large de l'Irlande. L'Amérique allait certainement entrer en guerre.

« Es-tu absolument sûr qu'il n'y a aucun espoir?

– Le navire a coulé en moins de dix minutes, Billie. L'équipage n'a même pas eu le temps d'armer les canots de sauvetage. Même en admettant que les passagers n'aient pas été entraînés au fond, ils n'auraient pu survivre tant la mer d'Irlande est glaciale en cette saison.

– Il ne faut pas t'enfermer dans ton chagrin, tu risques d'en mourir. Je sais combien tu tenais à elle.

– Ce n'est pas seulement cela! Je trouve sa mort tellement injuste. Elle était enfin heureuse, Billie. Cela se sentait dans sa voix, au téléphone, et dans ses lettres. Elle avait fini par aimer Thad parce qu'il avait su l'attendre. Mais elle a eu la poisse jusqu'au bout! Comme si on ne pouvait pas y échapper, quoi qu'on fasse! »

Faisait-il allusion au destin de Mary ou au sien?

« Elle m'avait dit qu'une nouvelle vie commençait pour eux. Une nouvelle vie, vraiment! Elle était condamnée depuis le jour de sa naissance! »

Il se mit à ricaner. Billie se leva brusquement.

« Ecoute-moi bien, Tom! Personne n'a jamais dit que la vie était juste. Mais ta mère a eu plus de joies que la plupart des gens. Elle a vu grandir ses enfants, elle a aimé deux hommes qui partageaient ses sentiments. Elle a vécu assez longtemps pour soulager sa conscience de son secret. Et surtout, elle est morte dans les bras de celui qu'elle chérissait. Je ne dis pas que cette tragédie soit acceptable. Elle est révoltante! Mais il ne faut pas que tu croies qu'elle a gâché sa vie. »

Elle se laissa tomber sur le canapé. Tom vint se blottir contre elle. Il éclata en sanglots. Billie poussa un soupir de soulagement : elle avait suffisamment souffert pour savoir que le pire danger consistait à remâcher son chagrin sans pouvoir le faire partager à quiconque.

« Pleure, mon ami, vide-toi de tes larmes », dit-elle en le berçant comme un enfant.

5

Tom flânait dans les rues de Boston, après une visite aux Marshall. Il fut tiré de sa rêverie par un bruit de pas précipités derrière lui. Un jeune garçon le heurta et s'enfuit. Pendant la bousculade, il avait senti qu'on tirait sur son gousset. Il se rendit compte alors que sa montre avait disparu, celle que Jim lui avait conseillé d'acheter avec sa première paie.

Le garçon avait déjà pris de l'avance quand Tom s'élança à sa poursuite.

« Au voleur! » cria-t-il.

Mais il lui valait mieux économiser son souffle pour courir! Le gamin jeta un regard par-dessus son épaule et s'engouffra dans une ruelle transversale. Les longues jambes de Tom lui donnaient un avantage et il rattrapa le garçon au moment où il escaladait une clôture. Tom le saisit aux épaules, le plaqua au sol.

« J'aimerais récupérer ma montre, si tu permets. »

L'enfant, crasseux, en haillons, la lui tendit à contrecœur.

« Excusez-moi, monsieur. Je n'ai rien mangé depuis plusieurs jours et j'ai perdu la tête. »

Tom l'aida à se relever.

« Comment t'appelles-tu? Es-tu obligé de voler pour manger? Où est ta famille?

– Je m'appelle Jack Cavanaugh. Je n'ai pas de famille. »

Il s'épousseta et tendit la main à Tom que ce geste amusa.

« Va falloir que je vous quitte à présent, monsieur. J'ai une faim de loup et si je ne trouve pas un autre homme avec une montre comme la vôtre et des jambes plus courtes, je pourrai faire une croix sur mon dîner!

– Tu n'as donc pas de maison?

– Je suis seul au monde, monsieur. Il n'y a pas beaucoup de travail pour quelqu'un de mon âge, alors je me débrouille comme je peux.

– Quel âge as-tu donc?

– Treize ans, monsieur. Pas tout à fait.

– Je ne veux pas te faire la morale, et je ne peux pas grand-chose pour améliorer ta situation, mais... »

Tom plongea la main dans sa poche. Il en sortit une pièce.

« ... je peux t'offrir un repas et te donner ma carte de visite au cas où tu irais à New York. Si tu viens me voir, je pourrai peut-être te trouver du travail.

– Jack Cavanaugh n'accepte pas la charité, monsieur. Il a sa fierté, même si la chance ne lui sourit pas. »

Tom lui glissa de force la pièce et la carte de visite dans la main.

« Ce n'est pas faire la charité que de payer un repas à quelqu'un, Jack. Tu pourras me rendre la politesse quand tu viendras à New York. »

Les yeux de l'enfant s'embuèrent.

« Dieu vous bénisse, monsieur! » balbutia-t-il à voix basse avant de détaler comme un lapin.

Tom se souvenait d'un autre enfant pauvre, à une autre époque et dans une autre ville...

6

Un homme aux ambitions
et aux entreprises exceptionnelles,
James Mulvaney,
surnommé Diamond Jim par ses amis
et ses ennemis,
est décédé en seigneur, comme il avait vécu.

Ainsi était rédigée la notice nécrologique du *New York Times.* Diamond Jim avait eu une crise cardiaque au milieu d'un plantureux repas auquel il avait convié douze personnages influents de New York, dans la maison de tolérance qu'il possédait en association avec Billie Henderson.

Depuis longtemps, Billie avait quitté les quais pour s'établir dans les beaux quartiers sous l'égide de Diamond Jim. Tous les politiciens, hommes d'affaires, vedettes de passage à New York, fréquentaient son établissement. Elle commençait à être célèbre quand Jim, fidèle à sa parole, lui versa le capital autrefois destiné à Rory. Elle était alors âgée de quarante-trois ans.

Tout ce que New York comptait de notabilités,

ainsi qu'une délégation de Washington, avaient assisté à l'enterrement de Jim. Riordan, qui évitait son grand-père depuis leur altercation, avait quant à lui estimé inutile de se déplacer. Il s'était attendu à une semonce de son père, aussi fut-il à la fois soulagé et troublé par l'indifférence avec laquelle Tom accueillit sa décision : « Ce ne sera pas une grande perte pour lui », avait-il répondu à son fils.

« Il va te manquer, n'est-ce pas, Billie? » demanda Tom.

Tous deux se retrouvaient dans le salon, enfin débarrassés de la foule d'amis du défunt.

« Oui, il va me manquer. Pas comme amant, mais comme ami. C'était un confident, un mentor, un compagnon. Personne ne le remplacera jamais.

– Voilà une belle épitaphe. Il l'aurait préférée à l'éloge funèbre du prélat ou à la notice nécrologique du *New York Times.* »

Il la regarda aller et venir dans le salon, vêtue d'une robe de satin noir qui mettait son corps en valeur.

« Tu es faite pour ton métier, Billie. Tu as une façon tellement naturelle de séduire! »

Elle posa le plateau d'argent qu'elle tenait et lui lança un regard interrogateur. Elle connaissait les hommes depuis assez longtemps pour percevoir leur désir. Etait-il possible que Tom ne se fût pas déclaré avant par respect pour elle et pour Jim? Depuis onze ans, qu'il était veuf, jamais il ne lui avait témoigné autre chose que de l'amitié.

« Je ne t'ai jamais tout à fait oubliée, dit Tom, comme s'il répondait à une question implicite.

– Et Deirdre? L'as-tu oubliée?

– Après sa mort, je suis resté chaste plusieurs années. Son souvenir ne me quittait pas. Je pensais à elle jour et nuit. Il m'est impossible de te décrire l'amour qui nous unissait. Quoi qu'il en soit, j'étais en train de dépérir de chagrin quand Diamond Jim vint me voir un soir et me dit : « Mon fils, laisse « Deirdre où elle est. Tu n'as pas le droit de « renoncer à la vie parce qu'elle nous a été enlevée. « Tu ne peux pas continuer à vivre comme un « eunuque. Chéris sa mémoire, rejoins-la dans la « tombe quand ton heure sonnera, mais en attendant, profite de l'existence. » J'ai réfléchi aux propos de Jim, puis un jour, j'ai fait une chose étrange. Je suis sorti dans le jardin, me suis promené parmi les roses et les pivoines qu'elle aimait tant et j'ai commencé à lui parler comme si elle était encore de ce monde, lui disant qu'elle me manquait, combien je l'aimais et lui demandant de comprendre que je voulais vivre... que j'en avais besoin. Je sais que cela paraît ridicule, Billie, mais depuis ce jour j'ai la conscience en paix.

– As-tu connu d'autres femmes?

– Quelques-unes, par nécessité. Mais ce n'est pas ce que j'attends de toi, même si je n'ai pas oublié ton corps. »

Billie rosit de plaisir.

« Alors, que veux-tu?

– Une maîtresse qui soit aussi une amie. Donaher, Mulvaney, Deirdre, les quais... nous avons vécu cela ensemble. Nous pouvons encore partager d'autres choses. Pas dans l'immédiat, ne serait-ce que par égard pour Jim. Mais plus tard, si tu veux bien de moi. »

Billie s'appuya contre la table. Une étrange lueur passa dans ses yeux.

« Tu es vraiment un être exceptionnel, dit-elle enfin. Je l'ai vu dès notre première rencontre. Que dirais-tu de prendre un verre en parlant de Jim? Je suis sûre que cela nous ferait beaucoup de bien. »

Elle servit deux whiskies. Puis, levant son verre, elle porta un toast en l'honneur de Diamond Jim Mulvaney. Ils passèrent une grande partie de la nuit à évoquer son souvenir.

7

Assis au bord de son lit, dans le dortoir, Seamus Dalton ruminait son courroux. Comme il détestait être irlandais! Non seulement ses cheveux roux et ses taches de rousseur trahissaient ses origines, mais en plus son affreux prénom les dénonçait.

Depuis son entrée à l'université de Groton, moins d'une semaine plus tôt, il s'était déjà battu trois fois à cause de ce prénom. Et aujourd'hui, quelqu'un avait placardé sur sa porte une annonce d'un grand magasin de Boston qui cherchait des employés à mi-temps. Les mots : IRLANDAIS S'ABSTENIR étaient imprimés en gros caractères et on les avait soulignés de rouge.

Heureusement, il était capable de se défendre! Et sa taille lui permettait d'avoir le dessus dans les bagarres. Mais il n'en restait pas moins vrai qu'il était irlandais et que ce « Irlandais s'abstenir » ne s'appliquait pas seulement aux vendeurs de grands magasins.

La première chose à faire était de changer de prénom. Dorénavant, il s'appellerait Shay, et non plus Seamus. L'idée avait germé dans son cerveau quand il s'était présenté à son camarade de chambre. Celui-ci, comprenant mal son marmonnement, s'était exclamé : « Tu as dit Shay? Quelle coïncidence! Ma grand-mère paternelle était une Shay. Nous sommes peut-être parents éloignés! »

C'est ainsi que Seamus avait décidé de s'appeler

dorénavant Shay. Il allait devoir apprendre à devenir un autre. En attendant, il montrerait qu'un Irlandais savait se faire respecter. Quelques nez cassés dissuaderaient peut-être ses camarades de lui lancer quolibets et allusions malveillantes.

*

Cher père,

J'ai soigneusement investi les cinquante dollars que tu m'envoies chaque mois.

J'ai découvert que les élèves sont régulièrement à court d'argent de poche et qu'ils sont disposés à en emprunter à des taux usuraires. Comme je passe presque tout mon temps à étudier, je vis plutôt modestement, ce qui m'a permis de quadrupler mon capital grâce à ce genre de spéculation.

Je lis le Wall Street Journal *ainsi que toutes les publications financières que je trouve à la bibliothèque, et j'espère avoir bientôt suffisamment d'argent pour jouer à la Bourse. Quand je rentrerai à la maison aux prochaines vacances, j'aimerais pouvoir discuter avec toi des valeurs que j'ai sélectionnées, afin que tu me dises si je ne me suis pas trompé.*

Affectueusement,
ton fils,
Rory.

Tom fronça les sourcils en posant la lettre sur son bureau. Pourquoi éprouvait-il toujours ce malaise à la lecture des prouesses de son fils?

Le garçon travaillait avec acharnement, obtenait des notes remarquables, était unanimement encensé par ses professeurs. Pourquoi ne s'entendaient-ils pas mieux? Rory possédait toutes les qualités qui manquaient à Seamus. Celui-ci ne se remarquait que par sa beauté et son aptitude pour le sport. Tom avait appris par Maeve qu'il se faisait appeler Shay.

Il soupira en repliant la lettre et prit mentalement note d'envoyer plus d'argent à Rory le mois suivant pour ses « spéculations ».

8

Billie sourit à Tom au milieu de la foule élégante des invités et il lui adressa un clin d'œil. Au-delà de leurs relations amoureuses, l'amitié qui les liait était pour lui infiniment précieuse et salutaire.

La nouvelle maison était tout illuminée. Le lustre de cristal hérité de Mulvaney rivalisait de toutes ses bougies allumées avec la débauche de lumières électriques.

Tom avait offert cette maison à Billie, il savait combien elle y tenait. Ils l'avaient parcourue ensemble, pièce après pièce, sitôt après la signature de l'acte de vente. Billie promenait ses doigts sur les murs lambrissés, courait comme une enfant dans l'immense couloir, écoutait l'écho de son rire se répercuter dans les chambres vides. Tom lui avait dit que l'achat de cette maison représentait un placement, mais tous deux savaient très bien que, par ce cadeau, il la remerciait du bonheur qu'elle lui donnait.

Tom trouvait Billie aussi belle que vingt ans auparavant et peut-être même plus féminine encore. De vieux souvenirs surgirent brusquement dans l'esprit de Tom. Il essaya de les chasser en buvant une gorgée de champagne. Surprenant le regard de Billie posé sur lui, il leva sa coupe dans sa direction. Ses pensées moroses s'enfuirent : quel merveilleux moment ils passeraient ensemble quand les invités seraient partis!

« Comment vont les études des garçons, Tom? » demanda Billie.

Ils avaient passé l'après-midi à faire des emplettes et s'étaient beaucoup amusés à sillonner à vive allure les rues de la ville à bord de la magnifique Stutz Bearcat conduite par un chauffeur. Le visage de Tom s'assombrit.

« Bien, comme d'habitude.

– Tu devrais les voir davantage. Va passer un week-end en leur compagnie. Tu dois leur manquer.

– Je ne sais jamais comment m'y prendre avec eux, Billie. Rory rejette une ascendance qui lui cause des problèmes face à ses petits amis de l'aristocratie. Quant à Seamus, il semble manquer totalement de caractère. Il ne sait parler que de sport. Quand il a épuisé le sujet, il s'excuse poliment et va jouer au football ou au base-ball, selon la saison. »

Billie retint les reproches qui lui venaient aux lèvres; à quoi auraient-ils servi? Tom n'avait pas la fibre paternelle. Elle se souvenait des réflexions de Jim à ce sujet.

« Et Maeve? Comment va-t-elle?

– Elle semble se plaire chez les sœurs. C'est une enfant tellement fragile! Je crois que le couvent du Sacré-Cœur est l'endroit idéal pour elle. Au moins, elle n'est pas rejetée en tant que catholique, comme c'est le cas pour ses frères. Je n'ai jamais vu un être plus craintif et plus délicat. Est-ce que toutes les petites filles lui ressemblent?

– Elles ne sont pas toutes comme Maeve, tu le sais parfaitement! Ecoute, puisque nous sommes en train de faire des courses, nous allons trouver le plus beau magasin de jouets de la ville et choisir un cadeau pour ta fille. Elle a besoin que tu lui témoignes plus d'affection. »

Sa véhémence surprit Tom.

« Qu'en sais-tu?

– J'avais l'âge de ta fille quand mon enfance a brusquement pris fin et je me souviens de cette époque comme si c'était hier. Je connais très bien la tristesse et la solitude d'une enfant de onze ans, figure-toi. »

9

Maeve Dalton était extrêmement timide, un rien la perturbait, toute manifestation d'autorité l'effrayait. N'ayant jamais connu sa mère, elle obéissait docilement à sa nurse. Quant à son père, il restait lointain, comme indifférent, bien qu'elle s'efforçât de lui plaire. Elle adorait, en effet, cet étranger taciturne qui semblait, pourtant, s'ennuyer en sa présence.

Quand Tom commença à considérer Maeve comme sa fille et non plus comme la cause du décès de Deirdre, la fragilité de l'enfant le déconcerta. « Elle est trop douce pour vivre dans ce monde cruel, Jim », avait-il confié un jour à son beau-père. Jim, saisissant l'allusion, avait soupiré. « Tu devrais lui accorder plus de temps. Elle est en adoration devant toi. Toi seul peux lui apprendre à surmonter sa timidité. Ce n'est pas une gouvernante qu'il lui faut, mais une famille. Je suis mal placé pour donner des conseils en la matière, mais je suis certain qu'elle changerait si tu t'occupais un peu plus d'elle. » Tom reconnaissait que Jim était dans le vrai, mais il ne savait comment mettre ses conseils en pratique, témoigner son affection.

Autant Riordan réussissait tous ses examens, autant les études rebutaient Seamus. Il manquait peut-être d'ambition scolaire, mais certes pas de charme. Il était très doué pour le sport et pour tout ce qui exigeait de la force et de l'agilité. Bien que Tom trouvât les occupations de son fils cadet un peu trop frivoles, il le préférait quand même à Riordan.

Tom était conscient d'avoir commis, sans le vouloir, des erreurs dans l'éducation de ses fils. Après la mort de Deirdre, il avait été incapable de donner et de partager. La présence de ses enfants lui était pénible, ils ressemblaient trop à leur mère. Au bout d'un certain temps, il avait essayé de se rapprocher d'eux, mais sans succès. Ils étaient devenus des étrangers et il était trop tard pour tout recommencer.

Il se sentait infiniment plus à l'aise au bureau que chez lui. Etait-il mauvais père, comme le laissait entendre Billie ? Cette idée le peinait. Il se consolait en pensant que, bon père ou non, il assurerait l'avenir de ses enfants. Quoi qu'il arrive, il les protégerait et leur épargnerait la pauvreté.

10

« Je voudrais travailler avec toi, père », déclara sans ambages Riordan, debout devant le bureau de Tom.

Il avait demandé un rendez-vous à la secrétaire, comme n'importe quel jeune diplômé de Harvard cherchant du travail.

« J'ai apporté la liste de mes diplômes universitaires et les bilans de la petite entreprise que j'ai fondée à la fin de mes études. Comme tu le sais, je n'ai pas beaucoup d'expérience, mais je crois que je pourrai t'être utile si tu me donnes une chance d'apprendre le métier. »

Tom fronça les sourcils.

« Quand as-tu décidé d'entrer dans les affaires, Rory? »

Il ne lui était jamais venu à l'esprit que son fils aîné pût avoir envie de travailler sous sa coupe. La perspective d'une collaboration ne l'enchantait guère. Je devrais pourtant être ravi de perpétuer la tradition familiale, se dit-il.

« J'ai toujours eu l'intention de travailler avec toi, père. Je regrette que tu ne t'en sois pas aperçu plus tôt.

– Qu'aimerais-tu faire dans la compagnie?

– J'ai une licence en droit et je crois être doué pour les finances. Je voudrais débuter comme n'importe quel jeune diplômé, sans traitement de faveur.

– Tu me parles toujours comme à un étranger, mon garçon. Ne crois-tu pas que nous devrions devenir plus intimes si nous sommes amenés à collaborer?

– Je ne sais pas, répondit le jeune homme.

– Reviens me voir lundi matin. D'ici là, je réfléchirai. »

*

« Je ne devrais pas te laisser m'embrasser, Teddy. »

Maeve Dalton repoussa le jeune homme. Son cœur battait si fort qu'elle craignait qu'il ne s'en aperçût.

« Il ne faut pas. Ce n'est pas bien...

– Ecoute, Maeve, je me doute que les religieuses

du couvent où tu as été élevée ne jurent que par la virginité, mais un homme n'apprécie pas qu'on le fasse marcher comme ça.

– Oh! je ne voulais pas te fâcher, Ted, mais je n'ai jamais été seule avec un homme, tu comprends. »

La sentant fléchir, Ted passa la main dans la chevelure brune de la jeune fille.

« N'aie pas peur, chérie. Laisse-moi veiller sur ton honneur et sur le reste. Tu sais bien que je ne te veux aucun mal. »

Il se mit à lui effleurer le cou, puis le visage, de petits baisers.

« Es-tu certain de m'aimer, Ted? demanda timidement Maeve, comme si elle redoutait la réponse.

– Non seulement je t'aime, mais je veux t'épouser. »

Il éclata de rire devant l'air ahuri de la jeune fille. Sa conscience était soulagée : il méprisait la bêtise. Son plan se déroulait comme prévu. Cette petite sotte était maintenant mûre.

« C'est vrai, Ted?

– Oui, ma jolie. Il faudra seulement que je m'arrange avec ma famille puisque tu es catholique. Je n'attache aucune importance à ce genre de chose, mais chez moi on est plutôt à cheval sur les principes. »

« Teddy, le médecin m'a dit que j'étais enceinte.

– Ne t'affole pas, Maeve. Es-tu sûre qu'il ne s'est pas trompé?

– Il a dit qu'il n'y avait aucun doute. Oh! Teddy, tu m'avais dit que je ne risquais rien. Mon père va nous tuer.

– Il va falloir que nous trouvions de l'argent.

– De l'argent? Pour quoi faire?

– Ne sois pas stupide, Maeve. Nous devons payer un médecin qui règle ce genre de problème.

– Un problème? s'écria Maeve. Il s'agit de notre enfant! Est-ce que tu t'en moques?

– Bien sûr que non, mais songe à ce que diraient nos familles si elles l'apprenaient. Cela va déjà mal se passer quand je leur annoncerai que je veux épouser une catholique. Tu ne voudrais tout de même pas que je leur dise en plus que tu es enceinte.

– Teddy, j'ai peur.

– Voyons, Maeve, ce n'est pas un drame. Tu n'en mourras pas. Je connais quelqu'un qui avorte toutes les filles de la bonne société.

– Toi? Mais comment...

– Je le connais, c'est tout. Le problème, c'est l'argent. Cela coûtera environ trois mille dollars.

– Trois mille dollars! Je suis loin d'avoir une telle somme sur mon compte en banque. Et toi?

– Ce n'est évidemment pas à ma famille qu'il faudra s'adresser. S'ils ont vent de cette histoire, ils s'opposeront à notre mariage. »

Maeve se laissa tomber sur le bord du lit, atterrée.

« Va prendre rendez-vous pour moi, Ted, dit-elle enfin. Mais ce sera à toi de trouver l'argent. Si tu tiens absolument à ce que je me fasse avorter, à toi de payer. »

Elle se leva, enfila son manteau et quitta la chambre d'hôtel sans se retourner.

Il n'y avait aucun nom sur la porte de l'appartement. Trois jeunes femmes en blouse blanche attendaient assises sur un canapé miteux, le visage défait.

Maeve entra dans la pièce, les jambes flageolantes. L'infirmière s'entretenait avec un homme dont l'amie devait être entre les mains du médecin.

Teddy la poussa en avant et sortit de sa poche une enveloppe contenant trois mille dollars. L'infirmière hocha la tête et leur fit signe de s'asseoir.

« Je n'aime pas cet endroit, chuchota Maeve, réprimant son envie de fuir. Ces femmes ont une sale mine, regarde-les!

– Ecoute, Maeve, calme-toi, sinon tu vas me faire tourner en bourrique. Ce type connaît son métier. Nous avons encore eu de la chance d'obtenir un rendez-vous.

– Enfilez une blouse et préparez-vous, Mrs. Smith. »

Maeve comprit que l'infirmière s'adressait à elle en voyant les têtes se tourner dans sa direction. Elle revêtit machinalement le vêtement. Une porte s'ouvrit et un homme apparut, soutenant une jeune femme qui semblait mal en point. Elle leva ses yeux rouges et gonflés, et son regard croisa celui de Maeve. Bouleversée par la souffrance qu'elle y lut, celle-ci jeta la blouse par terre et quitta l'appartement en courant. Sans attendre l'ascenseur, elle descendit l'escalier quatre à quatre, le cœur battant à se rompre, et se précipita jusqu'à l'église Saint-Joseph.

Elle s'engouffra sous le portail, trempa ses doigts dans le bénitier, se signa. Puis, remplie d'angoisse, elle se dirigea vers le confessionnal.

« Ne t'en fais pas, dit Teddy. Nous nous marierons plus tôt que prévu, voilà tout. »

Il était soulagé de la voir encore en vie. Après son départ précipité, il avait craint qu'elle ne soit allée se jeter à l'eau.

« Nos familles s'apercevront de ma grossesse.

– Il sera trop tard quand elles l'apprendront. Nous n'aurons qu'à passer le week-end au Maryland. Les formalités de mariage y sont réduites au strict minimum.

– Mais que ferons-nous ensuite? Où vivrons-nous? Tu n'as pas de travail et nous n'avons même pas terminé nos études.

– Je croyais que ta mère et ton grand-père t'avaient légué quelque chose.

– C'est vrai. Mais je n'y ai jamais touché. Mon argent est placé et on me verse une rente.

– Eh bien, il va nous falloir beaucoup plus qu'une simple rente avec la naissance du bébé et je ne peux attendre aucune aide de mes parents. Ils seront déjà furieux que j'épouse une catholique! Si en plus tu es enceinte...

– Teddy, tu ne sembles même pas te soucier de ce que j'éprouve.

– Ecoute, Maeve, l'heure n'est pas au sentiment. Il faut être pratique. Nous ne pouvons pas vivre que d'amour, le bébé non plus. Il nous faut puiser dans ton héritage. »

Maeve Dalton releva la tête. Les yeux de Ted n'exprimaient ni amour ni tristesse, seulement une froide cupidité. Comment ne s'en était-elle pas aperçue plus tôt?

11

Tom ne manifesta pas son émotion quand il apprit la nouvelle. Maeve et Teddy étaient venus la lui annoncer dès leur retour du Maryland. Son gendre lui sembla prétentieux et l'air triste, coupable, de Maeve l'apitoya.

Tandis qu'ils lui expliquaient la situation, Tom les observait. Comment avait-il pu laisser Maeve grandir sans défense? Comment avait-il pu permettre que sa fille devienne la proie d'un chasseur de dot? Manifestement, Ted Abbott n'était que cela.

Tom ne voyait rien qui ressemblât à de l'attachement pour sa fille dans l'attitude de cet incapable. Quant à Maeve, elle était sûrement amoureuse de ce garçon, mais elle semblait si désespérée que son père sentit son cœur se serrer.

Il proposa de les héberger, au moins jusqu'à ce que Ted finisse sa dernière année à Harvard. Ce serait une solution économique, et Maeve aurait ainsi des domestiques et sa famille à proximité pendant sa grossesse. Il s'attendait que Ted refuse, car il serait obligé de faire la navette tous les week-ends entre Boston et New York, mais celui-ci accepta tout de suite. En l'écoutant assurer à Maeve que c'était la seule solution raisonnable, Tom se prit à le détester. Pour rien au monde il ne se serait autrefois séparé de Deirdre quand elle était enceinte!

La grossesse ne réussissait pas à Maeve comme à sa mère. Tom ne voyait chez sa fille ni le teint florissant ni la mine épanouie de Deirdre. Le chagrin se peignait sur son visage à mesure que se succédaient les week-ends où Ted ne rentrait pas. Il prétextait, en général, les exigences de son travail à l'Université, ou les démarches à accomplir pour chercher une situation. Tom ne savait pas ce qui était pire, les week-ends où il restait à Boston ou ceux où il revenait et où le jeune couple s'enfermait dans sa chambre pour se quereller.

Pendant les mois où les jeunes gens vécurent chez lui, Tom resta dans l'expectative. Comment cela allait-il se terminer? Aurait-il pu s'attendre que sa fille meure à l'âge de dix-neuf ans!

Complications à l'accouchement, avait-il annoncé dans une déclaration à la presse, mais il savait que Maeve était morte de chagrin. Des somnifères, avalés dès sa sortie de l'hôpital, avaient mis fin à ses tourments. « Tout ce qui l'intéressait, c'était ton argent, papa, lui avait-elle déclaré d'une voix faible la nuit où était née la petite fille. Il ne voulait pas de nous. » Tom s'était efforcé de la réconforter : il l'aiderait à élever son enfant, il prendrait une gouvernante, tout irait bien. Mais elle l'avait regardé avec une expression désespérée qu'il se souvenait de lui avoir vue dans son enfance, une expression qui disait : « Pourquoi ne comprends-tu jamais rien? »

*

La jeune femme sanglotait sur le bord du lit de Billie. Elle tenta de se ressaisir.

« Il... m'a attachée... j'ai cru que c'était un gamin qui voulait quelque chose d'un peu raffiné. Et puis il a commencé à me frapper. Je lui ai dit d'arrêter, mais il m'a donné un coup de poing... »

Elle toucha sa lèvre tuméfiée.

« Continue, dit Billie d'une voix dure. Que s'est-il passé après?

– Il a commencé à parler de la fille de Mr. Dalton. Il ignorait que je savais de qui il s'agissait... Je l'ai encouragé à parler, en pensant que c'était un moyen de calmer ses instincts sadiques... »

Elle renifla et prit un mouchoir sur la table de nuit.

« Je sais que tu as mal, Charlene, compatit Billie. Le médecin va arriver dans quelques minutes. Peux-tu me raconter ce que ce Mr. Abbott a dit d'autre? C'est important.

– J'ai bien écouté ce petit salaud. Je me doutais bien que cela t'intéresserait. Il répétait qu'il avait touché le gros lot... que sa femme venait d'avoir un enfant, qu'elle s'était tuée, que tout cela signifiait la fortune pour lui. Je ne voyais pas le rapport entre la mort de sa femme et le fait de devenir riche. Il m'a confié alors que son beau-père était plein aux as. « Le vieux m'a demandé s'il pouvait garder l'enfant « et je lui ai répondu : Il faut voir. Je ne sais pas si « je vais vous la laisser. En la gardant, j'obtiendrai « de vous tout ce que je veux! » Je lui ai dit que je trouvais ça infâme. Alors, il a recommencé à me frapper. J'ai voulu appeler à l'aide, mais il m'a bâillonnée. »

Billie tapota l'épaule de Charlene. Elle ne pouvait chasser de son esprit l'idée que cet ignoble individu avait tué la fille de Deirdre aussi infailliblement que s'il lui avait mis un pistolet sur la tempe. Et maintenant il voulait de l'argent!

Billie n'avait pas été dans un tel état de fureur depuis la mort de Deirdre. Elle arpentait la chambre, essayant de trouver une parade à cette nouvelle injustice.

Quand cela allait-il se terminer? Tom était-il condamné à perdre tous ceux qui lui étaient chers? Maeve morte à dix-neuf ans! Cette enfant qu'elle et Deirdre avaient attendue ensemble, qu'elles se proposaient de dorloter, de gâter, et d'aimer toutes les deux... L'expression hagarde de Tom était toujours présente à l'esprit de Billie. Elle ne l'avait vu que quelques minutes, lorsqu'il lui avait annoncé la nouvelle, mais jamais elle ne pourrait oublier ce visage ravagé. « J'aurais dû la protéger, Billie, avait-il dit d'une voix éteinte. C'était ma fille et j'aurais dû l'aider à devenir plus forte. Je suis responsable de sa mort! »

Et ce petit salaud de Ted qui allait tirer profit de son crime! Soudain, Billie s'immobilisa comme une tigresse qui se ramasse avant de bondir. Une idée venait de jaillir dans son esprit. Elle décrocha le téléphone.

La longue Cadillac noire s'arrêta devant la maison. Aussitôt, Billie, qui la guettait, sortit. La portière arrière s'ouvrit et elle monta.

L'homme trapu, musclé, à côté duquel elle s'assit devait avoir une soixantaine d'années. Une lueur admirative éclaira fugitivement son regard. Elle s'était vêtue avec recherche car elle avait affaire à un dangereux gangster qu'elle devait fléchir à tout prix. La tâche n'était pas mince.

« Vous êtes une femme célèbre...

– Pas autant que vous, don Enzio.

– Je présume que vous êtes venue solliciter une faveur. Et vous voudriez savoir ce que je vais vous demander en échange? »

Billie lui adressa un sourire enjôleur. Pour être redoutable, don Enzio n'en était pas moins homme et c'était une espèce qui n'avait plus de secrets pour elle.

« Il y a longtemps, vous avez contracté une dette envers quelqu'un qui m'est cher : Thomas Dalton. Je suis venue vous proposer un moyen de vous en acquitter.

– C'est une très vieille histoire à laquelle vous faites allusion, dit lentement don Enzio. Qu'est-ce qui vous permet de croire que je m'en soucie encore?

– Il paraît que vous avez beaucoup de mémoire », répondit Billie en le regardant droit dans les yeux.

Don Enzio hocha la tête.

« Et pourquoi serais-je disposé à me souvenir de cet épisode du passé? »

Billie s'enfonça dans son siège.

« Parce que vous êtes des *hommes*, vous et lui. Une race assez rare, don Enzio. Et les hommes paient leurs dettes.

– Et que m'offrez-vous en échange de cette faveur?
– Je vous rends votre honneur.
– Vous êtes sa compagne, n'est-ce pas?
– Oui.
– C'est un *homme* qui a de la chance, dit-il en insistant sur le mot comme l'avait fait Billie. Vous allez me raconter votre histoire et nous verrons si je décide de me souvenir... »

12

Le bruit de la sonnette déchira le silence de la grande maison. Elle retentit cinq ou six fois, assez pour réveiller le maître et les domestiques.

Tom passa une veste d'intérieur et sortit de sa chambre. Il dormait mal depuis le début des négociations avec son gendre. Abbott ne désirait pas garder l'enfant, il l'avait fait clairement comprendre dès le baptême de la petite Megan. Il était prêt à signer une renonciation à ses droits paternels, en faveur de Tom. Mais il voulait de l'argent, en échange. Il avait d'abord demandé un million de dollars. Voyant que Tom acceptait sans difficulté, il avait accru ses exigences. Plus Tom cédait, plus le chiffre grimpait. Il en était ainsi arrivé à cinq millions de dollars, une somme exorbitante. Tom se trouvait dans une impasse.

Le maître d'hôtel alla ouvrir. La rue était complètement déserte. Un paquet enveloppé dans un papier brun était posé sur le pas de la porte.

« Que se passe-t-il, James? demanda Tom.
– Je ne sais pas, monsieur. Il n'y a qu'un paquet.
– Montez-le-moi. »

Le colis consistait en une boîte de carton. A l'intérieur se trouvait une feuille pliée, portant ces simples mots : « *Nous payons nos dettes* » et, en guise de signature, l'empreinte d'une main noire. Une enveloppe l'accompagnait; elle contenait les papiers, signés par Abbott, que Tom essayait d'obtenir depuis tant de semaines. Le cœur battant, il ne parvenait pas à en détacher son regard. Des souvenirs douloureux lui revenaient à l'esprit. Maeve et Deirdre. La même souffrance à vingt ans d'intervalle. Quelqu'un d'autre n'avait pas oublié!

Comment Narducci avait-il pu savoir qu'Abbott était responsable de la mort de sa fille? Quels moyens avait-on employés pour arracher l'accord de son gendre? Les papiers étaient en règle et authentifiés par des témoins. A son étonnement, Tom n'éprouvait aucune gêne d'être le débiteur de Narducci. Il ne ressentait qu'un énorme soulagement de savoir que Megan lui appartenait.

Il mit la feuille dans une soucoupe de porcelaine et la fit brûler. Puis il posa les papiers d'adoption sur sa table de nuit et s'allongea. Il essaya de se représenter les visages de sa femme et de sa fille, mais la seule vision qui lui apparut clairement fut celle d'un grand entrepôt aux murs de pierre grise.

La dévotion de Tom pour la petite Megan fascinait Billie. Elle comprenait que le bébé représentait pour lui un lien avec le passé et avec l'avenir, sa dernière chance de se racheter. Il ne commettrait pas une seconde fois les mêmes erreurs, il aimerait sa petite-fille, il l'élèverait lui-même.

« Tu vois, Billie, je n'ai pas pu sauver ma fille, mais tout l'amour que j'ai gardé en moi, je le donnerai à cet enfant. »

13

« Il y a là un jeune homme qui désire vous voir, monsieur. »

Delaney, le secrétaire de Tom, qui était à son service depuis de nombreuses années, semblait perplexe.

« Il n'a pas de rendez-vous », ajouta-t-il.

Tom leva les yeux du contrat qu'il était en train d'étudier. Ses cheveux grisonnaient maintenant et de petites rides s'étaient formées au coin de ses yeux.

« A-t-il donné le motif de sa visite?

– Il dit qu'il est venu au sujet d'un repas que vous lui avez offert quand il avait faim. Cela n'a plus l'air d'être le cas, si je puis me permettre, monsieur.

– Eh bien, faites-le entrer. Cela me permettra d'éclaircir ce mystère. »

Delaney fit demi-tour, puis se ravisa.

« Oh! J'allais oublier, monsieur. Il dit s'appeler Jack Cavanaugh. »

Jack Cavanaugh... J'ai déjà entendu ce nom-là, songea Tom en attendant son visiteur. Le jeune homme brun, bien découplé, qui entra, portait un costume en laine peignée gris, fait sur mesure, et une splendide montre de gousset en or. Une lueur malicieuse égayait son regard.

« Ai-je le plaisir de vous connaître? demanda Tom.

– Vous avez eu autrefois celui de m'empêcher de mourir de faim à Boston.

– Je ne vois pas... » commença Tom.

Puis il s'interrompit. Le petit voleur de Boston! Serait-il devenu cet homme élégant, sûr de lui et bien élevé?

« Oui, monsieur Dalton, je suis le galopin de la

ruelle, assura Jack Cavanaugh, comme s'il avait lu dans les pensées de Tom. Ou, plutôt, je l'étais, car ma vie a changé depuis cette époque.

– Si j'en juge par votre allure, je peux dire qu'il s'agit d'un vrai miracle! Asseyez-vous, je vous en prie. Racontez-moi comment s'est opérée cette métamorphose. J'ai souvent pensé à vous et je me demandais ce que vous aviez pu devenir. Je dois avouer que j'avais complètement oublié votre nom.

– Monsieur Dalton, j'ai traversé l'Amérique pour vous voir. Si vous voulez bien me faire l'honneur de dîner avec moi au Waldorf-Astoria où je suis descendu, je vous soumettrai une proposition qui, je l'espère, vous agréera. »

Une heure après, les deux hommes étaient attablés dans la salle du restaurant.

« Il m'est arrivé tellement de choses depuis ce fameux jour, monsieur Dalton, que je ne sais par où commencer. »

Jack poussa son assiette et sa nervosité amusa Tom.

« Nous avons toute la soirée devant nous, monsieur Cavanaugh!

– Dans ce cas, je commencerai par le début. Comme vous savez, j'étais orphelin. Je suis resté à Boston jusqu'à l'âge de seize ans, puis j'ai décidé de tenter ma chance ailleurs, convaincu que la fortune me sourirait un jour ou l'autre. J'avais entendu parler du territoire de Yukon et de l'or qu'on pouvait y trouver si l'on était capable de supporter le froid et la solitude. Je suis donc parti là-bas. »

Tom l'écoutait avec un intérêt croissant.

« J'ai rencontré un vieil homme, un certain Ned Fortnum, au comptoir de Dawson. J'étais en train de déchiffrer péniblement un ouvrage sur la prospection. A cette époque-là, je n'avais pour ainsi dire aucune éducation et lire était pour moi une tâche ardue.

« Quand il m'a proposé son aide, j'ai d'abord cru que c'était un escroc qui cherchait à me pigeonner. Mais j'ai fini par le suivre. Nous avons vécu, prospecté ensemble. Pourquoi s'est-il ainsi occupé de moi? Dieu seul le sait! Je crois que nous nous sommes adoptés mutuellement. C'était un homme profondément bon et solitaire qui, tout jeune, avait rompu avec sa famille, à cause d'une histoire d'amour. Je lui dois tout. Il m'a appris à lire et à écrire couramment. Grâce à lui, j'ai découvert le monde des livres. Les étagères, dans sa cabane, en étaient surchargées. C'était sa seule concession au monde civilisé. Mais Ned était déjà très âgé. Quand il commença à décliner, je devins son bâton de vieillesse. Parfois, je pensais chercher du travail, mais je ne pouvais le laisser seul. Aussi me suis-je occupé de lui, comme lui s'était occupé de moi.

« Un matin, il ne put se lever de son lit. Je compris alors que la fin était proche. « Tu es un « brave garçon, Jack, me dit-il. Quand j'aurai quitté « ce monde, prends tout ce que tu veux dans la « cabane. Mais n'oublie surtout pas le Dickens. Je te « le lègue. ». Il savait que j'adorais *David Copperfield*. Il est mort pendant la nuit et je l'ai veillé jusqu'au matin en pleurant comme une femme. Il était mon unique ami et la seule famille que j'aie eue de ma vie. J'avais l'impression que l'on m'arrachait le cœur. Après l'avoir enterré, j'ai fait mes bagages. Je ne pouvais plus rester là-bas sans lui...

« Dans le roman de Dickens, reprit Jack après un silence, j'ai trouvé une lettre ainsi qu'une clef et le numéro d'un coffre-fort à la banque Wells-Fargo. Ned me léguait sa fortune et, lorsque j'ai ouvert le coffre, j'ai constaté qu'elle était confortable. Voilà pourquoi, monsieur Dalton, sans être devenu aussi riche que vous, je le suis beaucoup plus que le gamin de Boston ne pouvait l'imaginer dans ses rêves les plus fous!

– Ça par exemple! » s'exclama Tom.

Puis il éclata de rire en se rendant compte qu'il avait eu l'intonation exacte de Diamond Jim.

« Et maintenant, monsieur Cavanaugh, qu'allez-vous faire de l'argent et de l'éducation que vous avez acquis?

– Eh bien, c'est aussi pour cela que je suis venu vous voir. Comme je vous l'ai dit, j'ai une proposition à vous soumettre. J'aimerais travailler avec vous. Je me suis renseigné sur vos sociétés et je pense que je pourrais vous être utile. Je sais tout ce qu'il y a à savoir sur le bois, j'ai tâté du marché de l'or et je suis propriétaire d'une riche concession dans le Klondike; celle que Ned m'a léguée. Et surtout, je suis plein de bonne volonté. »

Tom, déconcerté, ouvrit la bouche pour répondre.

« Ne dites rien avant d'avoir écouté la fin de ma proposition, monsieur. J'ai ma fierté et ce n'est pas une faveur que je sollicite. Je n'arrive pas les mains vides. Si vous acceptez de me prendre comme assistant, ou apprenti, si vous préférez, je ne vous demanderai pas de salaire pour mes services. De plus, à la fin de cet apprentissage, dont la durée dépendra uniquement de vous, j'investirai dans une affaire de votre choix que je dirigerai sous votre égide et dont nous partagerons les bénéfices. »

Tom hésita.

« Jamais on ne m'a fait une telle proposition...

– Alors, monsieur Dalton, c'est oui ou non?

– C'est non. Mais mon refus est accompagné d'une contre-proposition. Je vous accepte comme stagiaire pour une période d'un an à compter de ce soir. Vous recevrez un salaire normal, proportionnel à votre travail. A la fin de cette période, si tout se passe bien, nous envisagerons une collaboration à des conditions qui nous paraîtront acceptables à tous deux. Dans le cas contraire, nous nous séparerons. Acceptez-vous ma contre-proposition?

– A condition que vous m'appeliez Jack. »

Les deux hommes se serrèrent la main pour sceller ce marché qui, malgré la différence d'âge de trente-cinq ans, constituait le premier pas vers une grande amitié.

« Jack, puis-je vous demander comment une rencontre d'une dizaine de minutes, après tant d'années, vous a amené à me faire une proposition aussi surprenante? »

Le visage de Jack Cavanaugh s'éclaira d'un sourire énigmatique.

« Comme Ned Fortnum me l'a dit un jour, monsieur Dalton, j'ai été trop longtemps seul. »

Cette nuit-là, Tom demeura éveillé dans son lit. Il revoyait l'apprenti plein de bonne volonté qu'il avait été lui aussi, bien des années auparavant. Il se demanda comment aurait réagi Diamond Jim s'il avait été là.

14

Riordan Dalton était doué pour les affaires. Il avait la dureté de son grand-père et la chance de son père en matière de spéculation. Toutefois, sa susceptibilité déplaisait profondément à Jack qui s'en tenait autant que possible à l'écart.

Rory était membre des clubs les plus chics, il évoluait dans les cercles les plus fermés, il avait épousé Cynthia Braithwaite, l'héritière la plus en vue de New York, mais si ses relations étaient nombreuses, il n'avait pas d'amis.

« Un fils reste un fils, Tom, dit Jack à la fin de sa

période d'essai. Laissez-moi, comme convenu, faire mes preuves dans une ou deux sociétés, cela vous permettra de continuer à m'observer et évitera à Rory de s'imaginer que j'aspire à devenir votre héritier présomptif.

– J'ai quand même envie de t'engager dans la M & D. J'ai eu le temps de te juger en un an et je n'ai pas l'intention de me priver de tes talents, quoi qu'en pense mon fils. »

Tom aimait beaucoup Jack. Plus que les enfants de Riordan. Cynthia avait en effet mis au monde deux garçons et une fille, que Tom trouvait aussi dépourvus de caractère que sa belle-fille, et que, d'ailleurs, il voyait peu : ils étaient élevés par leurs grands-parents maternels. Il consacrait toute son attention à Megan. En affaires, il donnait carte blanche à son protégé.

Jack et Megan représentaient pour lui le moyen de transmettre ce qu'il avait appris et créé. Il avait le sentiment de rechercher ainsi une sorte d'immortalité. Peut-être, au bout du compte, une fois le bon grain séparé de l'ivraie, ce désir était-il la seule chose qui restait à un homme; l'espoir que ses luttes et ses chagrins n'avaient pas été vains...

« Nous devrions acheter des terres en Alaska, *maintenant*, avant que cette région devienne un Etat de l'Union. »

Jack achevait son exposé par cette affirmation catégorique.

« L'Alaska est trop loin! Il est impossible d'exploiter son potentiel à cause du froid. Et ce ne sera *jamais* un Etat! »

Comme Jack s'y attendait, Rory le contredisait immédiatement.

« Avec l'amélioration des transports et le développement des technologies nouvelles, les rigueurs du climat seront bientôt vaincues. Les ressources minérales, pétrolières, abondent. Nous pouvons arriver avant tout le monde.

– Nous commençons juste à sortir de la dépression, Jack, il y a assez à faire ici. Il serait trop risqué de spéculer sur l'Alaska. Je dis non.

– Nous sortons de la dépression, c'est vrai, répliqua vivement Jack, mais nous entrons dans une guerre. Et la guerre est synonyme de profits! »

Tom suivait attentivement la passe d'armes entre les deux jeunes gens. Il décida de clore le débat avant qu'ils en viennent aux mains.

« Messieurs, je considère que vous avez tous deux raison. J'ai beaucoup vécu et un certain nombre de choses sont devenues claires pour moi.

– Les temps changent, père.

– Pas la nature humaine! Hitler va tenter de conquérir l'Europe, si ce n'est plus. La guerre ne saurait tarder. Notre économie avait besoin d'un stimulant, en voilà un! Mais je me range à l'avis de Rory : il y a des fortunes à gagner, ici et dans les transports vers l'Europe. Rory, tu as tes entrées à Washington. Je te suggère de t'employer à décrocher quelques contrats gouvernementaux, afin que nous soyons prêts lorsque la guerre éclatera. Jack, j'aimerais te dire un mot en particulier. »

Jack s'efforça de contenir sa fureur jusqu'à ce que Rory eût quitté la pièce.

« Tu as raison pour l'Alaska, dit calmement Tom.

– Mais alors, pourquoi m'avoir fait passer pour un imbécile aux yeux de votre fils?

– Parce que tu as encore des progrès à faire en matière de subtilité et que le moment me semblait propice pour une petite leçon. »

Jack essaya de se contrôler.

« D'accord, admit-il. J'écoute.

– J'ai choisi la solution de facilité. C'est ce qui

convient à Rory. Il aura l'occasion de se mettre en valeur, de prouver ses capacités, et de nouer, à Washington, des relations utiles à ses ambitions politiques. Pour ce qui est de l'Alaska, il se trompe complètement. Ce territoire est beaucoup trop proche de la Russie pour que le gouvernement s'en désintéresse. Je te suggère donc d'acquérir en notre nom personnel le maximum de terres et de concessions minières. Les bénéfices ne viendront peut-être pas de mon vivant, c'est pourquoi j'ai l'intention de placer mes investissements au nom de Megan. Qu'en dis-tu, mon jeune et impétueux ami?

– J'en dis que j'ai encore beaucoup à apprendre.

– On ne peut mettre une vieille tête sur de jeunes épaules! »

*

Tom parcourut le dossier sur l'Alaska posé sur son bureau. Les notes de Jack étaient drôles, irrévérencieuses et truffées d'exclamations. O'Reilly avait failli avoir une crise cardiaque la première fois qu'il avait lu un de ses rapports, ce qui avait provoqué son départ en retraite, à l'âge de quatre-vingt-un ans. « J'ai survécu à la formation d'un protégé, avait-il déclaré, un second me serait fatal. »

Tom appela son secrétaire par l'interphone.

« Passez-moi Mr. Cavanaugh, s'il vous plaît.

« Es-tu pris ce soir, Jack? demanda-t-il quand il eut le jeune homme en ligne.

– Non, je n'ai rien de particulier.

– Parfait. Viens me prendre chez moi à huit heures. J'aimerais te présenter quelqu'un qui m'est très cher. »

Depuis trois ans, Billie mourait d'envie de rencontrer Jack. Jusque-là, Tom avait refusé : il ne voulait pas mêler des étrangers à sa vie privée. Or, en lisant le rapport de Jack, il s'était brusquement rendu compte que le jeune homme était encore plus proche de lui qu'il ne le pensait. Il composa lui-même le numéro de son amie. Ce soir, il allait bien s'amuser.

Le chauffeur arrêta la voiture et descendit ouvrir la portière. Pendant le trajet, Tom s'était montré d'humeur joviale, tout en restant très mystérieux quant à leur destination.

Soudain, Jack reconnut la façade de la maison de passe la plus chic de New York.

« Chez Miss Billie? demanda-t-il d'un ton incrédule.

– Oui, c'est une de mes vieilles amies. J'aimerais te la présenter.

– Il paraît que les tarifs sont prohibitifs.

– Pas quand on est propriétaire. Je suis l'associé de Billie.

– Ça alors! Comment êtes-vous devenu associé dans un établissement de ce genre?

– C'est une longue histoire. Billie te la racontera sans doute un jour. Tu vas avoir le privilège de rencontrer une femme exceptionnelle, alors tiens-toi bien. C'est aussi une amie merveilleuse. Si tu lui plais, tu pourras te considérer comme un privilégié. »

La femme qui vint les accueillir subjugua Jack. Bien qu'elle eût dépassé la quarantaine, la sensualité qui émanait de son corps, de son visage, de sa voix, éveillait le désir. Elle était vêtue d'une robe de soirée noire, retenue sur une épaule par une broche de diamants, et découvrant la blancheur laiteuse de l'autre.

« J'étais impatiente de vous rencontrer, Jack.

– Si j'avais soupçonné votre existence, madame, mon impatience aurait dépassé la vôtre. »

Tom enleva son veston et le lança sur le canapé. Un geste de possession, qui signifiait : voici mon territoire. Billie en fut amusée : ainsi donc, après tant d'années, son amant était encore capable d'éprouver de la jalousie!

Jamais Jack n'oublierait cette soirée, cette femme et la surprenante transformation de Tom : en présence de Billie, il riait, plaisantait comme un jeune homme.

Qui eût pu deviner que cet homme d'âge mûr, digne et honnête, avait pour maîtresse la tenancière de la maison close la plus réputée de New York?

Jack rentra chez lui rempli d'une admiration nouvelle pour Tom Dalton et d'un violent désir de revoir Billie Henderson.

VII

MEGAN DALTON

1

Pour son grand-père, Megan Dalton était l'image même de la perfection. C'était une belle enfant à la peau diaphane et aux cheveux blonds. Elle avait l'esprit vif et son rire perlé retentissait le long des corridors de la vaste demeure. Tom avait tout fait repeindre dans les tons pastel afin que la vie de la petite soit encore plus ensoleillée.

Il passait de longues heures à discuter avec elle, lui enseignant la poésie et l'histoire, l'initiant au latin et au grec comme s'il s'agissait de jeux de société. Elle était aussi robuste et joyeuse que sa mère avait été frêle et triste. Elle demeurait des heures sur les genoux de son grand-père qui lui racontait des histoires sur l'Irlande, Boston et New York.

Tom avait pris l'habitude de ne plus consacrer que la moitié de ses journées à ses affaires et déléguait des responsabilités croissantes à Jack et à Rory. L'aversion de Tom pour son fils n'avait pas diminué, mais il le respectait maintenant et parlait souvent de lui avec Jack.

« C'est un garçon intelligent et un travailleur infatigable, mais il vous en veut, Tom. Il ne le dit jamais, mais j'en suis intimement persuadé.

– Il paraît que c'est courant quand un fils est l'employé de son père. Il y a rivalité. Le jeune mâle est avide de remplacer le vieux à la tête du troupeau! En fait, cela ne me dérange pas d'être progressivement détrôné. C'est dans l'ordre des choses. Après tout, c'est pour mes enfants que j'ai bâti cette fortune. Tout homme rêve d'avoir un fils qui prendra la relève.

– Bien sûr, Tom, mais celui-ci est un drôle d'oiseau. A mon avis, il faut l'avoir à l'œil. Et puis, je parie qu'il est jaloux de la petite.

– De Megan? Ce n'est qu'une enfant!

– Il ne l'aime pas beaucoup, vous pouvez en être certain. Il a l'impression que vous négligez ses enfants au profit de la fille de Maeve.

– En quoi il ne se trompe pas! Les enfants de Riordan sont aussi ceux de cette snobinarde qu'il a épousée! Mais Megan est à moi. »

« Comprends-tu pourquoi tu dois devenir quelqu'un d'honorable, Megan? »

Tom et sa petite-fille se reposaient sous un arbre au bord du ruisseau qui traversait la propriété.

« Oui, grand-père.

– Pourquoi, mon enfant?

– Parce que tu le veux. »

Tom ne put réprimer un sourire devant cette candeur.

« Très bien, Megan. Mais il y a une autre raison. »

La fillette était captivée : il avait toujours tant de choses à lui raconter! Et, contrairement à sa nounou et aux autres grandes personnes, il la traitait en adulte. C'était indiscutablement le meilleur grand-père du monde.

« Il faut que tu deviennes quelqu'un d'honorable pour que les autres puissent avoir confiance en toi.

– Oui, grand-père.

– Tu verras, Megan, en grandissant tu auras souvent l'impression que la malhonnêteté présente des avantages. Il te semblera peut-être plus facile de dire un mensonge que la vérité ou bien tu auras envie de prendre quelque chose qui ne t'appartient pas. Et tu croiras être tirée d'affaire parce que personne ne s'en sera aperçu.

– Je sais qu'il ne faut pas mentir mais parfois j'ai envie de raconter des histoires à ma nounou.

– Bien sûr, cela peut être tentant! Mais imagine ce qui se passerait si moi aussi je mentais. Qu'arriverait-il le jour où tu voudrais me demander quelque chose de vraiment important?

– Je ne pourrais plus te croire...

– C'est exactement cela! On ne peut pas faire confiance aux menteurs. Tu devras te souvenir de cela quand tu seras grande et que tu essaieras de discerner le bien et le mal chez les autres.

– Je me souviens toujours de tout ce que tu me dis, grand-père. »

*

Billie, assise devant sa coiffeuse, dénouait ses cheveux quand elle entendit frapper. Qui pouvait la déranger si tard? Elle ouvrit avec une légère appréhension; c'était une des filles.

« Billie, Joanne a des ennuis. Le client est soûl et violent. »

Ce genre d'incident arrivait de temps à autre dans toutes les maisons, mais les videurs se chargeaient vite de rétablir l'ordre.

« Appelle Jocko. Dis-lui de s'occuper de ce type. »

La fille hésita un instant.

« Ce n'est pas n'importe qui, Billie. C'est le fils de Mr. Dalton, le gros qui est porté sur la boisson. J'ai pensé qu'il fallait te mettre au courant.

– Tu as bien fait, Alice, merci. J'y vais. Où sont-ils?

– Dans la chambre verte. Je demande à Jocko de te retrouver là-bas?

– Oui. »

Billie s'enroula dans son peignoir et s'engagea dans le couloir. En approchant de la chambre, elle perçut le vacarme. Elle frappa à la porte.

« Foutez le camp! » rugit une voix.

Puis il y eut un bruit de meubles renversés et un cri.

« Ouvrez immédiatement cette porte, monsieur Dalton, ou je la fais enfoncer. »

La voix autoritaire de Billie résonna dans le couloir. Elle avait un passe-partout dans sa poche mais elle préférait laisser à Seamus la possibilité d'obtempérer.

On tira le verrou. Joanne était recroquevillée dans un coin, terrifiée. Le jeune homme n'était couvert que par un drap hâtivement enroulé autour de ses reins.

Billie fut frappée par la ressemblance des traits. Mais l'expression de ce visage de débauché n'avait rien à voir avec Tom, elle n'en était qu'un piètre rappel.

« Comment osez-vous vous conduire de manière aussi scandaleuse dans cette maison? Les hommes viennent ici pour le plaisir, non pour la violence. »

Le jeune homme évalua en connaisseur la silhouette bien en chair, à peine dissimulée par le déshabillé de satin.

« Vous êtes un beau brin de femme, Billie, dit-il d'une voix pâteuse, avec l'aplomb de celui qui se sait riche et séduisant. Je dois reconnaître que mon grand-père avait du goût. Maintenant, voulez-vous débarrasser le plancher et vous occuper de vos affaires. J'ai payé cher les services de cette fille et je tiens à en avoir pour mon argent.

– Rhabillez-vous, monsieur Dalton, et videz les lieux. Votre argent servira à réparer les dégâts que vous avez faits. Je ne souhaite pas vous revoir ici.

– Je vous trouve bien arrogante pour une maquerelle! »

Elle bondit sur lui et le souffleta violemment. Il leva le bras pour lui rendre sa gifle, mais la stature impressionnante de Jocko l'en dissuada.

« Votre père ne mérite pas un tel fils! lança Billie avec une telle hauteur que le jeune homme éprouva un certain malaise.

– Que savez-vous de mon père? Vous couchez avec lui aussi?

– Je le connais assez pour savoir que vous n'êtes pas digne de cirer ses chaussures! »

Seamus parcourut des yeux la chambre saccagée avant de voir le reflet de son corps nu dans le miroir. Un instant, il se sentit gagné par la honte, puis son regard se posa sur la bouteille de scotch à moitié vide, sur la table de nuit. Il s'en versa une rasade. Jocko suivit ses efforts pour s'habiller. Après quoi, il le fit monter dans un taxi qui prit le chemin du domicile conjugal.

Le mariage de Seamus n'avait pas été aussi heureux que celui de son frère. Il avait connu Francine durant sa dernière année à l'Université. Le footballeur conquérant et la blonde sportive s'étaient lancés dans le mariage puis dans l'éducation des enfants avec l'enthousiasme qui avait été le leur sur le stade.

Mais Francine n'avait pas admis que Seamus, père de famille, continuât à mener une vie décousue d'étudiant. Encore moins qu'il sombrât, par la suite, dans le jeu, l'alcool, la débauche. Le ménage ne parvenait même plus à garder un semblant d'unité. Il ne voyait guère le patriarche du clan qu'aux vacances, ce dont Tom s'accommodait : ses petits-enfants ressemblaient trop à leur père. Des sportifs sans cervelle!

Il s'était depuis longtemps habitué aux fréquentes demandes d'argent de son fils qui devait rembourser des dettes de jeu ou payer ses nuits de débauche. Il y répondait avec autant de bienveillance que possible.

2

« Avez-vous déjà envisagé d'ouvrir un casino chez Billie, Tom? » demanda Jack.

Il revenait de Londres et le souvenir des luxueuses maisons de jeu était encore très vif dans son esprit.

« Il n'y a aucune raison pour que les gangsters soient les seuls, depuis l'époque de la prohibition, à gagner de l'argent de cette manière. »

Megan était allée se coucher. Tom et Jack étaient seuls dans la bibliothèque.

« Pourquoi ne lui en parles-tu pas? suggéra Tom. Billie ne refuse jamais d'étudier une proposition. »

Il se tenait devant l'âtre, activant le feu avec le tisonnier de cuivre.

« A propos, Tom, il y a quelque chose dont je dois vous parler. Rory s'est beaucoup occupé de politique ces derniers temps. Il a effectué plusieurs voyages à Washington. Je me demande si cela peut avoir un rapport avec les affaires. »

Tom regarda Jack par-dessus ses lunettes.

« Et alors?

– Alors, je pense que cela vaudrait la peine d'aller voir à Washington de quoi il retourne. Vous avez pas mal d'amis là-bas.

– J'apprécie cette mise en garde mais de mon côté je l'ai tenu à l'œil. Ses petits magouillages me paraissent inoffensifs. Je pense qu'il s'agit seulement pour Rory d'une question d'amour-propre : il a besoin de réussir dans un domaine dont je ne m'occupe pas. La politique convient très bien. Il a peut-être hérité cela de son grand-père.

– Espérons qu'il n'a pas l'intention de se présenter à une élection. Je crains qu'il ne manque de charme et de charisme. »

Ce ton ironique égaya Tom. Il était naturel que Jack fût jaloux de Rory. Cependant, il ne se trompait pas quant à la personnalité de son fils.

« Tu ne crains pas qu'il abandonne les affaires? demanda-t-il avec une lueur malicieuse dans le regard.

– Je lui offrirais volontiers un aller simple pour la lune! »

Mais c'était Megan qui était au centre des préoccupations de Tom. Depuis quelque temps, elle ne cessait de parler de Jack.

« Tu te débrouilles bien avec la petite, Jack, dit-il après avoir repris sa place au coin du feu. As-tu remarqué qu'elle est devenue ta grande admiratrice?

– Je n'ai jamais connu une enfant comme elle. Ce n'est qu'une gamine mais elle donne déjà l'impression d'être adulte. J'adore la faire rire et chanter.

– Tu penses donc qu'elle mène une existence trop sérieuse? Je dois dire que ce n'est pas facile pour un grand-père de savoir ce qui convient à une petite fille. Parfois, je doute d'avoir fait les bons choix pour elle. »

Jack but une gorgée de scotch.

« Mais elle semble parfaitement heureuse! Elle doit se sentir tellement aimée qu'elle ne peut rien redouter ici-bas!

– Oui, concéda Tom, c'est bien ce que je voulais

pour elle, mais l'amour d'un sexagénaire est-il suffisant? C'est un peu pour cette raison que je me réjouis que tu t'attaches à elle. Il y a chez un homme jeune une force, une énergie qui n'existe plus chez quelqu'un de mon âge.

– Vous êtes tout au monde pour elle, Tom, et c'est très bien ainsi. »

Tom sourit du sérieux de Jack.

« C'est vrai. Son amour et son rire illuminent ma vie. Elle est plus précieuse pour moi que tout le reste réuni. Mais un jour, son affection pour moi ne lui suffira plus et le fait de bien te connaître l'aidera, le moment venu. »

3

Tom Dalton, qui avançait en âge, avait institué une coutume lorsque Jack venait travailler avec lui. En fin d'après-midi, les deux hommes se promenaient sur les docks. Par tous les temps, entre quatre et cinq heures, ils quittaient le bureau et se faisaient conduire au port. Pendant une petite heure, ils longeaient ces quais animés qui, pour Tom, évoquaient tant de souvenirs.

Il prétendait que cela lui éclaircissait les idées d'être près de l'eau, loin de l'atmosphère oppressante du bureau, mais Jack avait toujours soupçonné qu'il y avait bien d'autres raisons. Les fantômes du passé – Deirdre, Donaher, Furuseth, les compagnons et les amours depuis longtemps disparus – étaient encore bien vivants sur les quais...

Par un bel après-midi d'automne, ils marchaient lentement près de la jetée 14; le vent frais faisait tourbillonner la poussière. Toute la journée, Tom avait paru préoccupé. Jack avait tenté d'aborder deux ou trois questions urgentes. Sans résultat. Aussi attendait-il en silence que Tom expose enfin ce qui le tracassait. L'expérience lui avait appris que son associé gardait toujours ses réflexions pour lui tant qu'il n'avait pas résolu un problème; ce n'est qu'après qu'il en discutait, s'il désirait connaître d'autres opinions.

« As-tu déjà eu envie de rentrer chez toi, Jack? » finit-il par dire.

Jack éclata de rire.

« Je suppose que oui, si j'avais un chez-moi. Mais vous savez ce que Boston me proposait : la pauvreté et des coups de pied aux fesses.

– Je ne parle pas de Boston. Je pensais à l'Irlande. Des prairies verdoyantes, la douceur des petits matins, une odeur de feu de bois. »

Jack se tourna vers son ami. Il le connaissait depuis de longues années et ne l'avait pas une seule fois entendu parler de l'Irlande avec tant de nostalgie.

« J'ai très peu de souvenirs du Kerry. C'est surtout ce que ma mère m'en a dit qui me reste en mémoire. Pourquoi me demandez-vous cela?

– Parce que j'éprouve le besoin de retourner au pays. Quelques affaires à régler. Je veux prendre possession de la maison et des terres de mon père. »

Jack émit un petit sifflement. Il connaissait vaguement l'enfance de Tom.

« Croyez-vous qu'elles seront à vendre?

– Elles ne le sont pas. Je me suis déjà renseigné discrètement, mais je crois quand même pouvoir les acquérir. »

Son regard se perdit dans le lointain. A l'horizon, la mer scintillait. Puis il se tourna vers Jack.

« Je les veux.

– Très bien. Vous avez manifestement un plan. Exposez-le-moi et je m'en occupe.

– D'abord, il faut que je te raconte une longue et pénible histoire. Et que je te montre un document que ma femme est la seule à avoir vu. Rentrons à la maison et je t'apprendrai tout ce que tu dois savoir pour arracher Drumgillan à la famille Hartington. Ce ne sera pas une partie de plaisir, Jack, mais ce besoin est si violent en moi qu'il faut que je le satisfasse. »

Ils restèrent très tard dans la bibliothèque de l'hôtel particulier de la 5e Avenue. Les larmes aux yeux, Tom raconta à son ami l'histoire qui remontait à un demi-siècle, tenant à la main la lettre de son père.

4

Jack Cavanaugh arriva devant la porte de l'étude : ATCHESON, CAREW & MEREDITH.

En entrant, il comprit pourquoi Randolph Hartington avait choisi cette étude de Dublin pour gérer ses biens; tout dans cette demeure témoignait d'une vieille fortune.

Il fut introduit dans le cabinet du respectable Mr. Derek Carew, lequel l'accueillit d'un hochement de tête, sans quitter son bureau en bois de rose.

« Je crains de vous décevoir, monsieur Cavanaugh, commença maître Carew d'une voix polie. Mon client n'a nullement l'intention de vendre Drumgillan. Il tient à cette propriété qui, comme vous le savez peut-être, fut octroyée par le roi d'Angleterre à la famille Hartington au XVIIe siècle. »

Son ton cérémonieux, qui avait dû intimider des générations de jeunes clercs, n'impressionna nullement Cavanaugh qui se prit même au jeu, tant il adorait lutter contre les représentants de l'ordre établi, leur rabattre le caquet. Il s'était promis, le soir où Tom lui avait confié cette mission, après lui avoir raconté sa vie, d'aider son ami à mettre la main sur Drumgillan par tous les moyens.

Il lui avait fallu deux ans et demi d'efforts pour rassembler tout ce dont il avait besoin avant de descendre dans l'arène. Maintenant, il se réjouissait de ce qui allait suivre.

« Je suis persuadé qu'il reconsidérera le problème, avança-t-il simplement.

« Qu'est-ce qui vous le fait croire?

– Ceci », répondit Jack en tendant une enveloppe de papier bulle à l'homme de loi.

Elle contenait deux dossiers scellés. Le notaire ouvrit le premier et le lut attentivement.

« Chantage? dit-il, méprisant.

– Comme vous avez pu le constater, nous possédons des témoignages extrêmement précis et des preuves accablantes sur les pratiques sexuelles de votre client depuis plusieurs décennies. Naturellement, si besoin est, je les rendrai publics. Mais si vous voulez bien lire le contenu de l'autre document, vous conviendrez qu'il ne sera pas nécessaire d'en arriver là. »

Carew dévisagea son jeune interlocuteur et jeta le premier dossier sur son bureau d'un geste dégoûté. Sa lecture du second fut plus longue. Il passait d'un feuillet à l'autre, les étudiant, les comparant, s'arrêtant sur tel ou tel passage. Enfin, il reposa le tout.

« Vous vous êtes donné beaucoup de mal et n'avez pas regardé à la dépense, monsieur Cavanaugh. Ces documents semblent indiquer que vous avez acheté de nombreuses actions dans les compagnies contrôlées par Sir Randolph. Suffisamment pour perturber sa situation financière et celle de ses héritiers si vous décidiez de lui causer du tort.

Puis-je vous demander pourquoi votre client se démène tant pour acquérir cette propriété? Vous lui avez certainement signalé que le titre nobiliaire ne peut être acheté.

– Le titre n'intéresse nullement mon client, maître Carew. Il considère la jouissance de Drumgillan comme une simple question de justice.

– Je ne saisis pas très bien. Quoi qu'il en soit, je vais transmettre ces documents à mon client. Puis-je lui donner le nom de celui que vous représentez?

– Vous pouvez lui dire que Thomas Dalton a décidé de devenir propriétaire de la terre où repose son père. »

Maître Carew haussa les sourcils.

« Votre client est le fils illégitime de Michael Hartington?

– Mon client est un homme riche et puissant qui tient en main l'avenir du vôtre. A votre place, j'aborderais avec précaution le sujet de l'illégitimité. »

Maître Carew inclina la tête, comme s'il reconnaissait son erreur, puis s'enfonça dans son fauteuil.

« Et que compte faire votre client des renseignements contenus dans cette enveloppe si le mien accède à ses désirs?

– Il a l'intention de les enfermer dans son coffre-fort et de les y laisser jusqu'à la mort de Sir Randolph.

– Très bien. Où puis-je vous joindre pour vous donner une réponse?

– Je suis descendu à l'hôtel Shelbourne, de l'autre côté du parc. Prévenez Sir Randolph que Mr. Dalton sera ici dans quarante-huit heures pour inspecter la propriété. »

Jack se leva pour partir.

« A propos, monsieur Cavanaugh, il se trouve

que, par un étrange caprice du destin, j'ai un message pour Mr. Dalton, à propos de Michael Hartington. »

Une ombre passa sur le visage du notaire.

« Il est rare dans notre profession d'assister à un acte de justice, vous ne trouvez pas, jeune homme?

– C'est rare, en effet... De quoi s'agit-il, maître?

– Je me trouvais avec Sir Jeffrey, le grand-père paternel de votre client, le jour où il est mort. Notre étude gère en effet les intérêts de la famille Hartington depuis plusieurs générations. M. le comte, dans son agonie, prit Randolph pour Michael, son autre fils, depuis longtemps disparu. « Où est le « petit? lui demanda-t-il. Le petit garçon roux, celui « qui est si beau à cheval. » Or, Randolph n'avait qu'un fils, aussi brun que son père. « Dites-lui qu'il « ne faut pas qu'il parte d'ici. Dites-lui que c'est son « foyer. – Vous divaguez, père, répondit Randolph. « Il n'y a pas de petit garçon roux dans notre « famille. » Alors, Sir Jeffrey se dressa sur son oreiller. « Dites-lui... que je me souviens de lui. » Ce furent ses derniers mots. Tous ceux qui étaient présents savaient naturellement de qui il voulait parler. Je crois que Sir Jeffrey regrettait profondément de ne pas avoir vraiment connu le fils de Michael. J'ai même cru comprendre qu'il aimait beaucoup son fils cadet malgré sa conduite. Vous voyez, monsieur Cavanaugh, tout va peut-être rentrer dans l'ordre.

– Ce n'est que justice, dit posément Jack en le saluant.

– Ce n'est que justice », répéta le vieux notaire, en effet.

*

L'étroitesse de la carriole qui transportait Tom

sur les lieux de sa petite enfance l'obligeait à replier ses jambes. Il gardait un silence maussade.

« Vous ne m'avez pas adressé la parole depuis que nous avons quitté Dublin », dit enfin Jack, vexé de voir que son ami, pour lequel il avait rempli sa mission de manière si expéditive, ne manifestait aucun enthousiasme.

Tom fit un effort pour sortir de sa rêverie.

« Je réfléchissais à la longue route que j'ai parcourue depuis que j'ai quitté cet endroit, Jack. Personne ne pourrait comprendre ce que j'éprouve maintenant. Tout me semble tellement plus petit que dans mes souvenirs. J'ai vu tout cela si souvent en imagination que ce retour me donne l'impression de vivre un rêve. »

Ils descendirent de la vieille carriole et Tom s'arrêta quelques instants devant le manoir, silencieux et méditatif. Puis il se dirigea vers la porte et actionna le heurtoir.

« Il y a cinquante-cinq ans, Randolph Hartington m'a mis à la porte de ma chaumière. Aujourd'hui, je vais lui rendre la pareille. »

Une jeune femme au visage grêlé vint leur ouvrir. Elle les conduisit à la biliothèque. Tom dut lutter pour contenir son émotion. Un vieillard de haute taille, droit et solide malgré ses quatre-vingt-cinq ans, entra.

« Alors, monsieur Dalton, nous nous retrouvons encore une fois. Je ne peux pas dire que je sois plus ravi de cette visite que de la précédente.

– Rassurez-vous, celle-ci sera la dernière. Je crois que vous vous en réjouirez autant que moi. »

Le vieil aristocrate eut une moue méprisante. Il se dirigea vers le secrétaire qui avait appartenu à son père.

« Inutile, donc, de perdre notre temps en civilités déplacées. »

Il trempa la plume d'oie dans son encrier.

« Je détestais Michael, vous le savez. Il a toujours été le préféré de mon père, qui me traitait sans ménagement mais tenait à son autre fils comme à la prunelle de ses yeux, malgré sa conduite inqualifiable. Je dois vous dire que je vous trouve aussi grossier que mon frère... Chasser un vieillard de chez lui! »

Il apposa rapidement son paraphe au bas de l'acte de vente.

« Ce doit être une tare familiale, mon oncle. N'avez-vous pas chassé jadis une jeune femme et un enfant de chez eux? Vous ne voyez pas d'objection à ce que j'inspecte ma propriété? poursuivit-il en signant l'acte à son tour.

– Je ne vois aucune objection à ce que vous alliez au diable! »

Le vieillard quitta la pièce. Le bruit de sa canne sur les dalles du corridor décrut, puis s'éteignit.

« Pour le cas où vous auriez des remords à propos de ce qui vient de se passer, dit Jack, je dois vous avouer que j'ai rencontré hier l'héritier de Sir Randolph. C'est un scélérat digne de son père. Il était grand temps de mettre fin à cette dynastie! Et maintenant, si nous visitions les lieux? J'aimerais voir s'ils sont tels que je me les imaginais depuis que vous vous êtes confié à moi. »

Tom passa le bras autour des épaules de son ami et l'entraîna vers la porte-fenêtre.

« Tout a commencé pour moi dans une petite chaumière, là-bas, de l'autre côté de la tourbière... »

Ils parcoururent à pied le domaine tout l'après-midi, visitèrent la chaumine aux murs de torchis et au toit de chaume effondré. Une famille de mulots avait élu domicile dans la cheminée de pierre.

Ils se rendirent ensuite au village et s'enquirent de la famille de Christopher Dalton. Le cabaretier auquel ils s'adressaient avoua son ignorance : ce nom était extrêmement répandu dans la région. Puis ils visitèrent le manoir, pièce après pièce. Tom n'en connaissait que la cuisine, le petit salon et la chambre dans laquelle il avait veillé son père, mais, au fur et à mesure de leur visite, les descriptions de Michael lui revenaient en mémoire, et il remarquait des détails qui eussent passé inaperçus, dans des pièces qu'il n'avait jamais vues. Toutefois, il préféra remettre la visite de l'écurie à un autre jour.

Au crépuscule, ils se retrouvèrent dans le cimetière de famille des Hartington, à la recherche de la sépulture du père de Tom. Ils la découvrirent enfin :

MICHAEL HARCOURT HARTINGTON
(1855-1882)

Une inscription toute simple, gravée dans le granit. La tombe, à l'écart des tombeaux de Sir Jeffrey et de Lady Geraldine, était envahie par l'herbe.

Tom resta un long moment immobile, si longtemps que lorsqu'il ouvrit la bouche pour parler, Jack tressaillit.

« Voilà, papa », dit-il enfin.

Il prononça ces mots d'une voix rauque, teintée d'un accent irlandais que Jack ne lui avait jamais connu.

« J'ai suivi tes conseils de mon mieux et nous les avons battus à leur propre jeu! »

Tom posa la main sur la pierre tombale. Puis il se tamponna les yeux avec son mouchoir.

« Je le regrette encore, murmura-t-il. Et pourtant cela fait plus d'un demi-siècle qu'il est enterré. C'était un homme.

– Son fils lui ressemble! » dit Jack.

L'après-midi avait été d'une extraordinaire intensité pour l'orphelin de Boston. Il n'avait jamais vu un endroit qui l'eût enthousiasmé à ce point, un endroit où il eût aimé vivre.

« Que comptez-vous faire du domaine, Tom? demanda-t-il en revenant à l'hôtel.

– J'ai songé à quelque chose d'un peu fou, par rancune; le transformer en une sorte de foyer où des filles mères viendraient trouver refuge. Mais maintenant que je l'ai vu, je crois que je vais le conserver tel quel. Au moins pendant quelque temps. Je le garderai peut-être pour Megan. J'aime cette terre. La tourbière, les champs, les petites chaumières, le manoir. Mon père l'adorait. Il savait quelle génération y avait ajouté une aile, avait restauré les plâtres ou achevé les parquets. Quelle épreuve pour lui d'avoir renoncé à tout cela! Il me semble juste de récupérer ce qui aurait pu lui appartenir. »

5

Grâce à son grand-père, Megan Dalton en savait beaucoup plus que les autres enfants de sa classe. Il lui avait communiqué son amour de l'étude et son respect des livres. Avec lui, apprendre devenait un jeu passionnant. Quoi d'étonnant à ce que l'école lui parût souvent monotone! Elle pouvait, sans effort, y briller quand on l'interrogeait.

Quand le maître expliquait comment trouver l'Afrique sur le globe terrestre, elle se retenait de lui dire qu'elle connaissait déjà l'itinéraire suivi par les grands explorateurs. Quand il expliquait comment faire des rimes, elle ne disait pas que son grand-père lui avait offert pour son sixième anniversaire une anthologie des grands poètes anglais. De même, au cours d'histoire, elle taisait que Tom lui avait offert une poupée le jour où elle avait récité sans erreur la liste des souverains qui s'étaient succédé sur le trône d'Angleterre depuis la bataille de Hastings.

Les soirées étaient merveilleuses. Elle les passait avec Tom, à discuter, à lire, parfois en compagnie de Mr. Cavanaugh, ou encore à jouer aux échecs.

Il lui arrivait de songer au fait que la plupart des enfants avaient une mère et un père; mais qu'aurait-elle pu désirer de plus que son grand-père? Il était parfait. Impossible de craindre quoi que ce fût quand il était près d'elle. Et puis il savait tout faire : ne montait-il pas à cheval? Ne parlait-il pas de nombreuses langues, y compris le latin et le grec? Quand il venait la border, le soir, il était toujours prêt à répondre à une de ses questions, à lui raconter des histoires de rois et de princesses ou à lui chanter des berceuses irlandaises.

*

Dès leur première rencontre, Jack avait été séduit par Billie. Aucune arrière-pensée n'entachait pourtant une amitié proche de la perfection. Jack se confiait à elle comme il n'aurait pu le faire avec personne, pas même Tom. Il lui rendait visite chaque fois que l'occasion se présentait. Ce soir-là, pourtant, il paraissait soucieux.

« Qu'est-ce qui te tracasse, mon jeune ami? dit Billie en s'installant sur le canapé.

– Je suis donc si transparent? » demanda-t-il en regardant la lueur du feu jouer sur les paillettes de sa robe.

Pour toute réponse, Billie lui adressa un sourire et attendit. Ecouter les hommes était un art dans lequel elle excellait depuis longtemps.

« Je suis très nerveux, Billie, je ne tiens pas en place. Pourquoi ne suis-je pas satisfait de mon sort?

J'ai plus que ce dont tout homme normal peut rêver...

– Et moins, constata simplement Billie.

– Comment cela?

– Tu n'as personne à aimer, Jack. Personne avec qui partager les nuits d'insomnie. Et, je t'en prie, épargne-moi le récit de tes coucheries. Tu es trop vieux pour ce petit jeu.

– Au moins, tu ne prends pas de gants avec moi!

– Il faut que tu aimes quelqu'un, que tu te consacres à autre chose que gagner de l'argent ou avoir ton nom dans la chronique mondaine. Il te faut un foyer tenu par une femme et non un maître d'hôtel... Ne t'imagine pas que je ne te comprenne pas. Je connais cette peur, je l'ai déjà vue chez certains hommes. Elle est difficile à surmonter.

– De quelle peur parles-tu?

– De la terreur viscérale de se consacrer corps et âme à une femme et d'avoir le courage de fonder une famille. Et peut-être même le courage de continuer à vivre après avoir tout perdu, comme l'a fait Tom. »

Il releva la tête.

« Tu es perspicace, Billie. Mais autre chose me préoccupe. Riordan est toujours fourré à Washington et à Wall Street. Il ne cesse de flatter, de cajoler les politiciens. Je me demande ce qu'il mijote.

– Que veux-tu dire exactement?

– A mon avis, il attend d'être assez fort pour passer à l'attaque. Il veut la peau de Tom. Et celui-ci ferme les yeux. Pis, il l'aide au lieu de le mettre hors d'état de nuire.

– As-tu songé que s'il ferme les yeux c'est parce qu'il est impuissant à s'opposer à lui? »

Elle leva la main pour faire taire Jack qui commençait à protester.

« Il ne sait pas s'y prendre avec Riordan. Il est

comme cela avec ses enfants depuis la mort de Deirdre. Ce n'est pas de la mauvaise volonté, mais il est accablé par un sentiment de culpabilité. Pourquoi ne s'est-il pas mieux occupé d'eux après la mort de Deirdre? Pourquoi ne leur a-t-il pas appris à vivre? Pourquoi n'a-t-il pas sauvé Maeve du désastre? Telles sont les questions qu'il se pose chaque jour, Jack. »

Elle s'interrompit un bref instant.

« Tom se trouve dans une situation inextricable. Il voudrait aimer son fils et celui-ci le déteste : il s'imagine que son père lui reproche de n'avoir pu empêcher l'enlèvement de sa mère. Le traumatisme qu'il a subi dans sa petite enfance l'a marqué pour la vie. Il est animé par l'esprit de vengeance contre son père qui l'a fait souffrir. »

Jack était assis sur le bord du canapé, les coudes sur les genoux, dans une attitude d'intense concentration.

« Mais alors, comment a-t-il le courage de continuer à aimer?

– Il ne l'aurait peut-être plus s'il n'y avait Megan. C'est un dédommagement pour toutes ses peines. Le plus étrange, Jack, c'est que cette petite est un mélange magique de Tom et de Deirdre. Le cerveau et le dynamisme de Tom, le cœur et l'instinct de Deirdre. C'est une enfant merveilleuse. Et elle lui offre une nouvelle chance, qu'il a saisie, bien entendu. »

Elle se tourna vers Jack, silencieux.

« Veux-tu me servir un autre cognac? J'ai autant besoin que toi de parler ce soir. »

Il se leva, enleva sa veste de smoking et remplit le verre de Billie.

« J'ai eu une vie étrange, Jack, aussi étrange que celle de Tom. Née dans la misère, je mourrai riche. Mais dans l'intervalle... Ah! Dans l'intervalle... »

Elle but, goûtant l'alcool à petites gorgées, en connaisseuse.

« Comme Tom te l'a peut-être dit, je viens d'une famille de marins. J'avais huit frères. Trois d'entre eux moururent, ainsi que mes parents, pendant la dernière épidémie de choléra. Après les avoir soignés et perdus, j'ai dû partir toute seule, à onze ans... Mon corps et mon visage plaisaient aux hommes... J'ai vécu ainsi jusqu'à ce que je rencontre Diamond Jim Mulvaney qui m'a permis de posséder tout cela. »

Elle montra d'un geste la pièce luxueusement meublée. Jack se pencha vers elle.

« Pourquoi me racontes-tu tout cela, Billie? Pourquoi as-tu l'air si triste?

– Parce que... je vais mourir, Jack. Je souffre d'une maladie incurable. Elle mettra deux ans à me tuer. »

Il se dressa d'un bond, puis s'agenouilla près d'elle, l'entourant de ses bras.

« J'attends la mort depuis l'âge de onze ans, depuis le jour où j'ai veillé le corps de mes parents... Ne t'inquiète pas, Jack, je suis tout à fait prête. Mais je ne veux pas que Tom le sache. Je te le dis à toi... pour que quelqu'un que j'aime bien comprenne. La vie que je mène maintenant, et qui me permet de donner tout mon amour à Tom, c'est un peu pour moi le paradis. Les médecins me donnent six mois à un an avant que le mal ne soit visible. Je veux en profiter pleinement avant d'être obligée de tout lui dire! »

Jack inclina la tête, trop ému pour parler. Billie se redressa. Elle retenait ses larmes.

« Il y a deux autres choses que je veux te dire tant que je suis d'humeur à parler et que je m'en sens encore capable. Quoi que Tom décide pour son fils, tu ne dois pas en souffrir ni le considérer comme une affaire personnelle. Il fera tout ce qui est en son pouvoir pour vous protéger, Megan et toi, quoi qu'il arrive. »

Elle joignit les mains, comme pour une prière.

« Voici le plus important : trouve quelqu'un à aimer avant qu'il ne soit trop tard. Toute ma vie, j'ai eu des hommes pour une nuit et j'ai connu un seul amour. Crois-moi, Jack, l'amour est la seule chose qui compte en ce bas monde. Il faut du courage pour aimer et pour s'engager, mais on en est mille fois récompensé. Jack, tu es trop bon et trop affectueux pour ne pas partager ta vie avec une femme digne de toi. »

Elle prit doucement le visage de Jack entre ses mains, l'éleva jusqu'à ses lèvres. Puis elle le repoussa avec un éclat de rire.

« Voilà, je me sens mieux! Mais souviens-toi bien de ce que je t'ai dit. La vérité est dans les dernières paroles des mourants, tu sais. »

Elle se leva, tournoya sur elle-même. Les paillettes de sa robe jetèrent mille feux, mille étoiles éphémères, puis elle s'éclipsa.

Jack resta longtemps assis en se demandant si elle avait compris que c'était précisément pour cette raison qu'il ne se marierait jamais. Cela faisait trop mal de perdre ceux qu'on aimait. Trop mal pour courir le risque.

Debout devant le miroir de sa chambre, Billie défit sa robe et la laissa glisser à terre. Il était difficile de croire que ce corps abritait un mal implacable. Elle n'avait pas changé, non. Peut-être un peu plus fatiguée, un peu moins énergique. N'était-ce pas normal à son âge?

Le temps n'avait guère eu de prise sur elle. Elle avait encore lu ce soir dans le regard de Jack qu'elle était toujours belle, toujours désirable. Et pourtant, ce corps lui appartenait-il encore depuis l'affreuse nouvelle? Avant de mourir, souffrirait-elle autant que ses parents ou que ses frères? L'idée d'un châtiment l'effleura : elle n'avait pu, ou su, les sauver. Allons donc! c'était absurde. Quoi qu'il en soit, elle était prête. Ne me suis-je pas toujours sortie des situations les plus difficiles? Pourquoi n'en serait-il pas de même pour cette ultime épreuve?

6

Jack entra chez Thomas Dalton avec la familiarité d'un vieil habitué. Il salua le maître d'hôtel d'un signe de tête, se débarrassa de son manteau et le tendit au vieux domestique, gardant à la main un exemplaire du *New York Times.*

« Où est Mr. Dalton, James?

– Dans le salon, monsieur. Il vient de terminer son petit déjeuner. Désirez-vous quelque chose?

– Juste un café, s'il vous plaît. »

Les mains derrière le dos, Tom se tenait devant la fenêtre. Le petit déjeuner, auquel il n'avait pas touché, et le *New York Times* ouvert à la page de la rubrique nécrologique, étaient restés sur la table.

« Je suppose que vous êtes au courant, dit Jack.

– Oui, il aura des obsèques nationales. C'est incroyable! »

La voix de Tom était à la fois incrédule et triomphante.

« Andrew Furuseth, poursuivit-il. L'homme qu'ils ont essayé d'assassiner, de salir, de ridiculiser, va avoir des obsèques nationales! Comme j'aurais aimé que Donaher puisse voir cela! »

Tom se dirigea vers son fauteuil et invita Jack à s'asseoir.

« Ce devait être quelqu'un », dit Jack, touché par la fierté manifeste que Tom éprouvait pour son vieil ami.

Il savait que les deux hommes étaient restés en contact et que Tom participait financièrement à la lutte du vieux marin.

« D'après le journal, il n'a jamais accepté de toucher un salaire plus élevé que celui d'un matelot de deuxième classe, même après toutes ces années à la tête du syndicat. »

Tom hocha la tête.

« C'était un type épatant, Jack. Fort, implacable, et en même temps si tendre, si sensible à la misère d'autrui! C'est Furuseth qui a réussi à faire voter la Charte des marins en 1915, qui leur a enfin octroyé les mêmes droits que ceux dont jouit tout autre citoyen. Pour la première fois, ils ne dépendraient plus uniquement du bon vouloir de leur capitaine. Il avait appris le droit tout seul et servait d'avocat aux marins en procès. Un jour, je l'ai même vu construire de ses mains une couchette de matelot et l'apporter au tribunal pour montrer au jury dans quelles conditions vivaient les hommes à bord. »

Megan s'examinait dans le miroir, d'un regard critique. Des dents superbes, de beaux cheveux. Un peu trop grande et maigre, mais de très jolies jambes. Pas mal dans l'ensemble; les garçons commençaient à la regarder. Si seulement elle pouvait avoir plus de poitrine, tout serait pour le mieux. Elle n'avait que douze ans, bien sûr, mais sa petite camarade Melissa Hodgekiss avait déjà des seins, elle. La vie n'était vraiment pas juste! Mr. Cavanaugh attendrait-il que son corps soit formé?

D'après son grand-père, il ne semblait pas pressé de se marier.

Elle s'assit sur le bord du lit pour mettre ses chaussettes. Jack! Il était si fort, si gentil! Il savait la divertir comme personne, excepté Tom bien sûr. Et que sa voix devenait douce et grave quand il lui chantait une de ces ballades irlandaises qu'elle affectionnait!

« Monsieur Cavanaugh, vous êtes le plus bel homme de la terre », dit-elle à voix haute.

Puis elle éclata de rire. Jack! Elle le connaissait depuis toujours. Il était si souvent à la maison. Et quand il partait en voyage, il ne manquait jamais, à son retour, de lui rapporter des cadeaux originaux, surprenants. Des souvenirs du monde entier! Elle se sentait un peu jalouse quand elle voyait sa photo, sur une revue, au bras d'une actrice en vogue; ou quand elle lisait les potins de quelque chronique mondaine. Mais grand-père soutenait qu'il ne s'attachait à aucune de ces femmes. Il est vrai qu'il en changeait souvent. Au moins elle, Megan, il la sortait régulièrement. Il devait donc l'aimer un peu!

Elle finit de s'habiller, jeta un dernier regard dans le miroir et consulta la pendule de la cheminée. Il était onze heures quarante-neuf. Mr. Cavanaugh avait dit qu'il passerait la prendre à midi et demi pour aller déjeuner. Elle en frémissait déjà d'excitation. Peut-être l'emmènerait-il ensuite au cinéma?

Jack referma la porte de la salle du conseil et se glissa dans son fauteuil habituel, à gauche de la table. Il était en général plus chaleureux lorsqu'il arrivait aux réunions du conseil d'administration mais, ce jour-là, il ne pensait qu'à la discussion qui s'annonçait.

Le calme de Rory n'était que de façade. Comme

toujours, quand il s'efforçait de dominer l'assemblée, il imitait son père, sa dignité, sa réserve, sa force sereine. Mais ces qualités lui étaient trop peu naturelles pour qu'on ne discernât pas la contrefaçon. Jack s'interrogeait : pourquoi Tom avait-il décidé de s'absenter ce jour-là? Peut-être pour donner progressivement à Rory plus de responsabilités? Lorsqu'il s'agissait de ses affaires, Tom ne laissait rien au hasard. Mais c'était aussi un père. Il espérait que son fils avait les qualités requises pour prendre la relève. Et Jack reconnaissait à contrecœur que le jeune homme était compétent. Si seulement on avait pu lui faire confiance!...

Il écouta attentivement la longue liste de chiffres débitée d'une voix sonore par un petit administrateur, formé des années auparavant par O'Reilly.

Renonçant à sa tactique habituelle lors de ces réunions, où il estimait utile de se mettre en avant, Jack se contentait d'écouter. D'instinct, il pressentait un danger. Depuis plusieurs semaines, Rory se montrait étrangement affable, envers lui comme envers les autres membres du conseil d'administration. En temps normal, il les saluait à peine.

Jack jeta un coup d'œil à sa montre : il était midi vingt. La réunion serait terminée dans dix minutes et il ne s'était rien produit de fâcheux. Beaucoup de discussions, quelques petits accrochages : la routine. Il repoussa un bloc-notes et glissa son stylo dans sa poche.

« A propos, messieurs, annonça Rory, je pense qu'il serait dans notre intérêt à tous d'établir un programme de recherches. Rien d'important, rassurez-vous. Simplement de quoi obtenir quelques renseignements sur la concurrence.

– A quoi pensez-vous exactement? demanda Jack.

– Un de mes condisciples à Harvard, Howard Berthold, est un précurseur dans ce genre de recherches. Il nous propose une étude approfondie des forces et des faiblesses de nos concurrents, à partir d'un portrait psychologique fouillé de la direction. C'est tout nouveau et, à mon avis, très intéressant. Cela peut nous apporter des éléments qui renforceront notre position lors d'éventuelles transactions.

– Aucune négociation n'est à l'ordre du jour, à notre connaissance, l'interrompit Jack.

– Naturellement. Je pense néanmoins que les avantages sont évidents pour tout le monde.

– Ce qui me paraît évident c'est que des dépenses contestables méritent d'être discutées. Je présume que votre ami Berthold n'effectuera pas ses recherches par bonté d'âme. »

L'homme assis à la droite de Rory, un vieux membre du conseil, prit la parole.

« Et si nous remettions cette discussion à une prochaine réunion, messieurs? Elle m'a donné de l'appétit. Peut-être Mr. Dalton aura-t-il l'amabilité de nous envoyer quelques précisions sur ces recherches et une évaluation des coûts afin que nous puissions en parler la prochaine fois. »

La séance levée, la salle se vida rapidement. Jack resta seul à la table de conférence. Que signifiait cette histoire? Cela ne paraissait pas bien méchant, mais tout de même, il y avait là quelque chose de louche.

Il quitta son siège et s'avança vers la fenêtre. A ses pieds, la ville étendait le lacis de ses rues et de ses avenues, parcourues de voitures réduites à la taille de jouets. Sur les trottoirs, les gens paraissaient à peine plus gros que des fourmis.

Peut-être suis-je trop soupçonneux à l'égard de Rory, pensa-t-il. Sa proposition ne cache peut-être rien. Il s'éloigna de la fenêtre. La main sur la poignée de la porte, il s'arrêta : c'est possible. Mais je ne le crois pas.

Rory contemplait la surface luisante de son bureau. Un de ses professeurs à Harvard affirmait qu'on reconnaissait un bon cadre supérieur au fait qu'il n'y avait pas le moindre document sur son bureau : cela laissait supposer que tout le travail était effectué, comme il devait l'être, par des sous-fifres.

Il voulait que ce projet de recherches aboutisse. C'était une nécessité pour son plan. Il trouverait bien quelqu'un qui favorise ses desseins. Il ne se contenterait jamais de prendre la succession de son père, de n'être que le descendant d'une lignée d'entrepreneurs. Un jour, une occasion se présenterait. Pourquoi ne pas faire déblayer le terrain par quelqu'un d'autre?

En attendant, il continuerait à jouer la carte politique. Il avait toutes les qualités nécessaires : séduction, jeunesse, richesse, intransigeance et absence de scrupules. Jim Mulvaney était un personnage mal dégrossi, mais on ne pouvait nier qu'il ait eu le génie de la politique propre aux Irlandais. Peut-être lui-même en avait-il hérité. De toute façon, le nom de ce vieux brigand constituait un atout.

7

« Grand-père, tu as l'air bien triste, aujourd'hui. »

Bien qu'elle n'eût que treize ans, Megan lisait sur le visage de Tom comme dans un livre. Tous deux, après une longue promenade, se reposaient sur un banc de Central Park. L'intonation de la fillette lui rappela Deirdre, avant qu'elle ne devienne sa femme. Il sourit à sa petite-fille et lui tapota le genou.

« Je songeais à ton oncle Rory, mon enfant. Je soupçonne qu'il mijote quelque chose mais je ne sais pas encore ce qu'il nous réserve. »

Megan plissa le nez de dégoût.

« Moi je n'ai vraiment pas l'impression que nous sommes de la même famille!

– C'est vrai, on a peine à croire que vous êtes du même sang.

– A-t-il toujours été ainsi, grand-père?

– Je ne sais pas, Megan. Vraiment pas. Je pense qu'il était différent quand ta grand-mère était encore en vie. Il s'est produit une sorte de blocage en lui quand elle est morte, il s'est endurci. Tu sais, il y avait chez ta grand-mère quelque chose de magique. Elle savait encourager chaçun à donner le meilleur de lui-même. Après sa disparition, plus rien n'a jamais été pareil pour moi... ni pour Rory, je le crains.

– Elle te manque encore, n'est-ce pas, grand-père?

– Oui, ma petite, elle me manque encore.

– Seras-tu soulagé si je t'annonce que j'ai décidé de ne pas aller en pension à la rentrée?

– Allons donc! Et daignerais-tu m'expliquer pourquoi?

– C'est simple. Je ne peux pas vivre sans toi. »

Elle passa ses bras autour de son cou et l'embrassa.

Le vieil homme regarda la fillette avec tendresse.

« Mon enfant, tu es mon seul vrai trésor. Mais je crains que cela ne dure plus très longtemps. J'ai bientôt soixante-dix ans. Combien de temps crois-tu qu'il me reste à vivre?

– Raison de plus pour que je n'aille pas en

pension. J'ai l'intention de te garder pour moi toute seule encore très longtemps. Tu sais, j'ai parfois l'impression que, toi et moi, nous ne faisons qu'un.

– Que veux-tu dire exactement?

– Que je sais tout de toi, depuis ta naissance jusqu'à aujourd'hui, et que toi aussi tu sais tout de moi. Et que nous ne ressemblons pas aux autres membres de la famille. D'ailleurs, ils ne nous aiment pas.

– Je te l'accorde, concéda Tom en souriant.

– Nous sommes vraiment à part, toi et moi. Même si tu disparaissais, tu serais encore là, aussi longtemps que je vivrais. Tu comprends ce que je veux dire?

– Parfaitement, ma chère enfant, et c'est un grand réconfort. Tu es la seule au monde à connaître toute mon histoire depuis le commencement. C'est important, Megan, cette continuité... Peut-être un jour la transmettras-tu à l'un des tiens.

– Oh! Je ne me marierai jamais. A moins de trouver quelqu'un comme toi. Ce ne sera pas facile! »

Tom éclata de rire et serra la fillette contre lui.

« Si nous allions donner à manger aux écureuils avant d'être devenus trop vieux et trop graves pour une activité aussi frivole? »

*

Tom demeura longtemps au pied du lit de Billie, le regard fixé sur le corps inanimé de sa vieille amie.

Elle était le dernier vestige de son passé; avec sa mort s'achevait le dernier acte d'un drame. C'était tellement étrange de la voir étendue ainsi, froide, immobile, elle qui avait représenté la vie, la joie.

Ses cheveux étalés sur l'oreiller étaient clairsemés et presque blancs. Comment Tom ne l'avait-il pas remarqué plus tôt? Ne l'avait-il pas vue vieillir?

Elle était toujours restée pour lui la jeune fille rieuse de leur première rencontre qui en savait long sur les hommes. « Méfie-toi de Rory, lui avait-elle dit sur son lit de mort, c'est de la mauvaise graine. »

Jusqu'à son dernier souffle, elle s'était efforcée de le soutenir, de le conseiller. Lui, le riche et puissant entrepreneur que tout le monde craignait et enviait. Pendant ses derniers jours, ils avaient évoqué tout ce qu'ils avaient vécu ensemble : les quais, Mulvaney, Deirdre, Donaher, les joies et les peines partagées. Nous avons eu de bons moments, songeait-il. « Billie, lui avait-il murmuré, dis à tous ceux que nous avons aimés que je vais bientôt vous rejoindre. »

Megan souhaita une bonne nuit au jeune homme qui l'avait emmenée au bal puis embrassée avec passion dans la voiture avant de la laisser descendre. Elle poussa un soupir de soulagement en pénétrant dans sa chambre. Elle éprouvait les plus grandes difficultés à s'entendre avec tous ces garçons qui papillonnaient autour d'elle. Leurs avances l'ennuyaient. Elle les trouvait immatures, futiles, ou même totalement inconsistants.

Ce dont elle rêvait, c'était d'un homme, d'une force, d'une présence, d'une chaleur. Elle avait besoin de quelqu'un qui comprenne son corps, son esprit et son cœur. Quelqu'un qui partage avec elle les mystères de l'amour.

8

Rory étudiait les documents qu'Howard Berthold avait laissés dans son bureau. Quatre années de recherches avaient fini par payer : il possédait les portraits psychologiques de nombreuses personnalités. Cela aurait pu être terminé plus rapidement si Cavanaugh ne lui avait mis des bâtons dans les roues, à cause du coût de l'opération.

Il feuilletait les rapports, amusé par le jargon psychologique, soulignait les phrases qui lui paraissaient importantes. La photographie du sénateur Harvey Goodhue lui inspira à la fois jubilation et mépris. Il reposa les documents et prit une feuille sur laquelle il avait noté les faits saillants.

Harvey Goodhue : soixante et un ans; sénateur, quatrième mandat; aime les femmes et le bourbon; possède la troisième entreprise de bois de charpente du pays; malhonnête, cupide, hâbleur; se sert de son gendre comme homme de paille; ouvert aux acquisitions et fusions; sans pitié.

Rory tapota distraitement son stylo sur le sous-main. Goodhue valait la peine d'être connu!

Riordan Dalton observait les deux hommes avec qui il allait déjeuner.

Le sénateur Goodhue était un vieux renard, un partisan fanatique de la libre entreprise, qui avait réussi à transformer une modeste scierie familiale en une des plus grosses affaires de bois de charpente du pays. Elwood Grady était le gendre de Goodhue. Son rôle consistait à servir de prête-nom à son beau-père quand celui-ci désirait rester dans les coulisses. Ce rôle lui allait comme un gant, tant il semblait dénué de personnalité.

« Ainsi, vous avez décidé de liquider votre père, et son entreprise, dit le sénateur; je crois que cela mérite quelques explications.

– Les fils, en général, détestent leur père, dit Elwood.

– Quoi qu'il en soit, Elwood, rares sont ceux qui sont prêts à aller aussi loin.

– L'éducation de mon père visait à faire de moi un homme d'affaires, dit Rory. C'est la seule chose qu'il ait jamais pris le temps de m'enseigner. Il a parfaitement réussi. Un jour, dans sa jeunesse, il a lui aussi éprouvé le besoin de traiter d'égal à égal avec quelqu'un – en l'occurrence Diamond Jim Mulvaney, mon grand-père. Le moment est venu pour moi d'agir de même. On peut appeler cela une tradition familiale. »

Goodhue leva son verre d'un geste théâtral.

« Vous êtes un parfait gredin, mais cela ne me gêne pas si j'y trouve mon profit. Nous aimerions en savoir un peu plus sur ce que vous mijotez. N'est-ce pas, Elwood? »

Elwood approuva d'un grognement et les trois hommes se dirigèrent vers la salle à manger.

Seamus Dalton, dont le corps empâté trahissait les excès, regardait son frère d'un air perplexe.

« C'est un sale coup que nous ferions à papa, Rory. Il a toujours été sympa avec nous. »

Riordan s'efforça de ne pas laisser paraître son antipathie. Ils se trouvaient avec leur femme dans le salon de l'hôtel particulier de Riordan, entretenant un semblant de cordialité. Cynthia demanda à un domestique de remplir leur verre puis, interrompant ses échanges de banalités avec Francine, intervint :

« Il est vrai aussi que papa vieillit, Seamus. Il est temps pour lui de passer la main. Mais tant qu'il garde le contrôle de M & D, nous sommes impuissants. Nous devons donc prendre des mesures pour nous protéger, nous et nos enfants, car je le crois capable de tout léguer à la fille de Maeve et à ce parvenu de Cavanaugh. »

Seamus ne se faisait aucune illusion sur l'honnêteté de son frère et de sa belle-sœur, mais il y avait du vrai dans ce qu'ils disaient. Il but les deux tiers de son verre et se décida à poser la question qui s'imposait.

« Qu'attends-tu exactement de nous, Rory? Tu sais que les affaires ne sont pas mon fort, alors, sois clair.

– Le sénateur Goodhue va lancer une offre publique d'achat pour la M & D. Nous devons tout faire pour qu'elle réussisse. »

C'était on ne peut plus clair. Avant d'entrer dans les détails, il attendit les questions qui allaient venir.

« Pourquoi Goodhue?

– Parce qu'il veut M & D et qu'il est prêt à y mettre le prix.

– Qu'est-ce que cela nous rapportera?

– Beaucoup d'argent, Seamus. Plusieurs millions de dollars.

– Et dans quelle situation se trouvera papa?

– Il sera un peu gêné sur le moment. Mais il recevra sa part, bien entendu. De toute façon, il lui restera les autres entreprises, s'il veut continuer. Encore qu'à son âge...

– Comme tu dois le détester, Rory, remarqua pensivement Seamus.

– Les sentiments que j'éprouve pour mon père n'ont rien à voir avec notre discussion. Il s'agit simplement de sauvegarder nos intérêts. Je ne veux pas que ce qui nous revient de droit aille à une enfant gâtée et à un étranger. Je ne demande que mon dû. Et je ne l'aurai jamais tant que papa tiendra les rênes de la société. »

Seamus vida son verre et se dirigea vers le bar pour s'en servir un autre. Cela méritait réflexion. Certes, le coup serait dur pour son père, mais il ne se retrouverait pas, pour autant, sur la paille. De plus, la perspective d'avoir quelques millions de dollars devant soi n'était pas désagréable.

« En admettant que j'accepte de t'aider, quel serait mon rôle? »

Rory lança un coup d'œil à Cynthia et vit qu'elle souriait. Elle n'avait jamais douté d'obtenir l'accord de son beau-frère.

« Il faudrait rassembler discrètement tous les actionnaires et leur faire comprendre qu'ils ont intérêt à nous suivre. Ce ne sera peut-être pas facile. Cela peut prendre du temps. »

Jack étudiait l'échiquier tandis que Megan se concentrait sur son prochain coup. Elle était devenue une excellente joueuse. Elle n'avait pas l'esprit aussi calculateur que lui, c'était sa principale faiblesse, mais elle était dotée d'une mémoire sans faille et percevait rapidement la stratégie de l'adversaire. Megan déplaça son fou noir et se mit à rire, heureuse d'avoir trouvé une parade.

« Je vais nous préparer du café, dit-elle en se levant. Pendant ce temps, essaie de te sortir de ce pétrin! »

Comme elle a grandi, songea Jack en la suivant des yeux. A dix-huit ans, elle allait déjà à l'Université. Si elle continuait à ce rythme-là, elle aurait achevé ses études avant sa majorité.

« As-tu décidé de ce que tu ferais, une fois diplômée? demanda-t-il à la jeune fille qui revenait avec le plateau.

– Mais je vais t'épouser, Jack! Ne me dis pas que tu as oublié! »

Jack s'esclaffa.

« Mais avec toutes les connaissances que l'on t'a fourrées dans la tête, il te faudra sans doute une autre occupation!

– Voyons, en ce moment, j'hésite entre la littérature et l'anthropologie. Mais le trimestre dernier, c'était entre la philosophie et l'économie. Tu vois, j'hésite toujours.

– Tu peux au moins me dire ce qui compte pour toi.

– C'est terrible d'être née riche, tu sais. Je n'ai absolument pas besoin de travailler, ni de me battre, ni d'avoir de l'ambition. Je pourrais passer le reste de ma vie à aller de New York à Londres et de Londres à Paris, à m'acheter des vêtements, à prendre des amants, sans rien accomplir de constructif.

– Tu pourrais te marier...

– J'y compte bien... beaucoup plus que tu ne le crois. Je veux avoir des enfants, donner un sens à ma vie. Je n'aime pas l'oisiveté. Je crois que j'aimerais écrire... et aussi m'occuper un peu de nos affaires.

– Je t'apprendrai tout ce que tu voudras.

– Si tu savais à quel point j'aimerais que tu m'apprennes... »

Il inclina la tête, interrogateur. Mais Megan se ressaisit. Elle avança vivement la main vers l'échiquier et déplaça son second cavalier.

« Il semble que je vous aie mis en échec, mon cher monsieur Cavanaugh. »

Il fronça les sourcils, reporta son attention sur le jeu et déplaça une pièce.

Megan pencha la tête vers l'échiquier et Jack put l'observer à loisir. Il avait de la peine à admettre qu'elle fût devenue adulte. Dans deux ans elle aurait achevé ses études et suivrait sa propre route. Elle se marierait peut-être... Mais il était impossible d'imaginer un jeune homme de son âge capable de lui tenir tête.

9

« C'était donc cela! »

Jack reposa le combiné. Voilà ce que mijotait cette petite ordure, la raison de toutes ces entrevues secrètes et de ces silences tendus. Riordan projetait de vendre M & D, de déposséder son père du plus beau fleuron de l'empire Mulvaney! Les actions étaient très dispersées, beaucoup plus que dans les autres sociétés. Diamond Jim en avait laissé à Billie, à Tom et à ses trois enfants ainsi qu'à une poignée d'autres personnes. Au fil des ans, certaines avaient été vendues au gré des exigences de la politique du conglomérat. Celles de Maeve étaient allées à Megan et celles de Billie à son neveu. Seamus n'hésiterait probablement pas un instant à vendre les siennes à son frère. Et Tom avait transmis à Rory une partie de ses propres actions afin que son fils ait plus de poids au conseil d'administration. Tom et Megan ne possédaient pas à eux deux plus de vingt-cinq pour cent des parts. D'après son informateur européen, Rory avait déjà assez de promesses de procurations pour lancer, avec toutes les chances de succès, une offre publique d'achat. Mais dans quel dessein?

Rory agissait manifestement par esprit de vengeance, mais il devait y avoir autre chose. Il ne faisait jamais rien dont il ne pût tirer un profit quelconque. Que cherchait-il par cette opération? L'argent? Non, sa fortune était déjà importante. Le pouvoir? Humilier son père? Certainement. Mais quoi d'autre? La politique! Il espérait sans doute se placer sur l'échiquier politique, mais comment cela pouvait-il cadrer avec ses manœuvres tortueuses? La politique et le bois. Il écrivit les deux mots sur son bloc, s'efforçant désespérément d'établir un lien entre eux. Bois et politique. Politique et bois.

Bon Dieu! Il va vendre à Harvey Goodhue, entrepreneur en bois de charpente et sénateur! Jack posa brusquement son stylo sur le bloc. Il était sûr d'avoir vu juste. Comment Tom allait-il prendre la nouvelle? Il fallait tout de suite le mettre au courant. Si les renseignements de Jack étaient bons, la proposition d'achat des actions serait connue dès le lendemain.

La roue tourne, songea-t-il en décrochant le téléphone et en composant un numéro. On n'a pas le droit de se tromper et la moindre négligence coûte très cher.

*

Tom était resté longtemps prostré dans son fauteuil après avoir entendu les explications de Jack au téléphone. Puis il s'était installé à son bureau, le regard tourné vers la fenêtre, vers l'Hudson et le soleil couchant qui ensanglantait les quais.

Ses pensées s'évadèrent vers le passé, un passé lointain. La petite chaumière de Drumgillan... les écuries... le corps inanimé de son père... le fouet de l'abbé à Saint-Ignace... sa mansarde à Dublin... les quais avec son cher vieux Donaher... sa Deirdre chérie... la mort de sa fille...

Il eut un sourire amer en songeant aux derniers mots de Billie sur son lit de mort. « Méfie-toi de Rory. C'est de la mauvaise graine. » Jamais il ne l'avait vue se tromper sur le caractère d'un homme.

Il se trouvait devant un dilemme. S'il laissait Rory

arriver à ses fins, il aurait l'air d'un vieil imbécile et cela nuirait au prestige de tout le groupe. S'il décidait d'affronter son fils, il ne verrait peut-être pas le dénouement de l'affaire, il se sentait très las depuis quelque temps. Et il n'était pas question de voir l'argent de Megan immobilisé dans d'interminables procédures.

Le moment était peut-être venu de céder ses actions M & D à ses fils. Rory avait bien mérité sa part et Seamus laisserait son frère voter pour lui en échange de sa solvabilité. Il avait échoué avec ses deux fils, mais ils étaient quand même de son sang. Il devait assurer leur avenir. S'il avait été un meilleur père, peut-être seraient-ils meilleurs eux aussi.

Il avait depuis longtemps décidé de ne rien laisser de M & D à Megan. Elle serait trop vulnérable aux attaques de Rory. Il lui fallait quelque chose de plus sûr. Des biens et des investissements qui rapporteraient sans qu'elle fût obligée de s'y donner corps et âme. Elle était faite pour une vie heureuse, des occupations utiles. Si elle choisissait les affaires, Jack serait là pour l'aider. Il le lui avait promis depuis longtemps. Et puis il adorait la petite. Malgré une différence d'âge de plus de vingt ans, tous deux s'entendaient à merveille.

Enfin, il se leva et s'étira, comme pour chasser les fantômes du passé. Il eut l'impression que celui de Jim venait de lui souffler la solution à tous ses problèmes. Il prit l'interphone. Sa secrétaire serait-elle encore à son bureau? Il avait perdu la notion du temps depuis l'appel de Jack, à midi. Il devait être plus de cinq heures.

« Oui, monsieur?

– Appelez mes enfants, Dorothy. Jack Cavanaugh et Megan aussi. Dites-leur que je les invite à la maison ce soir, et précisez que ce sera une soirée de gala. Et puis, Dorothy...

– Oui, monsieur Dalton?

– Demandez à mon notaire et à mon comptable de venir ici, toutes affaires cessantes. Dites-leur d'amener deux témoins... et d'apporter mon testament. »

Au bout du fil, Dorothy retint sa respiration. Puis, d'une voix hésitante, elle osa une question :

« Tout va bien, monsieur Dalton? Je veux dire... vous ne vous sentez pas malade?

– Non, Dorothy, je ne suis pas malade. Le cœur un peu gros, peut-être, mais pas malade.

– Très bien, monsieur Dalton, reprit Dorothy. Ne vous inquiétez pas, je préviens tout le monde.

– Merci. Et pas un mot à quiconque d'autre.

– Bien, monsieur. Pas un mot. »

VIII

DERNIÈRES SÉPARATIONS

Seigneur, regarde notre famille réunie.
Donne-nous la paix, la joie et la tranquillité d'esprit.
Donne-nous la force d'affronter ce qui doit être,
Que nous soyons braves face au danger,
Constants devant les revers de fortune,
Et que, jusqu'aux portes de la mort, nous restions loyaux les uns envers les autres et que nous nous aimions.

R. L. STEVENSON

1

Megan frappa à la porte de la chambre de Tom.

« Grand-père, je peux entrer?

– Bien sûr, entre, Megan. »

Elle alla s'asseoir à côté de lui sur le lit.

« Il se trame quelque chose, hein? demanda-t-elle.

– Le moment est venu d'abattre son jeu, ma chère enfant. »

Elle hocha la tête, persuadée qu'il lui dirait tout en temps utile; elle ne voulait pas se montrer trop curieuse.

« Allons-nous gagner, grand-père?

– Disons que nous allons leur en donner pour leur argent. »

Tom se leva péniblement pour finir de s'habiller; son visage se crispa et il dut s'appuyer contre le montant du lit.

« Te sens-tu bien, grand-père?

– Pour un homme de soixante-quatorze ans, je me porte aussi bien que possible. Mais tu as raison, je ne suis pas dans mon assiette.

– Grand-père, tu sais que quoi qu'il arrive je t'aime plus que tout au monde. »

Thomas attira sa petite-fille contre sa poitrine et la serra si fort qu'elle en eut le souffle coupé.

« Oui, Megan, je le sais. Et, pour moi, c'est plus important que tout le reste. »

Il avait dit cela avec tant de véhémence que la jeune fille se sentit mal à l'aise. Elle sentait le chagrin qui le consumait.

Il la lâcha et, courtoisement, lui offrit son bras.

« Puis-je vous accompagner jusqu'à la salle à manger, mademoiselle?

– Très volontiers, monsieur, toutes les dames en pâliront d'envie.

– Tu seras la seule dame ce soir. »

Ils descendirent l'escalier en riant. Le clan, au grand complet, les attendait dans le salon.

Jack observait le groupe, fasciné. Tom, au haut bout de la table, avait placé Megan à son côté, au grand dam de Cynthia, très respectueuse du protocole. De part et d'autre, Rory et sa famille, à droite, et Seamus et la sienne, à gauche, se faisaient face. Tous simulaient, tant bien que mal, la bonne humeur.

« Mes chers enfants, commença Tom quand, le repas terminé, le café fut servi, avec les digestifs, vous devez tous vous demander pourquoi je vous ai invités ce soir. A moins que vous n'ayez déjà une petite idée sur la question. »

Autour de la table, des regards prudents s'échangeaient.

« J'ai soixante-quatorze ans et, bien que la nature m'ait doté d'une robuste constitution, je me dois de prendre certaines dispositions envers mes héritiers. J'ai donc décidé de mettre mes affaires en ordre et d'effectuer le partage de mes biens. »

Tous les yeux étaient fixés sur lui. Quelle cupidité se lisait sur le visage de ces rapaces!

« J'ai fait une donation à ma gouvernante, à mon chauffeur, à ma secrétaire ainsi qu'à la famille de ce pauvre Delaney. Cette maison et Drumgillan – le manoir, les terres et leurs revenus – sont déjà au nom de Megan. A compter d'aujourd'hui, ils lui appartiennent et ne peuvent plus faire partie de ma succession. Cette mesure coupera l'herbe sous le pied de ceux qui auraient envisagé de contester mes volontés après ma mort. »

Un silence hostile régnait autour de la table.

« J'ai également transmis cet après-midi à mon fidèle ami Jack Cavanaugh et à ma petite-fille les parts que je détenais dans les sociétés contrôlées conjointement par Mr. Cavanaugh et moi-même. Je suis persuadé que vous comprendrez tous le bien-fondé de ce geste. Il est juste que Megan reçoive ce qui aurait appartenu à sa mère si elle avait vécu. »

Riordan ouvrit la bouche, mais son père, d'un geste impérieux, lui imposa le silence.

« A chacun de mes autres petits-enfants, j'ai légué la somme d'un million de dollars. Elle leur sera remise à leur trente-cinquième anniversaire. Ils en disposeront librement, sans avoir à tenir compte de l'avis de leurs parents. »

Les regards échangés autour de la table étaient éloquents. Quant à Jack, il savourait ces paroles.

« A mes deux fils, Riordan et Seamus, j'ai l'intention de léguer la totalité de mes actions dans la M & D. J'espère que cette décision vous fera reconsidérer les négociations clandestines actuellement en cours avec le sénateur Harvey Goodhue, car à partir de ce soir, M & D sera votre seul patrimoine. Conservez-le et l'empire sera reconstitué. Vendez-le et il vous appartiendra de prouver que vous savez créer aussi bien que détruire. Vous vous apercevrez peut-être alors qu'il est beaucoup plus ardu de bâtir un empire que de le conserver...

« Si vous vendez M & D, poursuivit Tom, vous serez riches. Mais vous perdrez le pouvoir. Ce pouvoir que tu aimes tant, Rory, et que tu exerces si mal, est associé à la légende de Diamond Jim, et il dépend autant de ma propre force que de l'argent contrôlé par la compagnie. Si tu la vends, ton pouvoir s'évanouira. Le sénateur Goodhue aura obtenu ce qu'il voulait, mais sais-tu s'il tiendra ses promesses? Notre bon sénateur n'est pas réputé pour son intégrité! »

Tom se tourna vers son fils cadet qui baissa les yeux.

« Et qu'adviendra-t-il de toi, Seamus, si M & D est vendue? Combien de temps crois-tu que durera ton capital? Combien de femmes, de dettes de jeu et d'alcool servira-t-il à payer avant d'être entièrement dilapidé? T'imagines-tu que ton frère subviendra à tes besoins quand tu seras sans argent? Je crains que tu ne fasses fausse route. »

Seamus eut une telle expression de chien battu que Tom en fut apitoyé.

« Vous voyez, mes fils, reprit-il en détachant bien ses mots, la décision vous appartient. Moi, j'ai suivi ma route, j'ai fait mes preuves, pleuré mes défaites, savouré mes victoires. Mais *vous*? Qu'allez-vous devenir? C'est la question essentielle ce soir, n'est-ce pas? »

Il regarda Rory, cherchant à déceler l'ombre d'un remords sur le visage de son aîné. Il n'y lut que dépit et rage. Il poursuivit :

« M & D, comme vous le savez, a toujours été le pivot de notre conglomérat. Nous devons cette réussite à l'astuce et à la perspicacité de Jim Mulvaney. »

Tom leva son verre de cognac vers le portrait de Jim.

« A Diamond Jim Mulvaney! Que Dieu veille sur son âme! A Diamond Jim qui m'a dit un jour : « Ce « n'est pas aux vieux singes qu'on apprend à faire la « grimace! »

Megan fut la seule à remarquer le teint cendreux

de son grand-père quand il sortit de la salle à manger, le dos droit et la démarche résolue.

2

Tom Dalton allait mourir. Ni les médecins ni ses proches n'en doutaient. L'âge et la maladie n'avaient pourtant pas altéré ses traits. Son visage, reposant sur l'oreiller, restait toujours aussi beau.

« Megan », souffla-t-il.

La jeune fille se pencha sur lui. Elle ne quittait pratiquement plus son chevet depuis l'attaque qui l'avait frappé un an auparavant et qui, elle en était certaine, était due en partie à la trahison de Rory.

« Je suis là, grand-père. Je ne t'abandonne pas.

– La fin approche, mon enfant.

– Ne dis pas cela, grand-père...

– Tu l'as entendue cette nuit, n'est-ce pas? »

L'anxiété perçait dans sa voix. Comme Megan ne répondait pas, il lui sourit tendrement : n'avait-elle pas besoin, elle aussi, de réconfort?

« J'ai le droit de savoir si tu as entendu la *banshee* venir me chercher, Megan. Je vais retrouver de nombreux amis. Je ne veux pas les faire attendre. J'ai hâte de rejoindre ta grand-mère, ma petite... elle et les autres.

– Oui, grand-père... elle est venue cette nuit. A la fenêtre, selon la coutume. »

Une grande paix descendit sur le visage de Tom. Il était heureux que la *banshee* soit venue l'appeler, comme en Irlande!

« Alors, le moment est venu pour moi de te léguer un dernier bien. Approche-toi, mon enfant...

Les vautours sont là... Je les sens qui attendent la curée.

– Je t'aime, grand-père, ne crains rien pour moi, je suis plus forte qu'eux tous réunis.

– Megan, je te laisse mes trésors. Pour l'argent, il faudra peut-être que tu te battes, mais il y en a assez à Drumgillan pour que ton avenir soit assuré; de toute façon, Jack t'aidera. Mais je te laisse aussi mon porte-bonheur. Prends-en bien soin, mon enfant! »

Il fouilla dans la poche de son pyjama et en sortit une petite clef.

« Cette clef ouvre un coffre, Megan. Jack sait où il se trouve. Ton héritage est à l'intérieur : la lettre de mon père... Je vais bientôt le retrouver. Ses bras autour de mes épaules me manquent encore... le son de son rire dans le vent... »

Il s'allongea, épuisé par l'effort. Megan regarda autour d'elle dans la chambre. Seamus était assis dans un angle, déjà ivre malgré l'heure matinale; il sanglotait. Rory discutait à voix basse avec le notaire sans manifester le moindre chagrin. Jack se tenait près de la fenêtre, maîtrisant dignement sa douleur.

Au bout d'un long moment, Tom voulut encore parler. Il fit signe à la jeune fille de s'approcher, plus près... plus près... sa voix n'était plus qu'un murmure.

« Quand tu seras déprimée, lis la lettre, Megan. Toute ma vie, quand la tristesse me gagnait, je la relisais et je me sentais fier de mes racines. Apprends tout ce qu'il y a à apprendre, mon enfant... n'oublie pas. Il faut en savoir plus que les autres... plus que les autres... pour les battre sur leur propre terrain. Tu sais, Megan, je l'ai entendue, moi aussi. La *banshee*... elle est venue. »

Il respirait à peine, semblant utiliser ses dernières forces à serrer la main de sa petite-fille. Deux lignes blanches se creusèrent de chaque côté de son nez. Sa bouche se pinça. Megan comprit alors qu'il s'enfonçait dans le sommeil de la mort. Un demi-sourire joua soudain sur les lèvres du vieillard. Il tenta de se redresser, leva son bras, comme s'il cherchait à toucher quelqu'un que lui seul pouvait voir. Un murmure s'échappa de sa bouche. Puis il rendit l'âme.

Megan prit la main inanimée du vieillard dans la sienne et la porta à ses lèvres avant de s'agenouiller. Le groupe chuchotant des membres de la famille se rapprocha. Les vautours... La curée... Megan recouvrit le corps de Tom de ses deux bras.

« Laissez-le! s'écria-t-elle d'une voix qui couvrit le bourdonnement des autres, laissez-le! Il est à moi!

– Ne sois pas ridicule, Megan, dit Rory. Il est mort. Il faut maintenant le laisser aux mains des employés des pompes funèbres. La veillée aura lieu ici. Tu l'auras pour toi toute seule dès qu'ils auront fini. Personne ne te le disputera, tu peux en être sûre. »

Jack s'avança derrière la jeune fille et posa la main sur son épaule, comme pour montrer à Rory qu'elle n'était pas seule.

« Je m'en vais, mon oncle, jeta-t-elle à Riordan. Mais je reviendrai lui dire adieu. »

Cela lui rappela les paroles de son grand-père à la mort de Michael. La boucle était bouclée.

3

Megan s'installa près du cercueil. Délicatement, elle lissa les cheveux blancs du vieillard.

« Honte à eux, grand-père, de te laisser seul quand tu viens de mourir! »

Elle se demanda par quel étrange phénomène de transmission elle avait ainsi éprouvé, dans sa chair même, toutes les émotions de sa vie à lui. Comme les enfants de la famine ou des pogroms partagent encore le chagrin et la terreur de leurs parents une génération plus tard, quand le danger est passé depuis longtemps, elle avait éprouvé intensément l'angoisse de Tom à la mort de son père, sa fureur devant l'injustice de la famille Hartington, son désespoir après le meurtre de sa femme, la mort de sa fille et la trahison de son fils. Chaque cellule du corps de Megan partageait ses secrets.

Elle s'appuya sur le cercueil d'acajou et commença à fredonner une berceuse.

Plusieurs heures s'étaient écoulées. Megan, qui avait fini par s'assoupir, sentit une main se poser doucement sur son épaule. En relevant la tête, elle découvrit les yeux bleus et tristes de Jack.

« J'aimerais aussi rester avec lui », confia-t-il.

Jack scruta le visage de la jeune fille tandis qu'elle changeait de position pour désengourdir ses membres. Il aurait voulu qu'elle se repose pour pouvoir affronter, le lendemain, le défilé des condoléances. Mais, en voyant son visage résolu, il comprit qu'elle n'accepterait pas de laisser seule la dépouille de son grand-père. Il lui caressa la joue et s'installa près d'elle. Elle ne tarda pas à s'appuyer sur lui et il passa le bras autour de ses épaules pour la soutenir. C'est ainsi qu'ils s'endormirent tous deux enlacés.

*

La jeune fille sonna à la porte de l'appartement de Jack, au vingt-septième étage d'un luxueux bâtiment de Park Avenue. Seul un léger tremblement trahissait sa nervosité.

« Je peux entrer, Jack? demanda-t-elle d'une voix grave.

– Bien sûr, Megan, entre. Tu te sentais seule? C'est pour cela que tu viens me voir au milieu de la nuit?

– Je me disais que toi et moi, nous faisions maintenant partie de la même famille; deux orphelins qui se sont mutuellement adoptés. »

Elle respirait profondément, comme pour rassembler son courage.

« Je suis venue te demander une faveur, Jack. Pour moi et pour Tom.

– Allons. Puisque cela semble important, veux-tu nous préparer le thé, comme au bon vieux temps, quand tu étais une petite fille très sérieuse.

– Je veux que tu me fasses l'amour ce soir, Jack, je veux que ce soit toi mon initiateur. »

Jack, qui se dirigeait vers la cuisine, demeura cloué sur place. Puis il se retourna, tout son visage exprimant l'incrédulité. Pourquoi cette requête si étrange? Peut-être la tension des derniers jours lui avait-elle été plus préjudiciable qu'il ne l'avait soupçonné.

« Megan, je ne peux pas. J'ai le double de ton âge et je tiens trop à toi. Il ne faut pas jouer de cette façon avec un homme mûr.

– Ecoute-moi, Jack. Je sais que cela peut paraître osé ou un peu fou, mais j'ai bien réfléchi. Je suis une femme. J'ai vingt ans et je suis encore vierge. Non pas parce que je n'ai pas voulu tenter l'expérience ou que je n'en ai pas eu l'occasion, mais simplement parce que je n'ai pas trouvé celui qu'il fallait et que le moment n'était pas encore venu. Ne comprends-tu pas que, depuis la disparition de grand-père, je suis toute seule? Il faut maintenant que je devienne adulte, que j'apprenne tout ce qu'il y a à apprendre. Tu te souviens de ce qu'il nous disait? « Le savoir est tout ce que nous avons pour

« nous protéger. » J'ai lu et relu la lettre de son père. A partir de ce soir, je ne peux plus être une enfant! »

Elle ne lui dit pas qu'elle l'aimait, qu'elle l'avait toujours aimé ni qu'il était tout ce qui lui restait maintenant que Tom était mort. Elle avait le souffle court et Jack se rendit compte qu'elle était au bord des larmes.

« Si tu ne veux pas, reprit brusquement Megan, ce sera quelqu'un d'autre. Mais j'aimerais que ce soit toi.

– Megan, Megan! C'est trop me demander. Je tiens beaucoup trop à toi pour me comporter comme avec n'importe quelle femme. Cela nous changerait tous les deux; rien ne serait plus jamais pareil entre nous. »

En prononçant ces mots, il comprit à quel point elle lui était chère. Il secoua la tête devant l'absurdité de la situation.

« Très bien, Megan, ajouta-t-il avec un soupir, s'il doit en être ainsi, allons dans ma chambre. »

Il tendit la main vers elle, effleura la peau satinée de sa joue. Megan hocha la tête, comme si elle n'avait jamais douté qu'il acceptât. Elle se demanda s'il soupçonnait ce qu'elle éprouvait pour lui.

Jack la regarda se déshabiller. Il avait l'impression qu'elle faisait tous les gestes au ralenti. Bientôt, elle fut nue. Son corps jeune et ferme semblait si fragile à la lueur de la lampe de chevet! Elle se glissa résolument sous les couvertures.

Megan était nichée dans les bras de Jack, serrée tout contre lui. Il effleura de ses lèvres les cheveux de la jeune fille.

« Es-tu satisfaite, mon amour? » murmura-t-il.

Il connaissait la réponse à sa question. Il la serra contre lui et s'émerveilla une fois encore de leurs rapports. Megan le regarda dans les yeux avec une sorte de timidité.

« Je me sens merveilleusement bien. »

Jack avait eu raison de dire qu'ils seraient tous les deux changés par ce qui venait de se passer, que rien ne serait jamais plus comme avant : tout était encore plus beau. L'amour se lisait dans les yeux de la jeune fille. Jack était heureux de lui avoir appris cela, pas seulement parce qu'elle était belle, mais parce que c'était Megan.

4

Après le départ de Megan, Jack resta longtemps seul dans son appartement avant de se coucher. Les pensées se bousculaient dans son esprit et il éprouvait des sentiments contradictoires.

Pourquoi ai-je accepté? se demandait-il. Elle a à peine vingt ans, j'en ai plus du double. Si j'apprenais qu'un homme de mon âge avait séduit la petite-fille de son meilleur ami, j'en serais révolté.

Tout pourrait aller pour le mieux pendant un certain temps, bien entendu, mais que se passerait-il après? Dans dix ans? Dans vingt ans? Il serait vieux et elle encore désirable. Pourtant rien ne lui semblait choquant dans ce qui s'était passé pendant la nuit.

Il se rendit compte avec stupéfaction que l'idée de mariage lui était venue à l'esprit. Je ne pourrais envisager cela aussi vite, si je n'éprouvais pour Megan quelque chose de plus puissant qu'un simple désir.

Certes, l'épouser simplifierait bien des choses. Il lui serait plus facile de veiller sur les intérêts de Megan et sur les siens. Cela couperait définitivement l'herbe sous le pied de Riordan et de Seamus et les mettrait tous deux à la tête d'une fortune colossale. Bon Dieu! songea-t-il, furieux contre lui-même. Voilà que je pense à son argent à présent! Mais il savait que ce n'était pas cela qui comptait.

Trop jeune ou pas, il ne doutait pas qu'elle deviendrait une épouse merveilleuse. Elle se donnait sans restriction, montrait dans ses affections la même ferveur que son grand-père. C'était un être intègre, ferme et résolu.

Si Billie était encore de ce monde, elle saurait voir clair en lui. Elle n'ignorait rien de ce qui pouvait lier un homme et une femme. Jack se remémora la dernière conversation qu'il avait eue avec elle.

« Aime quelqu'un, Jack, lui avait-elle dit. Aime quelqu'un avec passion, avec sincérité, avec constance. Quelqu'un qui bâtira une vie avec toi et te donnera des enfants. Engage-toi! Il faut du courage pour être un homme! »

Megan s'était accordé l'après-midi pour mettre de l'ordre dans ses pensées. Il lui avait fallu faire appel à toute sa volonté pour quitter Jack, mais elle savait qu'elle devait absolument s'éloigner de lui pour y voir clair.

Aurais-je encore envie de me perdre en quelqu'un? se demanda-t-elle. Tout allait si vite. Il lui semblait impossible que son grand-père eût disparu. C'était la première fois de sa vie qu'elle se sentait orpheline. Tom s'était toujours dressé entre elle et le monde.

Elle entendit la sonnette et la voix de James qui répondait. Elle sut aussitôt que c'était Jack. Son cœur se mit à battre plus vite.

« James m'a dit que tu préparais tes bagages, dit-il d'une voix vibrante d'inquiétude.

– Je vais à Drumgillan, Jack. J'ai pris des dispositions pour que grand-père soit enterré là-bas et je ne veux pas qu'il retourne au pays tout seul.

– Tu ne serais pas partie sans me dire au revoir?

– Non, jamais. Je m'apprêtais à aller chez toi. »

Jack la prit dans ses bras. Elle se serra contre lui pour le rassurer. Puis elle se dégagea et le conduisit vers le canapé de chintz.

« Je t'aime, Jack », dit-elle simplement.

Jack allait répondre, mais elle posa le doigt sur ses lèvres pour l'en empêcher.

« Je t'aime tellement qu'il faut que je m'éloigne un peu. Je crois que c'est la meilleure chose à faire. Tu vois, toute ma vie j'ai vécu dans l'ombre de mon grand-père. Plus que dans son ombre, j'ai vécu dans son âme. Tu es le seul qui puisse comprendre ce que je veux dire. »

Elle lui sourit. L'amour brillait dans ses yeux.

« Cette nuit, quand j'étais dans tes bras, j'ai eu envie de passer le reste de ma vie dans ton âme à toi, Jack. Et j'ai compris d'un seul coup que si je faisais cela, je perdrais mon âme, je perdrais mon *moi*. Je dois me découvrir tout d'abord, savoir qui je suis avant qu'il ne soit trop tard. C'est étrange, je connais beaucoup de choses mais j'en sais si peu sur Megan! Je croyais être forte, indépendante alors qu'en réalité je ne suis jamais sortie du cercle protecteur tracé autour de moi par mon grand-père. Comprends-tu, Jack? Il faut que je découvre qui je suis avant de me donner à quelqu'un. »

Voyant la résolution de Megan, et l'effort que lui coûtait cette décision, Jack prit la jeune fille dans ses bras.

« J'ai plus de quarante ans, Megan. Tu ne peux pas savoir à ton âge ce que cela signifie : la conscience que la mort est inéluctable et le temps précieux. Si nous devons être réunis, Megan, c'est maintenant, tant que je suis encore assez jeune pour correspondre à tes aspirations. »

Megan se dégagea doucement.

« Il y a une autre raison pour laquelle je dois partir, Jack. Pour nous deux. Je te connais depuis mon enfance. Je t'ai observé. J'ai vu toutes ces femmes qui défilaient dans ton existence. Si je restais maintenant avec toi, sans savoir véritablement qui je suis ni ce que j'ai à t'offrir, notre amour ne pourrait pas durer. Si tu sentais que tu exerces sur moi un pouvoir absolu ou si je n'étais pas sûre de ce que je vaux, tôt ou tard tu aurais envie de me quitter, comme toutes les autres. Je ne dis pas cela pour te faire du mal, Jack, mais pour nous protéger. Si je ne deviens pas un être à part entière, nous sommes condamnés. »

Jack s'enfonça dans le canapé, surpris et légèrement blessé. Comment Megan pouvait-elle deviner son plus gros défaut et tenter, malgré tout, de le surmonter?

« Je pourrais te dire que tu te trompes, Megan, mais je crois que tu me connais mieux que moi-même. C'est vrai, il y a eu beaucoup de femmes dans ma vie et je m'en glorifiais. Elles me donnaient du plaisir et me rassuraient. Mais l'amour, le mariage... je n'avais jamais envisagé cela. C'était pour moi trop de responsabilités et de dévouement. Et puis il y a eu cette nuit. Tu étais dans mes bras, dans mon âme. J'ai senti que tu devais y être depuis longtemps sans que je le sache. J'ai passé toute la journée à réfléchir et je n'ai réussi qu'à me convaincre que j'ai désespérément besoin de toi. »

Il plongea son regard au fond des yeux de Megan.

« Je te laisse partir maintenant puisqu'il le faut. Mais uniquement pour nous donner une meilleure chance plus tard. »

Il prit les deux mains de Megan et effleura ses lèvres.

« Alors, tu vas accompagner Tom à Drumgillan? » demanda-t-il.

Il savait qu'elle négociait avec Riordan depuis la mort de Tom pour qu'il soit enterré en Irlande.

« Oui, c'est là que tout a commencé... c'est là que je me trouverai.

– Veux-tu passer la nuit avec moi avant de partir?

– Si je devais passer une autre nuit dans tes bras, mon amour, je n'aurais peut-être plus la force de partir. »

Quelle sagesse! pensa-t-il. Si elle devait être à lui, il lui faudrait la conquérir et la mériter. Ce qu'il obtenait trop facilement ne le retenait pas longtemps, elle l'avait fort bien compris.

« Ton grand-père serait fier de toi, Megan. »

5

Megan se tenait devant le manège, les mains posées sur la barrière : le vent faisait voler sur son front quelques longues mèches blondes, mais elle ne faisait pas un geste pour les écarter. Elle essayait d'imaginer ce que son grand-père avait ressenti le jour où il avait vu mourir son père.

Pendant des journées entières, elle avait méthodiquement parcouru la propriété, s'imprégnant des vieilles histoires que lui avait racontées Tom. Elle s'était rendue dans la petite chaumière dont le toit avait été refait à neuf. Elle s'était efforcée d'imaginer ce qui s'était passé soixante-seize ans auparavant lorsque Michael et Mary s'étaient abandonnés à leur passion. Elle avait parcouru la tourbière, s'était promenée dans la roseraie, avait escaladé la colline en partant du lac et erré dans les corridors du manoir, accomplissant consciencieusement son pèlerinage.

Il lui fallait démêler les fils de sa vie, les séparer d'une trame où ils étaient inextricablement liés à l'existence de son grand-père, non pas dans un esprit de rejet mais par amour et en souvenir de lui. Cette nécessité lui était apparue le jour où elle avait assisté à l'inhumation du corps de Tom près de son père, dans le cimetière de famille.

Elle avait choisi, comme épitaphe à graver sur la tombe, une citation d'un barde du XVIIIe siècle.

THOMAS MICHAEL DALTON
Fils bien-aimé de Mary Dalton
et de Michael Harcourt Hartington
1874-1950
Que puis-je faire pour celui que j'ai tant aimé
Sinon prier mélancoliquement
Que les saints et les anges
Le guident à jamais.

Tom était retourné auprès de ceux qu'il aimait. Elle en était heureuse pour lui. Ce jour-là, après avoir quitté le cimetière, elle avait commencé son odyssée; ses adieux à Tom, sa quête de Megan. Elle avait été sûre dès le début que c'était ce que son grand-père aurait voulu qu'elle fît.

Elle secoua la tête pour chasser les ombres trop présentes et laissa errer son regard sur la prairie qui s'étendait d'un bout à l'autre de l'horizon, comme pour découvrir dans quelle direction elle devait aller.

Elle portait une vieille jupe de coton mauve qui descendait à mi-mollet et bouffait comme des pétales de fleur. La brise jouait sur ses bras et sur son cou.

La décision qu'elle avait prise de venir à Drumgillan était la bonne. Son grand-père lui avait souvent cité le « Connais-toi toi-même » de Socrate et, jusqu'à cette nuit avec Jack, elle n'avait jamais douté de suivre cette maxime. Les questions s'étaient alors bousculées dans son esprit. Se pouvait-il que ce qu'elle éprouvait pour Jack ne fût pas de l'amour mais un besoin obsédant d'être prise en charge et protégée, pour ne pas avoir à se connaître, justement? N'était-ce pas là une perversion des sentiments?

Peu à peu les choses s'étaient décantées. Elle prenait avec la conscience de son être la mesure de ses forces; n'avait-elle pas fait la preuve de son courage en quittant Jack, New York, pour entreprendre sa quête? Elle savait maintenant que jamais elle n'aimerait un homme par simple passion charnelle. L'amour, elle le concevait comme un partage fondé sur la lucidité, la franchise et la fidélité.

Megan vivait à Drumgillan depuis six mois, mais elle avait l'impression d'y avoir passé la moitié de sa vie. Comment aurait-elle pu ne pas se sentir en communion avec tous ceux de sa race, qu'ils fussent saints ou pécheurs, amants ou guerriers, héros ou canailles? Elle vibrait à leur histoire, s'inscrivait dans une continuité trop puissante pour mourir, s'imprégnait des vieilles légendes qui semblaient sourdre naturellement de ce pays de tourbières mystérieuses, de collines enveloppées d'un linceul de brume.

Ce jour-là, comme tant d'autres, elle gravissait lentement le chemin qui menait au manoir, savourant l'odorante fraîcheur des prairies, cette odeur qui évoquait en elle la fertilité, la fécondité.

Je suis comme l'Irlande, avait-elle écrit à Jack la

semaine précédente. *Je suis comme cette terre aux légendes mal ensevelies, opiniâtre et chargée de mystères. C'est pour cette raison que je suis venue ici, pour savoir qui je suis et si je peux survivre. Je suis remplie de vies innombrables – pas seulement celle de mon grand-père ou la tienne –, celles de toutes les générations d'Irlandais qui se sont succédé ici avant moi. Il n'y a qu'ici que je pouvais découvrir mes racines.*

Maintenant, elle n'avait plus peur. Ni d'aimer Jack ni de le perdre. Peut-être était-ce pour cela qu'elle lui avait enfin demandé de venir.

Elle le vit devant la porte, qui la regardait approcher. Il semblait hésiter entre la joie et l'anxiété. Elle lui adressa alors un grand signe de la main et il se précipita à sa rencontre, le visage transfiguré.

Table